Silke Ziegler

Die Nacht der tausend Lichter

Ein Fall für Sina Engel

Kriminalroman

grafit

Die Autorin

Silke Ziegler, Jahrgang 1975, lebt mit ihrem Mann und zwei Kindern in Weinheim an der Bergstraße. Die gelernte Finanzassistentin arbeitet nach Anstellungen in diversen Kreditinstituten inzwischen an der Universität Heidelberg. Die Reisen, die Silke Ziegler mit ihrer Familie unternimmt, inspirieren sie immer wieder zu neuen Geschichten.

grafit

Chemnitzer Str. 31, D-44139 Dortmund
Internet: http://www.grafit.de
E-Mail: info@grafit.de

Umschlaggestaltung: Nele Schütz Design
Druck und Bindearbeiten: GGP Media GmbH, Pößneck
ISBN 978-3-89425-488-9
2. / 2018

Für Mama

Prolog

Weinheim an der Bergstraße
August

Lotta konnte vor Schmerzen kaum noch klar denken, während sie den kalten Blick ihres Peinigers auf dem Körper spürte.

Als sie den Kopf leicht drehte, sah sie schemenhaft die angestrahlten Mauern der Burg Windeck, die zwischen den Bäumen hindurchschimmerten. Unaufhörlich strömte das Leben aus Lottas Körper. Warum nur? Warum ausgerechnet sie?

Verzweifelt versuchte sie, die Fesseln zu lockern, doch es war vergebens. Er hatte Lottas Arme so fest an den Holzpfosten des Zauns festgezurrt, dass sie sie keinen Zentimeter bewegen konnte.

Die Nacht war dunkel, der Mond hinter dicken Wolken verborgen. Doch auch ohne etwas erkennen zu können, wusste sie, dass ihr Blut unaufhaltsam über ihren Körper lief. Zuerst hatte er Lottas Arme und Beine aufgeschlitzt und sie eine gefühlte Ewigkeit dabei beobachtet, wie sie langsam immer schwächer geworden war. Als er schließlich mit dem Messer ihren Oberkörper aufgeschnitten hatte, wurden die Schmerzen unerträglich, doch der Stofffetzen in ihrem Mund hinderte sie daran, qualvoll aufzuschreien. Jedes Geräusch, das ihrem geschundenen Körper entweichen wollte, wurde im Keim erstickt.

Lottas Gesicht war nass, Tränen rannen über ihre Wangen. Sie dachte an ihre Eltern. An Alex, den sie erst vor zwei Wochen kennengelernt hatte. Warum hatte sie seine Einladung gestern Abend ausgeschlagen? Warum um Himmels willen hatte sie darauf bestanden, mit ihren Mädels auf der Kerwe einen draufzumachen? Sie war noch so jung, sie wollte noch nicht sterben.

Schon als Lotta durch die menschenleere Grundelbachstraße gelaufen war, hatte sie gespürt, dass etwas nicht stimmte. Dieses unheilvolle Gefühl, wenn sich die Härchen auf dem Arm aufstellten, wenn einen der Drang überkam, sich immer wieder umzudrehen.

Fünfzig verdammte Meter. Lotta war nur noch fünfzig Meter vom Haus ihrer Eltern entfernt gewesen, als sie plötzlich eine Hand in ihrem Nacken gespürt hatte. In dem Moment war ihr klar gewesen, dass etwas Furchtbares bevorstand. Dass sie den Sonnenaufgang am nächsten Morgen nicht mehr sehen würde.

Es gab Augenblicke im Leben, in denen man einfach wusste, was als Nächstes geschehen würde. Die so selbsterklärend waren, dass es kein Entrinnen gab. Die Sekunde, bevor man bei einem Sturz auf den Boden aufprallte. Der Moment, bevor einem der geliebte Partner eröffnete, er brauche mehr Zeit für sich. Lotta schloss ihre Augen. Sie würde nie wieder stürzen. Und sie würde nie wieder verlassen werden.

Ihre Schmerzen ebbten langsam ab. Ein Anzeichen für die nahende Bewusstlosigkeit, vermutete sie. Ihr Kopf fiel kraftlos nach vorn, bevor er im nächsten Moment wieder hochgerissen wurde, als ihr Peiniger ihr mit voller Wucht ins Gesicht schlug.

»Nicht schlappmachen, Schlampe«, knurrte er leise.

Lass mich gehen, o bitte, lass mich gehen. Ich kann nicht mehr.

Lotta war müde, ihre Beine trugen sie kaum noch. Es schien, als ob ihre Arme nicht mehr zu ihrem Körper gehörten. Ihr gesamtes Gewicht hing jetzt an den gefesselten Handgelenken, ihre Knie waren weggesackt.

Sie war nie ein gläubiger Mensch gewesen, doch jetzt betete sie um Erlösung. Warum brachte er sie nicht einfach um? Er hatte doch gewonnen, sie würde sterben, würde ihre Eltern nie wieder sehen. O Gott, ihre Eltern! Wie sollten sie den Verlust je bewältigen?

Lotta hatte keine Geschwister, war schon immer der ganze Stolz ihrer Eltern gewesen. Die Jurastudentin, die alle Prüfungen mit Bravour meisterte. Die das beste Abitur ihres Jahrgangs gemacht hatte. Was sollte nur aus ihren armen Eltern werden? Lottas Augen brannten.

Noch nie in ihrem Leben hatte sie eine solche Traurigkeit verspürt, eine so unwiderrufliche Hoffnungslosigkeit. Nein, sie wollte nicht sterben. Sie wollte leben, weiterstudieren, arbeiten, eine Familie gründen. Alex! Wie gern hätte sie ihn besser kennengelernt, um herauszufinden, ob er derjenige gewesen wäre, welcher …

Doch ihre Zeit war vorbei. Vorbei, weil ein Wahnsinniger seine abartigen Fantasien an ihr auslebte. Weil sie, an Holzpfosten auf dem Weg zur Burg Windeck gefesselt, langsam und unendlich grausam verblutete. Wie oft war sie diesen Weg früher mit ihrem Vater entlanggegangen? Um im Herbst Blätter zu sammeln, im Winter die Spuren der Tiere im Schnee zu verfolgen und im Frühjahr zu sehen, wie die Natur nach ihrem langen Dornröschenschlaf wieder erwachte. Nein, sie war keine gute Tochter. Wie oft hatten ihre Eltern ihr gesagt, sie solle nachts nicht allein durch die Stadt laufen? Zehnmal, hundertmal oder noch öfter? Lotta erinnerte sich nicht.

Als sie ein letztes Mal ihre Augen aufriss, sah sie nichts mehr. Ihre Gedanken kreisten langsamer, fast wie in Zeitlupe. Ganz sachte spürte sie einen Windhauch auf ihren nackten Armen, das raue Holz an ihren Handgelenken. Der erdige Geruch des Waldbodens benebelte ihre Sinne. Ein Grashalm streichelte an ihrem Bein entlang. Wann hatte sie je so bewusst die Natur um sich herum wahrgenommen? War es nicht grotesk, in den letzten Augenblicken, die ihr noch blieben, die wahre Schönheit des Lebens zu entdecken?

Wieder schlug ihr Peiniger ihr ins Gesicht, doch diesmal hatte sie gewonnen. Diesmal konnte er ihr Ende nicht mehr hinauszögern. Unaufhaltsam floss die Lebensenergie aus ihr hinaus. Wenn es ihr möglich gewesen wäre, hätte sie ihren Mund zu einem breiten Lächeln verzogen. Er konnte ihr nicht mehr wehtun. Seine Macht über sie war erloschen.

Lotta fühlte sich plötzlich ganz leicht, fast körperlos. Wie durch einen dichten Nebel drang seine Stimme kaum noch zu ihr durch. Er fluchte. Sie triumphierte innerlich, denn sie hatte gewonnen. Seine Wut gab ihr einen letzten Energieschub, bevor sie sich fallen ließ. Immer tiefer und tiefer, bis alles um sie herum in schwärzester Dunkelheit versank. Sie hatte ihn besiegt, hatte das Böse geschlagen. Ihr Leid war beendet.

1

Ein Jahr später
Mittwoch, 10. August

Als Sina erwachte, fühlte sie sich wie gerädert. Ihr Kopf dröhnte und ihr Nacken schmerzte. Stöhnend schob sie das Stillkissen zur Seite und drehte sich auf den Rücken. Sie verharrte einen Moment und lauschte den Geräuschen des frühen Morgens. Der einsetzende Berufsverkehr, der durch das geöffnete Fenster vom Multring in ihr Schlafzimmer hinaufdrang, das Zwitschern der Vögel, die den anbrechenden Sommertag mit ihrem Gesang begrüßten. Irgendjemand unterhielt sich im Hausflur unter Sinas Wohnung lautstark über die Rekordtemperaturen, die in den nächsten Tagen in Weinheim erwartet wurden.

Sina schloss erneut die Augen und dachte an gestern Abend. Wieder einmal hatte ihr Natascha stundenlang die Ohren vollgeheult, was für ein furchtbarer Idiot Jochen sei. Es war weit nach Mitternacht gewesen, als Sina ihrer Schwester endlich hatte klarmachen können, dass sie noch etwas Schlaf brauchte, da sie am nächsten Tag eine Zehnstundenschicht erwartete. Wie befürchtet, hatte Natascha beleidigt reagiert und Sina vorgeworfen, sie denke nur an sich und sei in letzter Zeit an nichts anderem mehr interessiert als an ihrem eigenen Selbstmitleid.

Sina atmete tief aus. Die Abende mit ihrer Schwester liefen seit Jahren in derselben Manier ab. Carlos Tod hatte nicht das Geringste mit Sinas Reaktion zu tun. Gut, vielleicht ein wenig, aber nicht in dem Maß, wie Natascha es ihr vorwarf.

Sina konnte einfach nicht nachvollziehen, wieso ihre Schwester vor ihrer Heirat mit Jochen nicht einmal mit ihrem zukünftigen Ehemann über die weitere gemeinsame Lebensplanung gesprochen hatte. Natascha hatte bis zur Geburt ihrer Kinder am Uniklinikum in Heidelberg als Oberärztin in der Chirurgie gearbeitet. Jochen, der in Lützelsachsen, einem der besseren Stadtteile Weinheims, eine gut gehende Anwaltskanzlei leitete, war der Meinung, dass seine Frau nicht mehr arbeiten, sondern ihre Zeit ganz für die Familie einsetzen sollte.

Seit vier Jahren, seit Jonas' Geburt, diskutierten die beiden in unregelmäßigen Abständen über ihre unterschiedlichen Lebensentwürfe. Und jedes Mal endeten diese Dispute in einem Fiasko, woraufhin Natascha wutentbrannt das Haus verließ, um sich bei Sina auszuheulen. An solchen Abenden beschimpfte Natascha zuerst Jochen im Besonderen, bevor sie gegen die Männerwelt im Allgemeinen zu wettern begann.

Sinas Aufgabe bestand meist darin, ihrer Schwester zuzuhören, ab und zu einige Anmerkungen einzuwerfen und zustimmend zu nicken. Doch gestern Abend war ihr zum ersten Mal der Kragen geplatzt. Was dachte sich Natascha eigentlich? Wie lange wollte sie dieses Theater noch veranstalten? Wenn sie so kreuzunglücklich war, wie sie immer behauptete, warum blieb sie dann bei ihrem konservativen, im letzten Jahrhundert hängen gebliebenen Ehemann?

Seufzend drehte sich Sina wieder auf die Seite und legte ihren Arm auf das Stillkissen. Was sollte sie denn sagen?

Langsam ließ sie die Hand zu ihrem Bauch hinunterwandern. Das Baby strampelte. Sie spürte die Tritte sowohl an ihrer Handfläche als auch an ihrer inneren Bauchdecke. Ja, was sollte sie sagen? Im achten Monat schwanger, eine zukünftige alleinerziehende Mutter. Sina würde direkt nach dem Mutterschutz wieder in den Polizeidienst zurückkehren. Schließlich mussten sie von irgendetwas leben, sie und das Kind. Ihre Tochter. Sinas Augen wurden feucht. Seit zwei Monaten wusste sie, dass sie ein Mädchen bekommen würde. Carlos Tochter.

Umständlich erhob sie sich. Es half alles nichts, sie musste zum Dienst. Bereits jetzt stand die Luft im Zimmer, die Nacht hatte kaum für Abkühlung gesorgt. Und wenn man dem Wetterbericht Glauben schenken konnte, würde es die nächsten Tage so heiß bleiben. Es waren Spitzentemperaturen bis vierzig Grad vorausgesagt. Sina trat ans Fenster. Sie konnte sich nicht erinnern, jemals einen so heißen Sommer erlebt zu haben.

Gedankenverloren blickte sie auf den Multring. Der atemberaubende Ausblick aus dem zehnten Stock war es, der sie bisher daran gehindert hatte, sich eine andere Wohnung zu suchen. Obwohl sie hier alles an Carlo erinnerte, obwohl sie wusste, dass sie hier niemals zur Ruhe finden würde, fehlte ihr die Energie, einen Neuanfang zu planen. Für sich und das Baby ein Zuhause zu suchen, das ihnen ein einigermaßen behütetes Umfeld bieten konnte.

Das Angebot ihrer Eltern, die in der Weststadt ein großes Einfamilienhaus bewohnten, in die Einliegerwohnung zu ihnen zu ziehen, hatte Sina ohne Zögern abgelehnt. Nein, sie konnte nicht bei ihren Eltern leben. Schließlich war sie keine zwanzig mehr, konnte nicht bei den ersten Schwierigkeiten zurück zu Mama und Papa gehen. Sina war schwanger und trug die Verantwortung für ein neues Leben. Auch wenn sie ihren Eltern überaus dankbar war, dass sie sie in der Zeit nach der Geburt unterstützen wollten, die Kleine betreuen würden, wenn Sina Dienst hatte: Bei ihnen einziehen, das ging nicht.

Der Schmerz in ihrem Hinterkopf wurde stärker. Widerwillig watschelte sie ins Bad. Nachdem sie ihr Schlafshirt ausgezogen hatte, blickte Sina in den Spiegel. Ihr Bauch wirkte riesig, ihre dürren Arme und Beine dagegen wie die Gliedmaßen eines Strichmännchens. Zärtlich legte sie ihre rechte Hand auf die Wölbung und verharrte einen Moment. Das Baby war für sie jetzt schon das Wertvollste auf der Welt. Ihr Kind war der einzige Grund, warum sie überhaupt weitermachte, warum sie nicht schon längst kapituliert hatte. Der Sinn ihres zukünftigen Lebens. Ein Kind, das ohne Vater aufwachsen würde.

Noch immer konnte sich Sina nicht vorstellen, wie sie nach der Geburt allein mit der Kleinen zurechtkommen sollte, doch sie hatte keine Wahl. Sie musste es irgendwie schaffen. Das war sie ihrer Tochter schuldig – und auch Carlo.

Nachdem Sina geduscht und sich angezogen hatte, setzte sie eine Tasse Tee auf. Seit sie von der Schwangerschaft erfahren hatte, verzichtete sie fast völlig auf Kaffee. Ihre Frauenärztin hatte ihr dazu geraten. Wenn sie schon die Aufregung, die ihr Job als Kriminalbeamtin mit sich brachte, nicht vermeiden konnte, so wollte sie zumindest alle weiteren auch nur ansatzweise schädlichen Einflüsse von dem Ungeborenen fernhalten.

Ein Blick auf die Uhr sagte ihr, dass es erst kurz vor sieben war. Sie hatte also noch etwas Zeit. Nachdenklich nahm Sina die heiße Tasse und trat auf den Balkon hinaus. Der Himmel leuchtete hell, die Sonne schien bereits mit voller Kraft. Die beiden Burgen strahlten im gleißenden Licht um die Wette.

Sina liebte ihre Heimatstadt. Sie war hier geboren, zur Schule gegangen und hatte in Heidelberg ihre Ausbildung zur Polizistin absolviert. Ihre Familie und ihre Freunde, ihr gesamtes soziales Umfeld konzentrierte sich auf Weinheim und die nähere Umgebung. Natürlich zog immer mal wieder jemand weg, aus beruflichen oder auch privaten Gründen, doch Sina fehlte hier nichts. Sie schätzte die Ruhe, die man im nahen Odenwald finden konnte, aber genauso mochte sie es, an den Wochenenden, wenn sie denn mal frei hatte, nach Heidelberg oder Mannheim zu fahren, um ein wenig Großstadtluft zu schnuppern. Nun, diese Ausflüge würden wohl in nächster Zeit wegfallen.

Wieder ging ihr die Diskussion mit Natascha durch den Kopf. Sie liebte ihre Schwester über alles. Natascha war nur zwei Jahre älter als Sina. In ihrer Jugend waren sie oft zusammen unterwegs gewesen, hatten sich teilweise denselben Freundeskreis geteilt. Natascha war nicht nur ihre Schwester, sie war auch ihre beste Freundin. Niemand wusste mehr über Sina als sie. Und trotzdem – diese ständigen Auseinandersetzungen mit Jochen, diese seit Jahren andauernden Heulattacken nervten.

Sina ließ ihren Blick über die Häuser der Innenstadt schweifen. Das Riesenrad war bereits aufgebaut, die anderen Buden und Fahrgeschäfte würden heute und morgen folgen. Zwei Tage noch, dann begann die Kerwe in Weinheim, das größte Volksfest an der Bergstraße. Und seit zwei Jahren auch das gefährlichste.

Nervosität befiel Sina. Sie wusste, dass sie sich keinen weiteren Mord erlauben durften. Zwei tote Frauen in den letzten zwei Jahren, das war für eine Stadt wie Weinheim schon jetzt der Super-GAU.

Die Gastronomen befürchteten für das Wochenende große Einbußen aufgrund der unglückseligen Tatsache, dass der Doppelmörder noch nicht gefasst war. Sina sah das anders. Bei den angekündigten hochsommerlichen Temperaturen würden Tausende potenzielle Opfer unterwegs sein, die es für sie und ihre Mitarbeiter zu schützen galt, dachte sie bitter. Sie durfte sich gar nicht ausmalen, was los wäre, wenn es ihnen nicht gelänge, die Kerwe zu sichern und am Wochenende eine weitere junge Frau grausam abgeschlachtet würde. Sie musste sich unbedingt konzentrieren, musste Nataschas Eheprobleme für einige Tage vergessen und versuchen, ihre eigene Tragödie auszublenden. Sie hatte einen Job. Einen Job, den sie bis vor sechs Monaten über alles geliebt hatte. Und den sie weiter erledigen musste, wenn sie ihrer Tochter ein Vorbild sein wollte.

Sina wusste, dass die Kriminaldirektion sie mit Argusaugen beobachtete. Dass man nur darauf wartete, dass sie einen Fehler machte. Eine schwangere Hauptkommissarin wurde in diesem noch immer sehr männerlastigen Berufsfeld nicht gern gesehen. Sina war klar, dass viele ihrer Kollegen damit gerechnet hatten, dass sie hinschmeißen würde. Dass sie sich aufgrund der Ereignisse vor einem halben Jahr als arbeitsunfähig einstufen ließe. Doch sie war nach nur einer Woche wieder beim Dienst erschienen. Und eine weitere Woche darauf hatte ihre Frauenärztin ihr eröffnet, dass sie ein Kind erwartete – zwei Wochen, nachdem ihr Lebensgefährte Carlo Reinhardt brutal ermordet worden war.

2

Noch drei Tage. Seine Unruhe wuchs, obwohl er wusste, dass seine Befürchtungen unbegründet waren. Die letzten zwei Male war schließlich alles glattgegangen. Sie hatten gelitten. Genau, wie er es sich vorgestellt hatte. Beide hatten in den letzten Momenten des Lebens ihren Hochmut und ihre Arroganz verloren. Um Gnade gewinselt. Er musste lächeln, als er sich an den großartigen Augenblick erinnerte, in dem er ein Leben ausgelöscht hatte. Er, der immer wieder gedemütigt und bloßgestellt worden war, der für weibliche Wesen scheinbar Luft darstellte und den jeder unterschätzte. Das hätte ihm niemand zugetraut, aber er hatte es ihnen gezeigt. Allen. Wieder verzogen sich seine Lippen zu einem Grinsen.

Und dieses Jahr hatte er eine ganz besondere Überraschung für Frau Hauptkommissarin Sina Engel, die eingebildetste und hochnäsigste von allen. Dieses Jahr würde sie die Hauptrolle spielen in seinem kleinen Theaterstück. Doch zuvor wollte er der Öffentlichkeit noch eine weitere Kostprobe seines Könnens präsentieren.

»Du scheinst ja heute blendender Laune zu sein.«

Er schaute zu seinem Kollegen auf, der vor ihm stand und ihn mit prüfendem Blick musterte.

»Es ging mir schon schlechter, das muss ich zugeben«, entgegnete er in unverbindlichem Tonfall.

Kopfschüttelnd wandte sich der Ältere ab und verschwand wieder an seinen Schreibtisch.

Während er über seine Pläne nachdachte, schob er ziellos einige Unterlagen hin und her. Schließlich wollte er nicht den Argwohn seiner Kollegen wecken.

Seine Gedanken kreisten um die Frau, die ihm die Augen geöffnet hatte. Die ihn durch ihre Zurückweisung erst zu dem gemacht hatte, was er jetzt war. Ein Star, ein Weinheimer, der in die Geschichte der Stadt eingehen würde. Seine Theorie gefiel ihm. Er musste sich beherrschen, um nicht laut loszuprusten. Vielleicht sollte er der Presse einen kleinen Wink geben, doch er wollte nicht übermütig werden. Jede noch so geringe Abweichung von seinem ursprünglichen Plan bedeutete ein unkalkulierbares Risiko. Besser er behielt seinen Triumph für sich. Weinheim würde auch so von ihm erfahren.

Bisher hatte es keinen Tag gedauert, bis seine Gespielinnen entdeckt worden waren. Der Kerwemontag gehörte ihm, so viel war schon mal sicher. Bereits der Sonntagabend würde geprägt sein von Gesprächen über den geheimnisvollen ›Kerweschlitzer‹, wie sie ihn abfällig nannten. Wut stieg in ihm auf. Die hatten doch keine Ahnung. Er war genial, Herr über Leben und Sterben. Er war derjenige, der entschied, wann ein Leben zu Ende ging, wann die Schlampen ihr letztes

Kapitel aufschlugen. Sie sollten ihm dankbar sein, denn der Tod kam für die meisten Menschen so unerwartet, dass ihnen keine Zeit mehr blieb, sich mit dem Gedanken vertraut zu machen. Die zwei Frauen hingegen hatten in dem Moment, in dem sie ihm über den Weg gelaufen waren, gewusst, was sie erwartete. Er hatte es sofort in ihren Augen gesehen. Die Angst, die so elementar war wie der Tod. Den beiden war augenblicklich klar gewesen, dass er die Kontrolle über ihr Leben übernehmen würde – und über ihr Sterben.

Die nächste Titelseite über sein Schaffen konnte er sich bildlich vorstellen. Nein, wenn die Berichterstattung wieder genauso miserabel wäre wie in den letzten Jahren, müsste er sich etwas überlegen. Vielleicht ein anonymes Interview per Telefon. Exklusiv für die *Weinheimer Nachrichten.* Wieder musste er ein Lachen unterdrücken. Leider könnte er sich seine Gesprächsbereitschaft nicht bezahlen lassen. Er war sich sicher, dass es unter den Journalisten nicht wenige gab, die sich darauf einlassen würden. Ja, er sollte ernsthaft darüber nachdenken, einige Fakten klarzustellen. Und welches Sprachrohr eignete sich besser dafür als die regionale Tageszeitung?

Sicher würde auch Sophie Schmidtbauer davon erfahren. Sophie Schmidtbauer, die ihn vor sehr langer Zeit auf eine Art bloßgestellt hatte, die er ihr eigentlich nicht durchgehen lassen konnte. Vielleicht sollte er einige Erkundigungen über sie einholen. Wo sie lebte, ob sie verheiratet war, Kinder hatte. Hätte sie es nicht auch verdient zu erfahren, zu was er fähig war?

Ruhig Blut, mahnte er sich leise. Erst kommt der Kerwesamstag, dann Sina Engel. Und danach …

3

»Das wird sicher eine Riesensache am Samstag«, meinte Polizeihauptmeister Gunther Leidig, während er weiter konzentriert auf die Fahrbahn schaute.

»Ist es das nicht immer, wenn der Waldhof spielt?«, entgegnete Hauptkommissar Matthias Sommer genervt und fuhr sich mit der Hand über das Gesicht. »Was für eine Hitze!«

»Wärst du jetzt lieber in Mannheim bei der Demo?« Gunther drehte sich kurz zu seinem Kollegen um.

Matthias zuckte mit den Achseln. »Eine Horde Rechtsradikaler in Zaum halten? Nee, danke.« Er blickte zum Funkgerät, das knackte und rauschte. »Dann doch lieber die gute alte Streife durch Heidelberg.« Er grinste.

»Mach dich nur lustig«, knurrte Gunther. »Aber es spricht absolut nichts gegen solide Polizeiarbeit.«

»Ja, so war es auch nicht gemeint«, beeilte sich Matthias zu sagen. »Und außerdem hat Gans mich ja gefragt, ob ich lieber bei der Demo helfen möchte.«

Erstaunt wandte sich Gunther erneut seinem Kollegen zu, nachdem er an einer roten Ampel anhalten musste. »Du hast die Streife der Demo vorgezogen?« Er schien es nicht glauben zu können.

»Warum nicht?« Matthias zog seine Brauen hoch.

Eigentlich war er Hauptkommissar der Polizeikriminaldirektion Heidelberg, aber da es aufgrund der heutigen NPD-Demonstration zu einem Engpass bei den Einsatzkräften gekommen war, hatte er sich sofort bereit erklärt, die Streifenbeamten zu unterstützen. Da er am kommenden Samstag bei einem Benefizspiel des SV Waldhof Mannheim die Leitung eines Einsatzteams übernehmen würde, ebenfalls aufgrund Mangels an Beamten, war sein Bedarf an Menschenansammlungen für die nächste Zeit gedeckt.

Gunther zuckte mit den Achseln. »Außer einigen Prügeleien, weil den Leuten die Hitze zu Kopf steigt, kann ich dir höchstwahrscheinlich nichts Spektakuläres bieten.«

Matthias blickte ihn schief an. »Wie kommst du darauf, dass ich etwas Spektakuläres erwarte?«

»Einsatzwagen drei-null-vier. Bitte kommen«, unterbrach die Stimme aus dem Funkgerät ihre Unterhaltung.

»Einsatzwagen drei-null-vier«, meldete sich Matthias eilig, »was gibt's?«

»Es wurde uns gerade eine häusliche Schlägerei gemeldet. Wo befinden Sie sich?«

»Auf der Karlsruher Straße Richtung Rohrbach«, antwortete Matthias in ruhigem Tonfall.

»Eine Nachbarin hat angerufen. In der Wohnung nebenan würde ein Mann seine Frau misshandeln. Scheint wohl nicht zum ersten Mal auffällig zu sein. Die Wohnung befindet sich in der Freiburger Straße, Hasenleiser.« Die Beamtin nannte ihm die Hausnummer und das Geschoss, in dem sich die Wohnung befand.

»Wir sind schon auf dem Weg dorthin. Melden uns, sobald wir Näheres wissen«, erklärte Matthias, während Gunther den Blinker setzte und rechts abbog.

»Und Action«, presste er grimmig zwischen den Zähnen hervor.

»Freiburger Straße?« Matthias sah ihn fragend an.

»Bildungsferne Schichten«, informierte ihn sein Kollege, während er mit der rechten Hand Anführungszeichen in die Luft malte. »Arbeitslose, prekäre Familienverhältnisse und viele Mitbürger mit Migrationshintergrund.«

»Da ist es.« Matthias zeigte auf einen zehnstöckigen Wohnblock auf der rechten Straßenseite. Gunther parkte den Streifenwagen am Fahrbahnrand und stieg hastig aus.

Da Matthias bei der Kripo arbeitete, trug er im Gegensatz zu seinem uniformierten Kollegen Zivilkleidung: Jeans, Turnschuhe und ein weißes Hemd. Als sie auf den Hauseingang zusteuerten, holte er seinen Ausweis aus der Hosentasche hervor.

»Lass stecken.« Gunther winkte sofort ab. »Die Leute hier interessieren sich nicht für Formalien. Halt dich lieber bereit.«

Obwohl Matthias sofort verstand, was sein Kollege meinte, blickte er ihn überrascht an. Die eigene Ehefrau zu verprügeln und ein gewaltsamer Angriff auf Polizeibeamte, das waren immer noch zwei Paar Schuhe, aber da er schon einige Jahre nicht mehr auf der Straße ermittelte, vertraute er Gunther, steckte den Ausweis wieder weg und legte stattdessen die Hand auf seine Dienstwaffe.

Nachdem sie bei der Nachbarin geklingelt hatten, die den Vorfall der Zentrale gemeldet hatte, ertönte eine krächzende Stimme aus der Gegensprechanlage: »Ja?«

»Polizei. Machen Sie bitte die Tür auf«, erwiderte Gunther, während er Matthias anblickte.

Der Summer ertönte und die beiden Beamten traten in einen dunklen, nach Schweiß und Müll riechenden Flur ein.

»Fünfter Stock«, raunte Matthias und zeigte auf den Fahrstuhl. Ungeduldig warteten sie, bis der Aufzug endlich im Erdgeschoss ankam.

»Wir versuchen, die Ehefrau vom Täter zu trennen. Wir brauchen unbedingt ihre Aussage«, erklärte Gunther leise.

Matthias nickte schweigend. Aus seiner Zeit als Streifenpolizist waren ihm noch genug Fälle bekannt, bei denen Ehefrauen grün und blau geschlagen worden waren, nur um dann bei der polizeilichen Befragung anzugeben, die Treppe hinuntergestürzt oder gegen die Tür gerannt zu sein, sich versehentlich beim Kochen mit einem Messer oder an einer heißen Herdplatte verletzt zu haben. Er presste seine Lippen aufeinander. Wenn die Frauen keine Hilfe annehmen wollten, waren den Polizisten meistens die Hände gebunden.

Natürlich gab es Wiederholungstäter, bei denen es keiner Aussage des Opfers mehr bedurfte. Aber da der Großteil der Fälle nicht gemeldet wurde, kamen viele gewalttätige Ehemänner straffrei davon, da es sich um sogenannte Einzeltaten handelte, die nur geahndet werden konnten, wenn das Opfer Anzeige erstattete.

Wenn sich eine der Frauen doch einmal zu einer Aussage überwand, widerrief sie diese meist spätestens am nächsten Tag, nachdem der Täter sie so stark unter Druck gesetzt hatte, dass sie sich vor lauter Angst nicht mehr traute, ihre Anzeige aufrechtzuerhalten. Oder sie glaubte ihrem Ehemann, der ihr zum hundertsten Mal versprach, sich zu ändern. Wollte ihm glauben.

Matthias verzog unmerklich sein Gesicht. Er konnte niemanden schützen, der seinen Schutz nicht annehmen wollte. Zu dieser Erkenntnis war er nach fünfzehn Jahren Polizeiarbeit gelangt.

Die Beamten stiegen aus dem Fahrstuhl. Eine rundliche Frau mit strähnigem Haar stand in einer der unzähligen Wohnungstüren und starrte wie gebannt in ihre Richtung.

»Frau Städtler?« Matthias nickte ihr kurz zu. Sie blickte erst ihn misstrauisch an, bevor sie sich an Gunther wandte, der ihr aufgrund seiner Uniform anscheinend seriöser erschien. Matthias passierte es öfter, dass er sich ausweisen musste, da die Leute ihm den Hauptkommissar nicht abkauften. Seine dichten dunklen Locken, die ihm widerspenstig ins Gesicht fielen, und sein gebräunter Teint, den er seiner französischen Mutter verdankte, verliehen ihm eher das Aussehen eines Surflehrers.

»Ich bin Polizeihauptmeister Leidig«, stellte sich Gunther vor, bevor er auf Matthias zeigte, »und das ist mein Kollege, Hauptkommissar Sommer.«

»Kommissar«, flüsterte die Frau ehrfürchtig und hielt sich ihre Hand vor den Mund.

»Sie haben uns angefordert.« Matthias versuchte, der Nachbarin den Grund ihres Besuchs in Erinnerung zu rufen.

Sie nickte und zeigte auf die Wohnungstür nebenan. »Bei denen«, sie schluckte, »bei den Özcals kommt es immer wieder zu Streitigkeiten, Rumgebrüll ...« Sie zögerte, bevor sie ihren Kopf senkte und noch leiser weitersprach: »Die wohnen hier seit einem halben Jahr, es ist eine Katastrophe. Normalerweise kümmere ich mich nicht um die Angelegenheiten anderer Leute ...« Wieder brach sie ab.

Matthias warf Gunther einen kurzen Blick zu, schwieg jedoch.

»Aber vorhin«, fuhr Frau Städtler fort und kämmte mit den Fingern durch ihr ergrautes Haar, »vorhin hat die Frau geschrien, als ob ...« Sie suchte nach Worten. »Als ob er sie abschlachten würde.«

»Er?«, hakte Matthias nach.

»Na, ihr Mann. Hockt den ganzen Tag nur zu Hause.« Sie nickte bekräftigend. »Oder bekommt Besuch von ...«, sie schielte zu der nächsten Wohnungstür, »... von anderen Ausländern.«

»Aber im Moment ist nichts zu hören«, warf Gunther ein.

»Vielleicht hat er sie umgebracht.« Sie blickte von ihm zu Matthias, bevor sie mit der flachen Hand an ihrem Hals entlangfuhr.

»Gut, Frau Städtler, wir werden bei Ihren Nachbarn klingeln und nachschauen, ob alles in Ordnung ist«, erklärte ihr Matthias in beruhigendem Tonfall. »Es ist für uns sehr hilfreich, dass es so aufmerksame Mitmenschen wie Sie gibt.« Mit diesen Worten wandte er sich der danebenliegenden Tür zu.

Da die Nachbarin jedoch keine Anstalten machte, den Flur zu verlassen, wurde Gunther deutlicher: »Bitte gehen Sie in Ihre Wohnung, es könnte gefährlich werden.«

Mit beleidigter Miene und ohne ein weiteres Wort zu sagen, knallte die korpulente Frau die Tür zu.

Matthias sah kurz zu Gunther, der unmerklich nickte und seine Hand demonstrativ auf das Waffenholster legte.

Nur wenige Sekunden nach dem ersten Klingeln wurde die Tür geöffnet und eine junge Frau Mitte zwanzig stand vor ihnen.

Der Anblick der Türkin versetzte Matthias sofort in Alarmbereitschaft. Aus dem Augenwinkel erkannte er an Gunthers angespannter Körperhaltung, dass es seinem Kollegen genauso ging.

Die Frau trug ein blaues geblümtes Kopftuch, das nur ihr Gesicht unbedeckt ließ. Aber die Verletzungen, die man trotz der kleinen Fläche erkennen konnte, verdeutlichten Matthias und Gunther, dass Frau Städtler mit ihrem Anruf genau das Richtige getan hatte. Die Wangen der jungen Türkin waren über und über mit kleinen Brandverletzungen übersät, als ob jemand ihr mehrfach eine brennende Zigarette ins Gesicht gedrückt hatte.

Obwohl Matthias sich sicher war, dass er mit seiner Vermutung recht hatte, bemühte er sich um eine unbeteiligte Miene. »Frau Özcal?«

Die Frau nickte scheu.

Matthias zückte seinen Ausweis und stellte Gunther und sich vor. »Wir haben einen Anruf erhalten, dass es in Ihrer Wohnung zu Problemen kam.«

»Probleme?« Die Türkin sah ihn aus großen Augen an.

»Streit, Gebrüll, Verletzungen?« Er deutete auf ihr Gesicht.

»Ah, Feuer.« Die Frau bemühte sich um eine entschuldigenden Gesichtsausdruck. »Kochen … nicht aufpassen.«

Matthias' Miene versteinerte.

Gunther machte einen Schritt nach vorn. »Frau Özcal, wir würden gern mit Ihrem Mann sprechen. Sicher kann er uns helfen zu klären, woher Ihre Verletzungen kommen.«

Sie schüttelte hektisch den Kopf. »Nein, nein, Mann nicht zu Hause.« Sie hob ihre Hände und versuchte, Matthias und Gunther abzuwimmeln. »Allein«, murmelte sie verlegen, »ich verletzen.«

»Frau Özcal, wir müssten wirklich dringend mit Ihrem Mann sprechen. Wir möchten uns gern kurz in Ihrer Wohnung umschauen«, knurrte Gunther hörbar ungehalten, während er die Frau vorsichtig zur Seite schob und über die Türschwelle trat. Matthias folgte ihm eilig und zog vorsorglich seine Waffe. Als die Türkin diese erblickte, schrie sie voller Angst hysterisch auf.

Matthias wollte sie gerade beruhigen, als plötzlich eine Gestalt aus der Küche gestürmt kam und sich ohne Vorwarnung auf Gunther stürzte.

Entsetzt wirbelte Matthias herum, um seinem Kollegen zu Hilfe zu kommen. Doch Gunther lag bereits am Boden, ein riesiger dunkelroter Blutfleck breitete sich in Windeseile in Brusthöhe auf seiner Uniform aus. Der Angreifer stand reglos in der Küchentür und blickte erschrocken zu Matthias. Ohne zu zögern, zielte er mit seiner Waffe auf den Täter.

»Lassen Sie das Messer fallen. Sofort«, schrie er Özcal an, während er mit der anderen Hand hastig sein Handy aus der Hosentasche angelte. »Los, auf den Boden. Hände über den Kopf«, brüllte er weiter, während der Türke widerstandslos seine Anweisungen befolgte.

Ohne den Täter aus den Augen zu lassen, tippte Matthias die Notrufnummer in sein Handy. »Ich brauche dringend einen Krankenwagen, Hauptmeister Leidig ist schwer verletzt.« Er nannte die Adresse und beendete das Gespräch. Weiter mit der Waffe auf den Täter zielend, kniete er sich neben den Verletzten und beugte sich über ihn. »Scheiße, Gunther. Halt durch. Der Krankenwagen kommt gleich.« Er tätschelte ihm leicht die Wange. »Nicht einschlafen, bleib bei mir.« Er warf Özcal, der noch immer regungslos am Boden kniete, einen zornigen Blick zu. »Scheiße.« Gunther musste einfach überleben, Matthias durfte nicht schon wieder einen Kollegen verlieren.

4

»Wie geht es Ihnen heute, Herr Melchior?« Marlene schloss mit ihrem Fuß die Tür hinter sich, während sie das Frühstückstablett in beiden Händen hielt.

Balthasar Melchior saß in einem verschlissenen Lehnstuhl direkt vor dem großen Panoramafenster. Sein Appartement war eines der teuersten im *Bodelschwingh-Heim*, einem exklusiven Altenpflegeheim am Rande des Schlossparks. Marlene mochte den alten Mann, der trotz seiner neunundachtzig Jahre geistig noch vollkommen klar war. Wenn es ihre Schicht und ihre Zeit erlaubte, leistete Marlene ihm bei seinen Mahlzeiten gern ein wenig Gesellschaft.

»Ein wunderbarer Tag«, erwiderte der alte Mann und zeigte auf die Rheinebene, die sich vor ihm erstreckte. »Wenn ich fünfzig Jahre jünger wäre, würde ich Sie heute zu einem netten kleinen Ausflug einladen, Fräulein Ruf.« Er lächelte verschmitzt.

Sie stellte das Tablett auf dem Esstisch ab und half dem Heimbewohner, vorsichtig aus dem Stuhl aufzustehen und sich an den Tisch zu setzen.

Nachdem Herr Melchior auf eine Scheibe Schwarzbrot zeigte, bestrich Marlene sie mit Leberwurst. »Wo würden Sie denn mit mir hinfahren?« Sie genoss die Gesellschaft des älteren Herrn, der sich seinen Charme und Humor über all die Jahrzehnte seines Lebens bewahrt hatte.

»Ach, Fräulein Ruf, ein Ausflug ins romantische Heidelberg, eine Wanderung nach Buchklingen oder auch eine Fahrradtour an der Weschnitz entlang, mit anschließendem Picknick im Grünen.« Er seufzte, während er jede ihrer Bewegungen verfolgte.

»Das hört sich alles wirklich sehr verlockend an, Herr Melchior. Sie würden mir die Wahl nicht leicht machen«, erwiderte sie lächelnd, während sie ihm seinen Teller hinüberschob.

Balthasar Melchior bestand darauf, dass er sämtliche Handgriffe, zu denen er noch in der Lage war, selbst ausführte. Selbstständig essen gehörte für ihn ebenso zu einem würdevollen Leben, wie eigenständig auf die Toilette zu gehen.

Marlene wusste, dass er früher als Geschäftsführer bei einer großen Druckmaschinenfirma in Heidelberg gearbeitet hatte, bevor er sich mit einem eigenen Unternehmen selbstständig machte, das ihm nach anfänglichen Startschwierigkeiten über die Jahre einen gewissen Wohlstand ermöglicht hatte. Seine Frau war vor mehr als fünfzehn Jahren verstorben. Seine Tochter hatte jeden Kontakt zu ihm abgebrochen, seit sie, wie Melchior Marlene schon des Öfteren erzählt hatte, in falsche Kreise geraten war. Der alte Mann war ein herzensguter Mensch, durch und durch anständig, weltoffen und tolerant. Marlene war der Tochter noch nie begegnet. Sie konnte jedoch in keiner Weise nachvollziehen, wie man sich mit einem derart umgänglichen Menschen wie ihm so überwerfen konnte.

»Noch zwei Tage, dann geht es wieder los«, ergriff Melchior das Wort und zeigte in Richtung Innenstadt.

»Ja, es wird schon kräftig aufgebaut«, erzählte Marlene, während sie ihm Kaffee nachschenkte. »Das Riesenrad steht bereits.«

»Das gab es früher nicht«, erwiderte der alte Mann mit wehmütiger Stimme.

»Ich weiß, das haben Sie schon einmal erwähnt.«

Marlene war erst vor sechs Jahren aus dem Ruhrgebiet nach Weinheim gezogen, um ihre Ausbildung zur Altenpflegerin hier im *Bodelschwingh-Heim* zu beginnen. Natürlich hätte sie auch in ihrer Heimat eine Lehrstelle gefunden, aber nach der Schule hatte sie aus unterschiedlichen Gründen dringend einen Tapetenwechsel benötigt. Dass ihre Wahl auf Weinheim gefallen war, war reiner Zufall gewesen. Sie hatte im Fernsehen einen Bericht über die Rhein-Neckar-Region gesehen, über die Mandelblüte an der Bergstraße, der frühesten in der ganzen Bundesrepublik. Die ›Toskana Deutschlands‹ hatte der Sprecher das Gebiet damals genannt. Acht Wochen später war Marlene zu einem ersten Bewerbungsgespräch in dem Altenheim eingeladen und hatte sich bei ihrem Besuch auf Anhieb in die Stadt verliebt. Der mediterran angehauchte Marktplatz, das romantische Gerberbachviertel mit seinen kleinen Fachwerkhäusern und engen, verwinkelten Gassen. Und nicht zuletzt die Einrichtung selbst, die mit dem Versprechen warb, älteren Menschen einen Lebensabend in Würde zu bieten. Bis heute hatte Marlene ihre Entscheidung keinen Tag bereut. Weinheim war zu ihrer zweiten Heimat geworden. Als sie vor drei Jahren Markus kennengelernt hatte, machte seine Liebe ihr Glück perfekt.

»Ich kenne die Kerwe nur in ihrem jetzigen Erscheinungsbild. Das Riesenrad stellt für mich das Herzstück dar. Merkwürdig, sich das Fest ohne die Hauptattraktion vorzustellen.«

Balthasar Melchior nickte bedächtig. »Ja, die Zeiten haben sich geändert.« Er lächelte gedankenverloren. »Die vier Tage im August waren früher immer der Höhepunkt des Jahres.« Er führte seine Kaffeetasse mit zittriger Hand an seine Lippen und trank einen kleinen Schluck. »Sie müssen wissen, ich war nicht immer so.« Er zeigte an sich hinunter. »Ganz im Gegenteil: Ohne angeben zu wollen, aber ich war ein ganz schön fescher Bursche.« Er verzog seine Lippen zu einem angedeuteten Grinsen.

Das glaubte Marlene ihm sofort. Selbst jetzt in seinem hohen Alter strotzte er trotz seiner Gebrechen vor Energie und Lebensfreude. Er haderte nicht mit seinem Zustand wie andere ältere Patienten, die sie kannte.

»Das kann ich mir wahrlich vorstellen«, entgegnete Marlene lachend. »Sicher haben Sie damals reihenweise die Frauenherzen Weinheims gebrochen.«

»Ich war immer eine ehrliche Haut«, widersprach er mit Nachdruck. »Meiner Hiltrud war ich über fünfzig Jahre lang treu.«

Marlene blickte aus dem Fenster. Fünfzig Jahre, eine unendlich lange Zeit. Ob sie dieses Glück wohl ebenfalls erleben würde?

»Heutzutage gibt es das ja gar nicht mehr«, fuhr Melchior, der nichts von ihren Gedanken ahnte, fort. »Es wird überstürzt geheiratet, um sich dann genauso eilig wieder scheiden zu lassen.« Betrübt schüttelte er seinen Kopf. »Für mich kam nie eine andere als Hiltrud infrage. Als ich sie das erste Mal gesehen habe, wusste ich sofort, dass ich mit dieser Frau mein Leben verbringen wollte.«

»Wie romantisch«, erwiderte Marlene verzückt, doch Melchior schüttelte seinen Kopf.

»Ein halbes Jahrhundert, das war oft überhaupt nicht romantisch, sondern viel Arbeit und Anstrengung. Aber auch viel Freude und Sonnenschein.«

Beide hingen einen Moment ihren Gedanken nach.

»Ihr Freund kann sich glücklich schätzen, Sie zu haben«, ergriff Melchior schließlich wieder das Wort.

»Das hoffe ich.«

»Gehen Sie auch gemeinsam auf die Kerwe?« Er blickte sie aus müden Augen an.

»Am Freitag«, antwortete Marlene. »Samstag ist dann Mädelsabend.«

»Dann arbeiten Sie dieses Wochenende wohl nicht«, folgerte der ältere Mann leise.

»Nein, aber bis Freitag bin ich noch da.« Sie versuchte, ihn aufzumuntern. »Und am Montag erzähle ich Ihnen alles bis ins kleinste Detail und bringe Ihnen eine Packung gebrannte Mandeln mit.«

Seine Augen glänzten verdächtig, als er seine Hand ausstreckte und auf ihre legte. »Sie sind ein guter Mensch, Fräulein Ruf.« Seine Lippen zitterten.

»Sie auch«, erwiderte sie gerührt, bevor sie aufstand und seinen Teller auf das Tablett zurückstellte, da noch andere Patienten auf sie warteten.

5

Die Außenstelle der Kriminaldirektion Heidelberg befand sich im zweiten Stock des Polizeireviers Weinheim, direkt gegenüber des Bahnhofs. Aufgrund der Polizeireform waren die Tage der Weinheimer Kripobeamten gezählt, da die Behörde umstrukturiert wurde und die Außenstellen in die Hauptzentrale in Heidelberg integriert werden sollten. Im Moment war jedoch noch nicht klar, wann Sina Engel mit ihrem Team würde umziehen müssen. Unabhängig davon hatte die Hauptkommissarin sowieso gerade ganz andere Sorgen.

»Verdammter Mist! Das darf doch nicht wahr sein.« Wütend warf Sina die Zeitung auf die Tischplatte vor sich. Eigentlich hatte sie ihre Mitarbeiter zu einer Lagebesprechung zusammenrufen wollen. Als Sebastian Ihrig, mit seinen sechsundzwanzig Jahren der Jüngste im Team, ihr jedoch den heutigen Artikel in der *Rhein-Neckar-Zeitung* vorgelegt hatte, war Sinas Laune, die ohnehin schon nicht die beste war, in den Keller gesackt.

»*Weinheim trotzt dem Kerweschlitzer«*, presste Sina aufgebracht zwischen ihren Zähnen hervor. »Wer denkt sich nur so einen Haufen Dreck aus?«

Erst vor zwei Tagen hatte sie eine Anfrage von Roman Heiden, dem Redakteur der *Rhein-Neckar-Zeitung*, der für Weinheim zuständig war, abgelehnt. Er hatte sie zu dem bevorstehenden Volksfest und den beiden Mordfällen der letzten Jahre befragen wollen. Da Sina dem Täter, der sich noch immer auf freiem Fuß befand, jedoch keinerlei Angriffsfläche bieten, ihn weder provozieren noch herausfordern wollte, war sie zu dem Schluss gekommen, je weniger im Vorfeld über die Morde geschrieben würde, desto größer wäre die Wahrscheinlichkeit, dass dieses Fest ereignislos verliefe.

Der Artikel, eine ganze Seite mit Fotos der beiden Opfer, Zitaten von Sina aus den letzten Pressekonferenzen sowie einer detaillierten Beschreibung der Morde war nun das Resultat ihrer Ablehnung. Sie kochte innerlich. Im gleichen Moment legte sie instinktiv die Hand auf ihren Bauch und überlegte. Sie musste unbedingt Schadensbegrenzung betreiben. Wenn der Kriminalrat den Artikel erst zu Gesicht bekam …

Polizeiobermeister Gerhard Runz, der dienstälteste Beamte der Außenstelle, erschien im Türrahmen. »Sina?«

Genervt hob sie ihre Hände. »Bitte keine weiteren Hiobsbotschaften.«

»Ich fürchte doch«, entgegnete er vorsichtig. »Gerade kam ein Anruf aus Heidelberg. Gans kommt heute Nachmittag, er möchte dringend mit dir sprechen.«

Fassungslos starrte Sina ihren Mitarbeiter an. »Das darf doch alles nicht wahr sein. Was will er denn persönlich hier?«

Klaus-Peter Gans war eigentlich der Kriminalrat, hatte aber seit dem Selbstmord des vorherigen Dezernatsleiters der Direktion Heidelberg übergangsweise auch dessen Stelle inne, bis ein Nachfolger gefunden wurde.

Rudolf Mattner war neunundvierzig Jahre alt gewesen, als man ihn vor drei Monaten erhängt in seiner Wohnung in Dossenheim gefunden hatte. Mattner war ein Einzelgänger gewesen, im Job kompetent und sachverständig, aber menschlich eine absolute Katastrophe. Sina war in den letzten Jahren mehr als einmal mit ihm aneinandergeraten. Trotzdem hatte sein Tod die ganze Direktion in eine Art Schockstarre gestürzt, von der sich die Beamten erst nach und nach wieder erholten.

Sein Nachfolger hingegen war ein umgänglicher Vorgesetzter, der für seine Mitarbeiter auch in stressigen Situationen stets ein offenes Ohr hatte. Sina hatte nach Carlos Tod öfter mit ihm zu tun gehabt und seine verständnisvolle und empathische Art sehr zu schätzen gelernt. Wenn Gans sich nun aber persönlich nach Weinheim bemühte, hatte das sicher nichts Gutes zu bedeuten. Was wollte er bloß hier? Sina befürchtete, dass er mit dem Gedanken spielte, ihr den Fall zu entziehen.

»Vielleicht will er dir ja nur Unterstützung anbieten?«, versuchte sich Gerhard an einer schwachen Erklärung.

»Und deshalb kommt er selbst?« Sina schüttelte ihren Kopf. »Nein, das glaube ich nicht. Eine hochschwangere Kommissarin ist denen doch seit Monaten ein Dorn im Auge.«

»Ach komm, Sina, du machst einen Superjob. Das hat doch nichts mit deiner Schwangerschaft zu tun.« Gerhard kratzte sich am Kinn.

»O doch, Gerhard, das hat es. Was habe ich denn schon vorzuweisen? Zwei tote Frauen, vom Täter weit und breit keine Spur. Wenn er noch mal zuschlägt ...« Sie ließ den Satz unbeendet und verzog ihr Gesicht.

»Das wird er nicht.« Gerhard versuchte, seine Chefin zu beschwichtigen. »Diesmal sind wir vorbereitet.«

Sina nickte. Er hatte recht. Nach dem ersten Mord vor zwei Jahren hatte niemand ahnen können, dass es sich um die Tat eines Serienmörders handelte.

Obwohl die Beamten letztes Jahr in Alarmbereitschaft versetzt worden waren, hatte doch keiner ernsthaft mit einem weiteren Mord gerechnet. Erst als am Morgen des Kerwesonntags ein Spaziergänger mit seinem Hund die Leiche des zweiten Opfers am Rand des Weges zur Burg Windeck hinauf gefunden hatte, war ihnen klar geworden, mit was sie es hier zu tun hatten.

Sina schüttelte hastig den Gedanken daran ab. Beide Frauen waren grauenhaft zugerichtet gewesen, aufgeschlitzt und jämmerlich verblutet. Höchstwahrscheinlich hatte der Täter ihr Leiden mitangesehen und die Macht über seine Opfer auf perverse Art genossen.

»Was ist, wenn wir die Besucher nicht schützen können?« Mit besorgtem Blick fixierte sie ihren Mitarbeiter.

»Wir werden sie schützen«, erklärte Gerhard bestimmt. »Jede Frau, die auf die Kerwe geht, wird wohlbehalten nach Hause zurückkehren, zu Mann, Freund, Kindern.« Er machte eine Pause. »Ihrer Familie.«

Sina schloss für einen Moment die Augen. »Ein weiterer Mord wäre eine Katastrophe. Wenn Carlo noch leben würde …«

»Wenn Carlo noch leben würde, wäre der Stand der Ermittlungen genau derselbe, Sina«, unterbrach Gerhard sie barsch und sah sie finster an. »Und das weißt du auch.«

Überrascht öffnete sie wieder ihre Augen. »Aber er …«

»Wir haben keinerlei verwertbare Spuren«, fuhr ihr Kollege ungehalten fort. »Auch Carlo könnte ohne Anhaltspunkte keinen Täter präsentieren.«

»Wir waren ein gutes Team«, sinnierte Sina wehmütig.

»Ja, das wart ihr. Aber der letzte Mord geschah sechs Monate vor Carlos Tod. Denkst du wirklich, er hätte so lange nach der Tat noch irgendeine Spur gefunden, der wir nicht bereits nachgegangen sind?«

Oberhauptkommissar Carlo Reinhardt hatte gemeinsam mit Sina die Kerwemorde untersucht. Nach dem Fund der ersten Leiche hatte Mattner entschieden, Carlo solle das Weinheimer Team bei den Ermittlungen verstärken.

Zum damaligen Zeitpunkt hatten Sina und Carlo ihre Beziehung vor den Kollegen noch geheim gehalten. Erst einige Monate später waren sie in eine gemeinsame Wohnung gezogen.

Obwohl Mattner die Zusammenarbeit der beiden nach Bekanntwerden ihres privaten Verhältnisses damals argwöhnisch beäugt hatte, entschied Kriminalrat Gans entgegen der Empfehlung seines Untergebenen, die Ermittlungen bei ihnen gemeinsam zu belassen, ungeachtet ihrer persönlichen Beziehung.

»Nein, du hast natürlich recht«, stimmte Sina Gerhard zu. »Ich weiß auch nicht, was heute mit mir los ist.« Müde massierte sie ihre Schläfen.

»Du vermisst ihn. Und du bist nervös wegen Samstag. Das ist doch verständlich. Aber wir werden unseren Job machen, und zwar gut. Vertrau uns, Sina.«

Nachdem Gerhard in das Großraumbüro zurückgekehrt war, zog Sina die Fallakten der beiden Morde zu sich heran. Olivia Bertram und Lotta Sagewitz. Zwei junge Frauen, die nicht mehr lebten. Zwei Schicksale, von denen lediglich die Umstände ihres Todes in den Köpfen der Öffentlichkeit hängen blieben. Doch Sina wusste, dass die Ermordung der beiden Opfer deren Familien und Freunde für immer prägen würde.

Sie blätterte durch die Akte des ersten Mordes, überflog zum gefühlten hundertsten Mal die Befragungsprotokolle. Olivia Bertram war am Kerwesamstag vor zwei Jahren mit drei Arbeitskolleginnen durch die Weinheimer Innenstadt gezogen. Wie Tausende andere Menschen auch, dachte Sina traurig. Nachts gegen halb zwei hatten sich die vier getrennt und waren jeweils allein nach Hause gegangen. Bertram, die am Rande des Odenwalds im Gorxheimertal gewohnt hatte, hatte die Abkürzung durch den Exotenwald genommen und war dort ihrem Mörder über den Weg gelaufen.

Sina lehnte sich zurück und fuhr sich müde über das Gesicht. War der Täter ihr gefolgt? Oder hatte er sie zufällig getroffen? Hatte Bertram ihn gekannt? Fragen über Fragen und keine Antworten.

Sina las die Aussagen der Arbeitskollegen nochmals. Alles klang schlüssig. Ein lauer Sommerabend, Spaß mit Freunden, Kerwesamstag eben. Doch etwas war anders gewesen. Olivia Bertram war nicht nach Hause zurückgekehrt. Als die Eltern am nächsten Morgen feststellten, dass sie nicht in ihrem Bett geschlafen hatte, meldeten sie ihre Tochter sofort vermisst. Nur eine Stunde später entdeckte ein junges Pärchen beim Joggen Olivia Bertrams Leiche. Brutal zugerichtet, an einen Baum gefesselt.

Angewidert betrachtete sie die Tatortfotos. Das Gesicht der Toten war zu einer grotesken Maske verzogen. Ihr Körper blutüberströmt. Ihre Kleidung hatte, achtlos weggeworfen, hinter dem dicken Stamm des Mammutbaums gelegen. Sina wollte sich nicht vorstellen, welch unbeschreibliche Schmerzen die Auszubildende in den letzten Minuten ihres Leben hatte ertragen müssen.

Sinas Magen rebellierte. Sie schloss kurz die Augen, bevor sie sich auf das nächste Protokoll konzentrierte. Das Pärchen, das Bertram entdeckt hatte, war genauso unauffällig wie die Arbeitskollegen gewesen. Die Spurensicherung hatte am Tatort nichts gefunden. Keine Fremd-DNA, keine Abwehrverletzungen am Opfer. Nichts. Frustriert starrte Sina auf ihren Schreibtisch. Nichts. Nach zwei Jahren hatten sie absolut keinen Anhaltspunkt dafür, wo sie den Täter suchen sollten. Kein erkennbares Motiv, keine persönliche Verbindung zwischen den Frauen.

Sie schlug die Akte von Lotta Sagewitz auf. Auch hier das gleiche Bild. Tatortfotos, die einem zweitklassigen Horrorfilm entnommen sein könnten.

Nach den Aussagen der Freundinnen von Sagewitz hatten die jungen Frauen im Gerberbachviertel bis weit nach Mitternacht gefeiert. Lottas Heimweg dauerte nur fünf Minuten. Doch auch die Jurastudentin hatte ihr Zuhause nicht erreicht. Sie war genau wie Olivia Bertram brutal aufgeschlitzt worden und ausgeblutet.

Wieder meldete sich Sinas Magen. Ein Mitarbeiter der Stadt hatte den Leichnam der jungen Frau bei Aufräumarbeiten am nächsten Morgen gefunden, bevor die Eltern überhaupt das Fehlen ihrer Tochter bemerken konnten. Diesmal hatte der Täter sein Opfer an zwei Holzpfosten eines Zauns gebunden. Keine hundert Meter Luftlinie vom Elternhaus der jungen Frau entfernt.

Lotta Sagewitz hatte kurz vor ihrem Tod den Jurastudenten Alexander Konrad kennengelernt. Der hatte ausgesagt, er habe eigentlich vorgehabt, mit Lotta auf die Kerwe zu gehen. Da diese jedoch schon länger mit ihren Freundinnen den Abend verplant hatte, war er zu Hause geblieben. Konrad hatte kein Alibi vorweisen können. Aufgrund seiner äußerst unkooperativen Art hatten Carlo und sie ihn kurzzeitig im Verdacht gehabt, etwas mit Sagewitz' Tod zu tun zu haben. Doch sie konnten bis heute keine Verbindung zu dem ersten Opfer herstellen.

Auch am Fundort von Lotta Sagewitz hatte die Spurensicherung keinen Erfolg verbuchen können. Nichts.

Sina seufzte. Sie hatte keine Ahnung, wie sie den Täter stoppen sollten. Ohne Hinweise auf seine Identität, ohne verwertbare Spuren. Ohne plausibles Motiv.

Vorsichtig strich sie über ein Porträtfoto von Lotta Sagewitz. Die Studentin war eine hübsche Frau gewesen. Warum hatte der Täter sie umgebracht? Sina kniff ihre Augen zusammen. Hatte Lotta ihren Peiniger gekannt? Oder war sie ihm zufällig über den Weg gelaufen?

Genervt schob sie die Akten beiseite und legte ihren Kopf in den Nacken. Ihr blieb nicht mehr viel Zeit. Sie war es den Opfern schuldig, dieses Monster zur Rechenschaft zu ziehen. Seine Verhaftung würde die Frauen nicht wieder lebendig machen, doch es war das Einzige, was Sina noch für die beiden tun konnte. Für sie und ihre Familien. Außerdem galt es dringend, weitere Opfer zu verhindern.

6

»Verfluchter Mist«, knurrte Matthias, nachdem er das Gespräch mit dem Uniklinikum beendet hatte. Gunther wurde noch immer operiert. Matthias hatte die ganze Zeit gehofft, dass sein Kollege nach der Operation über den Berg wäre, doch die Verletzung schien tatsächlich so schlimm zu sein, wie sie ausgesehen hatte. Für einen Moment vergrub er das Gesicht in den Händen und ließ die Szene noch einmal vor seinem inneren Auge abspulen. Was war nur schiefgelaufen? Er hatte keinen halben Meter hinter Gunther gestanden. Wieder und wieder fragte er sich, wie er seinen Partner hätte besser sichern können.

»Matthias?«

Erschrocken hob er den Kopf und erblickte Hauptkommissar Thorsten Schröder vor seinem Schreibtisch. »Hm?«

»Fatma Özcal hat deine Aussage bestätigt«, erklärte Thorsten grimmig und zog sich einen Stuhl heran. Während er sich setzte, fuhr er fort: »Gunthers Frau wurde von den Kollegen ins Klinikum gefahren, aber er befindet sich noch im OP.«

»Ich weiß«, erwiderte Matthias finster. »Ich habe gerade mit dem Empfang gesprochen. Die Dame konnte mir nicht sagen, wie lange es noch dauert.« Er ballte seine rechte Hand zu einer Faust. »Verdammt, ich weiß einfach nicht, was da vorhin falsch gelaufen ist.«

Thorsten beugte sich vor. »Es bringt doch nichts, wenn du dich jetzt verrückt machst. Schließlich kennen wir alle das Risiko, das wir jeden Tag eingehen.«

»Es war ein Routineeinsatz. Scheiße«, fluchte Matthias. »Gunther meinte vorher noch, er könne mir wohl nicht die Action bieten, die ich gewohnt sei.« Ungläubig schüttelte er seinen Kopf.

»Ahmed Özcal wird seine Frau auf jeden Fall eine ganze Weile lang nicht mehr als Aschenbecher missbrauchen können«, versuchte Thorsten, ihn abzulenken.

»Hat sie ihn belastet?«

»Leider nicht«, musste der Kollege einräumen. »Aber wir haben elf nicht registrierte Schusswaffen und Hunderte

Ecstasy-Pillen in der Wohnung gefunden. Zusammen mit dem Angriff auf Gunther dürfte ihm das ein paar schöne Jährchen einbringen.« Er zog eine Grimasse.

»Ein lebensgefährlicher Angriff auf einen Polizeibeamten wegen ein paar Tabletten und Waffen?« Wieder schüttelte Matthias seinen Kopf. Er konnte es kaum fassen, aus welchen Gründen unspektakulär erscheinende Einsätze manchmal völlig aus dem Ruder liefen und teilweise in schlimmen Katastrophen endeten. Wieder musste er an Carlo denken.

Sein Telefon klingelte. Ein Blick aufs Display verriet ihm, dass der Kriminalrat ihn sprechen wollte. Er zog die Augenbrauen hoch und sah Thorsten entschuldigend an, während er das Gespräch annahm.

»Kollege Sommer?« Die Stimme seines Vorgesetzten klang wütend.

»Am Apparat, Herr Gans.« Matthias stützte seine Ellenbogen auf dem Schreibtisch ab und beugte sich vor.

»Könnten Sie bitte in mein Büro kommen?«

»Wann?« Er runzelte die Stirn.

»Sofort.«

»Ja, ich komme …« Matthias brach ab, als er merkte, dass Klaus-Peter Gans bereits das Gespräch beendet hatte.

»Was war denn das?«, wollte Thorsten mit skeptischer Stimme wissen.

Matthias zuckte mit den Achseln. »Ich nehme an, er will Details zu dem Vorfall im Hasenleiser haben.« Er griff nach dem Bericht, den er erst vor wenigen Minuten fertiggestellt hatte. »Auf in die Höhle des Löwen.« Er erhob sich.

Auch Thorsten erhob sich und legte ihm kurz die Hand auf die Schulter. »Dich trifft keine Schuld. Gunther wird das genauso sehen, wenn er wieder fit ist.«

»Wenn …«, sinnierte Matthias tonlos.

»Nehmen Sie bitte Platz.« Der Kriminalrat zeigte auf den leeren Stuhl vor dem Schreibtisch, als Matthias das Büro betrat.

Während er sich setzte, spürte er den prüfenden Blick seines Vorgesetzten auf sich. Er räusperte sich. »Wegen Hauptmeister Leidig …«, setzte er vorsichtig an.

»Eine höchst unschöne Sache«, unterbrach ihn Gans ungehalten. »Aber die Kollegen werden die Vernehmungen mit äußerster Anstrengung vorantreiben, damit der Vorfall lückenlos aufgeklärt werden kann.« Er hielt einen Augenblick inne. »Wie geht es dem Kollegen Leidig?«

»Er wird noch operiert. Die Ärzte können noch nichts sagen«, antwortete Matthias bereitwillig.

Gans nickte leicht. »Dann wollen wir hoffen, dass er noch mal Glück gehabt hat.«

Matthias blickte verunsichert auf den Schreibtisch seines Vorgesetzten und fragte sich, warum der ihn überhaupt herzitiert hatte. Es schien nicht, als ob Gans seine Version der Ereignisse hören wollte. Ganz im Gegenteil, Matthias beschlich der Eindruck, dass der Kriminalrat mit seinen Gedanken ganz woanders war.

Nach einem kurzen Augenblick des Schweigens schob Gans ihm die aktuelle Ausgabe der *Rhein-Neckar-Zeitung* zu. »Haben Sie heute schon die Zeitung gelesen?«

Matthias verneinte. Er war seit sechs Uhr früh im Dienst und hatte noch keine Pause gemacht.

»Dann sehen Sie sich mal diesen Schlamassel an.« Gans tippte mit seinem Zeigefinger wütend auf die linke Seite der Zeitung, die jetzt aufgeschlagen vor Matthias lag.

»*Weinheim trotzt dem Kerweschlitzer*«, las er laut vor und nickte. »Carlos Fall.«

»Hauptkommissarin Engels Fall«, verbesserte Gans ihn mit Nachdruck.

Matthias nickte erneut. Er war Carlos Lebensgefährtin erst drei- oder viermal begegnet. Da sie ausschließlich in Weinheim und Umgebung ermittelte, überschnitten sich ihre Dienstwege so gut wie nie. Genau genommen kannte er die groß gewachsene Blondine fast nur aus Carlos Erzählungen.

Da der jahrelang Matthias' Partner bei der Kripo gewesen waren, kannte er natürlich die Liebesgeschichte, die sich vor knapp drei Jahren zwischen den beiden entwickelt hatte. Das letzte Mal hatte er Sina Engel auf Carlos Beerdigung gesehen. Wenig später war bekannt geworden, dass sie ein Kind erwartete. Ein Kind, von dem Carlo niemals etwas erfahren würde. Matthias kannte jedoch ein weiteres tragisches Detail, das er seit dem Tod seines Partners mit sich herumschleppte. Seit knapp sieben Monaten wartete er auf den richtigen Zeitpunkt, doch er war sich nicht sicher, dass dieser überhaupt jemals kommen würde. Er hustete leicht.

»Kollegin Engel ist, wie Sie sicher wissen, schwanger.« Gans machte eine bedeutungsvolle Pause. »Hochschwanger.«

»Ich weiß«, bestätigte Matthias zögernd.

»Am Freitag beginnt die Kerwe in Weinheim«, fuhr der Kriminalrat fort. »Unabhängig von diesem Geschmiere wissen Sie, was das bedeutet.«

Matthias nickte, obwohl ihm nicht ganz klar war, was Gans eigentlich von ihm wollte.

»Ich möchte auch gar nicht lange um den heißen Brei herumreden«, erklärte dieser nun, als hätte er Matthias' Gedanken gelesen. »Wir beide haben heute Nachmittag einen Termin bei der Kollegin Engel.«

Matthias sah ihn verwundert an. »Heute Nachmittag? Warum?«

Gans zögerte einen Moment, bevor er weitersprach. »Ich möchte … nun, Sie werden sie unterstützen.«

»Ich? Unterstützen?« Matthias war fassungslos. »Aber ich bin am Samstag auf dem Waldhof eingeteilt.«

»Das muss ein Kollege übernehmen«, erklärte Gans in einem Ton, der keine Widerrede zuließ. »Die Kommissarin ist stark angeschlagen, seit der Kollege Reinhardt …«, er stockte, »seit dem Tod von Oberhauptkommissar Reinhardt. Dazu noch die Schwangerschaft.« Er kratzte sich am Kinn und blickte Matthias aufmerksam an. »Sie waren sein Partner. Außerdem denke ich, dass Sie genau der Richtige für diese Aufgabe sind.«

Obwohl Matthias anderer Meinung war, behielt er seine Gedanken für sich. »Was bedeutet ›unterstützen‹ in diesem Fall?«

Der Kriminalrat fuhr sich mit der Hand über seine Stirn. »Diese verfluchte Hitze!« Er zog die Zeitung wieder zu sich heran. »Ich werde Kollegin Engel in unserem Gespräch mitteilen, dass Sie ab sofort die Ermittlungen gemeinsam mit ihr leiten.«

»Darüber wird sie nicht begeistert sein«, warf Matthias ein.

»Ich möchte, dass Sie sich die Akten anschauen, mit ihr die bisherigen Erkenntnisse besprechen und gemeinsam die Einsatzplanung für das kommende Wochenende organisieren«, fuhr Gans fort, ohne auf den Einwand einzugehen. »Vor allem möchte ich keine weitere Tote.«

»Ich kenne mich in Weinheim nicht aus«, versuchte Matthias erneut, sich dem Einsatz zu entziehen.

»Engel ist gebürtige Weinheimerin. Sie kann Sie einweisen.« Mit einer Handbewegung demonstrierte der Kriminalrat seine Ungeduld.

»Weiß sie es schon?«

»Nein, ich wollte, dass wir es ihr persönlich sagen«, erwiderte Gans ungerührt.

Wir, dachte Matthias gereizt. Obwohl er Sina Engel kaum kannte, war ihm klar, dass sie ihn mit Sicherheit nicht an ihrer Seite akzeptieren würde. Das war ihr Fall, von Anfang an. Dass er sie jetzt unterstützen sollte, musste sie als persönliche Niederlage empfinden. Und dass er ihren Lebensgefährten gut gekannt hatte, machte die Sache wahrscheinlich nur noch schwieriger. Mit Unbehagen dachte er daran, was Carlo ihm vor seinem Tod anvertraut hatte.

7

»Gans ist da.«

Seufzend erhob sich Sina und folgte Gerhard. »Wo ist er?«

»Sie warten im Erdgeschoss.«

»Sie?« Sina strich nervös über ihr Haar.

»Kommissar Sommer ist bei ihm, Carlos …«

»Ich weiß, wer Sommer ist«, unterbrach sie ihren Mitarbeiter gereizt.

Was wollte der Weiberheld hier? Carlo hatte ihr im Laufe ihrer Beziehung immer wieder von den amourösen Eskapaden seines Partners erzählt, der seine Freundinnen ungefähr so häufig wechselte, wie andere Männer ihre Unterwäsche. Carlo hatte sie mehrmals überreden wollen, sich mit Matthias und dessen aktueller Begleitung zu treffen. Doch sie hatte nie das Verlangen danach gehabt, ihre kostbare Freizeit mit dem attraktiven Polizisten und dessen Gespielin zu verbringen. Meist war es darauf hinausgelaufen, dass Carlo sich allein mit Matthias auf ein Bier getroffen hatte. Sina kannte den Kommissar nur flüchtig.

Sie fasste sich an die Schläfe und verharrte einen Moment.

»Alles in Ordnung?«

Nein, nichts war in Ordnung. Doch sie schüttelte ihren Kopf. »Alles okay. Würdest du die beiden hochbringen?«

Sie kehrte in ihr Büro zurück und ließ die Augen kurz über den Schreibtisch wandern. Als sie aus dem Fenster sah, erblickte sie eine Gruppe japanischer Touristen, die sich gerade auf dem Bahnhofsvorplatz versammelte und ihre Kameras zückte. Trotz ihrer Anspannung musste sie schmunzeln.

Als es an der Tür klopfte, drehte sie sich um und bemühte sich um einen zuversichtlichen Gesichtsausdruck. »Herein!«

Klaus-Peter Gans, ein attraktiver Mittfünfziger, betrat das Büro, gefolgt von Hauptkommissar Matthias Sommer.

»Kollegin Engel.« Der Kriminalrat begrüßte sie mit einem Lächeln und gab ihr die Hand.

»Sina.« Carlos ehemaliger Partner nickte ihr leicht zu.

»Kriminalhauptkommissar Sommer«, erwiderte sie ungerührt, während sie mit Genugtuung eine leichte Verunsicherung in seiner Miene registrierte.

Auf ein oder zwei Weihnachtsfeiern hatte Carlo sie seinem Partner vorgestellt. Sicherlich waren sie an jenen Abenden per Du gewesen. Aber hier und jetzt, auf ihrem Revier und unter diesen Umständen, war seine persönliche Anrede völlig fehl am Platz.

»Bitte, setzen Sie sich doch.« Sie zeigte auf die Stühle vor ihrem Schreibtisch, bevor sie sich selbst dahinter begab, krampfhaft um Haltung bemüht, um nicht wie eine rollende Tonne zu wirken. Sie legte ihre Hände auf die Tischplatte, während sie die prüfenden Blicke der beiden Männer auf sich spürte. Was sahen sie? Eine Hochschwangere, die höchstwahrscheinlich ebenso hilfsbedürftig wie auch verzweifelt wirkte. Eine Frau, deren Leben völlig aus den Fugen geraten war. Eine Kommissarin, die mit ihren Aufgaben vollkommen überfordert war.

Gans räusperte sich. »Kollegin Engel, sicher fragen Sie sich, warum wir beide hier sind.«

Bei Sina läuteten sämtliche Alarmglocken. Wenn Gans es auf die diplomatische Art versuchte, verhieß das nichts Gutes. Er wollte sie schonen.

Sie blickte von ihrem Vorgesetzten zu Kommissar Sommer, dessen dunkle Augen sie nachdenklich musterten. Er verzog keine Miene, während er ihren Blick gefangen hielt. Ja, er sah gut aus und, ja, er war ein Womanizer.

Verlegen sah sie wieder zu Gans. »Die Frage habe ich mir in der Tat gestellt.«

»Nun, dann möchte ich gleich zur Sache kommen.« Der Kriminalrat lehnte sich vor. »Sicher haben Sie den Artikel in der RNZ bereits entdeckt.«

Sina nickte. »Ja, und ich war alles andere als erfreut. Als der zuständige Chefredakteur vor einigen Tagen bei mir anfragte, ob er ein Interview mit mir führen könne, habe ich ihm selbstverständlich mitgeteilt, dass ein Artikel zu diesem Zeitpunkt auf keinen Fall infrage komme.«

»Ich verstehe nicht ganz …« Der Kriminalrat sah sie sichtlich verwirrt an.

»Dieser Artikel ist jetzt wohl die Retourkutsche für meine Ablehnung.«

»Wieso weiß ich nichts davon, dass die Presse mit Ihnen in Kontakt getreten ist?« Gans sah sie finster an.

»Ich dachte …« Sina brach verunsichert ab, als sie aus dem Augenwinkel bemerkte, wie Matthias Sommer leicht seinen Kopf schüttelte.

»Nun, wie auch immer.« Der Kriminalrat saß jetzt kerzengerade auf seinem Stuhl und nickte. »Am Freitag beginnt die Kerwe hier in Weinheim, am Samstag jähren sich die Morde unseres Täters.«

»Wir sind gerade dabei, unsere Schichten zu koordinieren«, warf Sina ein.

»Gut, gut«, erwiderte Gans zerstreut, wobei er den Eindruck erweckte, dass ihn das in keinster Weise interessierte. »Frau Engel, Sie sind …« Er unterbrach sich kurz. »Sie sind eine äußerst verantwortungsvolle Mitarbeiterin und ich schätze Ihre gründliche Arbeitsweise sehr.«

Sina konnte sich denken, was jetzt kam. Erst wurde ihr Honig um den Mund geschmiert, bevor man ihr den Fall entzog.

»Aber aufgrund Ihres derzeitigen Zustands«, der Kriminalrat zeigte unbeholfen auf ihren Bauch, »halte ich es für das Beste, dass Kommissar Sommer Sie ab sofort bei den aktuellen Aufgaben unterstützt.«

Sina konnte es nicht fassen. Ausgerechnet Carlos ehemaliger Partner. Sie wusste, dass Matthias Sommer ein kompetenter und durchaus erfolgreicher Ermittler der Kripo Heidelberg war. Aber ebenso kannte sie seinen Ruf, keine Gelegenheit für einen Flirt ungenutzt zu lassen. Carlo hatte ihr immer wieder von seinen unzähligen Affären erzählt. Nein, mit einem solchen Mann konnte sie nicht zusammenarbeiten. Mit einem solchen Mann wollte sie nicht zusammenarbeiten.

»Was stellen Sie sich unter ›unterstützen‹ vor?« Sie blickte von Gans zu Sommer, der noch immer regungslos neben dem Kriminalrat verharrte. Immerhin besaß er den Anstand, scheinbar betreten auf einen Punkt knapp über ihrer linken Schulter zu sehen. Sina konnte an seiner Miene nicht erkennen, wie er zu seiner neuen Aufgabe stand.

»Kommissar Sommer wird ab sofort gemeinsam mit Ihnen die Ermittlungen leiten, insbesondere die vorbeugenden Maßnahmen wie Schichteinteilungen, Vor-Ort-Begehungen, vorbereitende Besprechungen.«

Gans traute ihr die Lösung des Falls also nicht zu. Nicht mehr. Nicht, nachdem Carlo sie nicht länger unterstützen konnte. Stattdessen musste sie sich nun mit seinem Partner herumschlagen.

»Wie stellen Sie sich das vor?« Sina blickte ihren Vorgesetzten skeptisch an. »Hauptkommissar Sommer müsste sich ganz neu in den Fall einarbeiten.«

»Das wird er, Frau Engel.« Gans nickte. »Das wird er.« Er blickte zu seinem Mitarbeiter. »Haben Sie später noch etwas vor?«

»Nein, ich kann mir die Akten direkt anschauen«, erwiderte Sommer ungerührt.

Sina sah ihn zweifelnd an. »Sie wollen sich heute noch in die Fälle einlesen?«

»Wenn Sie gestatten, Frau Hauptkommissarin.« Er betonte demonstrativ ihren Dienstgrad, während er schief grinste.

Sina kochte vor Wut. Warum ließ sie sich überhaupt von ihm provozieren? Er sollte ihr völlig gleichgültig sein. Sie konnte sich jedoch kaum vorstellen, mit diesem Mann mehr als ein paar Minuten im gleichen Raum zu verbringen. Wie sollte sie tage-, vielleicht sogar wochenlang mit ihm zusammenarbeiten?

»Sie werden die Schichten zusammen einteilen. An den Kerwetagen werden Sie gemeinsam eine davon übernehmen.« Gans schien Sinas Abneigung gegen den Kommissar nicht zu bemerken. »Bringen Sie den Kollegen auf den aktuellen Stand. Berichten Sie ihm von den bisherigen Ermittlungen. Ab morgen planen Sie die Einsätze am Wochenende. Ich stelle drei weitere Beamte ab, die mit Ihren Leuten gemeinsam die Innenstadt sichern können.«

»Dann wären wir vier Teams.« Sina konzentrierte sich wieder auf den Fall und versuchte, ihren Ärger zu ignorieren. »Zusätzlich werden uns die Kollegen der Streife mit weiteren vier Teams unterstützen.«

Gans erhob sich langsam. »Sie beide gehören zu meinen besten Mitarbeitern. Ich erwarte, dass das Wochenende ereignislos verläuft – ohne tödliche Zwischenfälle.«

Sina nickte. »Ich werde alles in meiner Macht Stehende dafür tun, Herr Kriminalrat.«

Auch Sommer erhob sich. Er schien jedoch nicht so recht zu wissen, wie er sich verhalten sollte.

Sina überlegte nur einen kurzen Moment. »Herr Gans?«

Der Kriminalrat hielt inne.

»Gibt es etwas Neues bei …« Ihre Stimme brach. »Im Fall Reinhardt?«

Zuckte der Kommissar bei der Erwähnung seines ehemaligen Partners zusammen?

Gans hustete leicht. »Frau Engel, es sind noch immer vier Beamte abgestellt, um den Mord an dem Kollegen zu untersuchen.« Er sah kurz auf seine Fußspitzen. »Aber leider gibt es bis heute keine neuen Erkenntnisse.« Er blickte Hilfe suchend zu Sommer hinüber, bevor er fortfuhr: »Sie wissen selbst, dass nach mehreren Monaten …«

Sina nickte. Natürlich, sie kannte die Statistiken. Mit jedem Tag, der verging, ohne dass der Täter gefasst wurde, sank die

Wahrscheinlichkeit, einen Mordfall aufzuklären. Mittlerweile waren mehr als sechs Monate vergangen. Die Chance, Carlos Mörder nach so langer Zeit noch zu schnappen, ging faktisch gegen null. Nur ein Zufall konnte ihnen jetzt noch helfen, neue Spuren zu entdecken, endlich ein Motiv für die grausame Tat zu finden.

Obwohl Sina das alles durchaus klar war, konnte sie sich nicht damit abfinden, dass sein Tod ungesühnt bleiben sollte. Dass sie nie erfahren würde, warum er sterben musste. Warum ihr Kind ohne Vater aufwachsen würde.

»Es tut mir leid«, unterbrach die Stimme des Kriminalrats ihr Grübeln. »Ich weiß, wie schwer das alles für Sie sein muss.« Wieder deutete er auf ihren Bauch. »Bitte stellen Sie dem Kollegen Sommer sämtliche Fallakten zu den beiden Morden zur Verfügung«, wechselte Gans schließlich das Thema, nachdem Sina auf seine Beileidsbekundung nichts erwiderte.

Matthias schreckte auf, als sein Handy vibrierte. »Sommer.«

»Kollege Leidig ist gerade aus dem OP gekommen. Seine Frau hat sich eben gemeldet. Die Ärzte sind optimistisch.«

Matthias atmete auf.

»Hatten Sie schon Zeit, die Akten durchzusehen?«

»Ich bin gerade dabei. Frau Engel hat mir sämtliche Unterlagen zur Verfügung gestellt.«

Gans schwieg einen Moment. »Die Kollegin scheint ziemlich angeschlagen. Bitte verschaffen Sie sich schnellstmöglich einen Überblick.«

Matthias zögerte kurz, bevor er seinen Kopf wandte und Sina Engel musterte, die bei offener Tür in ihrem Büro saß und stirnrunzelnd auf ihren Schreibtisch starrte. »Ich bin zuversichtlich, dass ich spätestens morgen auf dem Laufenden bin.«

Nachdem er das Gespräch beendet hatte, fuhr er sich nachdenklich durchs Haar. Olivia Bertram, das erste Opfer, war zum Zeitpunkt ihrer Ermordung neunzehn Jahre alt gewesen. Sie hatte gerade eine Ausbildung in einer Viernheimer Werbeagentur begonnen. Er betrachtete das Foto, das eine bildhübsche Blondine zeigte.

Lotta Sagewitz, das zweite Opfer, war genauso blond und ebenso attraktiv. Dreiundzwanzig Jahre alt, Jurastudentin im siebten Semester.

Wo war die Verbindung? Er hielt inne, als er die Beschreibung der Tatorte durchging.

Nach kurzem Überlegen stand er auf und blickte sich in dem Großraumbüro um, in dem ihm die Kommissarin nach Gans' Verabschiedung einen Schreibtisch zugewiesen hatte. Ihre Mitarbeiter, die sich vorhin kurz vorgestellt hatten, waren mittlerweile alle gegangen.

Er sah auf die Uhr. Kurz nach sieben. Auch die Hauptkommissarin sollte nach Hause gehen. Entschlossen steuerte er auf ihr Büro zu und verharrte einen Moment, als er in der Tür stand. Sie beugte sich über einen Stadtplan und hatte ihn anscheinend nicht bemerkt. Als Matthias sich räusperte, zuckte sie zusammen.

Aus zusammengekniffenen Augen sah die Kommissarin ihn an. »Ja?«

»Ich bin so weit durch. Allerdings hätte ich noch einige Fragen.«

Schweigend deutete sie auf den Stuhl vor ihrem Schreibtisch.

Er setzte sich. »Was ist mit diesen Rosen?«

An beiden Tatorten hatte der Täter jeweils eine langstielige rote Rose hinterlassen, die er vor die Füße der toten Frauen gelegt hatte.

»Was soll damit sein?« Sie legte ihren Kopf schief.

»Von den Rosen höre ich heute zum ersten Mal«, erwiderte er.

»Wir haben dieses Detail unter Verschluss gehalten.« Sie lehnte sich zurück und verschränkte die Finger vor ihrem überdimensionierten Bauch. »Nach Rücksprache mit Gans und Mattner. Carlo war wie ich der Meinung, dass wir uns die Rosen zunutze machen sollten, sobald es einen Verdächtigen gäbe.«

»Den es aber nicht gibt«, ergänzte Matthias.

»Bis heute nicht, leider«, entgegnete sie barsch.

»Es gibt keine Verbindung zwischen den Toten«, fuhr Matthias fort.

»Keine offensichtliche«, bestätigte die Kommissarin widerwillig.

»Wie sucht er sich seine Opfer?« Matthias musterte das erschöpfte Gesicht der Beamtin.

Sina Engel atmete tief ein und streckte kurz ihren Rücken durch. »Wir wissen es nicht. Wir vermuten nach dem Zufallsprinzip.«

»Zufällig?« Matthias zog seine Augenbrauen hoch. »Die Rosen ...«

»Ja, ja, ich weiß, die Rosen deuten auf ein Muster hin, aber wir haben keinerlei persönliche Beziehung zwischen den beiden Frauen finden können. Keine Parallelen im Lebenslauf. Keine gemeinsamen Bekannten. Sie waren nicht einmal auf derselben Schule.« Sichtlich aufgebracht schob sie den Stadtplan zur Seite.

»Erzählen Sie mir, was Sie persönlich von dem Fall denken. Was nicht in den Akten steht.«

»Was ich denke?«, murmelte sie abwesend und nickte. »Ich denke, er schlägt wieder zu.«

Matthias sah sie schweigend an.

»Er hat Gefallen daran gefunden, einen Menschen zu quälen.« Die Kommissarin hielt inne. »Der Kerwesamstag hat irgendeine Bedeutung für ihn. Positiv oder negativ. Er wünscht sich Aufmerksamkeit, möchte zeigen, zu was er fähig ist.«

»Was ist mit den Spuren?«

Sie lachte auf. »Spuren? Wir haben keine Spuren! Sie haben die Akten doch durchgesehen. Wir haben unzählige Befragungen durchgeführt. Beide Opfer waren an den Abenden vor ihrem Tod in Gruppen unterwegs. Wir haben alle Freunde befragt. Und was ist dabei rumgekommen? Nichts.« Sina Engels Stimme klang bitter. »Auch an den Tatorten haben wir nichts gefunden. Es hat in beiden Jahren tagelang vor dem Samstag nicht geregnet. Der Boden war so trocken, dass wir keine Fußspuren sichern konnten. Es gab keine Abwehrreaktionen bei den Opfern, dementsprechend keine DNA des Täters.« Sie schüttelte ihren Kopf. »Wir haben absolut nichts.«

»Wir sollten nochmals mit den Eltern sprechen«, schlug Matthias nachdenklich vor.

Die Hauptkommissarin runzelte die Stirn. »Mit den Eltern? Wozu?«

»Manchmal erinnern sich Angehörige erst viel später an Bemerkungen, die das Opfer irgendwann gemacht hat. Unbedeutende, beiläufige Aussagen, die nicht als wichtig genug angesehen wurden, um sie uns mitzuteilen. Eltern, die ihr Kind verloren haben, denken an nichts anderes mehr. Vielleicht ist ihnen dabei in der Zwischenzeit etwas eingefallen.«

Die Kommissarin nickte schwach.

»Lassen Sie uns mit den Eltern reden. Vielleicht hat eine der Frauen doch irgendwann jemanden erwähnt, der als Täter infrage käme. Ein Kerl, der einen Korb bekommen hat oder ihnen nachstellte.«

»Denken Sie nicht, das hätten uns die Eltern damals schon gesagt?« Sina Engel sah ihn skeptisch an.

Matthias zuckte mit den Achseln. »Vielleicht ja, vielleicht nein. Einen Versuch ist es wert, schätze ich.«

»Wenn Sie meinen ...« Sie wirkte nicht überzeugt.

»Was ist mit dem Freund von Lotta Sagewitz?«

Die Hauptkommissarin verzog ihr Gesicht. »Fehlanzeige.«

»Aber er hatte kein Alibi.«

»Nein«, stimmte sie ihm zu. »Als Lotta ermordet wurde, war er nach eigener Aussage zu Hause – allein.«

Matthias schwieg und dachte nach.

»Aber wir konnten keine Verbindung zu Olivia Bertram herstellen«, fuhr Sina Engel fort. »Er sagte aus, dass er sie nicht kannte. Und in ihrem Umfeld hatte niemand den Namen Alexander Konrad zuvor gehört.«

»Vielleicht hatte sie niemandem von ihrer Bekanntschaft erzählt.«

»Vielleicht.« Sie nickte langsam. »Aber die Beweislage war zu dünn. Wir hatten keine Spuren, nichts, womit wir einen Verdacht gegen Konrad hätten erhärten können.«

»Wird er am Wochenende überwacht?«

Sie lachte kurz auf. »Kollege Sommer, ich verstehe, dass Gans' Anordnung, ab sofort mit mir gemeinsam die Ermittlungen in diesem Fall zu leiten, ein Sprungbrett für Sie bedeuten kann.« Sie musterte ihn kalt. »Die Zeit arbeitet für Sie.« Kurz blickte sie auf ihren Bauch, bevor sie ihren Kopf wieder hob. »Aber dies hier ist mein Fall. Meiner und Carlos«, setzte sie wütend nach.

Matthias überlegte, wie er anfangen sollte. »Ich ...« Er zögerte. »Ich würde gern mit Ihnen sprechen. Über ...«

»Nein«, unterbrach sie ihn verärgert. »Ich möchte nicht mit Ihnen reden. Zwischen uns gibt es absolut nichts zu besprechen. Ich werde Ihnen Ihre Fragen zu den beiden Morden beantworten.« Sie schüttelte ihren Kopf. »Darüber hinaus habe ich Ihnen nichts zu sagen.«

Matthias ließ seinen Blick über ihr Gesicht wandern. Das hellblonde Haar, das ihr bis zum Kinn reichte, glänzte fast golden. Die stahlblauen Augen zeigten keinerlei Regung. Er kam zu dem Schluss, dass sie ihn nicht anhören würde, ihn nicht anhören wollte. Es gab so viel, worüber er mit ihr sprechen musste, doch dies war eindeutig der falsche Zeitpunkt.

»Gut, belassen wir es für heute dabei«, presste er schließlich hervor. »Aber denken Sie nicht, ich hätte es vergessen ...« Er erhob sich und ging zur Tür. Sina Engel saß weiter wie eine Statue hinter ihrem Schreibtisch. Als er sich im Türrahmen nochmals umdrehte, fing er ihren Blick auf. »Gehen Sie nach Hause. Sie sind schwanger.«

8

Sina cremte sanft ihren Bauch ein. Sie saß auf dem Rand der Badewanne und versuchte, ihren Ärger zu ignorieren. Diese Zeit sollte nur ihr gehören. Ihr und ihrer Tochter. Seit einigen Wochen hatte sie es sich zum Ritual gemacht, vor dem Schlafengehen ganz bewusst ihre Schwangerschaft wahrzunehmen. Ihr ungeborenes Kind zu spüren. Dazu gehörte auch, ihren Bauch mit einem Massageöl zu verwöhnen, das ihr Natascha empfohlen hatte.

›Gehen Sie nach Hause. Sie sind schwanger.‹ Was dachte sich dieser arrogante Schnösel eigentlich? Er war nicht ihr Aufpasser. Wieder packte sie die Wut.

Nach einem letzten Blick auf ihren glänzenden Bauch stand sie langsam auf und wusch sich die Hände. Vorsichtig glättete sie ihr Schlafshirt und verließ das Bad.

Sina trat auf den Balkon und starrte in die Dunkelheit. Unter ihr an der Eingangstür stritten sich zwei Jugendliche. Sie überkam ein tiefes Gefühl der Einsamkeit. Sie sollte jetzt nicht allein sein. Allein mit ihrem Kind, allein mit ihren Gedanken. Carlo! Ihre Augen begannen zu brennen. Unaufhaltsam schob sich der Anblick seines toten Körpers empor. Krampfhaft bemühte sie sich, vor der Erinnerung zu fliehen. Carlo, wie er blutverschmiert auf dem Treppenabsatz vor der Eingangstür lag. Carlo, wie er sie mit leeren Augen ansah. Der Messerstich unübersehbar auf der linken Seite seines Oberkörpers. Seine blutverschmierten Hände auf den Bauch gepresst.

Ein Geräusch ertönte, leise und doch so voller Schmerz, voller Trauer, dass sie erst nicht erkannte, dass es ihre Kehle war, der die erschütternden Töne entwichen. Warum musste er sterben? Warum nur?

Vor ihrem inneren Auge tauchten die zwei Buchstaben auf,

die er mit seinem eigenen Blut mit letzter Kraft an die Haustür geschrieben hatte. *SI*. Sina.

Er hatte es nicht mehr geschafft, ihren Namen zu vervollständigen. In den letzten Augenblicken seines Lebens hatte Carlo ihr eine Nachricht zukommen lassen wollen. Ein letztes Zeichen seiner Liebe. Sina wimmerte vor Schmerz. Was hatte er empfunden, als er wusste, dass es keine Rettung mehr für ihn gab? Welche Gedanken waren ihm durch den Kopf gegangen, als ihm klar geworden war, dass er sie nie wieder sehen würde?

Die Härchen auf ihren Armen stellten sich auf. Nie wieder würde sie seinen Duft einatmen, seine Haut berühren. Nie wieder würde sie mit ihm lachen, mit ihm weinen. Er war einfach weg. Nicht mehr da. Verzweifelt strich sie über ihren Bauch.

Doch Carlo hatte ihr etwas hinterlassen. Sein Kind würde die Erinnerung an ihn für immer aufrechterhalten. Sein Leben war nicht umsonst gewesen. Er war nicht ohne Spuren von dieser Welt verschwunden. Er würde in seiner Tochter weiterleben – und in Sinas Herzen, wo sie all ihre Erinnerungen an ihn bewahrte.

›Gehen Sie nach Hause. Sie sind schwanger.‹ Wieder kochte Wut in ihr hoch. Sie würde es nicht zulassen, dass Sommer ihren Fall, Carlos Fall, an sich riss und sie ausbootete. O nein, dafür hatte sie zu hart gearbeitet. Ihr war klar, was der Kommissar vorhatte. Unter dem Vorwand, es gut mit ihr zu meinen, sie schonen zu wollen, würde er ihr nach und nach den Fall entziehen. Vielleicht würde er versuchen, ihr den glutäugigen Beschützer vorzuspielen. Doch sein Womanizer-Charme hatte bei ihr keine Chance.

Sina wollte nicht mit Sommer reden. Wollte nicht hören, was er ihr zu sagen hatte. Sie wollte sich auf den Fall konzentrieren und um jeden Preis verhindern, dass es am Wochenende eine weitere Tote gab. Danach konnten sie sich wieder auf die Ermittlungen fokussieren. Und wenn er meinte, dass in der Vergangenheit Fehler gemacht wurden, musste er eben weitere Befragungen durchführen. Aber ohne sie. Gans hatte mit keinem Wort gesagt, dass sie nach diesem Wochenende gemeinsam weiterarbeiten sollten. Lediglich die Leitung der Ermittlungen lag in ihrer beider Hände. Es sprach also nichts dagegen, dass Sina Sommer einen ihrer Leute an die Seite stellte, während sie mit ihrem Team weitermachte wie bisher.

Zuerst galt es allerdings, die Kerwe zu überstehen. Und in dem Zusammenhang hatte sich Gans leider deutlich ausgedrückt. Sie sollte Sommer die Innenstadt zeigen, die beiden Tatorte, und mit ihm gemeinsam die Schichten während des Volksfestes koordinieren. Sie seufzte. Trotzdem würde sie auf Abstand zu ihm bleiben.

Im Flur klingelte das Telefon. Doch Sina war nicht nach Reden zumute, daher blieb sie reglos sitzen und wartete, bis der Anrufbeantworter ansprang.

»Guten Abend, Frau Engel. Hier spricht Maria Westerhoff von der *Westerhoff Galerie* in Heidelberg. Entschuldigen Sie bitte die späte Störung. Wir haben in den letzten Monaten mehrfach versucht, Herrn Reinhardt zu erreichen. Leider ohne Erfolg. Es geht um die Tonskulpturen, die er uns vor längerer Zeit vorgestellt hat. Wir hätten großes Interesse daran, eine Ausstellung mit Ihren Werken zu konzipieren. Bitte rufen Sie uns doch zurück unter der Telefonnummer …«

Sina wandte den Kopf ab. Was vor wenigen Monaten noch Jubelschreie bei ihr ausgelöst hätte, war jetzt bedeutungslos. Die Galerie hatte schon öfter angerufen. Carlo hatte dem Kunsthaus vor seinem Tod fünf oder sechs ihrer Skulpturen gegeben, da er fest davon überzeugt gewesen war, dass sie Potenzial hatte. Für Sina waren ihre Tonarbeiten ein Hobby, ein Ausgleich zu ihrem anstrengenden Job. Carlo würde nicht mehr erfahren, dass er recht gehabt hatte. Niemals. Dass die Galerie tatsächlich Interesse an ihren Werken bekundete.

Sina legte ihren Kopf in den Nacken und blickte in den Himmel. Tausende Sterne funkelten in der Dunkelheit. Was war nur aus ihr geworden? Sie war immer ein aktiver, lebensbejahender Mensch gewesen. Es schien, als ob Carlos Tod ihr die komplette Energie entzogen habe. Ja, als ob jegliches Leben, jeder noch so kleine Anflug von Freude mit ihm verschwunden war. Und tief in ihrem Inneren spürte Sina, dass sie die Talsohle noch nicht durchschritten hatte.

9

Donnerstag, 11. August

Als es an der Tür klingelte, blickte Sina verwundert auf die Uhr. Kurz nach halb acht. Sie drückte auf den Knopf der Gegensprechanlage. »Ja, bitte?«

»Sina, guten Morgen. Ich bin's, Tamara.«

Sina aktivierte den Summer und wartete an der Eingangstür.

Als Carlos Mutter aus dem Fahrstuhl trat, musterte sie Sina von oben bis unten. »Sina.« Sie kam auf sie zu und umarmte sie.

»Tamara.«

»Du bist dünn, mein Schatz. Denk an das Kind.«

Sina seufzte innerlich. Schon seit Bekanntwerden ihrer Schwangerschaft sorgte sich Carlos Mutter um ihre Gesundheit. Dass sie inzwischen acht Kilo zugenommen hatte, änderte nichts an Tamaras Meinung, Sina esse zu wenig. »Dem Kind geht es gut.«

»Wenn Carlo dich so sehen könnte …« Tamara verstummte und wandte ihren Kopf ab.

Angestrengt versuchte Sina, den Schmerz zu ignorieren, der sich in ihrem Magen ankündigte. »Möchtest du reinkommen?« Sie zeigte in den Flur hinter sich.

Tamara nickte und betrat die Wohnung. »Hast du heute Dienst?«

»Ich muss gleich los. Wir haben um acht Teambesprechung.«

Sina deutete ins Wohnzimmer, doch Carlos Mutter schüttelte ihren Kopf. »Ich will dich nicht aufhalten.« Sie trat einen Schritt auf Sina zu. »Wie geht es dir?«

»Ganz gut, danke.«

»Gibt es etwas Neues bei …?« Tamaras Stimme versagte.

Sina verneinte. »Der Kriminalrat war gestern hier. Sie haben keine neuen Erkenntnisse.«

»Aber Carlo war doch einer von ihnen, einer von euch. Warum wird dieser …«, sie suchte nach Worten, »… dieser Polizistenmörder nicht gefasst?« Ihre Stimme klang schrill.

Schweigend presste Sina die Lippen aufeinander. Schützend legte sie eine Hand auf den Bauch.

Tamara folgte der Geste mit ihrem Blick. »Entschuldige.« Sie legte Sina eine Hand auf den Arm. »Ich wollte dich nicht aufregen.«

»Ich weiß. Es tut mir leid. Carlo ist mittlerweile …« Sie atmete tief durch. »Die Spur ist kalt. Du weißt, dass niemand etwas gesehen oder gehört hat. Zum jetzigen Zeitpunkt kann uns nur noch ein Zufall weiterhelfen.«

Tamara schüttelte ihren Kopf. »Ich verstehe das nicht.«

»Ich weiß, dass es schwer zu akzeptieren ist«, murmelte Sina leise. Auch sie konnte sich nicht mit dem Gedanken abfinden, dass sich der Mörder des Mannes, den sie über alles geliebt hatte, noch immer auf freiem Fuß befand. Wie ungleich schwerer musste es für eine Mutter, musste es für Eltern sein, ihr Kind durch einen Wahnsinnigen zu verlieren, der nicht zur Rechenschaft gezogen werden konnte?

»Möchtest du am Wochenende zu uns kommen? Hans würde sich auch sehr freuen.«

»Ich kann nicht, ich habe Dienst.«

»Das ganze Wochenende? Aber …«

Sina wusste, was nun kommen würde. »Die Kerwe findet doch statt und ich muss …« Sie machte eine unbestimmte Handbewegung.

»Du bist schwanger«, setzte Tamara auch schon an.

»Ich habe einen Job«, erwiderte Sina trotzig.

»Aber …«

»Nichts aber«, unterbrach sie Carlos Mutter. »Ich habe niemanden, der für mich … für uns arbeiten geht. Von was soll ich denn leben?«

Tamara betrachtete ihr Gesicht.

Sina wusste, welcher Anblick sich ihr bot. Die dunklen Augenschatten, die eingefallenen Wangen. Aber was sollte sie tun? »Hör zu, ich möchte mich nicht mit dir streiten, aber ich habe keine Wahl.«

»Carlo würde nicht wollen …«, begann die Ältere erneut.

Sina schloss ihre Augen. »Nein, Carlo würde es nicht wollen, ich weiß. Aber er wollte auch nicht sterben.« Sie sah seine Mutter eindringlich an. »*Ich* wollte auch nicht, dass er stirbt. Aber wir können es nicht ändern. Ich bin nun mal Polizeibeamtin. Ich kann nichts anderes. Was soll ich denn machen?«

»Ich weiß.« Carlos Mutter nickte langsam. »Es ist nur … Ich habe diesen Artikel gelesen. Über diesen … diesen Irren.«

»Der Kerweschlitzer«, bestätigte Sina grimmig.

»Ich habe Angst, dass dir auch noch etwas passiert.« Tamara sah sie betrübt an.

»Mir wird nichts passieren. Ich werde von einem Kommissar aus Heidelberg unterstützt«, erwiderte Sina, als es erneut klingelte. »Entschuldige kurz.« Als sie die Tür öffnete, stand Matthias Sommer im Hausflur. Genervt musterte sie ihn. »Was machen Sie denn hier?« Sina sah ihn wütend an.

»Ich dachte …« Er zeigte auf ihren Bauch. »Ich kann Sie mitnehmen.«

Sina überlegte kurz. Obwohl sie sich über seine Aufdringlichkeit ärgerte, bedeutete es für sie eine große Erleichterung, nicht selbst fahren zu müssen, was sie ihm gegenüber natürlich niemals zugeben würde.

»Sina?« Tamaras Stimme ertönte hinter ihr.

Sie räusperte sich. »Das ist Kriminalhauptkommissar Sommer, mein Aufpasser für die nächste Zeit.« Aus dem

Augenwinkel registrierte sie, wie der Beamte überrascht seine Augenbrauen hochzog. »Kommissar Sommer, das ist Tamara Reinhardt«, stellte sie ihm im Gegenzug Carlos Mutter vor.

Sie hörte ihn tief durchatmen.

Geschieht dir ganz recht.

»Wir kennen uns von …«, Tamara zögerte. »Wir haben uns bereits auf dem Friedhof getroffen.«

Sommer reichte ihr die Hand und begrüßte sie.

»Tamara, wir müssen jetzt gehen.« Sina blickte demonstrativ auf ihre Uhr und blinzelte kurz in Sommers Richtung, der zur Bestätigung unmerklich nickte.

Matthias hielt schweigend an der roten Ampel an.

»Na los, fragen Sie schon«, zischte Sina Engel neben ihm.

»Was meinen Sie?« Er spielte den Unwissenden.

»Die …« Matthias registrierte aus dem Augenwinkel, wie sie ihre Lippen aufeinanderpresste. »Die Situation eben.«

»Was meinen Sie?«, wiederholte er.

Sie schnaubte.

Wenn die Kommissarin etwas von ihm wollte, musste sie schon deutlicher werden.

»Sie sind nicht mein Aufpasser«, murmelte sie undeutlich.

»Von nichts anderem bin ich ausgegangen«, erwiderte er und sah, wie sie sich neben ihm anspannte. Sein gleichgültiger Ton schien die Schwangere auf die Palme zu bringen. Aber was erwartete sie?

»Tamara«, setzte sie erneut an. »Carlos Mutter macht sich ständig Sorgen um mich, um uns.« Sie strich über ihren Bauch. »Ich dachte …«

»Sie wollten sie beruhigen. Kein Problem«, kam Matthias ihr entgegen. »Mehr oder weniger stimmt es ja auch.«

»Ich wollte damit nur nicht andeuten …«

»Schon gut. Machen Sie sich keinen Kopf.« Er deutete mit dem Kinn in die Richtung ihres Bauches. »Denken Sie an Ihr Kind.«

»Ich weiß nicht, wie oft ich diesen Spruch in den letzten Monaten gehört habe.«

Da Matthias nichts zu erwidern wusste, schwieg er und konzentrierte sich auf das Fahrzeug vor ihm, das mit Tempo zwanzig die Mannheimer Straße entlangschlich.

»Es muss schwer für Sie sein«, bemühte er sich nach einigen Augenblicken, die angespannte Stille zu beenden.

»Es ist für uns alle schwer«, entgegnete sie patzig.

»Wohl war«, stimmte er widerwillig zu.

Den Rest der Strecke schwiegen sie. Als sie in der Bahnhofstraße ankamen, wandte Sina Engel sich ihm zu. »Wir werden zuerst die beiden Tatorte begutachten, bevor ich Ihnen die Innenstadt zeige. Heute Nachmittag teilen wir die Teams ein, vier mit Kripobeamten sowie vier von der Streife.« Sie fasste an den Türgriff, bevor sie ihn erneut anblickte. »Wie lang waren Sie gestern noch hier?«

Matthias musterte ihr Gesicht. Die blauen Augen, die hohen Wangenknochen, das Grübchen am Kinn. In diesem Moment wirkte sie nicht wie die toughe Kommissarin, sondern war lediglich eine schwangere, sehr verletzliche Frau.

»Bis kurz nach neun«, entgegnete er ruhig und sah die Fragezeichen in ihren Augen.

Sie erwiderte nichts, wandte zögernd den Blick ab, bevor sie ihn erneut ansah. »Ich kann nicht darüber reden«, flüsterte sie kaum hörbar. »Noch nicht.«

Seine Rückenmuskulatur verkrampfte sich. »Okay, gehen wir.«

10

»Versager. Versager. Versager.« Das Lachen von Sophie Schmidtbauer dröhnte in seinen Ohren. Er bekam das Gefühl, als schwanke der Boden unter ihm. Undeutlich nahm er seine Klassenkameraden wahr, die es nicht für nötig erachteten, ihre offensichtliche Schadenfreude vor ihm zu verbergen. Der Bass ließ die Lautsprecher erzittern. Eine Stimme im Hintergrund ermahnte die Fahrer der Autoscooter, in ihre Fahrzeuge einzusteigen, als auch schon ein vibrierender Ton den Start der nächsten Runde markierte. Er nahm die Geräusche trotz der immensen Lautstärke wie hinter einem Schleier wahr.

›Versager.‹ Wie konnte sie ihn nur so demütigen? Die arrogante Ziege. Obwohl ein unbändiger Zorn seinen ganzen Körper in Beschlag nahm, bewegte er sich nicht. Stand nur reglos vor seiner blonden Mitschülerin, die mit ihren Freundinnen über ihn lachte.

»Nichtsnutzig wie seine Mutter, die alte Schlampe.« Wieder lachte die halbe Klasse, während er spürte, wie seine Wangen zu brennen begannen. »Weiß doch jeder, dass sie für halb Weinheim die Matratze spielt.« Ihr Lachen wurde immer lauter.

Als er sich umblickte, erkannte er, dass seine Klassenkameraden von ihm abgerückt waren. Ihm war klar, dass sie ihn sowieso nur geduldet hatten, ihn nur aus Gefälligkeit zu dem Volksfest mitgenommen hatten.

Aus einer Laune heraus, als er dachte, er sei vielleicht doch nicht der Außenseiter, für den ihn alle Welt hielt, als er fast meinte, er gehöre zu ihnen, hatte er endlich den lang ersehnten Vorstoß gewagt, hatte sich ein Herz gefasst und Sophie zu einer Fahrt mit ihm eingeladen.

Doch die dumme Pute hatte ihn bloß mit großen Augen angesehen, bevor sie losprustete. »Der Versager will mit mir fahren.«

Der halbe Amtshausparkplatz, auf dem der Autoscooter aufgebaut war, musste ihr Geschrei gehört haben. Plötzlich hatten seine Mitschüler innegehalten, Gespräche waren verstummt. Mindestens fünfzehn Augenpaare richteten sich auf ihn. Niemand stand ihm bei. Keiner verbat Sophie Schmidtbauer, dem beliebtesten Mädchen der Klasse 9a, den Mund. Er war allein, schutzlos ihren bösen Worten ausgeliefert.

Was sollte er schon sagen? Es würde eh niemanden interessieren.

Er wusste, dass die anderen ihr insgeheim zustimmten. Er war ein verkorkster Einzelgänger, der an keinerlei außerschulischen Aktivitäten teilnahm. Der nie jemanden mit nach Hause bringen durfte. Der keine Geburtstage feierte und auch nirgends eingeladen wurde. Einer, den niemand brauchte und den niemand vermisste, wenn er nicht dabei war.

Noch immer feixte Sophie mit den anderen Mädchen herum. Lachte und demütigte ihn. Doch er hörte nicht mehr zu. Reglos schaute er der Reihe nach seinen Klassenkameraden ins Gesicht. Keiner hielt seinem Blick stand, alle wandten sich ab. Niemand von ihnen wollte etwas mit ihm zu tun haben.

Diese scheinheiligen Idioten. Pappfiguren ohne Rückgrat, ohne Charakter.

Ohne ein weiteres Wort drehte er sich um, spürte ihre Blicke in seinem Rücken. Erhobenen Hauptes steuerte er auf das kleine Schlossergässchen zu, das oberhalb der Autoscooteranlage verlief. Seine Augen brannten, doch er gestattete sich nicht, schwach zu werden. Auf keinen Fall würde er ihnen diese Genugtuung gönnen. Nein, er würde es ihnen zeigen. Ihnen allen.

Er blinzelte, als das Klingeln seines Telefons ihn aus den Gedanken an die Vergangenheit riss. Er blickte auf das Display und entschied sich, das Gespräch nicht anzunehmen. Seine Kollegen waren noch nicht da.

In zwei Tagen würde Weinheim seine nächste Sensation bekommen.

Er wusste nicht, was aus seinen Mitschülern geworden war. Ab und zu lief ihm der eine oder andere über den Weg. Doch sie erkannten ihn nicht. Und sie hatten keine Ahnung, wozu er fähig war. Niemand wusste es. Er lachte innerlich. Diese Versager. Jetzt war er derjenige, der das Sagen hatte. Der über Schicksale entschied. Der die Kontrolle über Leben und Tod besaß. Nein, unterschätzt zu werden, war der beste Schutz vor Entdeckung.

Er spürte, wie seine Handinnenflächen feucht wurden. Allein der Gedanke an die hübsche Blonde im letzten August löste eine unbändige Vorfreude in ihm aus. Lotta, so hieß die Kleine. Ihren Namen hatte er erst später erfahren. Nachdem er ihr seine Kunst gezeigt und ganz Weinheim eine zweite Kostprobe seines Könnens gegeben hatte. Nachdem er Kriminalhauptkommissarin Sina Engel ein weiteres Rätsel aufgegeben hatte. Ein Rätsel, das sie sehr bald lösen sollte. Die Härchen auf seinem Unterarm stellten sich auf. O ja, sie würde sein Rätsel lösen. Und er würde ihr die Antwort auf ihre wichtigste offene Frage liefern. Bevor auch sie in den Genuss seines Schaffens käme.

»Morgen«, grüßte ihn sein Kollege im Vorbeigehen. Er nickte ihm unmerklich zu.

Seine Unruhe stieg. Wie lange hatte er warten müssen? Ein ganzes Jahr.

Das kurze Zwischenspiel im Februar zählte nicht. Auch wenn die Reaktion traumhaft gewesen war. Weitaus besser, als er sich in seinen kühnsten Träumen vorgestellt hatte. Nichts war jedoch mit dem langsamen Herausfließen des Lebens vergleichbar, dem schleichenden Auslöschen einer Existenz, dem gottgleichen Auskosten der letzten Augenblicke.

Nein, er hatte seine Berufung gefunden. Auf eine wunderschöne Art grausam, auf eine gefährliche Weise perfektioniert. Und dann würde die Kommissarin ihr blaues Wunder erleben.

Sie war nervös. Je länger er sie beobachtete, desto stärker wuchs seine Vorfreude. Dieses Jahr hatte er sich einen besonders schönen Platz für seine Show ausgesucht.

Er wusste, dass er etwas länger würde warten müssen, aber er war sich ebenso sicher, dass seine Geduld von Erfolg gekrönt sein würde.

Wie letztes Jahr. Und das Jahr davor.

In seinem Magen breitete sich ein wohliges Gefühl aus. Ja, es würde etwas ganz Besonderes werden. Das angenehme Kribbeln befiel seinen kompletten Körper. Aufgrund des angekündigten Wetters konnte er davon ausgehen, dass sich Tausende potenzieller Zielscheiben auf dem Volksfest tummeln würden. Er benötigte nur eine. Wenn möglich sollte sie hübsch anzusehen sein, denn sein Handwerk hinterließ nicht unbedingt ästhetisch ansprechende Bilder. Einer schönen Frau beim Sterben zuzuschauen, war allemal angenehmer, als einer hässlichen. Letztlich wusste er aber, dass er nicht wählerisch sein durfte. Die Umstände mussten passen, das Äußere war zweitrangig.

11

»Morgen.«

Marlene blickte von der Zeitung auf und betrachtete ihren Freund, der gegenüber am Tisch Platz nahm und sich eine Tasse Kaffee einschenkte. »Guten Morgen, Schatz. Hast du gut geschlafen?«

Markus rieb sich müde die Augen. »Es geht. Diese Hitze …« Er schüttelte den Kopf.

»Wir haben August«, erwiderte sie lächelnd. »Was erwartest du?«

»Zumindest keine vierzig Grad«, brummte er.

Marlene legte die Zeitung beiseite und nahm sich eine Scheibe Brot aus dem Korb.

»Wann fängt deine Schicht an?«

»Um neun. Bist du für deine Besprechung vorbereitet?«

Er seufzte. »Ich denke schon.«

Markus Wagner arbeitete als Chemiker bei *Freudenberg*. Die Firma war der größte Arbeitgeber in Weinheim und fertigte unter anderem Simmerringe für einen Großteil der Autoindustrie. Eine weitere Sparte des Unternehmens beschäftigte sich mit einer großen Produktreihe an Haushaltsreinigungsgeräten und dazugehörigen Putzmitteln. Markus hatte letztes Jahr sein Chemiestudium beendet und auf Anhieb einen Job in der dortigen Entwicklungsabteilung bekommen. Heute fand die monatliche Abteilungsbesprechung statt und ihr Freund hatte Gerüchte über Stellenabbau und Rationalisierungsmaßnahmen gehört.

»Ich würde mir erst mal keine Sorgen machen.« Marlene bemühte sich, zuversichtlich zu klingen.

»Ich bin noch nicht lang dabei«, widersprach er und wich ihrem Blick aus.

Sie wechselte das Thema. »Ich freue mich auf Tina.«

»Hm.« Er kaute und runzelte die Stirn.

»Was?« Sie musterte ihn argwöhnisch.

»Darüber wollte ich sowieso noch mit dir reden.« Markus wischte sich einen Krümel aus dem Mundwinkel.

»Worüber?«

»Wegen Samstag …«

Sie schwieg.

»Gestern war ein großer Artikel in der *Rhein-Neckar-Zeitung* über …« Er brach ab und zögerte. »… wegen der beiden Morde.«

»Ja, den habe ich auch gelesen. Im Essensraum lag eine Ausgabe.« Sie erinnerte sich an die detaillierte Beschreibung der Taten. Das Grauen war einem aus den Zeilen förmlich ins Gesicht gesprungen.

»Marlene, ich habe kein gutes Gefühl dabei, wenn ihr zwei Mädels nachts allein unterwegs seid.« Er presste seine Lippen aufeinander.

»Was willst du mir damit sagen?«

»Lass uns gemeinsam über die Kerwe ziehen. Die Jungs, Tina, du und ich.«

Marlene lachte auf. »Denkst du nicht, du übertreibst etwas?« Sie überlegte. »Was soll uns denn unter Tausenden von Leuten schon passieren?«

»Den zwei Opfern ist unter Tausenden von Leuten etwas sehr Schlimmes passiert«, sagte Markus eindringlich.

»Ja, aber das war doch früh am Morgen. Und die beiden waren allein unterwegs.«

Wieder schüttelte er den Kopf. »Ich weiß nicht. Mir gefällt es einfach nicht.«

»Bitte, Markus. Tina und ich haben uns ewig nicht gesehen. Ich möchte einfach mal wieder einen schönen Abend mit meiner Schwester verbringen. Und ich kann mir nicht vorstellen, dass deine Saufkumpane besonders angetan wären, uns beide im Schlepptau zu haben.«

Die meisten seiner Kumpel kannte ihr Freund schon aus der Schulzeit. Viele der Mittzwanziger waren Single und wollten auf der Kerwe einen draufmachen.

Markus streckte seine Hand über den Tisch und streichelte über Marlenes Finger. »Ich liebe dich. Und ich habe Angst um dich.«

Obwohl seine Worte sie rührten, empfand sie seine Fürsorge nach wie vor als übertrieben. »Ich passe auf mich auf. Versprochen. Und ich passe auch auf Tina auf. Wenn es dir so wichtig ist, können wir uns ja verabreden, um zusammen nach Hause zu laufen.« Sie dachte nach. »Soweit ich mich erinnere, sind die beiden Frauen auf dem Heimweg überfallen worden.«

Sichtlich erleichtert nickte er. »Das ist eine gute Idee.«

»Falls ihr es so lange aushaltet wie wir«, fügte Marlene lächelnd hinzu.

»Ich werde so lange aushalten.« Er nickte grimmig.

Marlenes Handy klingelte. »Tina, Süße«, begrüßte sie ihre Schwester nach einem Blick aufs Display freudig. Markus zog die Augenbrauen hoch und bedeutete ihr, dass er sich fertig machen ginge. Sie nickte, während sie Tina lauschte.

»Ich komme am Samstag um zwölf Uhr vierunddreißig am Bahnhof an.«

»Ach, ich freue mich so.«

Es war das erste Mal, dass ihre Schwester sie in Weinheim besuchte. Bisher war es immer Marlene gewesen, die nach Bochum gefahren war, wenn sie ihre Familie sehen wollte. Ihre Eltern waren zwar schon einige Male hier gewesen, aber da die Wohnung, die sie mit Markus in der Nordstadt Weinheims per Zufall gefunden und angemietet hatte, nicht allzu groß war, war es einfacher, nach Hause zu fahren, wo das Haus ihrer Eltern jederzeit für Übernachtungsgäste bereitstand. Auch Markus hatte sie schon mehrfach ins Ruhrgebiet begleitet.

»Und ich erst.«

Tina war vier Jahre älter als Marlene und leitete in Bochum ein großes Fünfsternehotel. Der Job bedeutete viel Arbeit, auch an den Wochenenden, und wenig Freizeit. Umso glücklicher war Marlene gewesen, als Tina ihr mitgeteilt hatte, dass sie es dieses Jahr endlich geschafft hatte, zur Kerwe ein komplettes Wochenende freizubekommen. Da Marlene in ihrem Beruf dieselben Probleme mit Schichtarbeit kannte, war sie umso dankbarer für den Besuch ihrer Schwester.

»Wie geht es deinem Markus?«

»Gut. Er macht sich ein wenig Sorgen wegen Samstag«, entgegnete Marlene zögernd.

»Weshalb?«

Sie berichtete ihrer Schwester von dem Artikel.

»Stimmt, ich erinnere mich, dass du mir letztes Jahr davon erzählt hast. Sag ihm, dass ich mehrere Jahre Selbstverteidigung für Frauen unterrichtet habe.«

»Das wird ihn kaum beruhigen.«

»Aber du willst doch nicht ernsthaft mit einer Horde Betrunkener durch die Stadt ziehen?« Tina klang beunruhigt.

»Nein, nein. Das habe ich ihm schon ausgeredet«, beschwichtigte Marlene ihre Schwester. »Aber ich habe ihm versprochen, dass wir gemeinsam nach Hause gehen. Inmitten der Menschenmassen wird uns dieser Irre wohl kaum aufschlitzen.«

Tina atmete hörbar erleichtert aus.

Marlene erkundigte sich noch nach ihren Eltern und versicherte der Schwester erneut, wie sehr sie sich auf ihren Besuch freute, bevor sie das Gespräch beendeten.

12

»Die Stadtverwaltung sollte dringend die Parksituation hier in der Innenstadt überdenken«, knurrte Kommissar Sommer ungehalten, als er den Wagen bereits zum zweiten Mal über den Parkplatz vor dem Schlosspark lenkte.

Sina blickte ihn kurz von der Seite an, bevor sie sich wieder der Akte widmete, die auf ihrem Schoß lag.

Als er neben einem roten VW Golf hielt und der Motor erstarb, sah sie überrascht auf. »Sie können doch nicht …«

»O doch, glauben Sie mir«, unterbrach er sie, »ich kann.«

Kopfschüttelnd schnallte sie sich ab und öffnete die Beifahrertür. Er war bereits ausgestiegen.

»Geht es?« Er beugte sich vor der Kühlerhaube auf ihre Seite.

Während sie sich wütend aus der Tür zwängte, sorgsam darauf bedacht, nicht den Wagen zu beschädigen, vor dem Sommer sein Fahrzeug in zweiter Reihe geparkt hatte, spürte sie seinen Blick auf sich.

»Tut mir leid, ich habe nicht daran gedacht …« Unbeholfen hob er seine Hände.

»Offensichtlich«, zischte sie zornig zurück, während sie hastig ihre Bluse zurechtzupfte, die sich über ihrem Bauch verzogen hatte.

»Wo …?« Er deutete in Richtung des Eingangs.

»Hier lang.« Sie zeigte mit dem Kinn auf eine kleinere Tür in der dicken Steinmauer, die den weitläufigen Schlosspark umgab.

»Unter anderen Umständen ganz nett«, bemerkte er beiläufig, während sie den Park betraten.

»Unter anderen Umständen? Was soll das heißen?« Sina packte die Akte fester und versuchte, ruhig zu bleiben. Er brachte sie schon wieder auf die Palme. Warum ließ sie sich nur von ihm provozieren?

»Na ja, ich meine nur …« Wieder ließ er den Satz unvollendet.

Sina erwiderte nichts. Ihr war heiß und sie spürte heute jedes Kilo, das sie zusätzlich mit sich herumschleppte. Ohne Umwege lotste sie Sommer in Richtung Exotenwald, vorbei an dem kleinen Teich, an dem die Weinheimer Kinder im Frühling beobachteten, wie sich aus Millionen Kaulquappen kleine Frösche entwickelten, vorbei an der Vogelvoliere, vorbei an dem großen Spielplatz, auf dem schon Sina vor über zwanzig Jahren ihre Runden auf dem Karussell gedreht hatte.

»Gehört das alles zum Schlosspark?«

Sie blieb stehen. »Das ist der Schlosspark.« Sie machte eine unbestimmte Geste mit ihren Armen. »Vor einigen Hundert Jahren war das Schloss Wohnsitz der Kurpfälzer Fürsten, die auch den Park dazu haben anlegen lassen. Der letzte private Besitzer, Freiherr von Berckheim, hat diesen Bereich nochmals umgestaltet und zusätzlich den Exotenwald angelegt. Ende des 19. Jahrhunderts.« Sina dachte kurz nach, bevor sie fortfuhr: »Er hat Bäume aus aller Herren Länder anpflanzen lassen, nicht einzeln, sondern ganze Waldstücke mit einer einzigen Art. Das ist ziemlich einmalig.«

Sommer sah sie interessiert an.

»Mittlerweile befinden sich Teile der Stadtverwaltung in den Räumen des Schlosses, das Standesamt, Bauamt, verschiedene Abteilungen.« Sina schwieg irritiert, als die Mundwinkel des Kripobeamten amüsiert zuckten. »Was?«, blaffte sie ihn an.

Er zog seine Schultern hoch. »Nichts. Ich dachte nur gerade, dass an Ihnen eine gute Stadtführerin verloren gegangen ist. Vielen Dank für die Einblicke in die Weinheimer Geschichte.« Er verneigte sich leicht.

Sina presste ihre Kiefer aufeinander. Er machte sich über

sie lustig. Warum erzählte sie ihm den ganzen Kram eigentlich? Den Mann interessierten doch ganz andere Sachen.

»Nachdem wir den ersten Tatort begutachtet haben, zeige ich Ihnen, wo Sie hier bei gutem Wetter problemlos neue Bekanntschaften machen können. Auf dem Marktplatz ist im Sommer bis tief in die Nacht die Hölle los. Es wimmelt nur so von Frauen. Das ist sicher ganz nach Ihrem Geschmack.«

Sein Blick verfinsterte sich.

»Kommen Sie, es ist nicht mehr weit.« Zufrieden registrierte Sina seinen Stimmungswechsel. Als sie sich in Richtung des Waldweges drehte, packte Sommer sie plötzlich am Arm. Sie wandte sich um und sah ihm wütend ins Gesicht. »Lassen. Sie. Mich. Los.« Sie sprach leise und betonte jedes einzelne Wort.

Er starrte sie weiter an, ließ ihren Arm jedoch wieder frei. »Was soll das?«

»Ich weiß nicht, was Sie meinen.« Trotzig reckte sie ihr Kinn vor.

»Okay, Sie sind schwanger. Ich kenne mich nicht aus mit all diesem Hormonzeug. Aber ich kann verstehen, dass Sie etwas neben der Spur sind.« Seine Wangenmuskulatur arbeitete. »Ich kann auch verstehen, dass Sie wütend sind, weil Gans der Meinung ist, Sie bräuchten Unterstützung.«

»Unterstützung?«, keifte sie zurück. »Hier geht es nicht um Unterstützung. Gans und höchstwahrscheinlich auch Sie wollen mich weghaben. Machen Sie mir doch nichts vor. Heidelberg traut mir nicht zu, dass ich diesen Fall löse. Und dass ich es schaffe, die Kerwe zu schützen.«

Sichtlich verblüfft sah Sommer sie an.

»Sie wollen sich als mein Aufpasser aufspielen. Sicher legen Sie mir demnächst nahe, mich dienstunfähig schreiben zu lassen. Dann haben Sie freie Bahn, können den verfluchten Fall komplett an sich reißen und heimsen die Lorbeeren ein, sobald die Sache aufgeklärt ist.«

Jetzt hatte sich Sina in Rage geredet. Betreten blickte sie

zu Boden. Sie fühlte sich gedemütigt. Ihre momentane Körperfülle verlieh ihr Unsicherheit. Der Kommissar sah sie noch immer schweigend an. Ihre Bauchdecke spannte. Das Baby strampelte wie verrückt. Sie schaute nach unten und registrierte durch die Bluse hindurch, wie sich kleine Dellen unter dem Stoff bildeten.

»Ihr Bauch …« Sommer war ihrem Blick gefolgt.

»Das Baby bewegt sich«, flüsterte Sina leise.

Der Kommissar nickte und beobachtete weiter das Spektakel. »Tut es weh?«

»Nein.« Sina schüttelte bestimmt ihren Kopf. »Es ist …«, sie suchte nach Worten, »… es ist seltsam schön.«

»›Seltsam schön‹?«

»Seltsam, weil ich mir immer noch nicht vorstellen kann, dass sich in meinem Bauch ein kleiner Mensch befindet. Und schön, weil sie mir zeigt, dass es ihr gut geht.«

»Sie?« Er zog seine Augenbrauen hoch.

»Ein Mädchen.« Sie nickte.

»Herzlichen Glückwunsch«, murmelte er unbeholfen.

»Danke.« Sie blickte ihn unschlüssig an.

»Sollen wir …?« Er zeigte in den Wald.

»Ja.« Erleichtert drehte Sina sich um und folgte dem Weg, dankbar, dass Sommer ihren Gefühlsausbruch nicht weiter kommentierte. Zum ersten Mal erschien ihr der Kommissar einfühlsam.

»Hier ist es.« Sina zeigte auf einen imposanten Mammutbaum, der rechts hinter der zweiten Kurve des Rundwegs aufragte. Sie blieb stehen und beobachtete Carlos ehemaligen Partner, der sich aufmerksam umsah.

Langsam drehte Matthias Sommer sich um die eigene Achse. »Wann war der Todeszeitpunkt?«

»Gegen drei.«

»Was macht eine junge Frau nachts um drei allein hier im Wald?« Er schüttelte ungläubig den Kopf.

»Wir nehmen an, dass der Täter ihr bereits einige Zeit vorher aufgelauert hat. Der Obduktionsbericht geht davon aus, dass ihre Qualen mindestens eineinhalb Stunden angedauert haben.«

»Eineinhalb Stunden?« Er zog seine Augenbrauen hoch. »Ein richtiger Sadist.«

Sina nickte. »Er wollte sie leiden sehen, hat ihre Tortur hinausgezögert.«

»Aber was wollte die junge Frau hier allein, wenn der Täter ihr vom Fest gefolgt ist?« Er deutete um sich herum.

»Sie wohnte Richtung Gorxheimertal.« Sina zeigte den Abhang an der linken Seite des Weges hinunter. »Hundert Meter weiter führt ein kleiner Pfad ins Tal hinab.«

»Trotzdem …« Er schwieg einen Moment. »Es muss doch stockdunkel gewesen sein. Wenn ich eine Tochter hätte, würde ich ihr so gefährliche Abkürzungen strikt verbieten.«

Sina lachte kurz auf. »Und Sie meinen, dass sie Ihrem Verbot folgen würde?«

»Das wollte ich ihr geraten haben«, presste der Kommissar hervor.

»Die Eltern von Olivia Bertram konnten auch nicht glauben, dass ihre Tochter tatsächlich so leichtsinnig war, den Schleichweg durch den Wald zu nehmen – so viel zu den elterlichen Ratschlägen.«

»Sie wohnte noch zu Hause?« Matthias Sommer berührte mit seiner Hand den gefleckten Stamm des imposanten Baums.

»Ja, sie machte eine Ausbildung in Viernheim zur Werbekauffrau. Übrigens war vor zwei Jahren am Festsamstag Vollmond.«

Er nickte abwesend. »Wie haben Sie sie vorgefunden?«

Sina trat zu ihm und lehnte sich mit dem Rücken an den Stamm. Die Arme streckte sie weg von ihrem Körper, um den Baumstamm herum. »Die Hände waren aneinandergebunden.«

»Das Seil muss ziemlich lang gewesen sein.« Der Kommissar blickte Sina in die Augen, während sie weiter in der Position des Opfers verharrte.

»Der Baum hat einen Umfang von vier Meter fünfzig.«

»Sie war ihm völlig ausgeliefert.« Sommer sah sie weiter an.

Sina senkte verlegen ihre Arme und wandte den Blick ab. »Er wusste, was er tat. Er hat ihr die Gliedmaßen aufgeschlitzt und seelenruhig dabei zugesehen, wie sie langsam verblutete. Die Verletzungen am Oberkörper …«, sie zeigte auf ihren Bauch, »… hat er ihr erst später zugefügt. Er wollte, dass sie so lange wie möglich litt.«

»Was war mit der Kleidung?«

Sina zeigte hinter den Baum. »Die lag dort. Achtlos weggeworfen. Der Täter hat sich nicht die Mühe gemacht, sie mitzunehmen.«

»Also keine Trophäe«, folgerte Sommer.

»Nein«, bestätigte sie. »Ihre Tasche war noch da, er hatte nichts mitgenommen.«

»Warum wurden keine DNA-Spuren am Opfer gefunden?«

»Handschuhe«, erwiderte sie knapp.

»Handschuhe, ein Messer, ein Seil und eine Rose«, fasste der Kommissar zusammen. »Er war gut vorbereitet.«

Sina nickte. »Er hat es akribisch geplant.«

»Was ist mit der Tatwaffe?« Matthias Sommer blickte zu ihr.

Sie zog die Brauen hoch. »Eine zwanzig Zentimeter lange Schneide. Laut Gerichtsmedizin glatt, ohne Einkerbungen.«

»Eine Sackgasse.«

Wieder nickte sie. »Wie alle anderen Spuren auch.«

»Er hasst Frauen«, resümierte der Hauptkommissar.

»Davon können wir ausgehen«, stimmte sie ihm zu.

»Aber warum?«

»Wenn wir das wüssten, wären wir ein gutes Stück weiter.«

»Und warum die Rose?« Er zog eine Grimasse. »Das passt nicht zusammen.«

»Er verhöhnt sie. Erst genießt er ihr Leiden, bevor er sie umbringt. Die Rose symbolisiert Schönheit, Eleganz und Grazie. Nichts mehr davon besitzen die Opfer, nachdem er mit ihnen fertig ist.«

»Er hasst sie abgrundtief«, wiederholte Matthias Sommer mit belegter Stimme. »Ein schwer gestörter Mensch.«

»Ich vermute stark, ein schwer gestörter Mann«, verbesserte Sina nachdrücklich.

»Ein sexuelles Motiv?« Erneut blickte er sie mit eindringlicher Miene an.

Sina zuckte mit den Achseln. »Er hat sie nicht angefasst. Beide wurden nicht vergewaltigt. Es wurden keine Hinweise auf sexuelle Handlungen gefunden.« Sie zögerte. »Was er jedoch getrieben hat, während die Frauen um ihr Leben kämpften, weiß nur dieser Hurensohn selbst.«

Sommer blickte sie überrascht an. »Eine schlimme Kindheit? Zurückweisungen? Ein beziehungsunfähiger Einzelgänger?«

»Vielleicht auch ein biederer Familienvater mit Kindern, der seine abartigen Fantasien nicht mehr im Griff hat.«

»Sie sind sich sicher, dass er es wieder tun wird.«

Sina überlegte kurz, bevor sie nickte. »Wir sind uns alle sicher. Er ist zweimal damit durchgekommen. Er weiß, dass wir keine Spuren haben. Nichts, was uns weiterhilft. Warum also sollte er aufhören?«

»Warum hat er überhaupt damit begonnen?« Der Kommissar stellte die Frage, die Sina schon seit Beginn ihrer Ermittlungen durch den Kopf ging. »Was ist vor zwei Jahren passiert, das bei ihm den Knoten hat platzen lassen?«, dachte Sommer laut nach.

»Er muss gestoppt werden.« Sina sprach leise. »Wir dürfen nicht zulassen, dass er erneut mordet.« Sie schloss einen Moment die Augen, da Übelkeit in ihr hochstieg.

»Alles in Ordnung mit Ihnen?« Mit zwei großen Schritten kam Matthias Sommer auf sie zu und streckte seine Hand aus, hielt jedoch kurz vor ihr inne. »Sie sind ganz blass.«

»Ist wohl nur die Hitze«, murmelte Sina undeutlich.

»Hören Sie, Sina.« Er wartete kurz, als ob er sich vergewissern wollte, wie sie auf seine persönliche Anrede reagierte. Als sie schwieg, sprach er weiter: »Sie sind schwanger. Die Hitze und die psychische Belastung ...« Er machte eine unbestimmte Handbewegung. »Wäre es nicht besser, Sie würden sich etwas schonen?« Wieder wartete er. »Sie können nicht vier Tage hintereinander stundenlang in den Menschenmassen Streife laufen.«

Sina kniff die Augen zusammen. Wie konnte er es wagen? Sie öffnete den Mund, um ihn an ihre Worte von vorhin zu erinnern, doch er hob bereits beschwichtigend seine Hände.

»Ich weiß, was Sie mir unterstellen. Aber ich kann Ihnen versichern, dass Sie falschliegen.« Sina spürte seinen eindringlichen Blick auf ihrem Gesicht. »Das ist Ihr Fall. Ihrer und Carlos. Ich hoffe, dass wir das Dreckschwein bald finden. Und es wird ganz allein Ihr Verdienst sein. Dafür müssen Sie nicht Ihre Gesundheit aufs Spiel setzen. Ihre und die der Kleinen.« Er zeigte auf Sinas Bauch. »Ich verspreche Ihnen, dass ich mich um alles kümmern werde. Wir organisieren gemeinsam die Teams für das Wochenende. Aber Sie bleiben abends bitte zu Hause.«

Sina schüttelte ihren Kopf. »Ich kann nicht.«

Obwohl sie sich selbst kaum hören konnte, schien er sie verstanden zu haben. »Warum nicht?«

Sie sah ihn traurig an. Die Besorgnis in seiner Stimme überraschte sie. Tat sie ihm vielleicht Unrecht? »Es ist ...« Sie fuhr sich nervös über ihre Stirn. »Es ist meine Stadt.« Sie blinzelte. »Ich kann nicht untätig zu Hause herumsitzen, während ...« Ihre Stimme brach ab. »Wenn er erneut zuschlagen würde ...«

»Wir haben acht Teams, sechzehn hervorragend ausgebildete Beamte«, zählte der Kommissar mit Nachdruck auf.

»Ich weiß.« Sie nickte. »Aber ...« Sina scharrte mit ihrem Fuß. »Bitte halten Sie mich nicht davon ab. Ich muss das tun. Für Weinheim.« Sie zögerte. »Für Carlo.« Wieder machte sie eine Pause. »Für mich.«

Sie sah ihn an, während seine dunklen Augen auf ihr ruhten. Sommers Miene war undurchdringlich. Sein Schweigen verunsicherte sie.

Langsam schob der Kommissar seinen Unterkiefer vor und nickte. »Also gut. Aber Sie bleiben bei mir. Immer. Wir werden nur als Team patrouillieren. Sie werden keine Minute allein unterwegs sein. Ist das klar?« Er hielt ihren Blick weiter gefangen.

Sina wollte ihm widersprechen, doch Sommer fuhr bereits fort: »Das muss ich nämlich für mich tun. Für mich, für Carlo und für Sie.« Als er lächelte, berührte er etwas in ihrem Inneren, was sie nicht zu deuten wusste. »Für Sie und die Kleine. Haben Sie mich verstanden?«

Sina blickte über den Marktplatz. An der Roten-Turm-Straße bauten einige Männer mehrere Holzbuden auf. Es war später Vormittag, eine Handvoll junger Leute saß in der Sonne und frühstückte. Vor dem *Café Montmartre* stand ein Kellner, der rauchte und das gemächliche Treiben beobachtete.

Der Kommissar trat neben sie und folgte ihrem Blick. »Ist das der Platz, den Sie mir vorhin wärmstens empfohlen haben?« Seine Stimme klang ernst, doch als sie ihn ansah, grinste er schief.

»Das ist … Ich meine …«, stammelte sie betreten.

»Lassen Sie es gut sein.« Er winkte hastig ab. »Sieht aus wie auf irgendeiner Piazza in Italien.«

Sina blickte auf die mit Kopfsteinpflaster bedeckte Fläche, die sich den Hügel hinab bis zur Fußgängerzone erstreckte. Der Platz war von kleineren Cafés, Hotels und Restaurants umsäumt. Einige hochgewachsene Bäume zwischen den Tischen spendeten Schatten, wenn die Sonne hoch am Himmel stand und die Fläche in gleißendes Licht tauchte.

Sina kam sich unglaublich dumm vor. Was musste Sommer nur von ihr denken? »Es tut mir leid.«

»Das muss es nicht«, wiegelte der Kommissar ab und deutete auf die Arbeiter. »Ich gehe davon aus, dass hier morgen die Hölle los ist.«

Erleichtert wegen des Themenwechsels, atmete Sina aus. »Ja. Hier geht in den Abendstunden nichts mehr. Ein einziges Gedränge und Geschiebe.«

Sommer seufzte. »Und das bei knapp vierzig Grad. Ein Albtraum.«

»Wir können davon ausgehen, dass der Täter nicht mitten in den Menschenmassen zuschlagen wird.«

»Sicher nicht. Aber hier den Überblick zu behalten, wird trotzdem schwierig.«

»Wir werden heute Nachmittag mit den Kollegen die Einsatzpläne besprechen.« Sina fuhr sich durch ihre Haare.

»Bisher hat es mich immer nach Heidelberg gezogen, wenn …« Er ließ den Satz unbeendet.

… wenn du Gesellschaft gesucht hast, ergänzte Sina in Gedanken verächtlich.

»Weinheim ist eine richtig idyllische Kleinstadt.«

»Wenn sich dieses Arschloch nicht gerade das nächste Opfer sucht«, erwiderte sie. »Die Bürger sind ziemlich verunsichert. Und der Oberbürgermeister sitzt uns im Nacken. Wir können uns keine weitere Tote leisten.«

Matthias Sommer wandte sich ihr zu. »Wir werden alles dafür tun, um das zu verhindern.«

»Ich weiß.« Sie nickte. »Kommen Sie.«

Sina führte ihn die Straße entlang über den Amtshausparkplatz, wo wie jedes Jahr gerade der Autoscooter aufgebaut wurde.

»Eine weitere Engstelle«, erklärte sie, bevor sie durch das Schlossergässchen den Berg hinaufstiegen. »Das Herzstück der Kerwe, das Riesenrad.« Sie zeigte auf das mächtige Stahlgerüst, das sich über den Parkplatz, zwei Karussells und unzählige Essensstände erhob.

Nachdem sie ohne Ergebnis mit einigen Schaustellern über die Vorfälle der letzten beiden Jahre gesprochen hatten, führte Sina Sommer wieder den Berg hinab in die Altstadt. »Das Gerberbachviertel ist der älteste Stadtteil von Weinheim«, setzte sie erneut an, nicht ohne Stolz, während sie durch die Gassen mit den prächtig hergerichteten Fachwerkhäusern gingen.

»Sieht aus wie im Mittelalter«, entgegnete Matthias Sommer und blieb vor einem extrem schmalen Haus stehen. Er kniff seine Augen zusammen und schien die Maße des Gebäudes abzuschätzen.

Sina musste schmunzeln, als sie seinen Gesichtsausdruck bemerkte. »Lust auf eine weitere Geschichtsstunde?«

Er sah auf. »Bitte, gerne.« Wieder grinste er.

»Das Viertel verdankt seinen Namen den Gerbern, die hier vor vierhundert Jahren gelebt haben. Die Handwerker haben das Wasser aus dem Gerberbach geschöpft«, sie zeigte auf das schmale Flüsschen, das zwischen den Häusern entlangfloss, »und gingen so ihrer Arbeit nach. Die meisten der Häuser«, sie deutete auf zwei ausladende Fachwerkbauten mit dunklen Balken und grünen Fensterläden, »sehen noch aus wie damals. Wohnhäuser und Gerberwerkstätten.« Sie zählte ihm die Namen der Gassen auf, die während des Volksfestes von der feiernden Bevölkerung in Beschlag genommen wurden. »Viele der Bewohner öffnen mittlerweile ihre Höfe und schenken Getränke aus.«

Matthias hörte ihr aufmerksam zu, nickte nur ab und an.

»Gehen wir zum zweiten Tatort. Kommen Sie.«

Sina überquerte den Sigmund-Hirsch-Platz und zeigte die Straße entlang, die auf der linken Seite von einem bewaldeten Berg begrenzt wurde. »Die Grundelbachstraße«, setzte sie an. »Etwa zweihundert Meter von hier entfernt wohnen die Eltern von Lotta Sagewitz, dem zweiten Opfer.«

Der Kommissar nickte.

»Wir gehen davon aus, dass sie dem Mörder hier unten in die Arme gelaufen ist. Er hat sie gezwungen, mit ihm ...« Sina brach ab und bedeutete Sommer, ihr zu folgen. Eilig überquerten sie die stark befahrene Straße und stiegen auf der anderen Seite eine unscheinbare Betontreppe hoch. »… mit ihm hierherzukommen.« Sina hielt sich am Geländer fest und atmete langsam aus. Das Gehen strengte sie an.

»Machen Sie langsam.« Der Kommissar wischte sich über die Stirn.

Als Sina die Kiefer aufeinanderpresste, schmeckte sie den salzigen Schweiß auf ihrer Oberlippe. »Es geht schon wieder.« Nachdem sie die Treppe hinter sich gelassen hatten, wurde der Pfad schmaler. Am Rand war er von Unkraut überwuchert.

»Ist das ein offiziell ausgewiesener Weg?«

Sina überlegte. »Die Weinheimer kennen ihn. Es gibt allerdings noch einen breiteren, besser angelegten, der zu den beiden Burgen führt. Ich denke, Ortsunkundige würden eher den anderen wählen.«

»Ein weiterer Hinweis, dass sich unser Täter hier bestens auskennt.« Matthias Sommer wirkte angespannt.

»Da sind wir.« Sina deutet mit dem Zeigefinger auf eine Stelle etwa zwanzig Meter vor ihnen.

Der Weg bestand aus weit auseinandergezogenen Stufen. Ein Abschnitt war betoniert, ein weiterer mit Kopfsteinpflaster ausgelegt. Rechts und links grenzten verwilderte Schrebergärten an ihn.

»Hier?« Der Kommissar schien überrascht.

»Ja.« Sina nickte, als sie die Stelle erreichten, wo Carlo und sie im letzten Sommer die tote Studentin vorgefunden hatten.

Die junge Frau war mit ihren Handgelenken an zwei Holzpfosten festgebunden gewesen, die Bestandteil des Stacheldrahtzauns waren.

»Zeigen Sie es mir«, forderte Sommer sie jetzt erneut auf.

Zögernd ging Sina leicht in die Hocke und streckte ihre Arme seitlich aus. Mit den Händen berührte sie die beiden Holzstangen. »Lotta Sagewitz trug nur Unterwäsche, als sie gefunden wurde. Auch ihre Kleidung lag achtlos weggeworfen dort drüben.« Sina zeigte neben die Pfosten. »Auch hier fanden wir keine Fußspuren. Der Täter schlägt die Frauen bewusstlos, schleppt sie an den von ihm auserkorenen Ort und zieht sie aus. Er fesselt und knebelt sein Opfer, um es anschließend stundenlang zu Tode zu quälen. Wahrscheinlich trug er auch beim zweiten Mord Handschuhe, da wir an der Leiche von Lotta Sagewitz ebenfalls keine Fremd-DNA gefunden haben.«

»Die gleiche Tatwaffe?«

Sie nickte. »Ja, dasselbe Messer.«

Matthias musterte sie stirnrunzelnd. »Und die Rose?«

»Lag zwischen ihren Füßen«, antwortete Sina, ohne sich zu rühren.

Der Kommissar schien nachzudenken.

»An jenem Abend war Lotta Sagewitz mit ihren Freundinnen unterwegs. Alexander Konrad hat ausgesagt, dass er eigentlich mit ihr auf die Kerwe gehen wollte. Doch Lotta lehnte ab, da sie sich bereits verabredet hatte. Konrad und sie kannten sich erst seit zwei Wochen.«

»Behauptet er«, entgegnete Sommer ungehalten.

Sina zuckte mit den Achseln. »Lottas Freundinnen haben seine Aussage bestätigt.«

»War es Zufall, dass der Täter sie in der Grundelbachstraße angetroffen hat? Oder war er ihr schon länger gefolgt?«

»Das ist die Frage. Laut den Aussagen der Freundinnen ist ihnen an jenem Abend zumindest niemand aufgefallen, der ein besonderes Interesse an dem Opfer gezeigt hätte. Die jungen Frauen haben uns mitgeteilt, dass sie den ganzen Abend unter sich geblieben sind. Keine näheren Kontakte zum anderen Geschlecht. Und Lotta Sagewitz hat wohl sowieso nur von Konrad geschwärmt und mehrmals betont, wie sehr sie ihn vermisse. Es hat sich während unserer Befragungen angehört, als ob ihre Freundinnen deswegen ziemlich genervt waren.«

»Warum ist sie nicht mit Konrad ausgegangen?« Der Hauptkommissar ließ seinen Blick über den Zaun schweifen.

»Wie gesagt, die Verabredung mit ihren Freundinnen stand schon länger.«

Er schüttelte den Kopf. »Vielleicht sollten wir auch noch mal mit einer der Damen darüber sprechen, was damals passiert ist.«

Sina blickte ihn ratlos an. »Was meinen Sie damit?«

»Wir sollten uns nochmals beschreiben lassen, wie jener Abend verlief.«

Genervt biss sich Sina auf die Lippe. Wen wollte er denn noch alles befragen? Dachte er, Carlo und sie hätten ihre Arbeit nicht sorgfältig erledigt? »Carlo und ich haben ...«

»Ich möchte Ihnen nicht unterstellen, dass Sie nicht gründlich ermittelt haben. Aber da wir nichts anderes haben ...«, unterbrach er sie.

Sie seufzte. »Gut. Wie Sie meinen. Gehen wir also erst bei Lottas Eltern vorbei und anschließend versuchen wir, Sandra Franz zu erreichen.«

»Eine der Freundinnen?«

Sina nickte. »Lottas beste Freundin. Sie war an jenem Abend mit auf dem Fest.«

»Warum wurde Lotta hier ermordet?« Matthias Sommer schüttelte den Kopf. »Erst ein Mammutbaum im Exotenwald, dann ein unauffälliger Weg zu einer touristischen Attraktion.«

»Was denken Sie?« Sina blickte ihn interessiert an.

»Ich weiß nicht.« Er zögerte. »Ich glaube, dass der Täter genauso in Weinheim verwurzelt ist wie Sie.« Verblüfft blickte sie ihn an, während er fortfuhr: »Diese Plätze scheinen bewusst gewählt und keinesfalls dem Zufall überlassen. Dafür sind sie zu prägnant. Warum nicht ...« Er überlegte. »Warum verschleppt der Täter seine Opfer nicht irgendwohin, wo er nicht das Risiko eingeht, gestört zu werden?«

»Beide Frauen starben weit nach Mitternacht«, gab Sina

zu bedenken. »Weder im Exotenwald noch hier ist für gewöhnlich um diese Uhrzeit mit viel Publikumsverkehr zu rechnen.«

»Trotzdem.« Sommer schüttelte den Kopf. »Die Orte scheinen ihm etwas zu bedeuten. Ich gehe sogar davon aus, dass er sie bereits seit seiner Kindheit kennt.«

»Also kein Zugezogener«, folgerte Sina.

»Nein, kein Zugezogener«, wiederholte der Kommissar. »Und auf jeden Fall kein Tourist.«

Sina kaute auf ihrer Unterlippe, während sie Sommers Blick auf sich spürte. »Weinheim ist manchmal ein Dorf. Vielleicht kenne ich ihn«, entgegnete sie leise.

»Das ist zumindest nicht unmöglich«, stimmte er ihr zu. »Was ist mit Konrad?«

Genervt legte sie ihren Kopf schief. »Was wollen Sie schon wieder mit ihm? Ich habe Ihnen doch bereits gestern gesagt, dass wir Konrad nichts nachweisen konnten. Außerdem scheint er das erste Opfer nicht gekannt zu haben.«

»Um jemanden umzubringen, ist das auch nicht nötig«, gab der Kommissar trocken zurück.

»Was wollen Sie?«, zischte Sina wütend.

»Vielleicht sollten wir dem Herrn auch noch einen kleinen Besuch abstatten. Sozusagen als vorbeugende Warnung. Damit er weiß, dass wir ein Auge auf ihn haben.« Ihre Wut schien ihn nicht zu beeindrucken.

Sie riss sich zusammen. »Also gut, sprechen wir auch mit Alexander Konrad.«

13

»Ich weiß nicht, ob das so eine gute Idee ist.« Sina sah zweifelnd an der Fassade des alten Hauses hoch.

»Fällt Ihnen etwas Besseres ein?«

Sie schüttelte den Kopf und klingelte. War es wirklich erst

ein Jahr her, dass sie hier mit Carlo gestanden hatte? Es kam Sina vor wie in einem anderen Leben. Einem Leben, in dem ihre Welt in Ordnung war.

»Ja?« Kerstin Sagewitz öffnete die Tür. Sina erschrak, als sie Lottas Mutter erblickte. Die Frau schien um Jahre gealtert seit ihrem letzten Besuch.

»Frau Engel!« Überrascht sah Sagewitz von Sina zu Matthias Sommer.

Sina beeilte sich, ihn vorzustellen.

»Gibt es etwas Neues?«

Betreten registrierte Sina einen Hauch von Hoffnung in der Miene der Endvierzigerin.

»Dürfen wir kurz hereinkommen?« Der Hauptkommissar lächelte die Frau verständnisvoll an.

Kerstin Sagewitz trat zur Seite und ließ sie eintreten. »Bitte, gehen wir ins Wohnzimmer.«

Sina und Sommer folgten ihr in den großen Raum, in dem die Hitze stand. Lottas Mutter deutete auf die Sitzgruppe vor dem Fenster.

Nachdem sie Platz genommen hatten, ergriff der Kommissar erneut das Wort, während Sina sich nervös über die Stirn fuhr. »Frau Sagewitz, wir möchten noch mal mit Ihnen über Ihre Tochter sprechen.«

»Gibt es etwas Neues?«, fragte sie erneut.

Sina schüttelte beklommen den Kopf.

»Leider nein«, erklärte Matthias Sommer sanft. »Aber wir ermitteln momentan in alle Richtungen.«

Kerstin Sagewitz nickte. »›In alle Richtungen‹.« Sie verzog ihr Gesicht. »So sagt man, wenn man keine Ahnung hat, wo man suchen soll, nicht wahr?«

»Frau Sagewitz«, setzte Sina vorsichtig an. »Sie wissen, dass morgen die Kerwe beginnt …«

»Ich weiß«, unterbrach die Mutter sie barsch. »Und jetzt haben Sie Angst, dass ein weiteres Mädchen … ein weiterer Mord …« Ihre Stimme versagte. Verzweifelt schlug sie die

Hand vor den Mund, während sich ihre Augen mit Tränen füllten.

Hilflos blickte Sina zu Matthias Sommer, der ihr unmerklich ein Zeichen gab. »Frau Sagewitz, uns ist klar, dass unsere Ermittlungen Ihre Tochter nicht zurückbringen werden. Aber wir möchten unbedingt verhindern, dass wir am Sonntag einer weiteren Mutter mitteilen müssen, dass ihr Kind nicht mehr nach Hause kommen wird.«

Kerstin Sagewitz zog ein Taschentuch aus der Hose und betupfte ihre Augen. Sie hob den Kopf und räusperte sich. »Wie kann ich Ihnen helfen?«

»Oft fallen Angehörigen erst sehr viel später auf den ersten Blick unbedeutend erscheinende Bemerkungen ein, die das Opfer irgendwann einmal hat fallen lassen. Zum Beispiel über einen Streit, den es mit irgendjemandem hatte. Oder eine Auseinandersetzung. Völlig unwichtige Dinge, die aber bei einigen Menschen eine Kurzschlussreaktion auslösen können.«

»Sie meinen, Lotta kannte ihren … Mörder?« Die Mutter schien verwirrt.

»Wir wissen es nicht«, entgegnete Sina bedauernd. »Aber wir dürfen keine Möglichkeit außer Acht lassen. Ist Ihnen im Nachhinein noch etwas eingefallen? Irgendetwas, an das Sie direkt nach … dem Tod Ihrer Tochter nicht gedacht haben?«

Frau Sagewitz starrte einige Sekunden ins Leere, bevor sie langsam den Kopf schüttelte. »So war Lotta nicht …« Sie hielt inne. »Sie kam mit jedem gut aus.«

»Keine aufdringlichen Verehrer, keine ungehobelten Kommilitonen?«, bohrte der Hauptkommissar nach.

Wieder schüttelte sie den Kopf. »Nein. Lotta hat nie etwas in dieser Richtung erwähnt.«

Sina schaute zu Matthias Sommer und entdeckte so etwas wie Enttäuschung in seinem Gesicht.

»Was hat Ihre Tochter von Alexander Konrad erzählt?«

Der ruhige, mitfühlende Tonfall des Kommissars irritierte Sina. So viel Einfühlungsvermögen hatte sie ihm überhaupt nicht zugetraut.

»Alex?« Wieder wirkte die Mutter überrascht. »Haben Sie etwa ihn in Verdacht?«

»Hat Lotta Ihnen Ihren Freund vorgestellt? Hat sie irgendetwas von ihm erzählt?«, wiederholte Sommer seine Frage, ohne auf ihre Bemerkung einzugehen.

Kerstin Sagewitz zuckte mit den Schultern. »Nein, wir haben ihn bei der Beerdigung zum ersten Mal gesehen. Sie kannten sich schließlich noch nicht allzu lange.«

»Sie hat nie über ihn gesprochen?« Der Kommissar runzelte die Stirn.

»Doch«, beeilte sich die Frau zu sagen. »Doch. Sie hat erwähnt, dass sie jemanden kennengelernt habe. Lotta sprach selten über … solche Dinge. Ich hatte das Gefühl, mit Alex könne es etwas Ernstes werden. Wenn nicht … wenn nicht …« Ein leiser Schluchzer entwich ihrer Kehle.

»Es muss sehr schmerzhaft für Sie sein, noch mal darüber zu sprechen«, erwiderte Sina beklommen. »Es ist nur … wir brauchen Ihre Hilfe.«

Lottas Mutter nickte. »Ja, ja, natürlich.« Jetzt sah sie Sina fest in die Augen. »Es tut mir sehr leid, was mit Kommissar Reinhardt passiert ist. Er war ein guter Mann, hat sich sehr einfühlsam um uns gekümmert damals.«

Sina spürte den Blick des Kommissars auf sich. Ja, Carlo hatte sich im letzten Sommer tagelang um das Ehepaar gekümmert. Ihm war das Schicksal von Lotta Sagewitz genauso an die Nieren gegangen wie Sina. »Es ist sein Kind«, erwiderte sie leise.

Die Augen von Lottas Mutter weiteten sich. »Sein Kind?« Sie musterte Sina weiter. »Ich wusste nicht, dass Sie beide … O Gott!«

»Ja, ich habe erst nach seinem Tod erfahren, dass ich schwanger bin.«

»Wie furchtbar! Frau Engel, das tut mir so leid. Ich dachte nur ... als mein Mann und ich in der Zeitung von Kommissar Reinhardts Tod erfahren haben, waren wir sehr traurig. Ein junger Mann, der mitten im Leben steht. Ein guter Polizist.« Sie schüttelte erschüttert ihren Kopf. »Das ist einfach schrecklich.«

Sina nickte schweigend.

»Falls Ihnen noch etwas einfallen sollte, und wenn es Ihnen noch so unbedeutend erscheint«, ergriff Matthias Sommer nun erneut das Wort, »melden Sie sich bitte bei uns. Jederzeit.« Er gab Kerstin Sagewitz seine Karte und nickte Sina leicht zu.

»Kommissarin Engel!« Sandra Franz war sichtlich überrascht, als sie Sina und Matthias Sommer erblickte.

»Frau Franz, haben Sie einen Moment für uns?« Sina zeigte auf den Kommissar und stellte ihn der Studentin kurz vor.

»Ja.« Sandra Franz nickte heftig. »Ja, klar. Kommen Sie doch rein.«

Sina ließ ihren Blick durch die Einzimmerwohnung schweifen, während Sommer neben sie trat.

»Es ist etwas ... Na ja, es ist eben nur ein Zimmer.« Die junge Frau hob verächtlich ihre Augenbrauen.

»Kein Problem, wir wollen Sie nicht lange stören«, erwiderte der Kommissar, während Sina sich weiter in dem Raum umsah.

Neben dem Bett stand ein kleiner Sessel. An der Wand gegenüber befand sich ein Kleiderschrank neben einem schmalen Schreibtisch. Eine typische Studentenbude.

»Frau Franz, es geht noch mal um den Kerweabend, an dem Lotta Sagewitz ermordet wurde.«

Bei der Erwähnung des Namens ihrer Freundin verfinsterte sich die Miene der Studentin. Doch sie schwieg.

»Können Sie uns bitte noch einmal schildern, wie der Abend verlaufen ist? Wo Sie waren, was Sie gemacht haben?

Ob Sie eventuell jemanden kennengelernt haben? Und was Ihre Freundin über Alexander Konrad erzählt hat?«, zählte der Hauptkommissar auf.

Sandra Franz schnaufte tief durch, bevor sie sich umdrehte und einige Klamotten von dem Sessel nahm. »Setzen Sie sich doch, Frau Engel.« Unbeholfen zeigte sie auf Sinas Bauch.

Dankbar nahm Sina das Angebot an und setzte sich. Die Studentin nahm neben ihr auf dem Bett Platz, während Matthias Sommer abwartend stehen blieb.

»Ich kann nicht glauben, dass es wirklich schon ein Jahr her ist«, begann Sandra Franz leise. »Manchmal denke ich, es ist alles nur ein böser Traum gewesen, und hoffe, dass gleich das Telefon klingelt und Lotta dran ist.«

Sina betrachtete die Studentin von der Seite. Sie wirkte ernst und in sich gekehrt.

»Gut.« Die junge Frau nickte. »Sie wollen wissen, wie der Abend verlief. Der letzte Abend mit Lotta.« Sie blickte zu Matthias Sommer. »Wir waren zu viert. Lotta, Susanne, Miriam und ich. Wir trafen uns gegen ...«, sie legte ihren Kopf schief und überlegte, »... neun, denke ich.« Fragend blickte sie zu Sina, die zustimmend nickte. Sie hatte die Berichte erst gestern gelesen. »Na ja, wir waren die meiste Zeit im Gerberbachviertel, zogen von einer Bar zur nächsten.«

»Hatte Lotta Sagewitz viel getrunken?« Der Kommissar musterte die Studentin.

Sandra Franz zuckte mit den Achseln. »Nicht übermäßig. Na ja, es war Kerwe. Aber sie war nicht betrunken.«

Wieder nickte Sina schweigend.

»Lotta war an jenem Abend irgendwie nicht so gut drauf«, fuhr die Studentin fort. »Sie redete den ganzen Abend nur von Alex.«

»Kannten Sie ihn?«, warf Matthias Sommer ein.

Sie nickte. »Ja, ich hatte ihn zwei- oder dreimal gesehen.«

»Was hielten Sie von ihm?« Matthias blickte kurz zu Sina, die ihren Kopf abwandte.

Sandra Franz lachte auf. »Was ich von ihm hielt? Ganz ehrlich, Alex ist ein Arschloch. Ich weiß nicht, was Lotta an ihm fand. Sie hatte vorher nur wenige Beziehungen, aber Alex … nee, der ging gar nicht.«

»Hat sie sich ebenfalls irgendwann abfällig über ihn geäußert?«

Die Studentin schüttelte ihren Kopf. »Lotta? Nein, sie war hin und weg von diesem Schleimer. Ein aalglatter Typ, wenn Sie mich fragen.«

»Hatten Sie ihr gesagt, was Sie von ihm hielten?«

Sandra Franz überlegte kurz. »Nicht so direkt. Schließlich ist … war Lotta meine Freundin. Aber sie wusste schon, dass ich nicht besonders begeistert von ihm war.«

»Haben die beiden an jenem Abend telefoniert?«

»Nein«, erwiderte die junge Frau. »Zumindest nicht auf der Kerwe. Vielleicht vorher. Das weiß ich nicht.«

»Wir haben die Telefonlisten überprüft«, erklärte Sina in Sommers Richtung. »Lotta Sagewitz hat den ganzen Abend über mit niemandem telefoniert.«

Er nickte ihr zu.

»Ist Ihnen später noch irgendetwas eingefallen in Bezug auf Ihre Freundin? Hat sie Ihnen vielleicht von jemandem erzählt, mit dem sie Ärger hatte? An der Uni vielleicht?«

Wieder überlegte Sandra Franz sorgfältig, bevor sie den Kopf schüttelte. »Nein. Lotta kam mit jedem aus. Sie war sehr harmoniebedürftig, ging am liebsten jeder Diskussion aus dem Weg.« Sie zögerte. »Nein, mir fällt niemand ein. Es gab nichts. Sie war ein toller Mensch.« Die junge Frau nickte bedächtig.

Stirnrunzelnd betrachtete Matthias Sommer das weiß getünchte Haus mit den bogenförmigen Fenstern. »Ein Student, der sich eine Wohnung in einer Altbauvilla leisten kann?«

»Konrad hat sein Studium im letzten Winter beendet.

Hier hat die Kanzlei, in der er im April begonnen hat, ihre Räume.«

Er stieß einen leisen Pfiff aus. »Sie haben seinen weiteren Werdegang verfolgt? Dann erscheint er Ihnen doch nicht so harmlos, wie Sie mich die ganze Zeit glauben lassen wollen.«

Sina strich kurz über ihren Bauch. »Immerhin war er ein Verdächtiger. Ich dachte, es könne nicht schaden, seine weiteren Aktivitäten im Blick zu behalten.«

Matthias Sommer grinste. »Nein, schaden kann es auf keinen Fall.«

»Wir haben nichts gegen ihn in der Hand«, warnte sie ihn erneut. »Denken Sie daran, bevor Sie ihn in die Mangel nehmen.«

»›In die Mangel nehmen‹?« Der Kommissar hob seine Augenbrauen. »Was denken Sie von mir, Frau Kollegin?« Wieder verzog er seinen Mund. »Sie scheinen mich besser zu kennen, als mir lieb ist.«

Sina schnaubte genervt und schüttelte ihren Kopf. Wie hatte es Carlo nur mit ihm aushalten können? Ihr Freund hatte sich ihr gegenüber immer sehr wohlwollend über seinen Partner geäußert. Bis auf seine unzähligen Frauengeschichten. Diese würde Sommer ihr allerdings sicher nicht auf die Nase binden.

Sie steuerte auf die elegante Eingangstür zu. Jedes Detail des Gebäudes zeugte von den Unmengen an Geld, die hineingesteckt worden sein mussten. Es handelte sich um ein gutbürgerliches Kaufmannshaus, das Ende des 19. Jahrhunderts erbaut worden war. Vor einigen Jahren war das gesamte Anwesen aufwendig restauriert worden.

Anwalt müsste man sein, dachte Sina verächtlich und im gleichen Moment fiel ihr ihr Schwager ein. Jochen, der seine Frau unter Druck setzte, nicht mehr arbeiten zu gehen. Natascha, ihre hochintelligente Schwester, die zu Hause versauerte.

»Sind Sie bereit?«

Sina schreckte hoch und bemerkte, dass der Kommissar ihr die Tür aufhielt. Sie nickte.

Die Kanzlei befand sich im ersten Stock. Sommer öffnete die Tür, ohne anzuklopfen.

Eine junge Frau mit roten Haaren saß am Empfang und sah ihnen erwartungsvoll entgegen.

»Wir würden gern mit Herrn Konrad sprechen.« Der Kommissar lehnte sich leicht über die Theke.

Sina registrierte, wie die Angestellte ihre Lippen zu einem Lächeln verzog. Ihre Wangen färbten sich rot.

Mein Gott, sie stand auf Sommer. Sina schmunzelte ungläubig.

»Gerne. In welcher Angelegenheit?«

Sommer blickte sie einen Moment lang regungslos an, bevor er seinen Ausweis hervorzog. »Ich bin Hauptkommissar Sommer.« Er drehte sich um und zeigte mit dem Daumen auf Sina. »Und das ist meine Kollegin, Hauptkommissarin Engel.«

Die Angestellte schluckte. Seine Vorstellung hatte sie sichtlich aus dem Konzept gebracht. »Einen Moment«, hauchte sie schließlich, bevor sie zum Telefonhörer griff. Sie wandte sich ab und sprach so leise, dass Sina nichts von dem Gespräch verstehen konnte.

»Herr Konrad ist gleich bei Ihnen.« Die Empfangsdame wandte sich ihnen wieder zu, nachdem sie aufgelegt hatte.

»Danke.« Sommer nickte und schenkte ihr erneut ein freundliches Lächeln.

Sina warf ihm einen kurzen Blick zu. Mit seinen zerzausten Locken und den dunkel glitzernden Augen wirkte er nicht wie ein Kripobeamter. Wenn er lachte, erschienen zwei Grübchen in seinen Mundwinkeln. Kein Wunder, dass die Frauen reihenweise auf ihn flogen. Im nächsten Moment verachtete Sina sich für ihre Gedanken. Sommer konnte ihr doch vollkommen egal sein.

»Frau Engel«, ertönte hinter ihnen eine Stimme, die Sina

aus ihren Gedanken riss. »Haben Sie Sehnsucht nach mir?« Alexander Konrad kam spöttisch lächelnd auf sie zu.

Sina spitzte ihre Lippen.

»Herr Konrad.« Matthias Sommer trat einen Schritt vor und zeigte seinen Ausweis. »Ich bin Hauptkommissar Sommer.«

Sina musterte den jungen Anwalt, der einen gut sitzenden dunkelblauen Anzug mit dazu passender gestreifter Krawatte trug. Sein Gesicht war sonnengebräunt, die blonden Haare von hellen Strähnen durchzogen.

Konrads Gesicht verfinsterte sich. »Was kann ich für Sie tun?« Er blickte von Sommer zurück zu Sina und sah sie fragend an.

»Können wir uns irgendwo ungestört unterhalten?«

Sichtlich genervt zuckte der Anwalt bei Sommers Frage mit den Achseln, deutete dann aber in den Gang hinter sich. Die Kommissare folgten ihm.

Er öffnete eine Tür auf der linken Seite und ließ sie eintreten. »Bitte.« Er seufzte.

»Herr Konrad«, wandte sich Matthias Sommer an ihn. »Es geht noch mal um die zwei Morde. Lotta Sagewitz und Olivia Bertram.«

»Ja, und?« Der Blick des Juristen wurde arrogant.

»Der Tod von Frau Sagewitz scheint Sie nicht mehr sonderlich zu treffen.« Auch Sommers Stimme klang kühl.

Der Junganwalt zog die Brauen hoch. »Was erwarten Sie? Ich habe die Frau zwei Wochen gekannt, als sie …« Er brach ab. »Wir waren noch nicht einmal richtig zusammen.«

»Sie hat Ihnen also nichts bedeutet?«, hakte Sommer nach.

»Was wollen Sie?« Aufgebracht blickte Alexander Konrad zu Sina, die jedoch weiter schwieg. »Das haben Sie mich doch bereits letztes Jahr alles gefragt.« Er zögerte. »Und Sie konnten mir nichts nachweisen.«

»Dass wir Ihnen nichts nachweisen konnten, bedeutet aber nicht automatisch, dass Sie unschuldig sind.« Der Kommissar kniff seine Augen zusammen.

»Was soll das?« Konrad wurde lauter. »Haben Sie nichts Besseres zu tun, als unbescholtene Bürger zu belästigen?«

»Wir wollten Ihnen nur klarmachen, dass wir jetzt wissen, mit was wir es hier zu tun haben«, knurrte Sommer ungehalten. »Und ich hoffe für Sie, dass Sie für das kommende Wochenende ein glaubwürdiges Alibi vorzuweisen haben werden.«

Konrad starrte ihn aus großen Augen an. »Wollen Sie mir drohen?« Er verzog seine Lippen zu einem hämischen Grinsen. »Raus hier. Alle beide. Und sollten Sie mich noch mal belästigen, werde ich bei Ihrem Vorgesetzten Beschwerde einreichen.«

»Wir haben ein Auge auf Sie«, zischte Sommer mit gefährlich leiser Stimme, während er Zeige- und Mittelfinger erst auf die eigenen Augen richtete, bevor er sie in Konrads Richtung streckte. »Vergessen Sie das nicht.«

»Raus«, brüllte der Anwalt erneut. Sein Kopf war mittlerweile hochrot.

Sina blickte den Kommissar vorwurfsvoll an und bedeutete ihm unauffällig, ihr zu folgen.

Draußen atmete sie tief durch. Ihr war heiß und Sommers Verhalten nervte sie gewaltig. »Was sollte das?« Sie baute sich vor ihm auf, aber trotz ihrer knapp ein Meter achtzig Körpergröße musste sie zu ihm hinaufsehen.

»Was meinen Sie?« Gleichgültig zuckte er mit den Achseln.

»Konrad steht nicht mehr auf unserer Verdächtigenliste.«

»Trotzdem haben Sie Erkundigungen über ihn eingeholt.«

»Ja, inoffiziell«, zischte sie wütend.

Wieder zog er die Schultern hoch. »Er wird sich hüten, seine perversen Fantasien in den nächsten Tagen auszuleben.«

Sie zog ihre Oberlippe zwischen die Zähne. »Wir wissen doch gar nicht, ob er wirklich etwas damit zu tun hat.«

Sommer zeigte auf das Haus hinter ihnen. »Haben Sie seine Reaktion nicht mitbekommen? Der Mann stand kurz vorm Ausrasten. Sandra Franz hat recht mit ihrer Aussage. Der Mann ist ein Arschloch.«

»Das beweist noch lange nicht seine Schuld«, widersprach Sina heftig.

»Was wollen Sie? Sie denken doch auch, dass er schuldig ist, oder nicht?« Seine Augen funkelten.

»Ich weiß es nicht«, antwortete sie leise. »Aber so …« Sie schüttelte resigniert ihren Kopf. »So ermitteln wir hier nicht.«

14

Als Matthias den Besprechungsraum betrat, waren fast alle Stühle, die um den ovalen Konferenztisch herumstanden, besetzt. Lediglich die beiden Plätze an der Stirnseite waren noch frei. Er ging an den anderen Beamten vorbei und nickte ihnen kurz zu, bevor er sich auf einen der leeren Stühle setzte.

Langsam ließ er seinen Blick über die Kollegen wandern. Rechts von ihm saßen die acht Streifenbeamten, die an ihren Uniformen unschwer zu erkennen waren. Links von ihm entdeckte er die drei Kripobeamten, die in der Weinheimer Außenstelle gemeinsam mit der Kommissarin ermittelten. Polizeiobermeister Marc Fornack, der in etwa so alt war wie er selbst, Polizeiobermeister Gerhard Runz, den er auf Mitte fünfzig schätzte und der augenscheinlich der Älteste im Raum war, sowie Polizeihauptmeister Sebastian Ihrig, der Jüngste im Team. Matthias schätzte ihn auf höchstens Mitte zwanzig. Daneben saßen die drei Beamten aus Heidelberg, die gemeinsam mit den Weinheimer Kripobeamten Teams bilden sollten. Matthias kannte sie vom Sehen, konnte sich aber nicht an ihre Namen erinnern.

Sina Engel war noch nicht da. Nachdem sie auf das Revier zurückgekehrt waren, hatten sie heute Nachmittag mit Gans eine Telefonkonferenz abgehalten und mit ihm die weitere Vorgehensweise und die Schichteinteilungen abgestimmt. Obwohl er seit gestern die Ermittlungen zusammen mit der Kommissarin leitete, wollte Matthias ihr bei der anstehenden Einsatzbesprechung den Vortritt lassen. Es war nach wie vor ihr Fall. Auch besaß sie die besseren Ortskenntnisse.

Er lehnte sich zurück und sah in die Runde. Einige Beamte sprachen im Flüsterton miteinander, doch er schnappte nur Wortfetzen auf.

Nach wie vor hielt er es für äußerst unvernünftig, dass Sina Engel darauf bestand, selbst an den Kontrollgängen teilzunehmen. Es war ihm nicht entgangen, wie sie immer wieder nach Luft geschnappt hatte, als sie ihn heute Morgen durch die Innenstadt führte.

Die Tür ging auf und die Kommissarin trat ein, mehrere Akten unter dem Arm. Augenblicklich verstummten die Gespräche um ihn herum. Sie bemühte sich sichtlich um einen normalen Gang, zog wie beiläufig ihre Bluse ein Stück von ihrem Bauch weg.

Während Engel neben ihm Platz nahm, nickte sie ihm unmerklich zu. Die Akten legte sie vor sich auf den Tisch. Dann blickte sie ihre Mitarbeiter an.

»Guten Abend.« Leises Gemurmel entstand. »Für diejenigen, die mich noch nicht kennen, möchte ich mich kurz vorstellen.« Sie beugte sich vor. »Ich bin Kriminalhauptkommissarin Engel und zuständig für die Region Weinheim und Umgebung.« Sie blickte die Heidelberger Kollegen an. »Wir«, sie sah zu Matthias, »Hauptkommissar Sommer und ich, erklären Ihnen heute, wie sich Ihre Schichten in den nächsten vier Tagen gestalten. Oberstes Ziel dieser Sonderkommission ist unstrittig die Prävention. Wir müssen die Kerwe sichern.« Sie erhob sich umständlich und zog einen Stadtplan aus dem Aktenstapel hervor. Matthias sah sie fragend an, doch sie drehte sich schweigend um. Mit vier Reißnägeln befestigte sie den Plan an der Pinnwand hinter ihnen. »Nach Rücksprache mit Kriminalrat Gans sind wir übereingekommen, dass die Schichten von neunzehn Uhr bis drei Uhr nachts dauern werden.«

»Drei Uhr?« Sebastian Ihrig pfiff leise durch seine Zähne.

»Ja, Basti.« Sie nickte in seine Richtung. »Die beiden Mordopfer trafen gegen halb eins auf ihren Mörder. Wir gehen fest davon aus, dass der kritische Zeitpunkt zwischen Mitternacht und drei Uhr morgens liegen wird.« Sie atmete tief durch.

Besorgt musterte Matthias ihr Gesicht.

»Die Fahrgeschäfte schließen um Mitternacht. Aber wie zumindest die Weinheimer unter Ihnen wissen, ist die Kerwe damit noch lange nicht zu Ende. Auf dem Marktplatz und auch in den Straußwirtschaften wird das Feiern weitergehen. Gegen zwei schließen die meisten Kneipen. Daher denken wir … hoffen wir, dass bis drei Uhr fünfundneunzig Prozent der Besucher wohlbehalten in ihren Betten liegen.«

»Und was ist mit den anderen fünf Prozent?«

Matthias sah zu Polizeiobermeister Fornack hinüber.

»Wir können nicht alle schützen«, erwiderte die Kommissarin mit belegter Stimme. »Aber wir werden es zumindest versuchen.«

»Was ist mit den *Weinheimer Nachrichten*? Könnten wir dort nicht einen Aufruf an die Bevölkerung einstellen?«

Sie nickte. »Daran habe ich auch schon gedacht, Gerhard. Danke für den Hinweis. Doch ich bin zu dem Schluss gekommen, dass es besser wäre, den Morden keine noch größere Plattform zu geben. Die meisten von Ihnen«, sie blickte in die Runde, »werden von dem Artikel in der *Rhein-Neckar-Zeitung* wissen. Wir möchten den Täter auf keinen Fall weiter provozieren. Leider sehen das einige Journalisten anders. Ich spreche morgen mit den *Weinheimer Nachrichten.* Am Dienstag erscheint ein Artikel über die beiden Mordfälle, vorausgesetzt …« Sie ließ den Satz unbeendet und presste ihre Lippen aufeinander.

Vorausgesetzt, wir haben keinen dritten Mord, ergänzte Matthias in Gedanken.

Die Kommissarin hielt einen Moment inne und wandte sich dann erneut dem Stadtplan zu. »Wir haben die Innenstadt, das gesamte Kerwegebiet, in verschiedene Abschnitte eingeteilt.« Sie sah zu den Streifenbeamten hinüber. »Ihre Kollegen werden bis neunzehn Uhr Streife laufen. Wie in den letzten Jahren auch. Danach übernehmen dann wir. Ihnen«, wieder sah sie die uniformierten Kollegen mit einem aufmunternden Lächeln an, »haben wir zwei Abschnitte zugeteilt. Zwei Teams kümmern sich um die Hauptstraße, in der es erfahrungsgemäß gerade in den Abendstunden öfters zu Konfliktsituationen kommen kann. Die anderen beiden Teams werden das Gerberbachviertel im Auge behalten.« Sie deutete mit dem Zeigefinger auf den Plan und umkreiste das Gebiet. »Die Gassen zwischen Haupt- und Grundelbachstraße. Münzgasse, Gerbergasse, Judengasse, Stadtmühlgasse und die Gässchen dazwischen.« Wieder schnappte sie nach Luft. »Wir gehen davon aus, dass da unten zwar viel gefeiert wird, es aber relativ ruhig bleiben dürfte. Allerdings bleibt die Gastronomie dort wohl auch am längsten geöffnet.«

Matthias bemerkte, wie die Kommissarin leicht schwankte, bevor sie sich an der Stuhllehne festkrallte. Er suchte ihren Blick, doch sie starrte unentwegt auf die Karte hinter ihnen.

Erst als er aufstand, hob sie überrascht den Kopf und sah ihn an.

»Danke, Kollegin Engel.«

Er nickte ihr diplomatisch zu und machte sich schon auf einen Wutausbruch von ihr gefasst. Doch stattdessen verzog sie nur leicht den Mund, bevor sie sich setzte. Sah er da etwa Dankbarkeit in Engels Augen?

»Kommissarin Engel hat mich heute bestens über die örtlichen Gegebenheiten informiert. Somit werde ich Ihnen nun die restliche Einteilung erläutern. Der Kollege Runz«, Matthias blickte zu dem älteren Kripobeamten, »wird gemeinsam mit dem Heidelberger Kollegen die Grundelbachstraße überwachen, insbesondere zu fortgeschrittener Stunde. Wie Sie wissen, wurde dort Lotta Sagewitz letztes Jahr überwältigt. Vorher können Sie beide das Team im Gerberbachviertel unterstützen.« Er ließ seinen Finger über die Straßen um den Marktplatz wandern. »Sie, Hauptmeister Ihrig, sind für den Marktplatz samt Hutplatz zuständig, einschließlich der Mittelgasse als Querverbindung.« Er drehte sich zu den Beamten um. »Kommissarin Engel und ich werden den Schlosspark ablaufen sowie die Randgebiete wie Lützelsachsener Straße und Beginn Rote-Turm-Straße.«

Er sah zu Sina Engel hinab, die unauffällig ihren Daumen in die Höhe reckte.

Obwohl er schmunzeln musste, konzentrierte er sich wieder auf den Einteilungsplan.

»Was ist mit mir?« Polizeiobermeister Fornack sah ihn mit gerunzelter Stirn an.

Matthias nickte. »Sie sind unser Joker.«

Fornacks Miene zeugte von wenig Begeisterung. »Joker?«

»Sie und Ihr Kollege sind das variable Team. Wenn es irgendwo zu Problemen kommt, helfen Sie dort aus. Entweder indem Sie das feste Team ersetzen oder sich um die aufgetretene Konfliktsituation kümmern.«

Fornack schien sich nach wie vor nicht für seine Aufgabe erwärmen zu können, schwieg jedoch.

»Nach Rücksprache mit Kriminalrat Gans sind wir der Auffassung, dass der Täter nicht vor Mitternacht zuschlagen wird. Dafür ist um diese Zeit einfach noch zu viel Betrieb.«

»Nach was genau sollen wir Ausschau halten?« Fornack sah Matthias stirnrunzelnd an.

Er überlegte. »Eine gute Frage. Sicher wird unser Mann, wenn er denn unterwegs ist, nicht in den Menschenmassen aktiv. Wir denken, er sucht sich sein potenzielles Opfer im Laufe des Abends, tendenziell nach Einbruch der Dunkelheit, um diesem dann unauffällig zu folgen und abzuwarten, ob sich eine Gelegenheit ergibt, die Frau allein anzutreffen.«

»Wir gehen also davon aus, dass er es erneut auf eine Frau abgesehen hat?«, fragte einer der Heidelberger Kollegen.

Matthias nickte. »Wir haben keinen Anhaltspunkt, dass das

nächste Opfer männlich sein könnte. Eine Frau ist für den Täter schließlich wesentlich leichter zu überwältigen.«

»Bisher geschahen die Morde nicht direkt im Kerwegebiet. Die Einteilung konzentriert sich aber stark auf die Innenstadt«, wandte einer der Streifenbeamten ein.

Wieder nickte Matthias zustimmend. »Es geht in erster Linie darum, Präsenz zu zeigen. Bei der Bevölkerung, den Besuchern und …«, er blickte mit grimmigem Ausdruck in die Runde, »… bei unserem Täter. Wenn die Stadt nur so von Polizisten wimmelt, hat das hoffentlich einen abschreckenden Effekt.«

»Auf was genau sollen wir achten?«

»Er wird höchstwahrscheinlich allein unterwegs sein«, erwiderte Matthias. »Wir gehen aufgrund des psychologischen Profils von einem Einzeltäter aus. Einem Einzelgänger mit nur sehr begrenzten sozialen Kontakten. Beobachten Sie die Leute. Die wenigsten werden allein unterwegs sein. Schauen Sie genau hin, wenn in der feiernden Menge Männer augenscheinlich allein herumstehen.« Er hob abwehrend die Hand. »Ich weiß, dass das schwierig ist. Insbesondere bei der Masse an Menschen, die erwartet wird. Aber manchmal stechen einem Personen ins Auge, die sich merkwürdig benehmen. Die nicht ins Umfeld passen.«

»Und dann?«, warf einer der Weinheimer Beamten ein.

»Dann bleiben Sie an dieser Person dran. Wenn Sie das Gefühl haben, da stimmt etwas nicht.« Matthias hielt kurz inne. »Sie können niemanden verhaften, der Ihnen keinen Grund dafür gibt. Aber Sie können ihn im Auge behalten. Dafür haben wir unser Jokerteam.« Er nickte kurz in Fornacks Richtung. »Sie sagen den Kollegen Bescheid, dass Sie jemanden überprüfen müssen. Das Ersatzteam springt für Sie ein und läuft weiter Patrouille. Wenn Sie merken, dass Sie sich getäuscht haben, brechen Sie die Aktion ab.« Er überlegte. »Wie gesagt, wir gehen nicht davon aus, dass der Mörder vor Mitternacht tätig werden wird. Daher ist ab null Uhr erhöhte

Alarmbereitschaft angesagt.« Er trat einen Schritt zur Seite. »Die Hitze, die erwarteten Besucherzahlen und die langen Schichten vier Tage am Stück werden uns an unsere Grenzen bringen. Aber bedenken Sie, was auf dem Spiel steht. Sie alle haben die Fallakten gelesen und die Tatortfotos gesehen. Die beiden bisherigen Opfer, zwei unschuldige junge Frauen, sollten für uns Motivation genug sein, alles daranzusetzen, um dieses Monster kein weiteres Mal zum Zug kommen zu lassen.« Matthias wandte den Blick ab und setzte sich wieder neben Sina Engel. »Ich denke, jetzt weiß jeder, was er zu tun hat. Ich wünsche uns allen eine ereignislose Kerwe im besten Sinne.« Er nickte nochmals in die Runde.

Damit waren die Beamten entlassen. Nacheinander erhoben sie sich und verließen den Raum.

»Gehen wir.« Matthias wandte sich an die Kommissarin, nachdem sie die Unterlagen zusammengeräumt hatten. »Ich fahre Sie nach Hause.«

»Danke.« Ihre Stimme war leise.

Er zog die Augenbrauen hoch. »Ich habe Sie doch heute Morgen auch abgeholt. Denken Sie, ich lasse Sie nach Hause laufen?«

»Ich meine, dafür.« Sina Engel deutete über ihre Schulter auf den Stadtplan.

Er zuckte mit den Achseln. »Es ging Ihnen nicht gut.«

»Ja, aber …«, setzte sie an und kaute auf ihrer Unterlippe. »Sie haben kein Wort darüber verloren.«

»Warum sollte ich?« Er wurde ärgerlich. Was dachte sie von ihm? Dass er eine Kollegin vor versammelter Mannschaft bloßstellte?

»Ich weiß, was die Kollegen denken.« Sie schwieg einen Moment. »Eine schwangere Kommissarin. Labil, ohne Partner. Warum leitet sie noch immer diesen Fall?«

»Hören Sie endlich auf mit Ihrem Selbstmitleid«, fuhr er sie an. »Niemand denkt das. Sie sind eine verdammt gute Polizistin. Warum machen Sie sich ständig selbst schlecht?«

Mit großen Augen blickte sie ihn an.

Er musterte ihr Gesicht. Sie sah erschöpft aus. Matthias berührte sie leicht am Oberarm und schob sie vor sich aus dem Besprechungsraum. »Gehen wir.«

15

Zwei Tage noch, vierundfünfzig Stunden, und es wäre so weit. Seine Vorfreude, die die letzten Wochen unaufhaltsam gestiegen war, war mit einem Mal verflogen. Was dachte sich die arrogante Kuh überhaupt? Und warum tauchte plötzlich dieser Platzhirsch von Kommissar wie aus dem Nichts hier auf, mit dem sie seit Neuestem durch die Stadt rannte? Zornig presste er seine Lippen aufeinander. Dieser widerliche Schönling. Wahrscheinlich ließ sich Engel bereits von dem Lockenkopf flachlegen. Warum sonst agierten die beiden auf einmal im Doppelpack?

Er legte seinen Kopf in den Nacken und überlegte. Dieses Mal konnte es gefährlich für ihn werden. Im schlimmsten Fall käme er gar nicht erst dazu, sein Können zu präsentieren, Weinheim eine weitere Kostprobe seiner Macht zu zeigen. Verdammt, es könnte richtig eng werden.

Seine Gedanken schweiften ab. Ein Abend nur wenige Wochen nach dem Vorfall mit Sophie Schmidtbauer auf der Kerwe fiel ihm ein. Es war eines der seltenen Male gewesen, an denen er an einer Party teilnahm, die seine Jahrgangsstufe von Zeit zu Zeit veranstaltete, um die Klassenkasse zu füllen. Da er grundsätzlich nicht tanzte, saß er gelangweilt irgendwo am Rand und beobachtete seine Mitschüler.

Sophie hatte sich gerade den beliebtesten Typen der Schule geschnappt, Ronald Hüttner. Einer von den Kerlen, denen einfach alles im Leben gelang: Klassenbester, reiche Eltern, Leichtathletik-Star, an jedem Finger ein anderes Mädchen. Mit diesem Typ ging die Schlampe von Sophie auf Tuchfühlung, genau vor seiner Nase. Er konnte sich noch genau erinnern, wie elend er sich gefühlt hatte. Und obwohl sein Zorn ihn in jenem Augenblick fast zu überwältigen drohte, konnte er seinen Blick nicht von dem eng umschlungenen Pärchen nehmen, das die Welt um sich herum vergessen zu haben schien.

Als Sophie plötzlich unvermittelt ihren Kopf hob, begegneten sich ihre Blicke. Sie verzog den Mund zu einem hämischen Grinsen und wandte sich wieder ihrem Tanzpartner zu. Es war unübersehbar, dass sie dem Schnösel von seinem Annäherungsversuch auf der Kerwe berichtete. Ihre Gesten, die Art, wie Hüttner kurz zu ihm herübersah. Doch er hatte die beiden weiter angestarrt, hatte nicht klein beigegeben. In seinem Inneren jedoch war sein Hass gewachsen, sein Hass auf die Frauen, die ihn verachteten, die ihn demütigten. Sein Hass auf die Männer, die im Gegensatz zu ihm alles hatten, die alles bekamen, was sie wollten. Die sich nicht mit einer bösartigen Mutter herumschlagen mussten. Die nicht bereits bei der Geburt ein verpfuschtes Leben vorgesetzt bekommen hatten. Ein Leben, das ihnen keine Chance ließ.

Als er den Kommissar zum ersten Mal gesehen hatte, hatte ihn dieser sofort an jenen Mädchenschwarm von damals erinnert. Auch Sommer war ein Kerl von der Sorte, die nur mit dem Finger schnippen musste, um nicht mehr allein im Bett zu liegen. Und Engel? Die Schlampe war schwanger. Gab es für solche Frauen überhaupt keine moralischen Grenzen mehr? Seine Zähne knirschten, als er seine Kiefer fester zusammenpresste.

»Machst du noch nicht Feierabend?« Sein Kollege sah ihn mit eindringlichem Blick an.

»Doch.« Er zuckte mit den Achseln. »Ich will nur noch kurz die eine Sache durcharbeiten.«

16

›Hören Sie endlich auf mit Ihrem Selbstmitleid.‹ Sommers Worte hallten in Sinas Kopf nach, während sie aus dem Autofenster blickte. Sie hatten auf der Fahrt bislang noch kein Wort gesprochen.

So wirkte sie also auf die anderen Beamten. Eine Frau, die in ihrem Selbstmitleid badete. Aber was erwarteten sie? Ihr Lebensgefährte, der Vater ihres Kindes, war ermordet worden. Wie lange durfte man in dieser Situation mit einer Schonfrist rechnen? Wie viel Trauer war angemessen? Und wer entschied darüber, wann man wieder zu funktionieren hatte? Verdammt!

Unwillkürlich legte Sina die Hand auf ihren Bauch. Sie versuchte es doch. Schließlich tat sie alles, um am nächsten Wochenende eine weitere Katastrophe zu verhindern. Aber stimmte das? Sollten sie Alexander Konrad vielleicht doch lieber observieren lassen? Sie wusste es nicht. Gans würde kaum Verständnis für eine Überwachungsaktion haben, wenn sie ihm nicht irgendein stichhaltiges Indiz vorlegen konnten. Und das konnten sie nicht.

Sie lehnte ihren Kopf an die Stütze und warf dem Kommissar einen verstohlenen Seitenblick zu. Sah er sie so? Eine verzweifelte Frau, die nicht mehr ins normale Leben zurückfand? Was war nur aus ihr geworden? Sie, die Starke und Unerschrockene, die vor Jahren von ihrem damaligen Vorgesetzten immer wieder zurückgepfiffen wurde, weil sie zu viel riskierte. Sie hatte sich verändert. Aber war das ein Wunder?

»Sina, auch wenn Sie nicht darüber reden wollen …«, riss Matthias Sommer sie plötzlich aus ihren Gedanken.

Sie hatte gar nicht bemerkt, dass sie bereits vor ihrem Haus parkten.

»… ich möchte, dass Sie eines wissen.«

Sie spürte seinen Blick auf sich, doch sie sah nur schweigend durch die Windschutzscheibe.

»Seit Carlos Tod ist kein Tag vergangen, an dem ich mir nicht die Schuld an dem gebe, was im Februar passiert ist.«

Seine Stimme klang aufgewühlt.

Ihre Augen begannen zu brennen. Sie starrte weiter geradeaus. Ihre Kehle fühlte sich trocken an. Sie konnte nichts erwidern, wusste nicht, was sie hätte sagen sollen.

Sie schluckte und öffnete die Beifahrertür. Fast konnte sie seine Enttäuschung spüren, doch sie war noch nicht bereit. Nicht jetzt und nicht hier. »Danke fürs Heimbringen. Bis morgen«, murmelte sie undeutlich, ohne ihn noch einmal anzusehen.

Als sie bereits den Weg zum Hauseingang eingeschlagen hatte, hörte sie, wie das Autofenster hinter ihr heruntergelassen wurde.

»Ich hole Sie morgen Nachmittag ab.«

Sina nickte und hob kurz die Hand, während sie Sommer weiterhin den Rücken zuwandte.

Als sie aus der Dusche stieg, klingelte es an der Tür. Seufzend wickelte Sina ein Handtuch um ihren Körper und watschelte zur Eingangstür. »Ja?«

»Ich bin's«, dröhnte verzerrt die Stimme ihrer Schwester aus der Gegensprechanlage. »Kann ich hochkommen?«

»Klar, ich muss mich nur kurz anziehen.«

Nachdem sie die Wohnungstür angelehnt hatte, kehrte Sina ins Bad zurück und schlüpfte in ihre Unterwäsche. Sie hörte, wie das Schloss einrastete.

»Bin gleich da.« Eilig lief sie in ihr Schlafzimmer und zog ein frisches T-Shirt und eine Umstandsshorts an.

Als sie ins Wohnzimmer trat, saß ihre Schwester auf der Couch und blickte ihr erwartungsvoll entgegen.

»Mit dir hatte ich heute gar nicht gerechnet.« Sina ging auf Natascha zu.

Diese erhob sich und erwiderte Sinas Umarmung, bevor sie sich räusperte. »Ja, ich hatte eigentlich auch nicht vor, bei dir vorbeizukommen, aber Mama …« Sie brach ab.

»Wollen wir uns raussetzen?« Sina zeigte auf die Dachterrasse. »Hier drinnen ist es ja kaum auszuhalten.«

Natascha nickte.

»Möchtest du etwas trinken?«

Ihre Schwester winkte ab. »Nee, ich komme gerade von Mama und Papa.«

Sina runzelte die Stirn. »Wo sind die Kinder?« Erschöpft ließ sie sich auf einen der Gartenstühle fallen und wartete, bis Natascha sich ebenfalls gesetzt hatte.

»Die sind mit Jochen im Schwimmbad.«

»Im Schwimmbad. Muss er denn nicht arbeiten?«

Ihre Schwester seufzte. »Es ist …« Sie zögerte.

Sina schwante Böses. »Habt ihr euch etwa schon wieder gestritten?«

»Nein.« Natascha schüttelte ihren Kopf. Sie blickte in die Ferne. »Wirklich eine schöne Aussicht.«

»Natascha«, ermahnte sie Sina. »Was ist denn los?«

»Ich war vorhin im Krankenhaus.«

Sina stockte. »Im Krankenhaus? Geht es dir nicht gut?«

»Nein, nicht deshalb.« Natascha zog ihre Oberlippe zwischen die Zähne. »Du hast doch vorgestern gesagt, ich solle nicht jammern, sondern endlich etwas unternehmen. Also bin ich …« Sie bewegte ihre Hand im Kreis. »Ich habe gedacht, ich fahre einfach mal hin und frage nach.«

»Du hast dich nach einem Job erkundigt?«

»Ja, genau. Ich hatte gestern mit Mama und Papa abgesprochen, dass ich ihnen heute die Kinder bringe und anschließend ins Krankenhaus fahre und mich dort einfach mal vorstelle.«

»Cool.« Sina grinste.

»Na ja, cool habe ich mich nicht gefühlt. Jedenfalls kam Jochen vorhin ganz unerwartet früher nach Hause, weil sein letzter Termin kurzfristig abgesagt wurde. Irgendein wichtiger Mandant, für den er mehrere Stunden eingeplant hatte.«

»Und damit er nichts mitbekommt, hast du ihn mit den Kindern ins Schwimmbad geschickt«, folgerte sie anerkennend.

»Genau«, bestätigte Natascha. »Ich habe ihm nur gesagt, ich müsse kurz bei meinen Eltern vorbeischauen.«

»Und?«

»Was und?«

»Hast du einen Job?« Sina beugte sich auf ihrem Stuhl vor.

»So einfach ist das natürlich nicht. Aber sie haben einige Stellen zu besetzen. Ich soll meine Bewerbungsunterlagen abgeben und sie melden sich dann bei mir.«

»Das klingt doch gut.«

»Ja, schon.« Natascha zögerte erneut. »Aber ...«

»Wenn du erst einmal ein konkretes Angebot hast, kann er gar nicht Nein sagen.«

»Dein Wort in Gottes Ohr.« Natascha klang wenig überzeugt. »Ach übrigens, wir sind am Samstagvormittag zum Frühstück eingeladen. Deshalb bin ich eigentlich hier. Ich habe Mama gesagt, dass ich dich informiere.«

Sina nickte.

»Du hast doch Zeit, oder?«

»Ja«, beeilte sie sich zu sagen. »Ja, klar. Ich habe abends Dienst, muss also erst nachmittags auf dem Revier sein.«

»Willst du wirklich stundenlang so über die Kerwe laufen?« Natascha deutete auf Sinas Bauch.

»Ich bin schwanger. Ich kann ihn mir nicht abschnallen«, erwiderte sie schnippisch.

»So habe ich das nicht gemeint. Ich finde nur ...«

»Ich weiß, aber es ist mein Job.«

Ihre Schwester stand auf und trat an die Brüstung. »Warum lässt du das nicht deine Leute machen?«

»Ich bin Polizistin. Ich kann mich nicht einfach vor meiner Verantwortung drücken.« Auch Sina erhob sich und stellte sich neben Natascha.

»Du bist schwanger.«

»Warum bekomme ich das andauernd gesagt? Als ob ich diese Tatsache nur eine Sekunde lang vergessen könnte.«

»Sina, bitte.«

»Denkst du eigentlich auch, ich bade in Selbstmitleid?«

Natascha sah sie stirnrunzelnd an. »Wie kommst du denn darauf? Wer behauptet das?«

Sie zuckte mit den Achseln.

»Sina?«

»Kommissar Sommer.«

»Sommer? Ist das der …«

»Ja, Carlos Partner. Ab sofort leitet er mit mir die Ermittlungen bei den Kerwemorden.«

»Als Ersatz für Carlo?«

Sina spürte Nataschas prüfenden Blick auf sich. »Niemand kann Carlo ersetzen«, zischte sie wütend.

»So habe ich das doch nicht gemeint.« Sichtlich betroffen berührte ihre Schwester sie an der Schulter. »Ach, Sina.«

»Ich weiß«, erwiderte Sina leise. »Er fehlt mir nur so sehr.« Ihre Kehle brannte.

»Komm her, Süße. Es tut mir unendlich leid.« Natascha legte ihren Arm um sie und zog sie näher zu sich heran. »Manchmal ist das Leben so ungerecht.«

Sinas Augen füllten sich mit Tränen. »Ja, manchmal ist das Leben ungerecht.«

17

Freitag, 12. August

Sie konnte nichts erkennen, als sich die Härchen auf ihrem Unterarm aufrichteten. Unsicher bewegte sich Sina in der Dunkelheit vorwärts. Das dichte Laub der Bäume schirmte den Großteil des Mondlichts ab. Sie tastete sich an der Rinde des Baumes vor ihr entlang. Er musste hier irgendwo sein. Sie konnte ihn spüren, konnte seinen Geruch ganz schwach erahnen. Wo war er?

Sie blinzelte mehrmals, um ihre Augen endlich an diese gottverdammte Dunkelheit zu gewöhnen. Doch die Bäume verschwammen weiter zu einem grauen, unscharfen Blätterhaufen, der sich durch nichts von dem modrig riechenden Waldboden unterschied. Ihre Verzweiflung wuchs. Wo war er? Sie musste ihn unbedingt finden, sonst … Sie erlaubte sich nicht, den Gedanken zu Ende zu bringen.

Ihre Handinnenfläche berührte die raue Rinde der Birke, die hell aus den Kastanienbäumen herausstach. Sie hatte die Orientierung verloren, wusste nicht mehr, wo sie sich befand. Wie lange war sie schon hier? Minuten, Stunden? Sina fröstelte. Wo war Carlo?

Eine Eule schrie in einiger Entfernung. Sie zuckte zusammen. Sie sollte nicht hier sein. Die drohende Gefahr war fast greifbar. Doch anstatt umzudrehen, zwang sie sich, einen Fuß vor den anderen zu setzen. Der bemooste Waldboden fühlte sich kalt an. Erst jetzt fiel ihr auf, dass sie keine Schuhe trug. Wie war sie nur hierhergekommen? Sina konnte sich nicht erinnern.

Als sie in weiter Ferne ein schmerzerfülltes Stöhnen vernahm, erstarrte sie. Carlo! Er war in Gefahr. Sie musste unbedingt weiter, musste ihn retten. Panik ergriff sie. Ihre Kehle zog sich zu. Wo war er?

Angestrengt lauschte sie in die Dunkelheit, um die Entfernung der Geräusche besser einordnen zu können. In welche Richtung sollte sie gehen? Wieder starrte sie blind ins Dunkel, versuchte, sich zu orientieren. Doch die Schwärze wurde noch tiefer, als ihr ein neuerlicher Laut das Blut in den Adern gefrieren ließ.

»Sina!«

Carlo. Er rief nach ihr. Hilflos streckte sie ihre Arme in die Dunkelheit, ging einige Schritte in die Richtung, aus der der

Schrei gekommen war. Ein Schrei, der von unbeschreiblichen Schmerzen zeugte, von unüberhörbarer Todesangst. Sie musste ihn finden. Schnell. Bevor es zu spät war. O Gott, Carlo. Wieder zwang sie sich weiterzulaufen.

Trockene Äste schlugen ihr ins Gesicht. Tränen rannen ihr über die Wangen. Orientierungslos hastete sie zwischen den Bäumen hindurch, fieberhaft darauf bedacht, kein Geräusch zu machen.

Und dann sah sie ihn. Die Bäume traten zurück und sie befand sich am Rande einer Lichtung. Carlo, festgebunden an dem Stamm einer alten Eiche, die Arme weit auseinandergezerrt. Sein Oberkörper war nackt. Das Blut lief ihm über Brust und Bauch. Seine Arme waren von den Handgelenken bis zu den Schultern aufgeschlitzt. Sina musste kurz die Augen schließen, da sie den Anblick kaum ertragen konnte. Er wand sich vor Schmerzen und zerrte wie ein wildes Tier an seinen Fesseln. Seine Augen traten fast aus den Höhlen hervor. Sein Mund war zu einem stummen Schrei geöffnet.

Sie versuchte, seinen Namen zu rufen, wollte ihn auf sich aufmerksam machen, doch sie bekam keinen Laut heraus. Erneut ergriff sie Panik.

Als sie zu ihm rennen wollte, um die Fesseln zu lösen, um seine Wunden zu versorgen, um den Blutfluss zu stillen, versagten ihre Knie. Sie stolperte und fiel zu Boden. Wieder ertönte ein Schrei, der in seiner Intensität an ein verzweifeltes Tier auf der Schlachtbank erinnerte.

Sina stemmte die Hände ins Moos und versuchte, sich wieder aufzurichten. Doch erneut verlor sie das Gleichgewicht und kippte um. Ein starker Schmerz durchfuhr sie, als sie mit dem Kopf auf einem faustgroßen Stein landete. Carlo! Sie musste zu ihm, musste ihm helfen. Dann wurde es dunkel um sie herum.

Schweißgebadet schreckte Sina hoch und blickte sich panisch um. Als sie registrierte, wo sie war, ließ sie sich erschöpft in ihr Kissen zurückfallen. Ein Albtraum, nur ein Albtraum.

Doch das scheinbar Erlebte war so intensiv gewesen, dass sie am ganzen Körper zitterte.

Sie zog die Decke fester um sich und schloss wieder die Augen. Carlo. Sie hatte ihn nicht retten können. Während er vor ihrer Haustür verblutet war, hatte sie hier geschlafen. Hatte sich auf einen freien Sonntag mit dem Mann gefreut, den sie von ganzem Herzen geliebt hatte.

Die Gedanken rasten in Sinas Kopf. Sie blickte auf den Wecker neben ihrem Bett. Drei Uhr vierzig. Viel zu früh, um aufzustehen. Es würde ein langer Tag werden. Fast vierundzwanzig Stunden lagen vor ihr.

Vielleicht hätte sie doch Sommers Angebot annehmen und ihren Leuten die Abendschicht überlassen sollen. Aber im selben Moment war Sina klar, dass sie niemals seelenruhig zu Hause bleiben könnte, wenn sie wusste, dass sich ihre Stadt in Gefahr befand. Sie mussten unbedingt stärker sein, mussten die Frauen Weinheims beschützen. Sie war sich nicht sicher, ob sie sich einen weiteren Mord überhaupt verzeihen könnte. Nein, sie mussten es schaffen. Sie waren bestens aufgestellt. Es durfte einfach nicht noch einmal passieren.

18

»Hier sehen Sie die Wirbelsäule.« Frau Dr. Möller zeigte mit dem Finger auf eine weiße gebogene Linie, die entfernt an einen Regenwurm erinnerte.

Wie gebannt starrte Sina auf den Monitor neben sich. »Ist alles … Geht es ihr gut?« Ihr Herz pochte wie wild.

Die Ärztin verzog ihre Lippen zu einem beruhigenden Lächeln. »Ihre Tochter scheint ausgeschlafen zu haben. Sehen Sie, Sie versucht, sich zu drehen.«

Ausgeschlafen, im Gegensatz zu mir, dachte Sina müde. Nachdem sie aufgewacht war, hatte es lange gedauert, bis sie endlich wieder in den Schlaf gefunden hatte. Als sie um kurz nach acht erneut wach wurde, hatte sie sich wie durch den Fleischwolf gedreht gefühlt.

»Alles in Ordnung, Frau Engel«, resümierte Frau Dr. Möller, nachdem sie auf dem Bildschirm mehrere Messungen durchgeführt hatte. Sie reichte Sina ein Tuch, mit dem sie sich das Ultraschallgel vom Bauch wischen konnte. »Sie können sich wieder anziehen.« Die Ärztin stand auf und ging zu ihrem Computer, in den sie die Untersuchungsergebnisse eintippte.

Sina erhob sich schwerfällig und watschelte zur Umkleidekabine. Nachdem sie Slip, Hose und Sandalen angezogen hatte, trat sie heraus und setzte sich an den Schreibtisch der Ärztin.

Als diese ihre Eintragungen beendet hatte, wandte sie sich Sina zu. »Wie geht es Ihnen?«

Sina spürte ihren prüfenden Blick auf sich. Sie zuckte mit den Achseln. »Keine Ahnung.« Sie sah zur Seite.

»Frau Engel, Sie sind im achten Monat schwanger. Das Baby ist mittlerweile in einem Stadium, in dem es jede Gefühlsregung der Mutter wahrnimmt.«

Sina kaute auf ihrer Unterlippe. »Es ist …« Wieder zuckte sie mit den Achseln. »Es ist nicht einfach.« Ihre Stimme war kaum zu hören.

Frau Dr. Möller nickte verständnisvoll. Behutsam legte sie ihre Hand auf Sinas und drückte leicht zu. »Ich weiß.« Sie schwieg einen Moment. »Überlegen Sie es sich noch mal. Vielleicht wäre es besser, Sie blieben zu Hause.« Sie nahm ihre Hand wieder weg. »Sie wissen, dass jeder dafür Verständnis hätte. Ihr Beruf rechtfertigt es durchaus, Sie arbeitsunfähig zu schreiben.«

Sina schüttelte den Kopf. Verständnis. Gestern war ihr noch vorgeworfen worden, in Selbstmitleid zu baden. »Nein«, erwiderte sie bestimmt. »Ich muss …« Sie atmete tief aus. »Die Kerwe steht vor der Tür. Ich muss …« Wieder brach sie ab. Sie dachte an das ungute Gefühl, das sie seit einigen

Tagen immer wieder beschlich. Das Gefühl, beobachtet zu werden.

»Die Morde.« Die Ärztin nickte langsam. »Frau Engel, Sie tragen die Verantwortung für ein kleines Wesen in Ihrem Bauch. Ich möchte Ihnen kein schlechtes Gewissen einreden, aber …« Sie machte eine unbestimmte Handbewegung.

Warum tust du es dann? Schon im nächsten Moment bereute Sina ihren Gedanken. Sie wusste, dass die Medizinerin es nur gut mit ihr meinte.

»Ich habe noch zwei Wochen bis zum Mutterschutz«, entgegnete sie leise.

Frau Dr. Möller seufzte. »Sie müssen niemandem etwas beweisen. Ihr Beruf ist mit dem Spätstadium einer Schwangerschaft nur schwer vereinbar.«

»Ich muss für uns sorgen.«

»Und das werden Sie auch, Frau Engel. Sobald Sie wieder voll einsatzbereit sind.«

Sina rieb über ihre Stirn. »Ich habe Albträume.«

Die Ärztin beugte sich vor. »Soll ich Ihnen etwas aufschreiben? Damit Sie besser schlafen können?«

»Hilft das gegen Albträume?«

Frau Dr. Möller schüttelte ihren Kopf. »Nein, aber es kann Ihnen helfen, zur Ruhe zu kommen.«

Sina dachte kurz nach. »Nein, ich denke, ich möchte nichts nehmen.« Sie legte die rechte Hand auf ihren Bauch.

»Gut, haben Sie noch Fragen?«

»Kann ich meine Mutter zur Geburt mitnehmen?«

Die Medizinerin lächelte. »Wen auch immer Sie möchten.« Sie nickte ihr aufmunternd zu. »Machen Sie sich keine Sorgen. Sie schaffen das. Und Ihre Mutter kann Sie in dieser Situation sicher sehr gut unterstützen. Schließlich hat sie selbst zwei Geburten erlebt.«

»Zwei Wochen noch, dann überlasse ich meinen Kollegen die Kriminellen Weinheims.«

19

»Ich wünsche Ihnen ein schönes Wochenende, Fräulein Ruf.«

Marlene drehte sich mit dem Tablett in der Hand nochmals um, als sie bereits im Türrahmen stand. »Spielen Sie am Nachmittag kein Bingo? Ich bin heute die Spielleiterin.«

Balthasar Melchior lächelte. »Eigentlich halte ich nichts von den Beschäftigungsmaßnahmen hier im Haus. Bingo! Dem ziehe ich ein gutes Buch eindeutig vor.« Er verzog sein runzeliges Gesicht zu einer Grimasse. »Aber mit Ihnen als Spielleiterin überlege ich mir das Ganze noch mal.«

Marlene lachte. »Dann sehen wir uns hoffentlich später.« Vorsichtig stieß sie mit dem Fuß die Tür des Appartements zu und wandte sich Richtung Küche. Es war Urlaubszeit und dementsprechend schwach besetzt war das Pflegeteam. Wenn sie den Leuten nicht erst um zwölf das Frühstück bringen wollte, musste sie sich beeilen.

Helena, eine ihrer Kolleginnen, die schon mehr als fünfzehn Jahre hier arbeitete, stand am Kühlschrank und blickte sich suchend darin um. Marlene grüßte sie und drängte sich vorsichtig an ihr vorbei.

»Ach, Marlene, da bist du ja. Nadja hat vorhin nach dir gefragt.«

Nadja Schmieder war die Leiterin des Pflegeteams. Marlene hatte sie heute noch nicht gesehen. »Was wollte sie denn?«

Helena streckte sich und schloss die Tür des Kühlschranks. »Keine Ahnung.« Sie zuckte mit den Schultern. »Ich glaube, es geht um den Schichtplan fürs Wochenende.«

»Fürs Wochenende?« Marlene sah sie misstrauisch an. »Ich habe frei. Meine Schwester kommt morgen.«

»Ich weiß es nicht, Marlene. Am besten gehst du zu ihr und fragst sie selbst.« Genervt stellte Helena Butter und Käse auf ein kleines Tablett. »Die Sutter geht mir tierisch auf den Keks.«

Sie verzog ihre Lippen und äffte die Heimbewohnerin nach: »Fräulein Helena, die Butter ist heute aber hart. Ach, und Fräulein Helena, was ist denn mit dem Käse? Der schmeckt heute irgendwie seltsam.« Sie stieß verächtlich ihren Atem aus. »Manchmal hasse ich diesen Job.«

Marlene lachte. »Ach komm. Die meisten sind doch sehr nett.«

Helena zog ihre Augenbrauen hoch. »Ja, die meisten schon. Aber die wenigen, die es nicht sind ...« Sie verdrehte die Augen und verließ seufzend die Küche.

Nachdem Marlene das Frühstückstablett von Herrn Melchior abgeräumt hatte, warf sie einen kurzen Blick auf den Essensplan und richtete die morgendliche Mahlzeit für die nächste Bewohnerin her.

Die meisten Patienten nahmen ihr Frühstück im gemeinsamen Speisesaal ein, aber einige legten Wert auf ihre Privatsphäre und zahlten für diesen Service auch entsprechend. Zügig stellte Marlene die gewünschten Lebensmittel auf das Tablett.

Als sie die Küche gerade verlassen wollte, kam Nadja um die Ecke. »Ah, Marlene, da bist du ja.«

»Guten Morgen.« Wie einen schützenden Schild hielt sie das Tablett vor ihren Oberkörper.

»Hast du einen Moment?«

»Frau Leidner wartet auf ihr Frühstück. Der Kaffee ist noch heiß.«

Nadja blickte sie prüfend an, bevor sie langsam nickte. »Gut, bring ihr zuerst das Tablett. Aber bevor du weitermachst, kommst du bitte kurz in mein Büro«.

Gereizt stimmte Marlene zu und machte sich wieder auf den Weg in den Außentrakt, in dem die Appartements lagen.

»Setz dich bitte.« Nadja deutete auf den Stuhl vor ihrem Schreibtisch.

Marlene fluchte innerlich. Sie hatte keine Zeit für längere

Gespräche mit der Pflegeleitung. Fünf weitere Bewohner warteten noch auf ihr Frühstück und um elf Uhr stand ein kleiner Spaziergang im Park mit einigen der älteren Herrschaften an. Sie musste sich beeilen.

Nadja beugte sich vor. »Marlene, es tut mir leid, aber ich kann dir dieses Wochenende nicht freigeben.«

Marlene riss bestürzt ihre Augen auf. »Das geht nicht.«

»Fabiola hat vorhin angerufen, sie war heute Morgen beim Arzt, weil sie nicht mehr auf ihren Fuß auftreten kann. Sie ist krankgeschrieben. Und Heike hat die Grippe.«

»Die Grippe? Bei vierzig Grad Außentemperatur?« Marlene konnte es nicht fassen.

Nadja hob bedauernd ihre Hände. »Tut mir leid.«

»Meine Schwester kommt morgen extra aus Bochum. Wir wollen zusammen auf die Kerwe gehen. Bitte! Kann nicht jemand anders die Schichten der beiden übernehmen?«

»Wer? Wir haben Urlaubszeit. Du merkst doch selbst, dass ihr es gerade so schafft.« Die Leiterin des Pflegeteams lehnte sich zurück. »Ich habe niemanden.«

Marlene überlegte fieberhaft. Tina hatte ihre Zugtickets bereits vor einigen Wochen gebucht und bezahlt. Was sollte sie nur tun? Seit Monaten schon freute sie sich auf den Besuch ihrer Schwester. Andererseits wusste sie natürlich auch, dass Nadja dafür sorgen musste, dass genügend Personal zur Verfügung stand, um die Heimbewohner ausreichend versorgen zu können.

»… zumindest am Sonntag«, wurde Marlene aus ihren Gedanken gerissen.

»Tut mir leid, ich habe gerade nachgedacht. Was sagtest du?«

Nadja fuhr sich über ihr Kinn. »Morgen hat sich Helena bereit erklärt auszuhelfen. Eventuell würden wir es da ohne dich schaffen, aber Sonntag früh …«, sie machte eine Pause, »… sehr früh bräuchte ich dich wegen der Medikamentenverabreichung.«

»Wann?« Marlene zog ihre Unterlippe zwischen die Zähne.

»Um vier Uhr.« Es war keine Frage.

»Vier Uhr«, wiederholte Marlene nachdenklich. »Wir wollen Samstagabend auf die Kerwe.«

»Was soll ich machen?«

»Ich weiß«, murmelte Marlene enttäuscht. Vor zwei Uhr wäre sie wohl kaum zu Hause. Wenn sie jedoch um vier schon wieder zum Dienst erscheinen musste … Da kam ihr eine Idee. »Könnte ich vielleicht direkt nach der Kerwe herkommen? Dann kann ich zumindest noch zwei Stunden im Bereitschaftszimmer schlafen.« Hoffnungsvoll sah sie ihre Chefin an.

Nadja legte den Kopf schief. »Warum nicht? Aber ist dir das nicht zu viel?«

»Bevor ich erst nach Hause gehe und dann wieder herkomme. Ich bin doch sowieso in der Stadt. Dadurch spare ich mir mindestens eine Stunde.«

Die Pflegeteamleiterin nickte. »Also, ich habe nichts dagegen, wenn es dir nicht zu stressig ist.«

»Nein«, beeilte sich Marlene zu sagen. »Das ist einfacher. Meine Klamotten sind hier. Ich kann mich also entsprechend umziehen.«

»Aber keinen Alkohol.«

Marlene grinste. »Tina und ich hatten nicht vor, uns bis zur Besinnungslosigkeit zu besaufen. Und ein, zwei Bier sind bis Dienstantritt locker wieder abgebaut.«

»Oder ausgeschwitzt«, ergänzte Nadja lächelnd, bevor sie sich erhob. »Ich danke dir. Du hast was gut bei mir.«

Auch Marlene stand auf. »Ich erinnere dich bei Gelegenheit daran.«

»Das hatte ich befürchtet.«

20

»Oh, tut mir leid, ich wollte nicht stören«, beeilte sich Matthias zu sagen, während er seinen Kopf hastig aus dem Krankenzimmer zog.

Im Raum hörte er Gunther leise murren, bevor die Stimme seiner Frau ertönte. »Herr Sommer?«

»Ja?« Matthias trat wieder vor.

»Kommen Sie.« Sie erhob sich von ihrem Stuhl, der dicht neben Gunthers Krankenbett stand, und winkte ihn ins Zimmer herein. »Ich wollte mir sowieso gerade einen Kaffee holen.«

»Ich möchte wirklich nicht …«, wehrte Matthias erneut ab, doch ein Blick auf Gunther ließ ihn verstummen. Sein Kollege war kreidebleich im Gesicht. Die helle Haut des Polizisten hob sich kaum von der weißen Krankenhausbettwäsche ab. Langsam trat er näher.

»Dann lass ich euch mal allein.«

Gunther nickte leicht und wedelte vorsichtig mit seiner Hand. »Setz dich.« Er sprach leise und undeutlich. Matthias vermutete, dass er unter starken Schmerzmitteln stand. Seine Frau schloss die Tür hinter sich.

Er rückte den Stuhl gerade und nahm Platz. »Wie geht es dir?«

Mit mulmigem Gefühl verfolgte er das Tropfen der durchsichtigen Flüssigkeit, die durch einen dünnen Schlauch direkt in Gunthers Hand geleitet wurde. Sein Kollege lag flach in dem Krankenhausbett und hatte die Decke trotz der drückenden Hitze, die in dem Raum herrschte, bis unter sein Kinn hochgezogen.

Matthias räusperte sich.

»Ging mir schon besser.« Gunthers Stimme klang kratzig und irgendwie verzerrt.

Matthias nickte. Da er nicht wusste, was er sagen sollte, schwieg er.

»Meine Lunge«, flüsterte Gunther heiser. »Das Schwein hat meine Lunge erwischt.«

»Er wird dafür bezahlen.« Matthias nickte grimmig.

»Was? Hat er gestanden?«

Matthias zögerte. »Sie haben Waffen und Pillen bei ihm gefunden. Die Frau behauptet steif und fest, sie habe sich selbst verletzt.«

»Scheiße«, fluchte Gunther angestrengt.

Wieder nickte Matthias. Der Polizeihauptmeister lag in einem Einzelzimmer im Universitätsklinikum Heidelberg. Auf einer Kommode an der gegenüberliegenden Wand stand ein großer Strauß weißer Margeriten. Daneben lagen drei Bücher und eine Autozeitschrift. »War Gans schon hier?«

»Will heute Nachmittag kommen.«

Matthias schwieg.

Gunther schloss kurz seine Augen, bevor er Matthias erschöpft ansah. »Morgen ist der große Tag.«

»Nicht für mich«, erwiderte Matthias.

»Was meinst du? Wurde das Spiel abgesagt?«

Er schüttelte seinen Kopf. »Ich ermittle seit Mittwoch in Weinheim.«

Gunther runzelte die Stirn und zog vorsichtig an seiner Decke. »Weswegen?«

»Die Kerwemorde.« Matthias erzählte ihm in wenigen Sätzen von seinem Gespräch mit Gans, bevor er kurz zusammenfasste, was er die letzten beiden Tage getan hatte.

Sein Kollege hörte ihm schweigend zu. »Was ist mit Engel?«

»Was soll mit ihr sein?«

»Seit Carlo ...« Gunther brach ab und fuhr sich mit der Zunge über seine ausgetrockneten Lippen.

»Soll ich?« Matthias zeigte auf den Becher neben dem Bett.

Gunther nickte. Vorsichtig ließ Matthias ihn einige Schlucke trinken und stellte den Becher zurück.

»Wie geht es ihr?«

»Kennst du sie?« Matthias war überrascht.

»Sie hat Carlo ein paarmal auf dem Revier abgeholt. Ich habe mich auf einer der letzten Weihnachtsfeiern ganz nett mit ihr unterhalten.«

»Wie soll es ihr gehen? Sie erwartet ein Kind, dessen Vater tot ist.«

Gunther starrte an die Decke. »Ja, manchmal hasse ich das alles hier. Der ganze Abschaum ... Und schnappen wir mal eines dieser Dreckschweine, haut irgendein Rechtsverdreher es kurz darauf wieder raus.« Er machte eine Pause. »Oder es kommen zehn neue nach.«

»Özcal wird von niemandem rausgehauen werden.« Matthias versuchte, optimistisch zu klingen. Doch die Verdrossenheit, die sich früher oder später bei jedem Polizeibeamten einschlich, war ihm natürlich nicht unbekannt.

»Er hat seiner Frau das Gesicht verbrannt.«

»Ich weiß«, entgegnete Matthias. Er fühlte sich auf einmal seltsam müde. »Aber wir können nicht jeden beschützen.«

»Kümmere dich ein wenig um sie.«

Matthias stutzte kurz, bevor er verstand. »Sie kann mich nicht leiden.«

»Es wäre in Carlos Sinn.«

»Wie gesagt, sie kann mich nicht leiden.«

»Alle Frauen können dich leiden, Matthias«, widersprach Gunther schwach.

»Diese nicht.«

»Sie ist schwanger. Das sind die Hormone. Denk daran, sie ist eine von uns. Außerdem war Carlo dein Partner.«

Matthias nickte. »Ich weiß. Sie steht kurz vor einem Nervenzusammenbruch.«

»Kein Wunder«, knurrte Gunther widerwillig.

»Nein, kein Wunder«, widerholte Matthias nachdenklich, als sein Handy klingelte. Er blickte entschuldigend zu seinem Kollegen, bevor er aufstand und sich abwandte. »Sommer.«

»Gans hier. Ich wollte mal hören, wie es in Weinheim läuft.«

Matthias stockte kurz. »Gut. Die Beamten sind sehr kooperativ.«

»Hauptkommissarin Engel?«

»Hat mich mit allen Einzelheiten des Falles vertraut gemacht. Gestern haben wir die bisherigen Tatorte begutachtet und kurz mit einem Verdächtigen gesprochen.«

Gans schwieg einen Moment. »Welcher Verdächtige?«

Matthias erzählte ihm von ihrem Besuch in der Anwaltskanzlei.

»Gute Arbeit, Kollege Sommer. Zumindest ist er gewarnt, sollte es sich bei dem Anwalt tatsächlich um eine Schlüsselperson in dem Fall handeln. Was sagt Kollegin Engel dazu?«

»Sie ist sich nicht sicher, ob er unser Mann ist.«

»Offiziell gibt es in dem Fall momentan keinen Verdächtigen«, erklärte der Kriminalrat bestimmt.

»Ich weiß, aber da wir nicht mehr haben …« Matthias ließ den Satz unbeendet.

»Und wie hält sich die Kommissarin?«

»Gut, sie hat alles im Griff«, erwiderte Matthias, ohne zu zögern.

»Dann hoffen wir, dass das bis Dienstag so bleibt«, entgegnete der Kriminalrat, bevor er sich verabschiedete.

»›Sie hat alles im Griff‹?«, ertönte Gunthers Stimme, während Matthias sein Handy wegsteckte.

»Wenn ich ihm sage, was mit ihr los ist, entzieht er ihr den Fall.«

Der Polizeihauptmeister bewegte vorsichtig seinen Kopf. »Ein feiner Zug von dir, Sommer. Pass auf die Kleine auf. Sie hat schon genug Scheiße hinter sich. Wenn ihr den Fall löst …«

»… bekommen wir beide eine Belobigung«, ergänzte Matthias grinsend.

Auch Gunther verzog seine Lippen zu einem schiefen Lächeln. »Carlo wäre dir sicher sehr dankbar.«

21

Ein Tag noch. Er zitterte vor Anspannung. Und er würde sie überlisten, denn er war schlauer als sie. Die Kommissarin konnte tun, was sie wollte. Sie würde ihn nicht stoppen. Niemand konnte ihn stoppen. Spätestens am Montag wäre er wieder in aller Munde. Er musste lächeln. Ja, am Montag war er wieder die Hauptsensation. Wie sehr er sich auf die neuen Artikel und Berichte freute. Er, ein Niemand, ein Mann, der für Frauen unsichtbar zu sein schien, als Topthema des Tages, ach was, der Woche, des Monats. Nichts beschäftigte Weinheim so nachhaltig wie die Morde. Diesmal würde er dem Ganzen noch eins draufsetzen. Was käme danach? Wer würde die Kommissarin beerben?

Wieder erschien Sina Engel vor seinem inneren Auge. Wie er sich darauf freute, ihr den überdimensionalen Bauch aufzuschneiden. Den verfluchten Bastard aus ihrem Körper zu zerren. Es würde eine ganz neue Erfahrung sein, auf einen Schlag zwei Leben auszulöschen. Vielleicht hielt die Kommissarin lange genug durch, dass er die Missgeburt vor ihren Augen auseinandernehmen konnte. Ja, der Gedanke gefiel ihm. Sie würde leiden, leiden wie ein Tier. Der Tod, den er ihr bescherte, käme ihr schließlich wie ein Geschenk vor. Eine Begnadigung, die sie von ihrem Schmerz erlöste. Die Beendigung ihrer seelischen und körperlichen Pein.

Er würde es hinauszögern. Sie sollte sich hilflos fühlen. So hilflos wie nach dem Tod ihres Bullenstechers. Erst der Oberhauptkommissar, dann seine Brut. Er fühlte sich plötzlich allmächtig. Er war es, der die Kontrolle über Leben und Tod hatte. Der entschied, wann wer an der Reihe war. Morgen Abend würde er sich eine weitere Zielperson suchen, um sein Schaffen zu optimieren. Den passenden Ort hatte er bereits ausgewählt.

Er bemerkte die Gänsehaut auf seinem Unterarm. Während er auf die Akte starrte, die vor ihm auf dem Schreibtisch lag, schweiften seine Gedanken ab.

Er war wieder dreizehn Jahre alt. Es war ein Freitag im April gewesen. Seine Mutter war schon aus dem Haus gegangen. Da sein Klassenlehrer erkrankt war, hatte er zwei Freistunden und musste erst um zehn in der Schule sein. Gelangweilt saß er auf der Couch im Wohnzimmer und betrachtete den fetten Kater, der auf einer Kommode neben dem Fernseher lag und seine grünen Augen zu kleinen Schlitzen zusammengezogen hatte. Er hasste das Vieh. Sein Blick wanderte zu seiner Hand, die mit roten Striemen übersät war. Als er gestern sein Fahrrad aus dem Keller holen wollte, hatte der Kater mal wieder in seinem Fahrradkorb gelegen. Als er versuchte, ihn herauszuheben, hatte das dämliche Vieh zu fauchen und zu kratzen begonnen, bis seine Hand geblutet hatte.

Nachdem er ins Haus zurückgelaufen war, um sich die Wunden zu verbinden, stand seine Mutter plötzlich im Türrahmen und sah ihn vorwurfsvoll an. Anstatt ihm zu helfen, machte sie sich auf die Suche nach dem Dreckskater und bemitleidete ihn, weil er aus dem Korb verjagt worden war. Wütend hörte er dem Gesäusel seiner Alten zu, die das Tier an ihre Wange drückte und auf ihren Sohn schimpfte, der genauso nichtsnutzig wie sein Erzeuger sei.

Jetzt saß er regungslos da und starrte das Fellknäuel an, das sich gerade auf die andere Seite drehte und einrollte. Sein Zorn wuchs. Er schaute auf die Uhr. Er hatte noch zwei Stunden Zeit, bis der Unterricht begann.

Langsam erhob er sich und ging in den Keller, wo er fand, was er benötigte. Er lief ins Badezimmer und breitete die Abdeckfolie, die von den Malerarbeiten im letzten Jahr übrig war, sorgfältig auf dem Boden aus. Die graue Plane war so groß, dass er die Seiten umklappte und den unteren Teil der Wände damit bedeckte.

Er durchquerte das Wohnzimmer, wo der Kater noch immer seelenruhig schlief, und öffnete in der Küche die Schublade mit dem Besteck. Rechts an der Seite lagen die scharfen Messer. Er nahm eines heraus und drehte die Klinge vorsichtig, bis die Sonnenstrahlen, die durch das Fenster fielen, kurz darin reflektiert wurden. Er verzog seine Lippen zu einem hämischen Grinsen.

Zurück im Wohnzimmer näherte er sich vorsichtig der Kommode, um den Kater nicht zu erschrecken. Der hob nur träge seinen Kopf und beobachtete ihn aus schmalen Augen. Er streckte seine freie Hand aus und verharrte, als das Vieh sein Maul öffnete und fauchte.

Mit einer ruckartigen Bewegung packte er das Tier im Nacken und trug das zappelnde Fellbündel ins Bad. Nachdem er mit dem Fuß die Tür zugestoßen hatte, warf er den Kater auf den Boden. Dieser schrie voller Schmerz auf und sträubte seine Nackenhaare. Er lachte. Das Bad war so klein, dass das Drecksvieh ihm nicht entkommen konnte. Der Kater verzog sich in die Ecke neben der Dusche und drückte sein Hinterteil gegen die Fliesen. Mit Genugtuung registrierte er, dass das Tier Angst vor ihm hatte. Wahrscheinlich zum ersten Mal in seinem Leben. Und auch zum letzten Mal, setzte er triumphierend hinzu.

Wieder packte er den Kater im Nacken und drückte ihn auf den Boden. Er presste sein Knie auf den fetten Bauch des Viehs, sodass es wie in einer Schraubzwinge unter ihm lag. Mit der linken Hand zog er die linke Vorderpfote des Tieres unter seinem Körper hervor. Er setzte das Messer an und sägte dem Kater mit kräftigen Bewegungen den vorderen Teil des Beins ab. Das Tier wand sich schreiend unter ihm. Die Augen schienen vor Hass zu sprühen. Bevor es sich überhaupt wehren konnte, zog er die rechte Pfote hervor und schnitt auch sie ab.

Zufrieden erhob er sich und betrachtete den Kater, der sich hektisch die blutigen Beinstümpfe schleckte. Das Tier konnte nicht mehr laufen, lag hilflos auf der Folie und wimmerte.

Er trat einen Schritt zurück und genoss für einige Minuten den Anblick des schwerverletzten Katers. »Na, Hochmut kommt eben doch vor dem Fall.« Er beugte sich vor. »Verfluchtes Stück Scheiße.«

Als der Kater zu merken schien, dass sich sein Zustand nicht besserte, legte er sich auf die Seite und schloss apathisch die Augen.

»Nee, so schnell wirst du doch nicht schlappmachen.« Er trat mit dem Fuß gegen das Tier, das sich kaum noch rührte. Fast bedauerte er, dass der Kater so schwach war. Wieder zog er das Messer hervor und schlitzte dem Fellknäuel mit einem langen, sauberen Schnitt den Bauch auf. Der Kopf des Tiers erstarrte, bevor es ihn in den Nacken warf und reglos liegen blieb. Er lachte höhnisch auf.

Ein Blick auf die Uhr zeigte ihm, dass er sich beeilen musste. Er überlegte, wo er den Leichnam entsorgen sollte. Ihm fiel ein, dass er vor Kurzem ins Rhein-Neckar-Zentrum nach Viernheim gefahren war und an der Bahnstrecke mehrere frisch gepflügte Felder gesehen hatte. Dort konnte er das Drecksvieh vergraben. Mit dem Fahrrad brauchte er maximal eine Viertelstunde bis zu den Äckern.

Eilig rollte er die Plane zusammen und wusch das Messer gründlich ab. Er nahm das graue Bündel und verließ das Haus. Im Schuppen holte er eine Schaufel, die er zusammen mit der Folie in seinem Fahrradkorb verstaute.

Exakt zwölf Minuten später stellte er sein Rad am Feldrand ab und holte den Spaten hervor. Um diese Uhrzeit war der Weg Richtung Viernheim wie ausgestorben. Zu spät für die Hundebesitzer und viel zu früh für die ersten Kinder, die aus der Schule zurückkehrten.

Eine halbe Stunde, bevor sein Unterricht begann, erreichte er Weinheim und hatte noch genügend Zeit, die Schaufel zu säubern und an ihren ursprünglichen Platz zurückzustellen.

Als seine Mutter abends nach Hause kam und ihn nach dem Kater fragte, entgegnete er ihr achselzuckend, er habe ihn vor der Schule aus dem Haus gelassen und seitdem nicht mehr gesehen. Was irgendwie sogar stimmte.

Zwei Tage später war seine Mutter so aufgelöst, dass sie ihn den ganzen Sonntag in den Keller sperrte, lediglich mit einem Glas Wasser und einem Stück Brot, und ihn erst Montagfrüh wieder hinausließ, da er zur Schule musste. Das war die Strafe dafür, dass er den Kater hinausgelassen hatte. Die erste Strafe in seinem Leben, die gerechtfertigt war. Allein der Gedanke an das sterbende Tier hatte ihm die Stunden in dem dunklen, modrig riechenden Keller versüßt.

Da in der Zeit danach weitere Katzen aus der Nachbarschaft verschwanden, ging die Polizei schließlich davon aus, dass in der Weststadt Katzenfänger unterwegs waren. Keines der Tiere tauchte je wieder auf. Vielleicht hatte sich ein Landwirt aus Viernheim eines Tages gewundert, weil er mehrere Skelette auf seinem Feld gefunden hatte. Er konnte sich noch an den Aufruf erinnern, den die Bullen in der Zeitung veröffentlicht hatten und in dem sie die Bewohner des besagten Stadtteils baten, ihre Katzen im Haus zu lassen. Die Bullen. Er war schon immer schlauer als sie gewesen …

»Na, freust du dich auf die Kerwe?« Der Kollege riss ihn aus seinen Erinnerungen.

Er schaute auf. »Klar, wer nicht?«

22

Als es an der Tür klingelte, warf Sina noch kurz einen prüfenden Blick in den Spiegel im Flur. Sie trug eine beige Stoffhose und eine weiße Umstandsbluse. Ihr Waffenholster bildete sich deutlich sichtbar unter dem dünnen Stoff ab. Sie konnte es nicht ändern, schließlich war sie nicht undercover unterwegs. Das Thermometer zeigte siebenunddreißig Grad an.

Eine Jacke würde sie während ihres Dienstes nicht benötigen. Sie schnappte sich ihre Tasche und verließ die Wohnung.

Als sie aus dem Haus trat, lehnte der Kommissar an seinem Wagen und blickte ihr entgegen.

»Hi.«

Sie nickte. »Hallo.«

»Wie geht es Ihnen?«

Sie spürte, wie er sie musterte, während sie die Beifahrertür öffnete. Nachdem er ebenfalls eingestiegen war, zuckte sie mit den Schultern. »Es geht.«

Für einen Moment starrte er schweigend durch die Windschutzscheibe, bevor er ihr sein Gesicht zuwandte. »Machen Sie sich keine Sorgen. Wir haben alles im Griff.«

Sie seufzte. »Ich hoffe es.«

»Wir sind gut vorbereitet. Haben Sie jetzt nicht das Interview mit der Zeitung?«

»Ja«, bestätigte Sina. »Frau Olundson kommt gleich aufs Revier.« Sie blickte auf ihre Uhr.

Endlich startete Matthias Sommer den Wagen. »Während Sie mit ihr sprechen, schnappe ich mir noch mal die Einsatzteams und gehe mit ihnen die einzelnen Gebiete durch.«

Sina wischte sich den Schweiß von der Stirn und schwieg.

»Wir sind so engmaschig aufgestellt, dass unser Mann keine Chance hat.«

Sie nickte. »Er lauert irgendwo da draußen. Wenn ich nur daran denke, dass er vielleicht jetzt in diesem Moment seinen teuflischen Plan schmiedet, genau wie wir uns sorgfältig auf die vier Tage vorbereitet haben ...«

»Nein«, unterbrach der Kommissar sie barsch. »Er hat keine Chance.«

»Er will wieder töten. Er wird nicht davon ablassen.«

Sommer knirschte mit den Zähnen. »Wir werden ihn daran hindern.«

»O Gott«, stieß Sina fast verzweifelt aus. »Was, wenn wir sie nicht schützen können?« Unruhig fuhr sie mit der rechten

Hand über das Leder ihrer Handtasche. »Vielleicht beobachtet er mich. Und verfolgt jeden meiner Schritte.«

»Nein«, erwiderte Sommer in bestimmtem Ton. »Sie steigern sich da in etwas hinein. Vertrauen Sie mir, Sina.«

»Versprochen?« Sie blickte ihn Hilfe suchend an.

Er stieß seinen Atem aus und schwieg.

Sie wandte ihr Gesicht ab und sah aus dem Fenster. Was erwartete sie? Er konnte ihr keine Garantie geben. Schließlich war Sina lange genug Polizistin, um zu wissen, dass es keinen hundertprozentigen Schutz gab.

»Frau Olundson wartet in deinem Büro auf dich«, begrüßte Marc Sina und den Kommissar, als die beiden das Großraumbüro betraten.

Sommer nickte ihr kurz zu, bevor er sich an die Heidelberger Kollegen wandte, die um Fornacks Schreibtisch verteilt saßen.

Dankbar durchquerte Sina den großen Raum und betrat ihr Büro. Als sie sich räusperte, drehte sich die dunkelhaarige Journalistin, die auf dem Besucherstuhl saß, um und erhob sich.

»Frau Engel, wie schön, dass Sie heute noch Zeit für mich haben.«

»Hallo, Frau Olundson. Bitte, setzen Sie sich doch wieder.« Sina schloss die Tür und umrundete ihren Schreibtisch.

Lena Olundson arbeitete schon seit einigen Jahren für die *Weinheimer Nachrichten* und hatte Sina in der Vergangenheit bereits mehrmals interviewt. Immer wenn die Polizei der Meinung war, die Öffentlichkeit für die Lösung eines Falles zu benötigen, wandte sich Sina an die attraktive Reporterin, die im gleichen Alter wie sie selbst war.

»Möchten Sie etwas trinken?«

Die Journalistin nickte dankbar.

Sina beugte sich auf die Seite, wo sie einen kleinen Kühlschrank neben dem Schreibtisch deponiert hatte. Sie holte zwei Wasserflaschen heraus und stellte sie samt Gläsern auf den Tisch. »Bitte, bedienen Sie sich.«

»Der Artikel in der RNZ am Mittwoch war nicht von schlechten Eltern«, begann Olundson, nachdem sie einen Schluck getrunken hatte.

Sina nickte bedächtig. »Ich hatte Heiden gebeten, nichts zu schreiben. Eine Katastrophe.«

Olundson, die den Kollegen natürlich kannte, runzelte die Stirn. »Hat er im Vorfeld mit Ihnen gesprochen?«

»Er wollte ein Interview, genau wie Sie. Ich bat ihn, den Artikel erst nächste Woche zu bringen, das lehnte er ab. Stattdessen hat er diesen Albtraum auf einer ganzen Seite noch mal in allen Details aufgewärmt. Absolut verantwortungslos.«

Olundson nickte.

Sina musterte die gebürtige Schwedin, die mit einem Weinheimer verheiratet war. Die Journalistin hatte ihr in einem ihrer ersten Gespräche erzählt, dass sie vor zehn Jahren zum Studieren nach Deutschland gekommen war. Ein halbes Jahr nach ihrer Ankunft hatte sie ihren zukünftigen Mann kennengelernt, drei Jahre später waren sie verheiratet. So konnte es gehen, dachte Sina.

Jetzt schaltete die Reporterin das Aufnahmegerät an und bedeutete ihr zu beginnen.

Sina erläuterte ausführlich, welche Maßnahmen ergriffen wurden, um eine weitere Tat zu verhindern, dass sich der Kriminalrat persönlich in die Ermittlungen eingeschaltet hatte und dass ein Heidelberger Kollege zur Unterstützung herangezogen worden war. Sie erzählte das alles nicht, weil sie darüber erfreut war. Vielmehr wollte sie der Weinheimer Bevölkerung durch diese Maßnahmen vermitteln, dass die Kripo die Ermittlungen mit oberster Priorität behandelte, wollte damit wieder ein Gefühl der Sicherheit herstellen. Routiniert stellte Lena Olundson von Zeit und Zeit Zwischenfragen und hakte nach, wenn ihr etwas unklar war. Sina erklärte ihr geduldig, was in den nächsten Tagen passieren würde.

»Wann soll der Artikel erscheinen?«, wollte die Journalistin nach einer Stunde intensiven Durcharbeitens ihres Fragenkatalogs wissen.

Sina dachte kurz nach. »Samstag ist der gefährlichste Tag. Aber ich möchte nicht riskieren, dass das Wochenende ereignislos verläuft, der Bericht über unsere Arbeit am Montag erscheint und am Dienstag eine weitere tote Frau gefunden wird.«

»Also Dienstag, wenn der ganze Zauber vorüber ist?«, folgerte Olundson und machte sich eine kurze Notiz.

»Dienstag wäre wünschenswert, wenn ...« Sina ließ den Satz unbeendet.

»... wenn es nichts anderes zu berichten gibt«, ergänzte die Schwedin ernst. »Was sagt Ihnen Ihr Gefühl?«

Sina lehnte sich zurück und deutete auf das Aufnahmegerät.

Olundson verstand und schaltete es aus. »Also?«

»Unter uns gesagt«, begann Sina leise und fuhr sich durch ihr Haar, »ich glaube, er ist ganz in der Nähe.« Sie deutete auf das Fenster neben sich. Sie wusste, dass er da war. Dass er auf der Lauer lag.

Olundsons Augen weiteten sich. »Haben Sie Angst?«

Sina presste ihre Lippen aufeinander. Nach kurzem Zögern nickte sie stumm.

»Ihr Plan hört sich gut an. Sicher«, brachte die Reporterin an.

»Wir werden alles in unserer Macht Stehende dafür tun, dass die Besucherinnen der Kerwe unbeschadet nach Hause kommen. Das wird in den nächsten Tagen unsere Hauptaufgabe sein.«

»Wie lang sind Sie noch im Dienst?«

Sina sagte es ihr.

Die Journalistin erhob sich. »Ich wünsche Ihnen alles Gute.«

Sina war sich nicht sicher, ob sie ihre anstehende Mission oder die Geburt meinte.

Nachdem sie sich verabschiedet hatte und die Reporterin gegangen war, verließ Sina ihr Büro und lauschte den letzten

Anweisungen Kommissar Sommers, der den Kollegen der Abendschicht gerade ins Gewissen redete und ihnen erneut den Ernst der Lage klarzumachen versuchte.

Bitte, lass alles gut gehen, betete sie innerlich.

»Frau Bertram, hier spricht Sina Engel von der Kriminalpolizei Weinheim.« Sina blickte zu Matthias Sommer, der vor ihrem Schreibtisch saß und sie musterte.

»Frau Engel!« Die Mutter des ersten Opfers schnaufte schwer. Vor Sinas innerem Auge tauchte die gedrungene Gestalt der Mittfünfzigerin auf. »Gibt es etwas Neues? Haben Sie …?«

»Leider nein, Frau Bertram. Wir überprüfen momentan einige neue Ermittlungsansätze, daher wollte ich noch mal kurz mit Ihnen sprechen.« Sie verstärkte den Griff um den Telefonhörer. »Wir haben Sie gestern leider nicht persönlich angetroffen.«

»Ich musste arbeiten«, erwiderte Olivia Bertrams Mutter leise. »Ich dachte schon …« Wieder brach sie ab.

»Es tut mir sehr leid, aber wir arbeiten mit Hochdruck an der Aufklärung der beiden … Todesfälle.« Sina verzog ihr Gesicht.

»›Todesfälle‹?« Frau Bertram lachte bitter. »Olivia wurde brutal ermordet.«

»Deshalb rufe ich an.« Sina nickte, während Sommer ihr signalisierte, ruhig zu bleiben. »Ich wollte nachfragen, ob Sie sich vielleicht mit etwas Abstand erinnern können, ob Ihre Tochter vor Ihrem Tod irgendjemanden erwähnt hat, mit dem sie aneinandergeraten war. Auf der Arbeit, im Freundes- oder Bekanntenkreis?«

»Das haben Sie doch alles schon damals abgefragt«, entgegnete Frau Bertram hörbar entrüstet.

»Ich weiß«, beschwichtigte Sina sie, während sie die Augen verdrehte. Sommer grinste leicht. »Aber manchmal fallen einem Kleinigkeiten erst viel später ein, wenn man ihnen kaum noch Bedeutung zumisst. Daher wollten wir uns erneut vergewissern, ob damals irgendetwas vorgefallen ist?«

»Denken Sie, Olivia kannte … denjenigen, der ihr das angetan hat?« Die Mutter schluchzte leise.

»Wir wissen es nicht«, gab Sina zu. »Aber wir müssen auch diesem Verdacht nachgehen. Dabei sind wir allerdings auf Ihre Aussage angewiesen.«

»Da war nichts«, erklärte Frau Bertram mit fester Stimme. »Olivia war ein herzensgutes Kind.« Sie atmete erneut schwer ins Telefon. »Ich weiß, das würde jede Mutter von ihrer Tochter sagen. Aber Olivia war eine Seele von Mensch.«

»Kein Streit mit niemandem? Keine Auseinandersetzung?«, hakte Sina verzweifelt nach.

»Nein«, kam die Antwort umgehend. »Nichts. Da kann ich Ihnen nicht weiterhelfen.«

Frustriert bedankte sich Sina bei der Frau, bevor sie das Gespräch beendete.

»Nichts?« Matthias Sommer stand auf und lehnte sich an den Schreibtisch.

Sina schüttelte ihren Kopf. »Weniger als nichts«, presste sie hervor. »Wir haben keine Spur, kein Motiv, keine Verbindung zu den beiden Opfern.« Auch sie erhob sich. »Nur Tausende neue potenzielle Opfer, die wir die nächsten vier Tage schützen müssen.«

»Und das werden wir«, bekräftigte der Kommissar entschlossen. »Wir werden alles in unserer Macht Stehende tun. Vertrauen Sie mir, Sina.«

Sie sah ihn überrascht an. »Vertrauen?« Sina zuckte mit den Achseln und schaltete den Computer aus.

23

Wie hypnotisiert starrte Sina auf zwei kleine Mädchen, die auf dem Spielplatz neben dem Karussell mitliefen. Die Größere, Sina schätzte sie auf vier, lachte laut auf, als ihre Schwester sich zu ihr umdrehte und Grimassen schnitt. Ihr Vater stand daneben und platzte fast vor Stolz. Sinas Herz krampfte sich zusammen, während sie ihre Finger um das Eisengeländer auf der Steinmauer krallte.

»Geht es Ihnen nicht gut?«

Die Stimme des Kommissars riss sie aus dem Grübeln. Sie sah ihn an und nickte mechanisch.

Er berührte leicht ihren Oberarm und schob sie von der Brüstung weg. »Kommen Sie.«

Von der Terrasse des Schlossparkrestaurants schallte ABBAs *Dancing Queen* herüber. Es dämmerte bereits. Noch immer waren es über dreißig Grad. Die Menschenmassen strömten dicht gedrängt über die Wege des Schlossparks. Auf der großen Wiese saßen vereinzelt Pärchen zusammen. Die Bierbänke waren voll besetzt. Es herrschte Hochbetrieb.

Auch die anderen Teams hatten gemeldet, dass die Straßen der Innenstadt mit Menschen verstopft waren. Auf dem Marktplatz ging es wohl nicht mehr vor und zurück. Das Bier floss in Strömen. Ein Albtraum, dachte Sina beklommen. Tausende von Menschen. Wie sollten sie diese Menge nur schützen? Glücklicherweise waren bis jetzt größere Zwischenfälle ausgeblieben. Aber es war noch früh. Sina wusste, dass die Stimmung ganz schnell umschlagen konnte. Sie hatten noch sechs endlos lange Stunden vor sich.

»Darf ich Sie etwas fragen?« Matthias Sommer blieb stehen und blickte über den Park, der sich vor ihnen erstreckte.

Abwartend musterte Sina ihn. Zu Jeans und Turnschuhen trug er ein blaues T-Shirt, unter dessen Saum sein Waffenholster hervorlugte. Seine schwarzen Haare fielen ihm wirr in die Stirn.

»Was?«

»Es geht um meinen Anruf.« Er zögerte. »Warum haben Sie den Kollegen nichts gesagt – damals?«

Damals. Sie schluckte. Damit meinte er die Nacht vor Carlos

Ermordung. Was sollte sie darauf erwidern? »Ich verstehe nicht …«

Er drehte sich zu ihr um. Seine dunklen Augen fixierten sie. »Was, wenn ich …« Seine Wangenmuskulatur arbeitete. »Was, wenn ich etwas mit Carlos Tod zu tun gehabt hätte? Rein theoretisch natürlich.«

»Carlo hat große Stücke auf Sie gehalten.« Sina legte den Kopf in den Nacken und schloss kurz ihre Augen. »Was hätte es geändert?«

»Ich könnte korrupt sein«, entgegnete er.

Sie zuckte mit den Achseln, bevor sie auf ihre Füße starrte. Einige Sekunden schwiegen sie. Im Hintergrund grölte die Band *No woman, no cry.* »Sind Sie denn ein korrupter Bulle?« Auffordernd blickte sie zu ihm.

Der Kommissar verengte seine Augen. »Er war ein Guter.«

»Er war der Beste«, widersprach Sina heftig.

Matthias Sommer nickte.

Sie setzten ihren Weg fort und umrundeten die Wiese. Die Musik schwoll an.

Nach einigen Minuten brach Sina das Schweigen. »Ich hoffe, es hat sich wenigstens gelohnt.« Ihre Stimme klang bitter.

»Sina, ich …« Er brach ab. »Ich habe Ihnen bereits gesagt, dass ich es bereue. Jeden verfluchten Tag.«

Sie winkte ab.

»Wenn ich gewusst hätte …«

»Es war Ihre Idee, so früh joggen zu gehen. An unserem ersten freien Wochenende seit Langem.«

»Ich …« Wieder zögerte er.

»Wie gesagt, Carlo hat große Stücke auf Sie gehalten – beruflich. Ihre privaten Eskapaden …« Sie schüttelte leicht den Kopf und registrierte befriedigt, wie er sich neben ihr verkrampfte.

»Jeder hat eine Geschichte.« Jetzt war er es, der verbittert klang.

Sie wollte gerade etwas erwidern, als ihr Funkgerät knackte.

»Engel hier. Was gibt es?«

Ein Rauschen ertönte. Sina entfernte sich einige Schritte von der Schlossterrasse, die sie gerade passiert hatten, um dem ohrenbetäubenden Lärm etwas auszuweichen, und hielt sich ihr anderes Ohr zu.

»Ich bin's, Gerhard. Wir befinden uns in der Grundelbachstraße in Höhe des Sigmund-Hirsch-Platzes. Wir haben hier ein paar Jugendliche, die auf der Suche nach Ärger sind. Ich habe Marc bereits Bescheid gegeben, er wird uns unterstützen. Wir werden die Personalien der Typen aufnehmen und dafür sorgen, dass sie die Verwarnung ernst nehmen.«

»Okay, das heißt, im Moment ist es noch ziemlich ruhig.«

Bis auf ein paar kleinere Zwischenfälle waren ihre Schichten bisher ereignislos verlaufen. Ein gutes Zeichen, hoffte Sina. Sie war müde, spürte jedes Kilo.

Der Kommissar wartete, bis sie die Verbindung unterbrochen hatte. »Kommen Sie, zehn Minuten Pause kann uns niemand verwehren.« Er steuerte eine der Bänke an, die um den Schlossteich herumstanden.

Dankbar setzte sich Sina. »Diese Hitze ...«

»Ich weiß nicht einmal mehr ihren Namen.«

Überrascht sah sie ihn an, erwiderte jedoch nichts.

»Ich habe sie in irgendeinem Café in der Hauptstraße in Heidelberg kennengelernt. Sie zeigte mir recht deutlich, dass sie ...« Er brach ab.

»... dass sie Interesse an Ihnen hatte.«

Der Kommissar nickte. »Ich konnte nicht ahnen ...« Er fuhr sich durchs Haar. »Es fühlt sich an, als ob ich ihn im Stich gelassen hätte.«

Sina konnte Sommer keine Absolution erteilen. Er hatte nachts um zwei bei ihnen auf den Anrufbeantworter gesprochen, um Carlo mitzuteilen, dass er es nicht zu ihrem gemeinsamen Trainingstermin früh am nächsten Morgen schaffen würde. Anstatt mit seinem Freund joggen zu gehen, hatte er sich mit irgendeiner Wildfremden im Bett vergnügt.

Sie erinnerte sich noch genau an den Wortlaut seines Anrufs. »Carlo, tut mir leid. Mir ist etwas dazwischengekommen. Wir müssen unseren Termin auf nächste Woche verschieben. Ich erzähle es dir am Montag.« Im Hintergrund hatte eine Frau gelacht. Ein Lachen, das keinen Zweifel daran ließ, was bei den beiden gerade lief.

Fünf Stunden später war Carlo tot. Erstochen, als er laufen gehen wollte. Den Anrufbeantworter hatte er nicht abgehört. Wahrscheinlich hatte er vor dem Haus auf Sommer gewartet. Bevor er bemerken konnte, dass sein Partner nicht kommen würde, war Carlo ermordet worden. Nicht ohne Sina mit letzter Kraft noch einen Abschiedsgruß zu hinterlassen. *SI*, weiter war er nicht mehr gekommen.

Sie schüttelte ihre traurigen Gedanken ab, konzentrierte sich wieder auf die Gegenwart. »Ich habe Angst«, flüsterte sie leise. »Angst, es nicht zu schaffen. Angst, keine gute Mutter zu sein. Für ein Kind, das ohne seinen Vater aufwachsen muss.«

Der Sänger der Musikgruppe versuchte sich gerade an *Summer of '69*. Die Menge stimmte in den Refrain ein. Auch auf der Bank neben ihnen sang eine junge Frau leise mit.

»Sie schaffen das.« Matthias drehte sich zu Sina. »Sie werden eine gute Mutter sein.«

»Sie kennen mich doch gar nicht«, erwiderte sie skeptisch.

»Carlo kannte Sie.«

»Ja, Carlo kannte mich«, wiederholte sie nachdenklich. »Warum musste er sterben? Ich habe mir diese Frage hundert-, ach was, tausendmal gestellt.« Jetzt sah Sina ihn direkt an. Als ihr Blick an seinen Lippen hängen blieb, registrierte sie verwirrt, wie ihr Herz schneller pochte. »Warum? Sagen Sie es mir.«

Seine Schultern sackten ab, während er seinen Kopf schüttelte. »Sina, ich … ich weiß es nicht. Ich würde alles dafür tun, Ihnen eine Antwort darauf geben zu können. Wirklich alles. Aber ich weiß es einfach nicht.«

»Wissen Sie, dass ich nur noch zwei Wochen habe?«

Er ließ seinen Blick zu ihrem Bauch wandern. »Das wusste ich nicht, aber …« Unbeholfen deutete er auf die Wölbung ihrer Bluse. »Ich dachte mir, dass Sie nicht mehr lange da sind.«

»Finden Sie dieses Schwein«, flehte sie eindringlich. »Und suchen Sie das Arschloch, das Carlo auf dem Gewissen hat.«

24

Es war dunkel. Die Lichter des Riesenrads blinkten in gleichmäßigem Rhythmus. Marlene blickte zu der beleuchteten Burg Windeck hinüber, die sich auf Augenhöhe zu befinden schien. Das Rad stoppte, als ihre Gondel den höchsten Punkt erreichte. »Wow!« Marlene konnte sich nicht sattsehen. Die Leute tief unter ihnen glichen kleinen Ameisen, die in einem großen Strom durch die Rote-Turm-Straße drängten.

»Was für ein Ausblick«, bestätigte Markus, während er über die Rheinebene schaute.

Marlene griff nach seiner Hand und lächelte ihn an.

Er hielt einen Moment inne, bevor er sich vorsichtig erhob.

»Was machst du?« Entsetzt verfolgte sie seine Bewegungen. Die Gondel fing gefährlich zu schwanken an. Marlene ließ seine Hand los und griff nach der Brüstung neben sich.

»Ich …« Er beugte sich vor und fasste nach dem Rotationsgriff, der sich zwischen ihnen befand.

»Was machst du? Setz dich wieder hin«, wiederholte sie ängstlich.

»Ich …« Er schüttelte seinen Kopf, bevor er sich endlich auf ihre Seite gekämpft hatte und sich vorsichtig auf ein Knie niederließ.

»Du?« Sie bemerkte seinen angespannten Gesichtsausdruck.

»Marlene, mein Schatz.« Er griff nach ihren Händen. »Ich dachte, heute sei der richtige Zeitpunkt.« Markus grinste. »Und vor allem der richtige Ort.« Er führte ihre rechte Hand an seine Lippen und küsste sie sanft. »Marlene, ich liebe dich. Willst du meine Frau werden?«

Sprachlos starrte sie ihn an, als die Gondel sich mit einem Ruck wieder in Bewegung setzte. Markus kippte zur Seite und hielt sich hastig an der Brüstung fest. Mit hochgezogenen Augenbrauen blickte er sie weiter an.

»Ja«, hauchte sie schließlich. »Ja, ich will deine Frau werden.« Ihre Stimme zitterte vor Rührung. Er zog sich hoch und setzte sich dicht neben sie. Überwältigt schmiegte sie sich an ihn und ließ ihren Blick über die Leute vor der Kasse des Riesenrads schweifen.

»Du machst mich sehr glücklich.« Markus legte seinen Arm um sie und zog sie enger an sich.

»Du bist verrückt«, flüsterte sie, immer noch völlig überrascht von der Wendung, die der Abend genommen hatte.

»Verrückt nach dir. Hast du es dir so vorgestellt?« Liebevoll sah er sie an.

Sie zuckte mit den Achseln. »Vielleicht nicht ganz so wackelig, aber …« Sie suchte nach Worten. »Ab sofort werden wir jedes Jahr am Kerwefreitag um …«, sie schaute auf ihre Uhr, »… um dreiundzwanzig Uhr zwölf mit dem Riesenrad fahren.«

Er lachte. »Mit Kind und Kegel.«

»›Kind und Kegel‹?« Sie runzelte demonstrativ ihre Stirn.

»Das hat noch Zeit, Marlene.« Er strich über ihren rechten Arm. »Ganz viel Zeit.«

»Ja, im Moment möchte ich einfach die Zweisamkeit mit dir genießen.«

»Das werden wir. Jeden einzelnen Tag unseres restlichen Lebens. Als Mann und Frau.« Markus küsste sie. »Bis dass der Tod uns scheidet.« Er schnitt eine Grimasse.

»Wann?«

»In …« Er überlegte. »In siebzig Jahren?«

»Nein.« Sie winkte ab. »Ich meinte, wann wollen wir heiraten?«

»Ach so.« Er legte seinen Kopf schief. »Vielleicht nächstes Jahr im Mai?«

»Mai klingt toll.« Marlene nickte andächtig. »Tina wird staunen.«

25

Er drehte sich um die eigene Achse und inspizierte die Umgebung. Die Straßenlaternen erleuchteten den Platz gerade in dem Maß, dass er die alten Mauern noch gut erkennen konnte. Es wäre doch schade, wenn er morgen nichts sehen könnte. Doch die Lichtverhältnisse waren ideal. Nicht besonders hell, aber für sein Vorhaben ausreichend.

Er lauschte in die Stille der Dunkelheit. Würde er fündig werden? Er wusste es nicht. Es waren kaum noch Leute unterwegs. Hier oben an dieser einsamen Stelle hatte er in den letzten Minuten niemanden getroffen. Gut, auf Publikumsverkehr konnte er natürlich verzichten. Vielleicht musste er ein Stück weiter unten suchen.

Die Stände und Fahrattraktionen hatten bereits seit Stunden geschlossen. Morgen würde es anders sein, denn morgen fand die große Schlosspark-Illumination statt. Die Leute würden länger auf der Wiese sitzen bleiben, die romantische Stimmung genießen, den Sternenhimmel bewundern. Ein gewisses Risiko bestand daher für ihn an diesem doch nicht ganz abgelegenen Platz. Aber allein der Gedanke an das, was ihn in vierundzwanzig Stunden erwartete, ließ ihn erzittern. Er war sich sicher, dass es das Risiko wert war.

Sobald sie mundtot war, drohte keine Gefahr mehr von ihr. Selbst wenn ihn jemand beim Ausüben seiner Kunst überraschen sollte. Er würde sich rasch in den Büschen verbergen. Und seine Gespielin würde von den Schatten verschluckt werden.

Er blickte zur linken Seite. Ja, das Licht erreichte die äußere

Säule kaum. Der perfekte Ort, dachte er zufrieden. Es war alles vorbereitet. Die Zeit lief.

Seine Gedanken schweiften ab. Er dachte an seine Mutter. Sie war eine sehr attraktive Frau gewesen. Äußerlich, denn hinter ihrer schönen Fassade versteckte sich eine kaltherzige Seele. Niemand hatte je etwas von ihrer dunklen Seite geahnt. Zumindest hatte ihm nie jemand geholfen. Wenn sie ihn stundenlang in dem dunklen, modrigen Keller eingesperrt hatte. Ohne Toilette, ohne Lebensmittel. Wenn sie ihn gezwungen hatte, widerwärtig schmeckende Mahlzeiten hinunterzuwürgen. Und weigerte er sich, weil der Ekel zu groß war, stopfte sie ihm das Essen eigenhändig in seinen Mund. Mehr als einmal hatte er das grässliche Gefühl erlebt, ersticken zu müssen.

Er konnte sich nicht erinnern, wie oft sie ihn gedemütigt hatte, ihm gesagt hatte, wie erbärmlich er sei, ein Versager wie sein Vater. Ein Vater, den er nie kennengelernt hatte. Es wunderte ihn nicht, dass sein Erzeuger sich noch vor seiner Geburt aus dem Staub gemacht hatte. Seine Mutter war eine Hexe, eine bösartige, hasserfüllte Frau mit einem Engelsgesicht. Niemand hätte ihm geglaubt, egal, wem er sich anvertraut hätte. Sie wusste das.

»Weißt du, was aus dir wird, wenn sie mir dich wegnehmen? Du kommst in ein Heim, mit ganz vielen anderen bösen Buben. Und die machen ganz böse Dinge mit dir, einem Verlierer, der genauso jämmerlich ist wie sein nichtsnutziger Vater.«

Obwohl er damals noch nicht wissen konnte, was sie mit ihrer Aussage meinte, hatte er doch gespürt, dass es Dinge gab, die noch schlimmer waren als das, was sie ihm antat. Daher entschied er sich, sein Martyrium auszuhalten und zu verschwinden, sobald er alt genug war.

Eine Szene erschien vor seinem inneren Auge. Es war Winter gewesen. Januar, kurz vor seinem zwölften Geburtstag. Er war von der Schule heimgekommen. Sie hatten eine Freistunde gehabt und waren zum Spielen an den nahe gelegenen Waidsee gegangen. Als er nach Hause kam, waren seine Schuhe, seine Jacke und seine Jeans schlammüberzogen. Seine Mutter hatte einen Tobsuchtsanfall bekommen, als sie ihn erblickte.

Zur Strafe musste er sich bis auf die Unterwäsche ausziehen. Anschließend hatte sie den Liegestuhl aus dem Keller geholt und auf den Balkon gestellt. Er musste sich darauflegen und draußen so lange ausharren, bis die Waschmaschine zu Ende gewaschen hatte. Er schätzte, es waren maximal fünf Grad gewesen. Der Waschvorgang hatte drei Stunden gedauert. Es war schon lange dunkel gewesen, als er wieder in die Wohnung durfte.

Am nächsten Tag lag er mit hohem Fieber im Bett, während seine Mutter dem Kinderarzt verständnisvoll lächelnd erklärte, er habe am Vortag in feuchten Sachen stundenlang in der Kälte draußen gespielt und nicht auf seine fürsorgliche Mutter hören wollen.

Danach war er in den Freistunden immer im Schulgebäude geblieben, aus Furcht vor einem weiteren Nachmittag bei eisiger Kälte im Freien, was seinen Ruf als sonderbarer Einzelgänger weiter verstärkt hatte.

Er schüttelte seinen Kopf, um die düsteren Gedanken zu vertreiben. Das war Vergangenheit. Nie wieder würde ihn eine Frau auf diese Art demütigen. Damals konnte er sich nicht wehren. Heute hingegen war er derjenige, der bestimmte. Der entschied, wer leben durfte und wer starb. Keine Frau würde ihn mehr beleidigen. Auch Hauptkommissarin Sina Engel nicht.

Er drehte sich um, ließ den Park hinter sich und öffnete das kleine Eisentor. Als er auf die Straße trat, erfasste ihn das Licht der Straßenbeleuchtung.

Ein lachendes Pärchen kam ihm entgegen, würdigte ihn jedoch keines Blickes. Unsichtbar, für die meisten Menschen war er einfach unsichtbar. Am Montag hingegen wäre er wieder in aller Munde. Er unterdrückte ein Grinsen und machte sich auf den Heimweg.

26

»Schlafen Sie gut.« Matthias wandte sich Sina zu und betrachtete das erschöpfte Gesicht der Kommissarin. »Und ruhen Sie sich aus.«

Ihre blauen Augen verengten sich. »Es war ein langer Tag.«

Er konnte sich nicht annähernd vorstellen, wie es sein musste, mit schätzungsweise zehn Kilo Ballast am Bauch stundenlang bergauf und bergab zu laufen. »Vielleicht sollten Sie sich überle…«

»Nein, vergessen Sie es.« Sie schüttelte heftig ihren Kopf. »Ich werde meine Stadt nicht im Stich lassen. Zwei Wochen noch. Danach lege ich die Füße hoch.«

Matthias wusste nicht, wem sie etwas beweisen wollte. Er hielt ihre Sturheit für Wahnsinn, denn die Frau neben ihm war mit ihren Kräften völlig am Ende. Unauffällig presst er seine Kiefer aufeinander.

»Holen Sie mich morgen wieder ab?«

Ihre Frage überraschte ihn, da sie bisher nicht den Eindruck gemacht hatte, als ob sie seine Fürsorge schätzte. »Natürlich«, entgegnete er erleichtert.

Vielleicht kam sie doch noch zur Vernunft. Immerhin standen ihnen noch drei anstrengende Tage bevor. Bis Montag waren weiterhin Rekordtemperaturen von knapp vierzig Grad angekündigt. Erst am Dienstag sollten einzelne Gewitter für etwas Abkühlung sorgen.

Als die Kommissarin die Tür öffnete, drang ein Schwall warmer Luft in den klimatisierten Innenraum. »Danke.« Nachdem sie ausgestiegen war, drehte sie sich noch mal um. »Sie haben recht gehabt, vorhin.« Sie zögerte. »Jeder hat seine Geschichte.« Ihre hellen Augen fixierten ihn. »Und obwohl meine sehr traurig endet, habe ich nicht das Recht, Ihnen Vorhaltungen zu machen. Gute Nacht!« Mit diesen Worten drehte sie sich um und steuerte auf den Hauseingang zu.

Nachdenklich blickte Matthias ihr nach. Von hinten war ihre Schwangerschaft überraschenderweise überhaupt nicht zu erkennen.

27

Samstag, 13. August

Gedankenverloren füllte er die altmodische Glasvase mit dem Blumenmuster mit Wasser und starrte in den Garten, der sich vor dem Küchenfenster erstreckte. Er war heute Morgen extra nach Ludwigshafen am Rhein gefahren, um den Strauß langstieliger roter Rosen zu kaufen. Obwohl er nur zwei davon benötigte, erschien ihm das Kaufen eines ganzen Straußes sicherer. Niemand würde vermuten, dass er die Rosen dreißig Kilometer entfernt besorgt hatte. Seine Lippen verzogen sich zu einem Grinsen. Da bemerkte er, dass das Wasser bereits überlief. Hastig schraubte er den Hahn zu und arrangierte die Blumen in dem Glasgefäß. Während er die Rosen betrachtete, wanderten seine Gedanken zurück in seine Kindheit.

Er konnte sich nicht erinnern, dass damals auch nur ein Tag vergangen wäre, an dem keine Rosen auf dem Tisch gestanden hätten. Seine Mutter ließ sich ständig von ihren Liebhabern beschenken. Ihm fiel ein, wie er einmal seinen zukünftigen Schulrektor nackt aus ihrem Schlafzimmer hatte kommen sehen. Es war ein warmer Tag im Mai gewesen. Er ging in die vierte Klasse, stand kurz vor dem Ende seiner Grundschulzeit. Als er die Haustür aufschloss, hörte er sie schon. Seine Mutter kicherte und eine männliche Stimme machte Geräusche, die nicht von dieser Welt zu sein schienen.

Er war in die Küche gegangen und hatte sich ein Glas Wasser eingeschenkt. Kurz darauf öffnete sich die Schlafzimmertür und seine Mutter trat hinaus. Ihr blondes Haar stand ihr wirr vom Kopf ab, um ihre Augen verteilte sich schwarze Schminke. Sie war splitterfasernackt. »Du b...b...bist ja schon da.« Ihre Augen waren glasig, ihre Sprache undeutlich. Während sie redete, verzog sich ihr Gesicht zu einer grotesken Grimasse. Unsicher wankte sie auf ihn zu. Er betrachtete sie verächtlich, während ihm schlagartig klar wurde, wie sehr er sie hasste.

Mit verkrampften Fingern hielt sie sich an einem Küchenstuhl fest. Als er einen Blick durch die Schlafzimmertür warf, entdeckte er zwei leere Sektflaschen auf dem Nachttisch. Sie war früh am Tag schon stockbesoffen und schämte sich noch nicht einmal dafür. Obwohl er keine Freunde hatte, schoss ihm durch den Kopf, was passiert wäre, wenn er ausgerechnet heute einen Klassenkameraden mit nach Hause gebracht hätte.

»Sport ist ausgefallen«, erwiderte er angewidert.

Sie schien zu überlegen, bevor sie einen Schritt auf ihn zu machte und sich an seinem Ärmel festkrallte. »D...d...das ist der Rektor d...d...deiner zukünf...« Sie lachte, warf ihren Kopf in den Nacken und schüttelte sich kurz. »D...d...der Chef d...d...einer neuen Schu...hule.« Triumphierend klatschte sie in die Hände, während hinter ihr ein nackter dunkelhaariger Mann erschien, der ihr grinsend an die Brust fasste.

Angeekelt wandte er sich ab und versuchte, seine Wut zu unterdrücken. Zu jenem Zeitpunkt war er zu jung gewesen, um das Verhalten seiner Mutter begreifen zu können. Einige Jahre später war ihm jedoch klar geworden, dass sie nicht nur eine bösartige Hexe, sondern auch eine erbarmungswürdige Hure war. Er konnte sich nicht erinnern, wie viele Männer er im Laufe seiner Kindheit und Jugend aus dem Schlafzimmer seiner Mutter kommen sehen hatte.

An diesem Mittag war er einfach aus dem Haus gestürmt, hatte sich nicht mehr umgedreht und das wütende Geschrei hinter sich ignoriert. Er wusste, dass die Strafe nicht lange auf sich warten lassen würde. Wahrscheinlich müsste er die Nacht im Keller verbringen, ohne Bettdecke, ohne Matratze, auf dem kalten, modrigen Boden. Aber in dem Moment konnte er nicht anders. Der eklige Geruch im Haus, seine besoffene Mutter und dieser dreckig grinsende Fremde – es war einfach zu viel.

Als er einige Wochen später auf dem Klettergerüst des nahe gelegenen Spielplatzes saß und mit seinem Taschenmesser Regenwürmer zerschnitt, sah er den Rektor plötzlich mit einer rothaarigen Frau und zwei Kindern vor dem Zaun vorbeigehen. Der Junge war etwa in seinem Alter, das Mädchen etwas jünger. Er hob die Hand und winkte dem Mann zu. »Hallo.«

Überrascht blickte der Dunkelhaarige zu ihm hinüber, seine Frau folgte seinem Blick. Nach einem kurzen Moment des Erkennens wandte sich der Mann hastig ab und beschleunigte seine Schritte. Sein Sohn hingegen winkte zurück und grölte ebenfalls »Hallo!« über den Zaun. Er hörte die genervte Stimme der Frau, die ihren Mann anfuhr, er solle gefälligst langsamer laufen.

Während der nächsten Schuljahre brachte er sich immer wieder in Erinnerung, wenn er den Rektor sah. Grüßte ihn übertrieben freundlich, machte verdeckte obszöne Gesten. Zu Hause war er ihm jedoch nie wieder über den Weg gelaufen. Auch seine Mutter hatte kein Wort mehr über ›den Chef seiner neuen Schuhule‹ verloren.

Nachdem er die Vase auf den Esszimmertisch gestellt hatte, ging er in den Keller und holte das Messer hervor. Das Messer, das seit einem Jahr auf seinen Einsatz wartete. Er ließ die Klinge über seine Handfläche gleiten und spürte das Adrenalin, das augenblicklich durch seinen Körper schoss. Er genoss kurz den Moment der Erregung, bevor er ins Wohnzimmer zurückkehrte.

Sein Blick fiel auf die heutige Ausgabe der *Weinheimer Nachrichten.* Ein kleines Geschenk für die Kommissarin, dachte er höhnisch, während er die Schlagzeile in sich aufnahm. *Die Kerwe ist wieder sicher.* Er konnte seine Schadenfreude kaum bändigen. Das wird dein Todesstoß, du dreckige Hure, dachte er hasserfüllt.

28

Als Sina am Haus ihrer Eltern ankam, war es fast elf Uhr. Gestern Nacht hatte sie lange keinen Schlaf gefunden, nachdem Sommer sie heimgebracht hatte. Eine Ewigkeit hatte sie sich von einer auf die andere Seite gewälzt, um letztlich doch keine bequeme Position zu finden. Jetzt war sie erschöpft und übermüdet. Außerdem machte ihr diese verfluchte Hitze zu schaffen.

Sina öffnete das Gartentor und verschnaufte einen Moment im Hof.

Als sie an die Haustür trat, wurde diese schon aufgerissen, bevor sie klingeln konnte, und Jonas, ihr vierjähriger Neffe, stürmte heraus. »Sina«.

Sie spürte seine heißen, nackten Arme durch ihre Shorts hindurch und beugte sich leicht zu ihm hinab. »Jonas, mein Schatz. Na, wie geht es dir?« Belustigt betrachtete sie den kleinen dunkelhaarigen Jungen. »Wo ist deine Schwester?«

»Nele ist mit Opa im Garten.« Er streckte seinen kleinen Zeigefinger in die Luft.

»Dann will ich ihr mal Hallo sagen.«

»Mama und Papa sind auch da.« Plappernd zog Jonas sie hinter sich her.

Marion Engel, Sinas Mutter, erschien im Türrahmen. »Sina, da bist du ja.«

Sie umarmte ihre Mutter, bevor sie auf den Esstisch zusteuerte und auch Natascha und Jochen begrüßte. Durch die geöffnete Terrassentür hörte sie ihren Vater im Garten mit Nele reden.

»Na, Frau Hauptkommissarin? Wieder auf der Jagd nach Verbrechern?«, neckte sie ihr Schwager, während Sina sich setzte.

»Aber immer. Damit der werte Anwalt sie wieder herauspauken kann.«

»Haben wir nicht gut geschlafen?« Jochen runzelte die Stirn.

»Ich habe keine Ahnung, wie du geschlafen hast. Meine Nacht war jedenfalls ziemlich kurz.«

»Sina, Kind.« Ihre Mutter schaltete sich ein. »Möchtest du ein Brötchen?«

»Danke, Mama.« Sie angelte sich den Brotkorb und entnahm eines mit Kürbiskernen. »Hallo, Papa.«

Ihr Vater trat mit der zweijährigen Nele auf seinem Arm durch die Terrassentür. »Sina, was macht mein drittes Enkelkind?«

Sina musterte ihren Vater. Die hellblonden Haare, seine schlaksige Figur.

Natascha kam nach ihrer Mutter, hatte deren kräftigen Körperbau und die dunkelblonden Locken geerbt, während Sina unverkennbar die Tochter ihres Vaters war.

»Wird Zeit, dass sie sich endlich vorstellt«, erwiderte sie, bevor sie hungrig in ihr Brötchen biss.

»Jetzt sei doch nicht so ungeduldig. Genieß lieber die Ruhe vor dem Sturm«, entgegnete Jochen grinsend.

»Ach, Jochen.« Natascha legte ihre Hand auf den Arm ihres Mannes. »So schlimm ist es ja wohl wirklich nicht.«

»Na, wenn man auf zweistündliche Schlafunterbrechungen steht, auf vollgespuckte Klamotten und stinkende Windeln, dann ist es nicht schlimm.«

Sina wechselte einen Blick mit ihrer Mutter, die warnend ihr Gesicht verzog. »Woher weißt du das denn? Hat meine Schwester dir das erzählt?«, fragte sie trotzdem mit zuckersüßer Stimme. Sie konnte es nicht lassen.

Nataschas Mann zog seine Augenbrauen hoch. »Oha, die Frau Kommissarin ist heute gereizt.«

»Jochen«, ermahnte Sinas Mutter ihren Schwiegersohn. »Sina hat im Moment viel Arbeit.«

»Aber ihr scheint ja alles im Griff zu haben«, merkte Hans Engel ruhig an.

»Gestern ist wohl nichts passiert«, stimmte Sina zu. »Sonst wüssten wir das sicher schon. Aber heute … bisher hat er immer samstags zugeschlagen.«

»Ihr habt ja eine ganze Reihe von Vorsichtsmaßnahmen getroffen. Da kann doch nichts schieflaufen. Jede Nacht bis drei Uhr auf Patrouille.« Ihr Vater nickte anerkennend. »Jetzt weiß er immerhin, dass ihr auf der Hut seid.«

Sina hielt überrascht inne. »Was meinst du?«

Ihr Vater blickte sie fragend an.

»Woher weißt du das? Die Uhrzeit?« Alarmiert lehnte Sina sich vor.

Er zeigte hinter sich. »Na, der Zeitungsartikel. Du hast es der Journalistin von den *Weinheimer Nachrichten* doch selbst erzählt.«

Sina verschluckte sich an ihrem Brötchen und musste husten.

Marion Engel schlug ihr leicht auf den Rücken und seufzte. »Iss langsam, Sina.«

Als sie sich wieder beruhigt hatte, schüttelte sie genervt die Hand ihrer Mutter ab und schob ihren Unterkiefer vor. »Welcher Artikel? Wovon redest du?«

Ihr Vater stand auf und holte die Tageszeitung. Er blätterte, während Nele und Jonas gleichzeitig versuchten, auf seinen Schoß zu klettern.

»Hier.« Er reichte ihr die Seite.

»Das gibt's doch nicht.« Sina traute ihren Augen nicht. *»Die Kerwe ist wieder sicher«*, las sie laut. »Was soll denn der Scheiß?«

Jonas und Nele sahen sie mit großen Augen an.

»Sina«, warnte Jochen sie. »Bitte nicht diese Wörter.«

Wütend sprang sie auf. »Ist ja schon gut, aber das hier …«, sie deutete auf den Artikel, »… das ist eine Katastrophe.«

»Bist du böse?« Jonas zupfte sie vorsichtig am Arm.

Sina schluckte. »Ja, ich bin böse. Aber nicht auf dich. Es hat mit meiner Arbeit zu tun.«

Ihre Mutter zog den Kleinen zu sich heran.

Sina überlegte. »Entschuldigt mich bitte. Ich muss kurz telefonieren.«

Eilig durchquerte sie das Wohnzimmer und trat auf die weitläufige Terrasse. Das Stimmengewirr hinter ihr versuchte sie auszublenden. Jochen ließ sich gerade über die seiner Meinung nach sinnlosen Umstrukturierungsmaßnahmen bei der Polizei aus. Na, er muss es ja wissen, dachte sie zynisch.

»Sommer.«

Sina zögerte kurz. »Guten Morgen, ich bin's, Sina. Haben Sie heute schon die Zeitung gelesen?«

»Habe sie gerade vor mir liegen. Ich bin eben erst aufgestanden.«

»Eine Katastrophe«, fluchte Sina. »Ich habe keine Ahnung, wie das passieren konnte. Olundson hatte mir zugesichert, dass der Artikel erst am Dienstag gedruckt würde.«

»Moment mal, sprechen Sie von den *Weinheimer Nachrichten?*«

»Ja, klar. Von was denn sonst?«

»Sina, ich wohne in Schriesheim. Ich habe hier die *Rhein-Neckar-Zeitung.*«

Sie fasste sich an die Stirn. »Sorry, das habe ich vergessen.« Sie stockte. »Ich habe nicht gut geschlafen letzte Nacht.«

Sie hörte das Rascheln von Papier, bevor ein lauter Knall ertönte. »Verdammt!«

Sina zuckte zusammen. »Was machen Sie da? Mein Trommelfell ist fast geplatzt.«

»Tut mir leid, aber Ihr tolles Interview ist auch in der RNZ abgedruckt. Auf der Weinheim-Seite.«

Sie schloss für einen Moment die Augen. Der Boden unter

ihr schien zu schwanken. »Scheiße. Das gibt's doch nicht. Wie konnte das bloß passieren?«

»Was ist mit dieser Journalistin?«

»Bisher war immer auf sie Verlass.« Sina starrte auf ihre Füße. »Ich habe keine Ahnung, was diesmal schiefgegangen ist. Wenn heute Abend … heute Nacht …« Sie durfte den Gedanken nicht zu Ende denken.

»Wir sind da, Sina. Hören Sie? Wir werden dafür sorgen, dass die Schlagzeile zutreffend ist. Die Kerwe wird sicher sein.«

Sina nickte stumm.

»Sind Sie noch dran?«

»Ja, ja, ich bin noch dran. Ich muss …« Sie musste dringend nachdenken. Und sie musste Lena Olundson anrufen. »Ich muss jetzt Schluss machen. Wir sehen uns heute Nachmittag«, murmelte sie leise.

Ihre Mutter trat ins Freie. »Sina.« Sanft strich sie ihr über den Rücken.

»Mama.« Sie sah die Besorgnis im Blick ihrer Mutter.

»Es ist alles etwas viel im Moment.«

»Ich bin Polizistin.«

»Ja, ich weiß ja.« Bekümmert schüttelte ihre Mutter den Kopf. »Aber erst das mit Carlo und jetzt die Kerwe. Vielleicht solltest du …«

»Ich habe seit Mittwoch Unterstützung aus Heidelberg«, unterbrach Sina sie. »Carlos Partner, Kommissar Sommer.«

»Das ist gut.« Ihre Mutter nickte. »Kommst du wieder rein? Hier draußen ist es ja kaum auszuhalten.«

»Gleich, ich muss noch kurz …« Entschuldigend zeigte Sina auf ihr Handy.

Ihre Mutter seufzte und ließ sie allein zurück.

»Olundson.«

»Hier spricht Kommissarin Engel.«

»Ah, Frau Engel. Was gibt es? Haben Sie Neuigkeiten?«

»Haben Sie heute noch nicht in die Zeitung gesehen?« Sina konnte ihre Wut kaum unterdrücken.

»Was? Ich verstehe nicht. Ehrlich gesagt, bin ich gerade nicht in Weinheim. Ich besuche über das Wochenende Freunde in Stuttgart. Um was geht es denn?«

»Der Artikel …« Sina konnte sich kaum noch beherrschen. »Das Interview, es wurde heute veröffentlicht.«

»Was? Das kann nicht sein! Ich habe es gestern direkt nach unserem Termin geschrieben. Bevor ich nach Stuttgart gefahren bin.« Sie verstummte. »Ich verstehe das nicht. Ich habe ganz klar angewiesen, dass der Artikel erst am Dienstag in den Druck gehen soll.«

»Er ist heute drin«, entgegnete Sina, immer noch wütend. »Und nicht nur in den *Weinheimer Nachrichten*, sondern auch in der RNZ.«

»Das hatte ich so angewiesen. Aber wie gesagt, erst für Dienstag. Ich begreife das einfach nicht.«

»Ich auch nicht.«

»Hören Sie, Frau Engel, es tut mir sehr leid. Auch wenn ich momentan nicht verstehe, was da falsch gelaufen ist. Aber ich kümmere mich darum. Sobald ich etwas weiß, melde ich mich wieder bei Ihnen.«

Sina bedankte sich kurz angebunden bei der Journalistin und beendete das Gespräch. Auch wenn Olundson nichts dafür konnte, es war passiert.

Der Täter musste sich von dem Artikel provoziert fühlen. Die allmächtige Polizei, die nicht zulassen würde, dass er erneut zuschlug. Wenn er sich tatsächlich ein neues Opfer suchte … Sina wusste nicht, ob sie sich einen weiteren Mord, eine weitere tote Frau verzeihen könnte.

Seufzend wandte sie sich dem Haus zu und betrat wieder das Wohnzimmer.

29

»Ein Heiratsantrag über den Dächern von Weinheim«, hauchte Tina verzückt. »Das ist ja so romantisch.«

Marlene stand mit ihrer Schwester vor dem Riesenrad und deutete hinauf. »Ganz oben.«

»Ich freue mich so für dich. Für euch.« Tina ergriff Marlenes Hände. »Bist du glücklich?«

Sie lächelte. »Ja, sehr. Wobei ich gestehen muss, dass er mich doch ziemlich überrascht hat. Damit hatte ich, weiß Gott, nicht gerechnet.«

»Warum?«, entgegnete Tina erstaunt. »Ihr seid doch schon eine ganze Weile zusammen. Also, warum warten?«

»Na ja, ich bin fünfundzwanzig.«

»Ja und?« Ihre Schwester schüttelte den Kopf. »Schau mich an. Ich bin neunundzwanzig. Wenn es so weitergeht, ende ich noch als alte Jungfer.«

Marlene grinste. Tina trug ein grünes eng geschnittenes Top zu einer ebenso engen hellblauen Jeans. Durch die hochhackigen schwarzen Sandalen wirkten ihre Beine endlos. Das lange brünette Haar fiel locker über ihre Schultern. »Du und eine alte Jungfer! Dass ich nicht lache. Die Weinheimer Männer verrenken sich doch die Hälse nach dir.«

Tina winkte ab. »Ich wollte nur sagen, dass es im Leben noch was anderes gibt als den Job. Es ist doch toll, wenn man sich so jung kennenlernt. Ihr habt noch euer ganzes Leben vor euch.« Sie musterte Marlene. »Oder gibt es da noch etwas?«

Marlene zuckte zurück. »O nein, keine Sorge. Damit möchte ich auf jeden Fall noch ein paar Jahre warten. Markus ist noch nicht so lange bei *Freudenberg*. Er muss dort erst mal seinen Stand festigen, bevor wir an Nachwuchs denken.«

»Na also, dann ist doch alles super.«

Gemächlich schlenderten sie an den Buden entlang, bevor

sie links durch den alten Torbogen in den kleinen Schlosspark einbogen. Der Minigolfplatz dahinter wurde bereits von den Straßenlaternen in gleißendes Licht getaucht.

»Eine schöne Kulisse für eine Hochzeit«, merkte Tina an.

»Ja, wir dachten an nächstes Jahr im Mai«, stimmte Marlene zu, während sie den Turm neben dem Schloss betrachtete.

Rechts davon wurde die große Zeder von den letzten, schwachen Sonnenstrahlen des Tages beleuchtet. Die Lichter mehrerer Fahrgeschäfte blinkten um die Wette. Die Leute strömten in Massen zu den Getränkebuden. Es herrschten noch immer mehr als dreißig Grad.

»Das Trauzimmer hier im Schloss soll sehr schön sein. Viele Paare kommen extra zum Heiraten nach Weinheim. Ich bin gespannt, was Mama und Papa dazu sagen.«

»Die werden sich freuen. Sie mögen Markus doch.«

Marlene packte ihre Schwester am Arm und zog sie hinter sich her. »Los, wir essen eine Portion Schupfnudeln mit Sauerkraut.«

»Schupfnudeln mit Sauerkraut?« Tina rümpfte die Nase.

»Das ist lecker. Komm, da vorne, wo die Schlange steht, müssen wir uns anstellen.« Marlene zeigte auf den Stand neben einem der großen Zelte.

»Schupfnudeln mit Sauerkraut«, wiederholte Tina skeptisch, ließ sich aber von ihrer Schwester bereitwillig weiterziehen.

30

Nachdenklich blickte Sina über das Lichtermeer, das sich vor ihr erstreckte. Hunderte von Kerzen und Windlichtern standen ungleichmäßig verteilt auf der großen Wiese des Schlossparks. Überall hatten sich kleine Ansammlungen von Leuten um die Lichter gruppiert. Sie saßen zusammen, lachten und erzählten. Pärchen hielten sich eng umschlungen und genossen die laue Abendluft.

Sina spürte einen Kloß im Hals. Letztes Jahr war sie mit Carlo hier gewesen. Damals ahnten sie noch nicht, dass zur gleichen Zeit ein irrer Frauenmörder auf der Suche nach seinem nächsten Opfer war. Erst nach der zweiten Toten war ihnen bewusst geworden, dass sie es mit einem Serientäter zu tun hatten.

Sina bekam eine Gänsehaut. Er war hier irgendwo. Sie wusste es. Er lag auf der Lauer, auf der Suche nach einer weiteren Unschuldigen. Um seine abartigen Fantasien auszuleben. Um seine Macht zu demonstrieren. Und um ihnen zu beweisen, dass sie ihn nicht stoppen konnten.

Wieder überkam sie das mulmige Gefühl, beobachtet zu werden. War er etwa näher, als sie annahm? Beobachtete er sie? Verfolgte er ihre Schritte? Abwesend fuhr sie mit der Hand über ihren Bauch. Sie durfte jetzt nicht in Panik verfallen. Sicher wusste er von ihr. In jedem Zeitungsartikel über die Morde war schließlich ihr Name erwähnt worden. Er kannte sie. Er kannte ihren Namen.

Und Sina? Sie tappte im Dunkeln, wusste nicht, in welche Richtung sie ermitteln sollte. Stattdessen klammerten sie sich an einen Strohhalm wie Konrad, obwohl sie nicht den kleinsten Hinweis darauf hatten, dass er an einem der Tatorte gewesen war. Mittlerweile war es kurz vor zehn. Ihre Gedanken rasten. Hatten sie auch wirklich alles bedacht? Machten sie einen Fehler, indem sie ihre Kräfte im Innenstadtbereich bündelten? Was, wenn der Täter heute beispielsweise in der Weststadt zuschlug? Oder in der Waid, einem abgelegenen Stadtteil, der an den Waidsee und das *Miramar*, das größte Freizeitbad der Region, grenzte?

Sina presste ihre Lippen aufeinander. Beruhige dich, im gesamten Einzugsgebiet sind zehn weitere Streifen unterwegs.

Der Waidsee stand unter besonderer Beobachtung. Die einsame Lage und das dichte Buschwerk am Ufer schienen den See für einen weiteren Tatort zu prädestinieren.

Sina machte sich verrückt. Und ihr war klar, dass sie sich

beruhigen musste. Ein klarer Kopf war in dieser Situation unabdingbar. Sie stützte das Kinn auf ihre Hände und starrte in die Dunkelheit. Auf der Terrasse des Schlossparkrestaurants grölte die Band *Walking on sunshine.* Ein junges Paar setzte sich auf die Bank neben Sina und flüsterte leise miteinander. Aus dem Augenwinkel beobachtete sie, wie der Mann seiner Partnerin zärtlich durchs Haar fuhr. Sie fühlte sich so verdammt einsam.

»Stracciatella und Himbeere«, ertönte die Stimme von Matthias Sommer auf ihrer rechten Seite.

Dankbar nahm sie das Eis entgegen.

»Lassen Sie es sich schmecken.« Er setzte sich neben sie und blickte ebenfalls auf die erleuchtete Wiese. »Was für ein Spektakel.«

»Gefällt es Ihnen?« Ihre Stimme war kaum hörbar.

»Was ist los?« Mit fragendem Blick musterte er sie.

Sie zuckte mit den Achseln und schwieg.

»Sina?«

»Ich habe Angst.« Sie genoss das kalte Eis, bevor sie weitersprach. »Er ist hier.«

»Das wissen wir nicht«, widersprach der Kommissar verärgert.

»Er ist hier«, beharrte Sina und wandte ihr Gesicht ab.

»Wir haben alles Menschenmögliche getan.« Langsam fasste er nach ihrem Unterarm. Seine Berührung ließ sie zurückzucken. »Gans hat uns die nächsten Tage weitere drei Stunden zugestanden. Heute Nacht hat er zusätzliche Beamte herbeordert, die nicht mehr bei dem Fußballspiel in Mannheim benötigt werden. Die Heidelberger Kollegen laufen jetzt bis sechs Uhr in der Frühe Streife. Und davon weiß er nichts. Wenn er den Artikel gesehen hat, denkt er, er habe ab drei Uhr freie Bahn. Er hat keine Chance, seine perverse Ader auszuleben.«

Sie drehte den Kopf und betrachtete sein Gesicht, das sich nur wenige Zentimeter von ihrem entfernt befand. Die dunklen

Augen des Polizisten funkelten im Schein der Windlichter. Das schwarze Haar fiel ihm in die Stirn. Nein, er sah nicht aus wie ein Kripobeamter, schoss es ihr erneut durch den Kopf. Kein Wunder, dass die Frauen reihenweise auf ihn flogen. Dieser Blick, diese Lippen. Sinas Augen blieben an seinem Mund hängen.

Als ihr bewusst wurde, dass sie Sommer anstarrte, lehnte sie sich verlegen zurück und räusperte sich. »Es geht mir nicht gut.«

»Haben Sie Schmerzen?« Seine Stimme klang besorgt.

Sina schüttelte den Kopf. »Nein, ich …« Sie verstummte.

Der Kommissar schien zu spüren, dass sie nicht darüber sprechen wollte, und bohrte nicht weiter.

Schweigend aßen sie ihr Eis, während Xavier Naidoos *Sie ist nicht von dieser Welt* zu ihnen herüberschallte.

»Sina, wir müssen reden«, begann Matthias Sommer wenige Minuten später unvermittelt.

Überrascht sah sie ihn an. »Worüber?«

Er zögerte. »Es gibt da etwas, was ich Ihnen schon seit Langem sagen wollte …«

Als er nicht weitersprach, überlegte sie. Es konnte nur um Carlo gehen. Was sollte er sonst mit ihr zu besprechen haben?

»Gibt es Neuigkeiten?« Sie sah, wie er sich verkrampfte.

»Nein, nicht in Bezug auf …« Wieder verstummte er.

»Nicht in Bezug auf seinen Mörder«, vollendete Sina enttäuscht den Satz. »Um was geht es dann?«

»Nicht hier. Und nicht jetzt«, wiegelte Sommer ab.

Sina runzelte die Stirn. Erst wollte er mit ihr reden und jetzt machte er einen Rückzieher. »Wann dann?«

»Vielleicht morgen?« Hoffnungsfroh sah er sie an.

Wieder ließ sie ihren Blick über sein Gesicht wandern, bevor sie nickte. »Morgen also.«

Sinas Funkgerät knackte. »Ja?«

»Sina? Basti hier. Wir sind am Hutplatz. Eine Gruppe randalierender und stark angetrunkener Jugendlicher macht gerade Ärger. Ich habe Marcs Team angefordert. Er wird gleich hier sein.«

»Braucht ihr weitere Verstärkung?« Sinas Stimme klang jetzt wieder ruhig und souverän. Sie spürte Sommers Blick auf sich.

»Gerhard stößt auch gleich noch zu uns. Vielleicht kannst du einem der Heidelberger Teams Bescheid geben, damit sie kurzzeitig Gerhards Gebiet übernehmen.«

»Ich schicke gleich ein Team aus dem Gerberbachviertel in die Grundelbachstraße«, sicherte ihm Sina zu. »Sollen wir auch kommen?«

»Nee.« Bastis Stimme ertönte verzerrt aus dem Funkgerät. »Ich denke, zu sechst schaffen wir das. Sichert ihr weiter den Schlosspark.«

»Bitte gebt mir Bescheid, falls ihr zusätzliche Hilfe braucht.«

»Danke, Sina. Ich melde mich wieder.«

Die Verbindung wurde unterbrochen. Auf Sommers fragenden Blick hin berichtete sie ihm von dem Vorfall. »Der Hutplatz begrenzt die Kerwe Richtung Gorxheimertal. Erfahrungsgemäß geht es dort samstagsabends immer sehr hoch her. Eine Schlägerei bei diesen Menschenmassen …« Sie verzog ihr Gesicht. »Und die Mengen an Alkohol …«

»Ganz ohne Reibereien geht es eben auch nicht.« Der Kommissar legte seinen Arm auf die Lehne der Bank. »Und dazu noch diese Temperaturen.«

»Setzen wir unsere Runde fort«, forderte Sina ihn auf und erhob sich.

31

»Wann musst du bei der Arbeit sein?«

»Um vier«, antwortete Marlene genervt und blickte instinktiv auf ihre Armbanduhr. Es war bereits weit nach Mitternacht. An Schlaf brauchte sie heute Nacht wohl nicht mehr zu denken. Sie durfte sich gar nicht ausmalen, wie erschöpft sie morgen sein würde. Aber jetzt war erst mal noch feiern angesagt ... Amüsiert beobachtete sie, wie sich Markus' ältester Schulfreund zum wiederholten Male bemühte, ihre Schwester zu beeindrucken. Die spielte jedoch nur mit ihm, heuchelte erst Interesse vor, um ihn im nächsten Moment wieder eiskalt abblitzen zu lassen. Der arme Kerl, dachte Marlene mitfühlend. Aber Tina stand nun mal nicht auf Jüngere.

Als sie ihren Kopf wandte, registrierte sie Markus' prüfenden Blick auf sich. Er zog fragend die Augenbrauen hoch, und sie nickte leicht. Alles in Ordnung?, wollte er von ihr wissen.

Sie waren ihm und seinen Kumpels vor einer Stunde zufällig begegnet und hatten beschlossen, den Abend, oder besser gesagt, die Nacht gemeinsam ausklingen zu lassen. Obwohl Tina und sie eigentlich nicht mit den Jungs um die Häuser hatten ziehen wollen, war es nun doch noch ein netter Abschluss geworden.

Sie saßen im *Montmartre,* einem angesagten Café direkt am Marktplatz gegenüber der Stadtkirche, und unterhielten sich angeregt. Trotz oder vielleicht auch gerade wegen des fortgeschrittenen Alkoholkonsums waren die Kerle witzig und unterhaltsam. Marlene hatte befürchtet, dass der Ausflug der Jungs in einer Sauftirade enden würde, doch scheinbar hatte sie sich getäuscht.

Glücklich erwiderte sie Markus' Blick, der weiter auf ihr ruhte. Er wollte sie tatsächlich heiraten. Noch immer konnte sie es kaum glauben. Ihre Zukunft lag rosarot und glänzend vor ihr. Sie, Marlene Ruf, würde heiraten.

»Na, träumst du mit offenen Augen?« Tina beugte sich zu ihr herüber und stieß sie spielerisch an.

Marlene grinste. »Das Unglaubliche ist, das es kein Traum ist.«

»Muss Liebe schön sein«, seufzte Tina spöttisch, um im

nächsten Augenblick jedoch wieder ernst zu werden. »Du hast es verdient, Schwesterherz.«

»Du auch. Was hältst du von ihm?« Marlene zeigte unauffällig zu Markus' Kumpel.

Tina verdrehte die Augen und lachte laut auf. »Der ist doch noch ein Kind.« Sie winkte ab. »Nee, lass mal. Jetzt bringen wir erst mal dich unter die Haube.«

Marlene wechselte das Thema. »Wenn wir noch eine Weile hierbleiben, kann ich direkt meinen Dienst antreten.«

»Du Arme«, erwiderte Tina mitfühlend. »Ich bin, ehrlich gesagt, froh, wenn ich später in meinem Bett liege.«

»Bis Montagnachmittag habe ich dann frei. Wenn du morgen im Zug sitzt, lege ich mich erst mal hin und schlafe vierundzwanzig Stunden durch.« Marlene lehnte sich zurück. »Trotzdem bin ich froh, dass es dieses Jahr endlich mit unserer Kerwetour geklappt hat.«

»Und es war, nein, es ist richtig klasse«, ergänzte Tina gut gelaunt.

32

»Gleich haben wir es geschafft.«

»Ein langer Abend«, erwiderte Sina Engel, während sie in gemächlichem Tempo neben Matthias herlief.

Mittlerweile war es kurz vor drei und die große Wiese fast menschenleer. Die meisten Kerzen waren erloschen, nur das Mondlicht und die Wegbeleuchtung erhellten den Park sporadisch.

Besorgt musterte Matthias die Polizistin neben ihm. Ihre Kurzatmigkeit war von Stunde zu Stunde schlimmer geworden. Am liebsten hätte er sie nach Hause geschickt und allein die Kontrollgänge fortgesetzt. Doch da ihm klar war, dass sie das niemals zulassen würde, hatte er seinen Mund gehalten.

Der Vorfall am Hutplatz am späten Abend hatte sich als größeres Problem entpuppt, als anfangs zu vermuten war. Polizeihauptmeister Ihrig hatte wenige Minuten nach seiner ersten Berichterstattung erneut Kontakt zu ihnen aufgenommen und um weitere Verstärkung gebeten.

Sina hatte zwei zusätzliche Streifen als Unterstützung für die Teams vor Ort angefordert, sodass diese Beamten kurzzeitig bei der regulären Streife im restlichen Stadtgebiet ausgefallen waren. Mehrmals hatte sie Matthias gefragt, ob sie einen Fehler machte, indem sie ihre Kräfte in diesem Maße zentralisierte.

Obwohl es, wie vorab befürchtet, bei dem Spiel des Waldhof Mannheim zu schlimmen Ausschreitungen zwischen Hooligans und normalen Fußballfans gekommen war, hatte Gans ihnen Beamte geschickt, die sie ab drei ablösen sollten. Die Situation zehrte sichtlich an den Nerven der Kommissarin. Matthias wusste jedoch nicht, was er tun konnte, was er sagen sollte, um sie zu beruhigen.

»Es sind kaum noch Leute unterwegs.« Er blieb am oberen Ende der Wiese stehen und ließ seinen Blick über den Rasen schweifen.

»Die meisten sind schon zu Hause«, erwiderte Sina leise und stellte sich neben ihn.

»Sie werden alle gut heimkommen.« Er berührte sie leicht am Arm. »Die Kollegen werden die Augen offen halten.« Die Kommissarin hob den Kopf und schaute ihn von der Seite an. Langsam wandte Matthias ihr sein Gesicht zu. Sie sah müde aus. Müde und unglaublich traurig. Ihre blauen Augen glänzten im Schein der Laterne. »Alles okay, Sina?«

Sie schwieg und sah ihn weiter unverwandt an.

»Sina?«

Unvermittelt trat sie einen Schritt vor, sodass sich ihre Nasenspitzen fast berührten.

»Was ist los?« Besorgt streckte er erneut seinen Arm aus. Doch bevor Matthias sie berühren konnte, hatte sie ihre Hand bereits in seinen Nacken gelegt und seinen Kopf zu sich herangezogen.

»Küss mich«, hauchte sie ihm heiser entgegen.

Überrascht hielt er einen Moment inne und blickte ihr prüfend in die Augen. Doch das Einzige, was er in ihrem Blick fand, war tiefe Einsamkeit und endlose Sehnsucht.

»Sina, ich ...«, setzte er vorsichtig an, um nicht vollends die Kontrolle über die Situation zu verlieren.

»Küss mich.« Ihre Stimme klang verletzlich und fordernd zugleich. »Bitte.«

Er war auch nur ein Mann. Ein weiteres Mal musste sie ihn nicht bitten. Gierig zog Matthias sie an sich und spürte ihren Bauch an seinem, bevor sich ihre Lippen berührten. Erst ganz vorsichtig, bevor sie sich dichter an ihn drängte und bereitwillig ihren Mund öffnete. Er vergaß die Umgebung, vergaß, dass sie die Frau seines toten Partners war, und fasste in ihr kinnlanges Haar, um ihren Kopf sachte nach hinten zu ziehen. Mit geschlossenen Augen sog er ihren Duft ein und genoss die Hitze, die von ihrem Körper ausging. Sinas Reaktionen auf seine Berührungen, auf seinen Kuss, ihr wohliges Aufstöhnen stachelten ihn weiter an. Er konnte seine Hände nicht von ihr nehmen. Von ihren weiblichen Formen, ihrer samtweichen Haut.

»Hilfe! Nein!«

Die schrille Frauenstimme ließ sie erschrocken auseinanderfahren.

33

Sonja Meister lachte noch immer, als sie den steilen Hang zum Mausoleum erklomm. Typisch Stefan, dachte sie amüsiert, während sie lauschte, ob sie ihren Freund hinter sich hörte. Doch außer den Grillen, die auf der Wiese ein Zirpkonzert veranstalteten, war die Nacht ruhig.

Die Jahrmarktsstände hatten schon lange geschlossen, die meisten Besucher waren bereits zu Hause. Auch der Hutplatz hatte glücklicherweise gegen zwei Uhr seinen Ausschank beendet.

Sonja hatte zehn Stunden am Stück gearbeitet, bedient, abkassiert, gelächelt, mit den Besuchern gescherzt. Sie war müde. Nachdem Stefan sie nach Feierabend abgeholt hatte, waren sie noch kurz auf dem Marktplatz versackt, als sie dort zufällig Freunde getroffen hatten.

Jetzt war ihr einziger Wunsch, schnell nach Hause ins Bett zu kommen. Morgen Nachmittag lag eine weitere Zehnstundenschicht vor ihr.

Als sie die alte Grabstätte fast erreicht hatte, war Stefan immer noch nicht bei ihr. Verrückter Kerl, dachte Sonja liebevoll. Sie durchquerte die letzte Kurve des asphaltierten Weges, als sich plötzlich ein Schatten vor ihr bewegte. Der Kerweschlitzer, schoss es ihr sofort durch den Kopf. Wo war Stefan?

Ein Mann trat ihr im Schein der Wegbeleuchtung entgegen, sodass sie ihn deutlich erkennen konnte. In ihrem Hinterkopf regte sich kurz ein flüchtiger Gedanke. Sonja atmete erleichtert aus. Er trug eine blaue Jeans zu einem dunklen T-Shirt und blickte sie lächelnd an.

»Huch, haben Sie mich jetzt erschreckt.« Sie lachte beklommen.

Da er nichts erwiderte, wandte sie sich ab und wollte an ihm vorbeigehen. Für den Bruchteil einer Sekunde durchzuckte sie das merkwürdige Gefühl, die Situation falsch einzuschätzen. Fast meinte sie zu spüren, dass der Fremde sich ihr von hinten näherte.

»Sonja?« Stefans Stimme durchschnitt die Stille der Nacht.

»Ich bin hier oben«, rief sie zurück und drehte sich um. Sonja hatte sich getäuscht. Der Mann befand sich bereits in einiger Entfernung und verschwand gerade zwischen den Bäumen.

»Da bist du ja.« Schwer atmend kam Stefan den Berg hinaufgerannt, in der rechten Hand einen kleinen Strauß mit Gänseblümchen.

Wieder musste Sonja grinsen. Dafür liebte sie ihn. Für seine verrückten Einfälle, wie zum Beispiel um drei Uhr nachts Gänseblümchen für sie zu pflücken.

»Lass uns zum Auto gehen. Ich bin müde.« Glücklich hakte sie sich bei ihm unter und zog ihn zu dem kleinen Eisentor, das auf die Straße hinausführte.

»Dein Wunsch ist mir Befehl«, entgegnete Stefan leise und zog sie dichter an sich.

»So, das reicht jetzt«, sagte Marlene genervt, während sie sich zu Markus umdrehte. »Ihr habt sowieso schon einen Riesenumweg wegen mir gemacht. Tina ist todmüde. Lauft nach Hause.« Sie blickte in den dunklen Schlosspark zurück.

»Wir sind doch fast da, jetzt können wir dich auch noch den Rest begleiten«, grummelte ihr Verlobter unwillig.

»Markus, bitte.« Marlene war müde und gereizt. Es war schon nach drei. In weniger als einer Stunde begann ihr Dienst. »Die letzten zweihundert Meter schaffe ich wirklich allein.«

Sie sah ihre Schwester an, die unschlüssig zwischen ihr und Markus stand. Die beiden mussten den kompletten Weg zum Marktplatz zurücklaufen, bevor sie sich auf den Heimweg machen konnten. »Geht nach Hause.«

Markus verzog sein Gesicht und trat einen Schritt auf sie zu. »Sturkopf, du.«

»Willst du dir deine Frage von gestern noch mal überlegen?«, neckte Marlene ihn lächelnd.

»Das war keine Frage«, widersprach er mit ernster Miene. »Das war ein Befehl.«

»So, so. Ein Befehl.« Zärtlich strich sie ihm über seine Wange, bevor sie ihn leicht küsste. »Geht nach Hause. Und schlaft gut.«

»Ohne dich?« Zweifelnd sah er sie an.

»Morgen bin ich ja wieder da.« Sie strich ihm sanft über den Rücken, bevor sie sich von ihm löste.

Tina räusperte sich im Hintergrund.

»Bis morgen, Schwesterherz«, verabschiedete sich Marlene auch von ihr, während sie sie kurz umarmte.

Seit sie in den Wagen gestiegen waren, hatte Sina kein Wort gesagt. Matthias blickte müde auf die Fahrbahn, während er sich auf der Mannheimer Straße Richtung Post einordnete. Als der Hilferuf sie unterbrochen hatte, hatten sowohl Sina als auch er innerhalb von Sekundenbruchteilen ihre Waffen gezogen und waren in die Richtung gestürmt, aus der die Stimme gekommen war.

Nachdem sie durch die Bäume geprescht waren, hatten sie auf einer der Bänke am Teich eine junge Frau mit ihrem Freund vorgefunden, die sich, halb liegend, gegen seine Kitzelattacken gewehrt hatte. Als das Pärchen die gezogenen Waffen erblickte, war es augenblicklich verstummt und hatte mit weit aufgerissenen Augen in die Kegel ihrer Taschenlampen gestarrt.

Sichtlich gereizt hatte Sina die junge Frau zusammengestaucht und in scharfem Ton auf die Nachtruhe im Park verwiesen. Auch ihr Freund schien ziemlich verschüchtert, was wohl an der Waffe lag, die Sina weiterhin auf die beiden richtete. Bevor Matthias sie endlich dazu bewegen konnte, die Jugendlichen in Ruhe zu lassen, erläuterte sie den beiden noch in aller Deutlichkeit, welche Auswirkungen falsch verstandene Hilferufe nach sich ziehen konnten.

Matthias blinkte und fuhr auf den Seitenstreifen des Multrings. Sina war völlig über das Ziel hinausgeschossen, was wohl weniger mit den beiden Turteltauben zu tun hatte als mit der Situation, in der sie unterbrochen worden waren.

»Sina, wir …«, setzte er vorsichtig an, da er nicht wusste, wie er das eben Geschehene einordnen sollte.

»Ist schon gut.« Sie blickte starr durch die Windschutzscheibe. »Es tut mir leid. Ich weiß nicht, was da in mich gefahren ist.«

»Wir sollten reden«, beharrte er.

»Nein.« Sie schüttelte ihren Kopf. »Es gibt nichts zu reden. Ich … ich liebe Carlo.«

Im schwachen Licht der Innenbeleuchtung sah er, wie sie ihre Lippen fest zusammenpresste. »Sina, darum geht es nicht.« Er streckte seinen Arm aus und wollte ihre Hand umfassen, doch sie zuckte vor seiner Berührung zurück.

»Nicht«, hauchte sie leise. »Es war ein Fehler.«

»Wir müssen dringend reden.«

»Nein.« Jetzt klang sie wütend. »Es gibt nichts zu reden.«

Abrupt riss sie die Beifahrertür auf und stieg umständlich aus dem Wagen.

»Morgen«, rief er ihr aufgebracht hinterher. »Ich komme morgen etwas früher. Und dann reden wir.«

Sie reagierte nicht, drehte sich nicht noch mal um und steuerte auf den Hauseingang zu.

Verdammt! Matthias schlug mit der Faust aufs Lenkrad und verharrte einen Moment, bis sie in der Eingangstür verschwunden war. Was hatte er getan? Wie hatte das nur passieren können? Sina war schwanger – hochschwanger. Und nicht nur das, nein, sie war die Frau seines toten Partners. War er denn von allen guten Geistern verlassen? Verfügte er über keinerlei Selbstbeherrschung mehr? Er dachte an ihren Blick, die Verletzlichkeit, die er in ihren Augen zu erkennen gemeint hatte. Was war nur mit dieser Frau los? Erst küsste sie ihn, als gäbe es kein Morgen, und jetzt stürmte sie stinksauer ohne ein weiteres Wort davon. Nein, Matthias verstand sie nicht. Die Frauen im Allgemeinen und die Hauptkommissarin im Besonderen. Von dieser Illusion hatte er sich bereits vor sehr langer Zeit verabschiedet. Denn nicht nur Sina Engels Geschichte endete traurig.

34

Er fluchte innerlich. Diese blöde Kuh! ›Huch, haben Sie mich erschreckt.‹ Fast wäre er erfolgreich gewesen, aber nur fast. Als er den Ruf ihres Mackers gehört hatte, hatte er sich eilig umgedreht und war in den Büschen verschwunden. Er konnte nicht einschätzen, ob sie etwas gemerkt, ob sie Verdacht geschöpft hatte.

Was sollte er jetzt tun? Warten, ob sich eine weitere Gelegenheit ergab, oder nach Hause fahren?

Er blickte auf das Seil und die Rose neben sich auf dem Waldboden. Dann kontrollierte er die Uhrzeit. Er musste sich beeilen. Wütend scharrte er mit seinem rechten Fuß. Ein Jahr hatte er gewartet, ein ganzes verfluchtes Jahr. Und er spürte genau, dass er nicht aufgeben konnte. Nicht jetzt, kurz vor seinem Ziel. Der Ort war perfekt, fast idyllisch. Wenn er sich etwas vorbeugte, konnte er sogar die beiden Burgen sehen, auf halber Höhe die Windeck, die Ruine, die bereits tausend Jahre auf dem Buckel hatte, und auf der höchsten Stelle des Berges die Wachenburg, eine Anlage, die vor hundert Jahren von mehreren Studentenvereinigungen erbaut wurde. Alljährlich kehrten die Verbindungen an Christi Himmelfahrt nach Weinheim zurück und verwandelten die Stadt für vier Tage in einen Hexenkessel aus Party, Massensauferei und männlichem Imponiergehabe.

Seine Gedanken kehrten zu seinem Vorhaben zurück. Unschlüssig verlagerte er sein Gewicht auf das andere Bein, als er plötzlich Schritte hörte, die sich näherten. Eindeutig der Klang von Frauenschuhen, dachte er hoffnungsvoll und begann zu schwitzen. Seine letzte Chance heute Nacht!

Er spähte vorsichtig durch die Bäume und erblickte eine schlanke dunkelhaarige Frau, die eilig die steile Kurve durchquerte.

Das Glück war also doch auf seiner Seite. Er zog sein Messer und wartete ungeduldig, bis sie mit ihm auf einer Höhe war.

Als er zwischen den Bäumen hervortrat, schreckte die junge Frau zurück, doch mit einem großen Schritt war er bereits hinter ihr und drückte ihr das Messer an die Kehle. »Ganz ruhig, Süße. Sonst schneide ich dir hier und jetzt die Kehle durch.«

Die Frau zuckte panisch und wollte gerade ihren Mund öffnen. Aber er war schneller. Gekonnt versetzte er ihr einen Faustschlag auf die rechte Gesichtshälfte. Wehrlos fiel sie zu Boden. Mit zusammengekniffenen Augen musterte er das Gesicht der Frau. Sie war noch jung. Unter dreißig, schätzte er. Ihr dunkles Haar umspielte das gebräunte Gesicht. Sie hatte volle Lippen und eine kleine Nase. Die hohen Wangenknochen verliehen ihr ein fast aristokratisches Aussehen. Er würde es genießen, jede einzelne Sekunde. Diesmal hatte er ein besonders schönes Exemplar erwischt.

Zufrieden hob er die Frau hoch und schleifte sie zu den Säulen des Mausoleums. Er blickte sich um, doch es schien niemand mehr unterwegs zu sein. Eilig holte er das Seil und verknotete ein Ende an ihrem rechten Handgelenk. Wie zart sich ihre Haut anfühlte. Er streifte die hochhackigen Sandalen von ihren Füßen. Die Härchen auf seinen Armen stellten sich auf. Er lehnte sie gegen eine der Säulen und schob ihren linken Arm an dem Stein entlang, führte das Seil um die Säule herum und band es um ihr anderes Handgelenk. Dann schob er den Oberkörper der Frau höher. Ein weiteres Mal straffte er das Tau, bis er mit der Position seines Opfers endlich zufrieden war. Ihr Rock war bis über die Oberschenkel hochgerutscht. Mit dem Messer schnitt er den dünnen Stoff durch und befreite sie von dem Kleidungsstück, bevor er sich ihrem Oberkörper zuwandte. Sie trug eine kurzärmelige gelbe Bluse. Vorsichtig zog er das Messer an der Knopfleiste entlang, bis ihre Dessous darunter zum Vorschein kamen. Mit zitternden Händen streifte er ihr den Stoff von den Schultern. Hastig schlang er ein weiteres Seil um ihren Oberkörper und straffte es, sodass sie fest an die Säule gedrückt wurde.

Jetzt stand sie, nur noch mit ihrer Unterwäsche bekleidet, vor ihm. Sie trug einen weißen Spitzenslip mit passendem BH dazu. Sein Unterleib rebellierte, doch er wusste, dass er sich der Versuchung nicht hingeben konnte. Er durfte keine Spuren hinterlassen. Noch einmal ließ er seinen Blick über den makellosen Körper der Frau wandern und genoss ihre Unversehrtheit. Hastig holte er wieder sein Messer hervor und ließ es kurz über seine Handfläche gleiten. Das war seine wahre Berufung, sein Können hatte ihn schon so weit gebracht. Doch sein Werk war noch nicht vollendet. Er musste schmunzeln, als er sich das Gesicht der Kommissarin vorstellte. Ja, eine schöne Überraschung für Sina Engel. Von wegen ›die Kerwe ist sicher‹. Hochmut kam eben doch vor dem Fall.

Als er die Klinge an der Innenseite des rechten Oberschenkels seines Opfers ansetzte, fiel ihm ein, dass er noch etwas Wichtiges vergessen hatte. Er hob die Bluse auf, drehte sie zusammen und stopfte sie der Frau in den Mund. Den Rock riss er in Streifen und band diese fest um den Knebel. Hören würde sie so zumindest niemand.

Wieder platzierte er das Messer unterhalb ihres Slips an ihrem Bein und ritzte ihr mit großer Sorgfalt die Haut bis zum Knöchel auf. Das Blut strömte in gleichmäßigem Rhythmus heraus und innerhalb von Sekunden war die gesamte Beininnenseite rot gefärbt. Als er ihr anderes Bein der gleichen Prozedur unterzog, hob sie ihren Kopf und stöhnte laut auf. Gut, sie war wieder wach. Jetzt konnte der Spaß beginnen. Ihr nackter Bauch leuchtete hell im Mondlicht.

»Na, überrascht?« Er lachte leise. »Heute ist dein großer Tag, denn du bist deinem Meister begegnet.«

Sie riss ihre Augen auf und schüttelte reflexartig den Kopf.

Er nickte. »Doch, doch. Das hier ist allein deine Show.« Er näherte sich ihrem rechten Arm, während sie panisch an ihren Fesseln zerrte und ihren Kopf herumriss. Doch er hatte das Seil so stramm gespannt, dass sie keine Chance hatte, ihm auszuweichen. Genüsslich setzte er das Messer an ihrer Schulter an und schlitzte die Haut bis zu ihrem schmalen Handgelenk auf. Der Knebel dämpfte ihren Schrei. Sie schien wie von Sinnen.

Ihr Körper zuckte unkontrolliert und er weidete sich an ihrer Qual. Nachdem er auch den linken Arm aufgeritzt hatte, trat er ein paar Meter zurück und betrachtete sein Werk. Die Schnitte waren sauber und symmetrisch angeordnet. Er war sehr zufrieden. Sie schien noch viel Energie zu haben, denn sie wand sich wie ein wildes Tier in der Falle. Es konnte ihm nur recht sein, wenn sie etwas durchhielt. Ein Jahr war lang und er hatte es sich redlich verdient, sein Vergnügen so ausgiebig wie möglich zu genießen.

Sie stemmte ihre Füße gegen den Stein der Säule, als wolle sie sich abstoßen. Natürlich war dieses Unterfangen sinnlos. Doch es war immer wieder interessant zu sehen, wie unterschiedlich die Menschen in Extremsituationen reagierten. Seine erste Gespielin war völlig apathisch gewesen, hatte kaum reagiert und ihn viel zu schnell gelangweilt. Seine Auserwählte im letzten Sommer hatte mehr Biss gehabt und lange gekämpft. Zum Ende hin war es dann aber auch viel zu schnell vorbei gewesen. Vielleicht würde sich seine neueste Errungenschaft als würdiger erweisen.

Er betrachtete sie und registrierte jede kleinste Bewegung. Jeden Versuch, ihrem Schmerz zu entkommen. Das war das Bizarre an seinem Werk. Die Frauen wussten bereits in der ersten Sekunde des Angriffs, was ihnen bevorstand. Er war sich sicher, dass sie in seinen Augen sehen konnten, was er mit ihnen vorhatte. Und trotzdem gab sich keine wehrlos ihrem Schicksal hin. Meinten sie tatsächlich, dass ihr Kampf, ihr Ziehen und Zucken irgendetwas an ihrer Situation ändern könnte? Eine interessante Frage. Was ging den Frauen in den letzten Minuten ihres Lebens durch den Kopf? Natürlich konnte er sie nicht befragen, das war abwegig. Doch vielleicht gab es trotzdem eine Möglichkeit, etwas mehr über ihr Innenleben zu erfahren. Er musste darüber nachdenken, später, in Ruhe.

Nachdem er sich die sinnlose Kräfteverschwendung eine ganze Weile lang angeschaut hatte, entschied er, sein Werk zu vollenden. Er war müde und die Frau ging ihm langsam auf die Nerven. Sie ruckelte immer noch wie verrückt an dem Seil, schien ihre Anstrengungen sogar noch zu steigern. Eine Kämpferin, dachte er fast anerkennend. Sie ließ sich nicht unterkriegen. Selbst wenn es noch so hoffnungslos für sie aussah.

Als er auf sie zutrat, erkannte er in ihren Augen die blanke Angst. Mit einer schnellen Bewegung rammte er ihr das Messer in den Bauch und drehte es. Ihr Kopf schlug hart gegen die Säule, als sie sich aufzubäumen versuchte. Er zog die Klinge wieder heraus und stach ein weiteres Mal zu. Diesmal fiel ihre Reaktion schon deutlich schwächer aus. Sie rutschte ein Stück an der Säule hinab, ihr Kopf fiel auf die Brust. Er stieß das Messer tiefer in ihren Körper und bewegte es ein Stück nach oben, bevor er es erneut herauszog. Blut quoll aus den Wunden und bedeckte augenblicklich ihren gesamten Unterkörper. Ihre Arme zuckten unkontrolliert, die Beine sackten weg. Sie rutschte abwärts. Wieder entfernte er sich von ihr, um noch einmal sein Gesamtkunstwerk zu betrachten.

Als er schon dachte, sie habe aufgegeben, hob sie ganz langsam ihren Kopf und starrte ihn an. Ihr Blick ließ sein Blut gefrieren. Noch nie hatte er etwas Vergleichbares gesehen. Sie hielt ihre Augen weiter auf ihn gerichtet, schien ihre Verletzungen und Schmerzen völlig ausgeblendet zu haben, und signalisierte ihm in gleichem Maße abgrundtiefe Verachtung, Hass und, er konnte es kaum glauben, Spott. Sie verspottete ihn, in den letzten Sekunden ihres Lebens. Ihre

Augen sprühten förmlich, bevor sich ihr Blick verschleierte und sie kurz darauf ins Leere starrte.

Er hatte es vollendet. Es war das Beste, was er bisher zustande gebracht hatte. Die Präsentation seines Könnens, die perfekte Inszenierung seiner Macht.

Und doch fühlte er sich klein und unbedeutend. Ein Niemand, der von einer Toten besiegt worden war. Voller Selbsthass legte er die Rose vor sein Opfer. Vor die Frau, die ihm seinen Triumph nicht gegönnt hatte, die sich nicht von ihm hatte demütigen lassen.

Er packte eilig die Sachen zusammen und machte sich auf den Weg zu seinem Auto. Jetzt konnte ihn nur noch eine retten. Die Frau, die er so sehr hasste, dass ihr Tod, ihr Leid und ihre Schmerzen ihm endlich seinen erhofften Seelenfrieden bringen konnten.

35

Sonntag, 14. August

Sina starrte an die Decke. Ihre Gedanken rasten. Was war da passiert? Was wollte sie von Matthias Sommer? Nichts, versuchte sie, sich zu beruhigen. Als sie jedoch daran dachte, wie er sie in seine Arme gezogen hatte, seine Hand auf ihren Haaren, zog sich ihr Unterleib zusammen. Nein, sie musste sich von ihm fernhalten, musste versuchen, das Gefühl seiner Lippen auf ihren zu vergessen. Musste verdrängen, welche Wirkung seine Berührungen auf sie gehabt hatten. Sie liebte Carlo, nur Carlo. Den Vater ihres Kindes.

Ihre Augen begannen zu brennen. Sina war sich sicher, noch keine Minute geschlafen zu haben. Nachdem sie sich hingelegt hatte, war sie viel zu aufgewühlt gewesen, um zur Ruhe zu kommen. Stundenlang hatte sie sich im Bett herumgewälzt, bis sie schließlich aufgab.

Sina schaltete das Licht auf ihrem Nachttisch an. Kurz vor sechs. Sie seufzte. Sie war noch keine drei Stunden zu Hause. Ihr Kopf dröhnte.

Während sie sich auf die Seite drehte, begann das Baby in ihrem Bauch zu strampeln. Behutsam legte Sina die linke Hand auf ihre Bauchdecke. Die Tritte waren deutlich spürbar. Ein neues Leben. Was würde die Kleine hier draußen erwarten? Konnte sie Carlos Tochter wirklich eine gute Mutter sein?

Sina hatte fürchterliche Angst. Natürlich, ihre Eltern würden sie unterstützen. Auch Natascha hatte genügend Erfahrung, um ihr zur Seite zu stehen. Doch sie würde alleinerziehend sein. Nein, Sina wusste einfach nicht, wie es weitergehen sollte. Sie musste einen ungelösten Fall zurücklassen und sah in eine ungewisse Zukunft. Vor acht Monaten war ihre Welt noch in Ordnung gewesen. Damals war sie der Ansicht, nichts könne sie erschüttern. Wie schnell ein Leben plötzlich in Scherben liegen konnte!

Ihr Herz krampfte sich zusammen, als ihr Blick auf Carlos Bild neben dem Bett fiel. Er lachte befreit in die Kamera. Die Aufnahme war in ihrem Sommerurlaub in Griechenland entstanden. War das wirklich erst elf Monate her? Sina schluchzte auf. Sie hatte alles in den Sand gesetzt, hatte sich dem nächstbesten Kollegen an den Hals geworfen. Was dachte Matthias jetzt?

Verzweifelt wischte sie sich die Tränen weg. Sie konnte einfach nicht mehr, war völlig am Ende. Der Kommissar hatte recht gehabt. Was sie tat, war Wahnsinn. Sie konnte nicht mehr stundenlang über die Kerwe patrouillieren. Ihre Kräfte waren aufgezehrt.

Sie würde Gans bitten, die nächsten zwei Tage eine Vertretung für sie zu organisieren. Sie musste endlich an ihre Gesundheit denken, an ihr Kind, das ein Recht auf eine verantwortungsbewusste Mutter hatte. Falsch verstandener Ehrgeiz war jetzt völlig fehl am Platz.

Sina spürte, wie ihr eine tonnenschwere Last von den Schultern genommen wurde. Später würde sie Gans anrufen und ihm ihren Entschluss mitteilen. Und die Sache mit Matthias musste sie auch klären. Er wollte mit ihr reden, also würde sie mit ihm reden. Nachdem sie sich wieder beruhigt hatte, suchte sie sich eine bequemere Position, umarmte müde ihr Stillkissen und schloss die Augen.

Bevor sie jedoch einschlafen konnte, ertönte der Klingelton ihres Handys. Als sie die Nummer des Kommissars erkannte, war sie sofort wieder hellwach. Warum rief er sie um diese Uhrzeit an? Warum schlief er nicht? Ihr fiel nur ein einziger verdammter Grund ein. Nein, das konnte nicht sein. Das durfte nicht sein!

Sina verharrte regungslos in ihrem Bett und starrte unentwegt auf das Display. Als das Klingeln endlich endete, ließ sie sich ins Kissen zurückfallen. Vielleicht hatte Matthias' Anruf einen ganz anderen Grund. Vielleicht konnte auch er nicht schlafen, war ähnlich aufgewühlt wie sie. Doch Sina wusste, dass sie sich nur etwas vormachte. Und als das Handy wenige Augenblicke später einen weiteren Anruf des Kommissars anzeigte, zerschlugen sich all ihre Hoffnungen.

»Ja?« Ihre Stimme klang tonlos.

»Ich bin in fünfzehn Minuten bei dir.«

»Wo?«

»Am Mausoleum.«

Sina schloss die Augen. Im Schlosspark! Stundenlang waren sie die Wege abgelaufen. Alles umsonst. Sie hatten eine weitere tote Frau. Eine Katastrophe. Wie konnte das passieren? Die Patrouille war doch verlängert worden. Sie konnte es kaum glauben.

»Ich warte unten.«

Sina legte auf. Entsetzen lähmte sie. Minutenlang konnte sie sich nicht bewegen, starrte nur auf ihre Bettdecke und überließ sich ganz ihrer Verzweiflung.

Zehn Minuten später stand sie angezogen, mit verquollenen Augen und völlig übermüdet auf dem Fußweg des Multrings und wartete.

Als sie Matthias' Auto von Weitem erkannte, trat sie an den Straßenrand.

»Guten Morgen, Sina.«

Er sah ebenso müde aus wie sie. Kein Wunder. Vor gerade mal vier Stunden hatte ihr Dienst geendet.

»Ein Fußgänger, der seinen Hund Gassi führte, hat sie gefunden.«

Erschöpft ließ sie sich in den Beifahrersitz fallen.

»Wie geht es dir?«

Sie zuckte mit den Achseln. »Nicht gut.«

»Du kannst nichts dafür.«

Sie spürte seinen Blick auf sich. Bitter lachte sie auf.

»Deine Mitarbeiter habe ich bereits informiert. Wir treffen uns am Tatort.«

Sinas Ohren schwirrten. Tatort. War es nicht genau das, was sie seit Tagen zu vermeiden versucht hatte? Wie hatte das nur passieren können?

»Was weißt du?« Sie wagte nicht, ihn anzusehen.

»Nur, dass wir eine weibliche Leiche haben, die am Mausoleum gefunden wurde. Der Notruf ist erst vor wenigen Minuten eingegangen. Der Kollege in der Zentrale wollte eine Streife vorbeischicken, die sich schnellstmöglich um die Absicherung des Fundorts kümmern sollte.«

Sina atmete tief durch.

»Du siehst völlig fertig aus«, fuhr er mit leiser Stimme fort.

»Ich konnte nicht schlafen«, murmelte sie.

»Ich auch nicht«, erwiderte er, während er an der roten Ampel der Postkreuzung anhielt. »Ich musste die ganze Zeit …«

Sie hob abwehrend ihre Hand. »Nicht jetzt.«

»Nein, du hast recht. Nicht jetzt«, stimmte er zu und fuhr wieder an. Einige Minuten herrschte Schweigen.

»Fahr hier durch die Ehretstraße und dann durch die Institutstraße, am Schlosspark vorbei und links zum *Bodel-*

schwingh-Heim hoch. Dort befindet sich ein kleines Tor, das direkt zum Fundort führt.«

»Was hat es mit diesem Mausoleum auf sich?«, wollte er wissen, während er ihrer Wegbeschreibung folgte.

Sina schüttelte den Kopf. »Es beinhaltet mehrere Sargkammern, von denen aber nur sehr wenige belegt sind. Die Grabstätte wurde vor etwa hundert Jahren von einem Mitglied der Familie von Berckheim erbaut.«

»Der mit dem Exotenwald?« Matthias zog seine Augenbrauen hoch.

»Genau der«, bestätigte Sina gleichgültig. Unter anderen Umständen hätte sie sich wahrscheinlich darüber gefreut, dass er sich noch an die Informationen, die sie ihm über Weinheims Geschichte erzählt hatte, erinnern konnte. Doch im Moment fehlte ihr jegliche Energie, die sie selbst die kleinste Gemütsregung gekostet hätte.

»Es tut mir leid«, setzte er erneut an, während sie an den Steinmauern des Schlossparks vorbeifuhren.

Als sie nicht reagierte, fuhr er fort: »Ich hatte dir zugesagt, dass wir es schaffen, alle Besucher zu schützen.«

Wieder spürte Sina, wie Tränen in ihr aufstiegen. »Es gibt keine hundertprozentige Sicherheit«, wiederholte sie seine Worte von vor einigen Tagen.

»Nein, aber ich hatte es gehofft«, erwiderte er mit einer Stimme, die genauso resigniert klang, wie sie sich fühlte.

Vor dem *Bodelschwingh-Heim* standen bereits mehrere Streifenwagen. Auch die Spurensicherung war schon vor Ort. Der Kommissar parkte hinter der Fahrzeugkolonne. Als sie ausstiegen, erstarrte Sina.

»Was ist los?«

Sie zwang sich, Matthias' Blick zu erwidern, der voller Besorgnis war. Mit dem Kinn deutete sie die Straße hinauf. »Das steht Roman Heiden, der Journalist der RNZ, der den großartigen Artikel am Mittwoch verfasst hat.« Ihre Stimme triefte vor Sarkasmus, während sie den kleinen, gedrungenen

Reporter mit dem grauen Haar fixierte, der ihr unbedarft zuwinkte. Eilig wandte sie ihren Kopf ab. »Dieser Geier.« Übelkeit stieg in ihr hoch.

Matthias öffnete das Tor zum Schlosspark und ließ Sina den Vortritt. Auf dem Platz vor dem Mausoleum standen ihre drei Mitarbeiter zusammen und unterhielten sich leise. Gerhard runzelte die Stirn, während Basti heftig gestikulierend auf ihn und Marc einredete.

Matthias hielt das Absperrband in Kopfhöhe, sodass Sina darunter durchgehen konnte. Beide zogen Handschuhe über, während sie sich der Grabstätte näherten. Das Opfer war an die linke Säule gefesselt. Als sie die Frau erblickten, blieben beide wie angewurzelt stehen. Matthias sog neben Sina hörbar die Luft ein. »Scheiße.«

Sina wurde schwindlig. Die Frau befand sich in einem grauenhaften Zustand. Ihre Hände waren mit einem dicken Seil an die Säule gefesselt, Arme und Beine mit getrocknetem Blut bedeckt. Auch ihr Oberkörper, ebenfalls mit einem Tau an die Säule gebunden, war blutüberströmt. Ihre Augen starrten leblos auf den Boden. Die Beine waren eingeknickt. Angewidert starrte Sina auf die Wunde in der Magengegend der Leiche. Der Täter hatte ihr den halben Torso aufgeschlitzt.

Zwischen den Füßen der Toten lag eine rote langstielige Rose. Die elegante Schönheit der Blume stand in bizarrem Gegensatz zu dem drangsalierten Körper der ermordeten Frau.

Während Sina fieberhaft versuchte, jede Einzelheit in sich aufzunehmen, fluchte Matthias neben ihr lautstark. »Was für eine Schweinerei.«

»Ein Albtraum«, flüsterte Sina leise. Ihr Körper wurde von einem Zittern erfasst, gegen das sie sich krampfhaft zu wehren versuchte.

»Was ist los?«

Sie schüttelte nur ihren Kopf und fasste sich an den Hals, als sie erneut die aufsteigende Übelkeit verspürte.

»Sina?«

Ihre Kehle schnürte sich zu, während sie im Hintergrund die Stimmen der Kollegen der Spurensicherung vernahm. Eilig wandte sie sich ab und rannte einige Schritte den Hang hinunter. Als sie den Würgereiz nicht länger unterdrücken konnte, beugte sie sich vornüber und übergab sich auf den Waldboden. Sina überkam das Gefühl zu ersticken. Sie meinte, keine Luft mehr zu bekommen. Panisch schnappte sie nach Sauerstoff und bemühte sich um eine ruhigere Atmung. Erneut befiel sie ein Brechreiz, dem sie nachgab, bis nur noch Galle hochkam. Völlig erledigt richtete sie sich wieder auf.

Matthias stand nicht weit von ihr entfernt, sodass Sina die Sorge in seinem Blick erkennen konnte. Ihre Mitarbeiter blickten neugierig zu ihr herunter. Sie wischte sich ein letztes Mal mit einem Taschentuch über ihren Mund, bevor sie die Anhöhe wieder hinaufstieg. Matthias sah ihr entgegen.

»Alles okay«, versuchte sie, gefasst zu klingen. Doch nichts war in Ordnung, eine junge Frau war auf grausame Weise ums Leben gekommen. Der Zustand der Leiche zeugte von einem langsamen, qualvollen Ende. Sina konnte nicht annähernd erahnen, was die Frau in den letzten Minuten ihres Lebens hatte ertragen müssen. Sie trat zu ihren Mitarbeitern und deutete auf das Opfer. »Was wissen wir?«

Basti zückte seinen Notizblock und las ab: »Marlene Ruf, fünfundzwanzig Jahre alt, geboren in Bochum, lebt seit mehreren Jahren in Weinheim. Wohnt mit ihrem Lebensgefährten in der Nordstadt.«

Sina kniff die Augen zusammen und wandte sich an Matthias: »In der Nordstadt? Was hat sie dann hier gemacht? Mitten in der Nacht.«

»Mitten in der Nacht?«, wiederholte Matthias nachdenklich. »Um halb drei waren wir noch hier oben.«

»Das heißt, sie ist ihrem Mörder danach in die Arme gelaufen«, folgerte Gerhard.

»Was ist mit den Kollegen, die den Schlosspark kontrollieren sollten?« Sina drehte sich zu der Toten um. »Wie konnte dieses wahnsinnige Arschloch wissen, wann er freie Bahn hatte?«

»Sie haben auf der Wiese und am Teich patrouilliert, am Mausoleum sind sie nach eigener Aussage nur in einiger Entfernung vorbeigegangen«, antwortete Gerhard gereizt. »Die Tote war von der Kontrollroute aus leider nicht zu sehen. Sonst wäre sie schon früher entdeckt worden.«

»Hatte sie eine Handtasche bei sich?«

»Ja, die Streifenbeamten, die zuerst hier waren, haben sie auf dem Weg gefunden.« Basti deutete auf die Kurve. »Dort drüben. Wahrscheinlich hat der Mörder sie da überfallen.«

»Und, was war drin?«

»Ihr Geldbeutel mit Ausweis und Führerschein. Smartphone, Weiberkram ...«

»Weiberkram?« Sina sah Marc stirnrunzelnd an.

»Na ja«, er wand sich verlegen, »du weißt schon, Lippenstift und andere Utensilien, von denen ein Mann nicht einmal vermuten kann, wofür sie nützlich sind.«

»Geld?«

»Ein paar Euro, nicht viel. Sieht so aus, als ob der Täter kein Interesse am Inhalt der Tasche hatte.«

Sina nickte nachdenklich. »Wo ist der Zeuge?«

»Der ältere Mann da vorne zwischen den Bäumen. Mit dem Pudel. Der Kollege, der neben ihm steht, hat ihn sofort von hier weggebracht. Der Zeuge war völlig aufgelöst.« Gerhard kratzte sich am Kinn.

»Kein Wunder.« Matthias blickte zu Sina.

»Wann kommt die Gerichtsmedizin?«

»Sind auf dem Weg. Die Spurensicherung ist fast fertig«, antwortete Marc.

»Haben sie was gefunden?«

»Eine blaue Faser.« Basti klang wenig enthusiastisch.

»Das ist nicht viel«, erwiderte Sina enttäuscht.

»Besser als nichts«, widersprach Matthias. »Wenn wir einen

Verdächtigen haben, kann der kleinste Beweis entscheidend sein.«

»Ja, wenn«, entgegnete Sina mit bitterer Stimme.

Matthias' Handy klingelte. Nach einem Blick aufs Display erklärte er: »Gans, entschuldigt mich einen Moment.«

Er entfernte sich ein paar Meter und Sina hörte ihn leise wiederholen, was sie vorgefunden hatten.

»Der Kommissar und ich werden uns um die Angehörigen kümmern. Bitte sprecht noch mal mit dem Zeugen, der das Opfer entdeckt hat. Dann fahrt ihr zum Revier und kümmert euch um die Berichte. Macht der Rechtsmedizin Druck, die sollen sie schnellstmöglich untersuchen. Wir müssen wissen, wann genau sie gestorben ist. Ich werde einen offiziellen Aufruf in der Zeitung starten. Vielleicht hat irgendjemand etwas gesehen oder gehört. Und bleibt an der Spurensicherung dran. Wir brauchen sämtliche Informationen, am besten heute noch. Außerdem müssen wir wissen, warum sie sich allein hier oben aufgehalten hat.«

»Heute ist Sonntag«, erinnerte Gerhard sie vorsichtig.

»Na und?«, erwiderte Sina ungehalten. »Das Opfer konnte es sich auch nicht aussuchen, wann es abgeschlachtet wurde.«

Matthias stieß wieder zu ihnen. »Ich soll später bei Gans in Heidelberg vorbeikommen.«

»Wann?«

Er blickte sie an. »Gegen Mittag. Nachdem wir mit der Familie gesprochen haben.«

Sie sah ihre Mitarbeiter der Reihe nach an und nickte ihnen zu. »Okay, ihr wisst, was zu tun ist.« Danach drehte sie sich um und näherte sich erneut der Leiche.

Matthias folgte ihr. »Was ist?«

»Ich kann nicht mehr«, erklärte Sina mit belegter Stimme.

Er stellte sich dicht neben sie. »Schaffst du das?«

»Ich habe es nicht geschafft, sie zu schützen.« Sie starrte auf die blutverschmierte Unterwäsche des Opfers. »*Das* hier muss ich schaffen.«

»Aber du hast doch gesagt, dass …«

»Ich kann die Kontrollgänge nicht mehr machen«, unterbrach sie ihn. »Gans muss eine Vertretung organisieren.«

»Das hatte er sowieso vor. Wir beide sind ab sofort von der Kerwe abgezogen und sollen uns nur noch auf die Ermittlungen konzentrieren. Er stellt uns weitere Beamte zur Verfügung. Einzelheiten will er später mit mir besprechen.«

»Wir brauchen keine weiteren Beamten mehr«, presste Sina zornig hervor. »Die Frau ist tot. Der Mörder wird dieses Jahr nicht mehr zuschlagen.«

»Du weißt das und ich weiß das«, erwiderte Matthias ruhig. »Und wahrscheinlich weiß es auch Gans.« Er fixierte sie mit seinem Blick. »Aber die Öffentlichkeit will Taten sehen. Ein paar Uniformen mehr schaden sicherlich nicht.«

»Ja, ja, immer schön den Schein wahren.«

»Sina, verdammt. Wir können nichts mehr ändern.«

Sie stampfte mit dem Fuß auf. »Scheiße, die Frau ist tot. Sieh sie dir doch an. Das Dreckschwein hat sie Höllenqualen erleiden lassen.« Wütend ballte sie ihre Hände zu Fäusten. »Sie war noch so jung.« Sie legte ihren Kopf in den Nacken und blickte in den Himmel. »Ich konnte sie nicht schützen.«

»Sie war zur falschen Zeit am falschen Ort.«

»Willst du das ihrem Lebensgefährten sagen? Tut uns leid, aber Ihre Freundin war leider zur falschen Zeit am falschen Ort.«

»Sina, du weißt doch genau, dass …«

»Was weiß ich genau?« Sie wurde lauter, aber das war ihr egal. Sie fühlte sich verantwortlich für die Frau, die erst vor wenigen Stunden ihr Leben verloren hatte. »Ach scheiße.« Sina warf einen letzten Blick auf den Leichnam, dessen entwürdigende Haltung sie kaum noch ertragen konnte. Sie musste diesen Wahnsinnigen stoppen. Das war sie den drei Opfern schuldig. Den Opfern und ihren Familien.

36

Eine halbe Stunde später kehrten Sina und Matthias zum Wagen zurück.

»Fahren wir zu Konrad«, knurrte der Kommissar wütend.

Überrascht blickte Sina auf. »Zu Konrad? Es ist gerade mal acht Uhr.«

»Was? Bekommt der Mistkerl jetzt auch noch Schonfrist?« Matthias sah sie über das Fahrzeugdach hinweg an.

Erneut versuchte Sina, ihn zu beschwichtigen. »Wir wissen doch gar nicht, ob er ...«

»Gleich wissen wir es.« Er verzog grimmig sein Gesicht, während er einstieg.

Kopfschüttelnd folgte Sina ihm.

»Weißt du, wo er wohnt? Oder sollen wir erst auf dem Revier vorbeifahren?« Matthias drehte bereits den Zündschlüssel im Schloss.

Sina seufzte. »Fahr los. Die Weinheimer Straße entlang, immer geradeaus Richtung Hohensachsen.«

Keine zehn Minuten später hielten sie vor einem dreistöckigen hellblauen Gebäude. »Er wohnt im Erdgeschoss.«

Matthias pfiff durch die Zähne. »Der Herr Anwalt scheint nicht schlecht zu verdienen.« Er trat zur Seite und blickte um das Haus herum. »Das Grundstück dahinter ist riesig.«

Sina ging zum Eingang und warf einen Blick auf die Klingelanlage. Sie zögerte kurz, doch dann läutete sie.

Matthias kam zurück und lehnte sich dicht vor ihr gegen die Mauer neben der Haustür. Sie spürte seinen Blick auf ihrem Gesicht und wandte sich ab.

Als niemand die Tür öffnete, blickte sie zu den Fenstern über ihnen. »Er scheint nicht zu Hause zu sein.«

»Oder er ist erst spät ins Bett gekommen und schläft jetzt tief und fest«, widersprach Matthias und klingelte Sturm.

»Lass das«, ermahnte Sina ihn und streckte die Hand aus, um ihn vom Drücken der Klingel abzuhalten. Doch auf halbem Weg hielt sie inne, besann sich kurz und drehte sich um. »Ich warte im Wagen.«

Einige Augenblicke später kehrte auch Matthias zum Auto zurück und fluchte. »Was nun?«

»Fahren wir ins Büro und erledigen den Papierkram. Für einen Besuch bei den Angehörigen ist es noch einen Tick zu früh. Wir sollten sie nicht unbedingt aus dem Bett holen.«

Stirnrunzelnd fixierte Matthias sie für einen Moment, bevor er schweigend nickte und den Motor startete.

»Haben Sie mal auf die Uhr gesehen? Sie sind doch sicher von den Zeugen Jehovas.« Die dunkelhaarige Frau im Türrahmen blickte ungehalten von Sina zu Matthias und zupfte an ihrem Schlafshirt, das ihr nur bis zur Mitte der Oberschenkel reichte.

Sina räusperte sich.

»Ich bin Hauptkommissar Sommer, das ist meine Kollegin Hauptkommissarin Engel.« Routiniert zog Matthias seinen Ausweis hervor und hielt ihn der jungen Frau hin.

Sina dankte ihm innerlich dafür, dass er das ›Kriminal‹ weggelassen hatte.

»Polizei?« Die Frau runzelte die Stirn.

»Dürfen wir fragen, wer Sie sind?« Sina bemühte sich um einen neutralen Gesichtsausdruck.

»Tina Ruf. Zu wem wollen Sie denn?«

Die Schwester des Opfers, vermutete Sina. »Wir würden gern mit Herrn Wagner und Ihnen sprechen. Er wohnt doch auch hier?« Demonstrativ blickte sie hinter die Frau in den Flur.

»Markus …«, sie stockte, »… Herr Wagner schläft noch.« Sie sah auf ihre Armbanduhr. »Es ist halb zehn. Wir waren gestern bis spät in der Nacht auf der Kerwe.«

Sina wechselte einen kurzen Blick mit Matthias, bevor sie

erneut das Wort ergriff. »Dürfen wir reinkommen? Wir müssten wirklich mit Ihnen reden.«

Tina Ruf schlug ihre Beine übereinander, während sie noch immer den Türknauf in der Hand hielt. Zögernd nickte sie und trat zur Seite. »Um was geht es denn?«

»Das würden wir gern drinnen mit Ihnen besprechen.« Matthias drehte sich im Flur noch mal um und nickte Sina leicht zu.

»Würden Sie bitte Herrn Wagner wecken?«

Sina fühlte sich elend. Die Müdigkeit forderte ihren Tribut. Draußen waren es mittlerweile wieder über dreißig Grad. Die Hitze, der fehlende Schlaf und die Gewissheit, gleich das Leben zweier Menschen völlig aus den Fugen zu heben, erschöpfte sie.

Achselzuckend verschwand die junge Frau durch eine Tür, die sie vorsichtig hinter sich schloss.

»Manchmal hasse ich diesen Job«, murmelte Sina leise, als sie allein waren. Unschlüssig standen sie im Flur und warteten.

»Sie scheint sich überhaupt nicht zu wundern, was wir von ihnen wollen«, erwiderte Matthias ebenso leise.

Sina verzog ihre Lippen. »Mit einer solchen Nachricht rechnet wohl auch niemand, oder?«

Die Tür wurde geöffnet und ein blonder Mann mit strubbeligem Haar trat in den Flur, die Schwester des Opfers folgte ihm. Er war nur mit Shorts und T-Shirt bekleidet. Seine Füße waren nackt.

»Morgen«, grummelte er. »Was gibt es denn?«

»Können wir uns vielleicht irgendwo hinsetzen?« Sina trat einen Schritt vor und zeigte ihm ihren Ausweis, während sie Matthias und sich ein weiteres Mal vorstellte.

»Hauptkommissare, wow«, nuschelte der junge Mann undeutlich. »Bitte.« Er zeigte auf eine weitere Tür, die augenscheinlich ins Wohnzimmer führte.

In der Mitte des Raums war eine weiße Couch umgeklappt. Sina vermutete, dass die Schwester dort übernachtet hatte.

Hastig räumte die junge Frau Decke und Kissen weg und klappte das Sofa zusammen.

»Bitte.« Sie selbst setzte sich ebenso wie Markus Wagner auf einen weißen Sessel.

Sina rückte auf die Sofakante vor und überlegte kurz, wie sie anfangen sollte. Für das Überbringen einer Todesnachricht gab es keine Arbeitsanweisung. Kein Patentrezept, das das Leid erträglicher machte. Jedes Mal wieder war es eine furchtbare Tragödie. Es gab Angehörige, die auf der Stelle zusammenbrachen, genauso wie Menschen, die nach der Benachrichtigung überhaupt keine Regung, keine Spur von Trauer zeigten. Man wusste nie, was einen erwartete.

»Sie machen es aber spannend«, begann Markus Wagner in diesem Moment und verzog sein Gesicht zu einem schiefen Grinsen. Ein gutaussehender Mann, dachte Sina, attraktiv, genau wie seine Freundin.

»Es geht um Ihre Lebensgefährtin, Frau Ruf«, ergriff Matthias neben ihr das Wort. »Es tut uns leid. Aber wir müssen Ihnen leider mitteilen, dass Ihre Freundin gestern Nacht ermordet wurde.«

Die Worte blieben bleischwer im Raum hängen. Es war einer der Momente, in denen man meinte, die Welt höre auf, sich zu drehen. In denen Zeit keine Rolle mehr spielte. Ein Moment, der das Leben für immer unwiderruflich veränderte.

Tina Ruf schluchzte laut auf, während Markus Wagner stocksteif auf seinem Sessel saß und schweigend vor sich hinstarrte. Er schien das Ausmaß von Matthias' Worten noch nicht begriffen zu haben.

Sina versuchte durchzuatmen. Das Baby strampelte wie verrückt. Sie hatte das Gefühl, als schnüre ihre Tochter ihr die Luftröhre zu.

»Was …«, stammelte Markus Wagner nach einigen Augenblicken. »Eine Verwechslung ist ausgeschlossen?« Er ballte seine Hand zu einer Faust und presste sie auf die Lippen. »Was ist denn passiert?«

»Das wissen wir noch nicht genau«, erwiderte Matthias, während Sina weiter verzweifelt gegen den Schwindel kämpfte, den die Kurzatmigkeit verursachte. »Ihre Leiche wurde heute Morgen von einem Spaziergänger gefunden.«

»Das kann nicht sein.« Verzweifelt schüttelte Tina Ruf ihren Kopf. »Marlene ist doch bei der Arbeit.«

Sina horchte auf. »Bei der Arbeit? Wo?«

»Marlene ist Altenpflegerin in dem Heim am Schlosspark«, entgegnete Wagner mit tonloser Stimme, während er weiter auf den Boden vor sich starrte.

»Im *Bodelschwingh-Heim?*«, hakte Sina nach.

Die Schwester nickte stumm.

»Das heißt, Ihre Freundin …«

»Sie ist meine Verlobte. Ich habe ihr am Freitag einen Heiratsantrag gemacht«, zischte Markus Wagner barsch.

Sina überlief eine Gänsehaut. Sie spürte Matthias' Blick auf sich. Angestrengt bemühte sie sich darum, die Fassung zu wahren.

»Ihre Verlobte war also gestern Abend nicht mit Ihnen beiden auf der Kerwe«, folgerte Matthias an Sinas Stelle.

»Doch.« Wagner schlug die Hände vor sein Gesicht und schüttelte ungläubig den Kopf. »Verdammt, ich wollte sie noch nach oben bringen.« Als er die Hände wieder senkte, glänzten seine Augen feucht. »Aber sie war schon immer stur. Sie meinte, es seien nur noch wenige Meter, wir sollten heimgehen. Scheiße.«

»Heißt das, dass Ihre Verlobte direkt nach dem Kerwebesuch arbeiten musste?«

Markus Wagner erklärte ihnen, dass Marlene Ruf eigentlich ein dienstfreies Wochenende gehabt hätte, aufgrund von Krankheitsausfällen aber kurzfristig habe einspringen müssen und sich daher mit ihrer Chefin geeinigt hatte, erst am frühen Sonntagmorgen ihre Schicht anzutreten.

Tina Ruf sprang unvermittelt auf und stellte sich weinend an die offene Balkontür. »Was ist denn passiert?«

Sina schluckte, bevor sie kurz und sachlich schilderte, was geschehen war.

»Ich dachte, Sie würden den ganzen Abend Streife laufen. Gestern stand doch der Artikel in der Zeitung«, erboste sich Markus Wagner.

Der verdammte Artikel! Sina schluckte ihren Ärger hinunter. »Hören Sie, Herr Wagner, ich kann wirklich sehr gut nachvollziehen, was in Ihnen vorgeht. Wahrscheinlich sogar besser, als Sie sich vorstellen können.«

»Ach was, einen Scheißdreck können Sie.« Nun stand auch Wagner auf und verschränkte seine Arme vor der Brust. »Kommen hierher und erzählen mir, dass Marlene einfach abgeschlachtet wurde.«

»Markus.« Die Schwester fiel ihm ins Wort.

»Was? Stimmt doch«, blaffte er zurück. »Wo waren sie denn, als er sie sich geschnappt hat?« Hilflos hob er seine Hände.

Sina presste ihre Lippen aufeinander.

»Wir werden alles daransetzen, denjenigen zu finden, der Ihrer Verlobten das angetan hat.« Matthias bemühte sich darum, die Situation zu entschärfen.

Wagner lachte hämisch auf. »Ja, klar. Sie war ja auch erst sein drittes Opfer.« Er ließ seine Schultern fallen. »Warum haben Sie ihn nicht schon längst gefasst? Marlene könnte noch leben, wenn Sie Ihren Job ordentlich gemacht hätten.«

Auch Sina erhob sich jetzt. Diese Reaktion war ihr nicht unbekannt, schließlich lag es in der Natur des Menschen, einen Sündenbock zu finden. Jemanden, der schuld an der Situation war, mit der man nicht zurechtkam. Jemanden, auf den man all seine Wut und seine Verzweiflung projizieren konnte. Manchmal ließ sich der unfassbare Schmerz überhaupt nur durch dieses Ventil ertragen.

»Musste sie leiden?« Markus Wagners Stimme zitterte.

Sina blickte zu Matthias, der ebenfalls zögerte. Sie überlegte kurz. Früher oder später würden sie es sowieso erfahren. Sie nickte.

»O nein.« Tina Ruf schluchzte auf.

»Es tut mir sehr leid«, merkte Sina leise an.

»Kannte Ihre Verlobte jemanden mit dem Namen Alexander Konrad?« Überrascht blickte Sina zu Matthias, da sie diese Vorgehensweise nicht abgesprochen hatten.

»Wer soll das sein?« Misstrauisch musterte Wagner Matthias.

»Ein Anwalt«, blieb dieser vage.

»Marlene hat keine Anwälte in ihrem Bekanntenkreis«, erklärte Wagner mit fester Stimme und blickte kurz zu Tina Ruf. Die nickte nur, während sie leise wimmerte.

»Vielleicht wussten Sie nichts von dieser Bekanntschaft«, stocherte Matthias weiter.

»Was wollen Sie damit sagen? Dass Marlene eine Affäre hat?« Wagner sprach von einer Lebensgefährtin noch immer in der Gegenwart.

»Nein, das möchten wir in keiner Weise andeuten«, sprang Sina ein, um Matthias Einhalt zu gebieten.

Der sah sie vorwurfsvoll an, bevor er sich wieder an die beiden Hinterbliebenen wandte. »Ich würde Sie bitten, mich heute Mittag in die Gerichtsmedizin nach Heidelberg zu begleiten. Frau Ruf muss noch offiziell identifiziert werden.«

Betreten blickte Tina Ruf zu ihrem Schwager und fasste nach seiner Hand. Die unauffällige Geste ließ Sina zusammenzucken, denn das Gefühl der Trauer, der Ohnmacht und Hilflosigkeit war auch in ihrem eigenen Leben noch immer allgegenwärtig.

37

Eigentlich sollte er triumphieren, sollte sich bedeutend und mächtig fühlen. Doch er spürte nur Leere. Endlose, triste Leere. Die letzten Sekunden der Schlampe erschienen wieder vor seinem inneren Auge. Warum hatte er sie nicht besiegen können? Was war nur schiefgelaufen?

Zorn kochte in ihm hoch. Er hatte doch alles richtig gemacht, oder etwa nicht? Seine akribische Vorbereitung hatte sich ausgezahlt. Der Ort war perfekt gewesen. Das Ambiente so passend und schmeichelnd, dass es einem Film hätte entsprungen sein können.

Woher hatte die dumme Ziege diese Kraft genommen? Sie war nicht in der Lage gewesen, sein Werk zu würdigen. Hatte sich ihm nicht unterwerfen wollen.

Er verkrampfte sich. Ein Jahr lang, ein verdammtes langes Jahr hatte er gewartet, hatte seine Gefühle unter Kontrolle gehalten. Mittlerweile war sein Können kaum noch verbesserungsfähig und er war an einem Punkt angelangt, an dem er die nächste Stufe erklimmen musste. Die nächste Stufe, das bedeutete, endlich das Objekt seiner Begierde ins Visier zu nehmen. Sina Engel hatte es verdient zu sterben. Er musste ein Stöhnen unterdrücken, als er an die arrogante Bullenschlampe dachte. O ja, und wie sie es verdient hatte.

Seine Gedanken wanderten wieder zum gestrigen Abend zurück. Der letzte Blick der blöden Kuh. Er wusste, dass sie ihn verachtet hatte. Aber warum? Was hätte er anders machen können, anders machen müssen?

Er war ratlos. Die Zeitspanne war genau richtig gewesen. Am Anfang hatte es noch so ausgesehen, als ob sie sich wie die anderen beiden quälte. Erst als er ihr das Messer in den Bauch gerammt hatte, entwickelte sie unvermittelt Kräfte, mit denen er nicht gerechnet hatte. Das Heben des Kopfes, ihr fordernder Blick, diese Gesten waren eine Kampfansage gewesen. Du hast mich nicht besiegt, dröhnte es in seinem Kopf. Nein, er hatte sie nicht besiegt. Er lebte, sie war tot. Und doch hatte sie gewonnen. Er hatte sie nicht brechen können. Sie hatte ihm das letzte verzweifelte Flehen verwehrt. Hatte nicht gebettelt, nicht gekämpft. Diese Frau war stärker gewesen als er, bis zu ihrem letzten Atemzug hatte sie ihn übertrumpft. Eine Schmach, die tief in ihm brodelte. Er schnaufte. Nein, er durfte sich nicht von ihr beherrschen lassen. Noch immer war schließlich er derjenige, der die Macht hatte. Der entschied, wann ein Leben endete. Nichts hatte sich geändert.

Und doch war ihm klar, dass er kurz davorstand, einen großen Fehler zu begehen. Er musste unbedingt seine Gefühle im Zaum halten. Wenn er jetzt die Nerven verlor, würde er angreifbar sein. Seine Kunst war noch nicht vorbei. Auch der Tod der Kommissarin würde sein Schaffen nicht beenden. Zweifelsohne würde der letzte Kampf der Bullenschlampe einen wichtigen Meilenstein in seinem Handwerk darstellen. Aber er war sich sicher, dass er dazu berufen war, Geschichte zu schreiben. Und Sina Engel stellte nicht das letzte Kapitel dar. Wer ihn stoppen wollte, musste ihn töten. Es lagen noch so viele wunderbare Tage vor ihm. Tage, an denen man über ihn reden würde. Tage, die von purem Genuss und köstlichen Schaffensphasen geprägt würden. Tage, an denen er Herr über Leben und Tod sein würde. Nein, aufhören kam nicht in Betracht. Die Schlampe war tot. Der morgige Montag gehörte ihm. Er lachte innerlich, als er sich die Zeitungsartikel vorstellte, die wieder nur Lügen und falsche Behauptungen verbreiten würden. Wenn die wüssten …

38

Als sie vor dem *Bodelschwingh-Heim* aus dem Wagen stiegen, klingelte Sinas Handy.

»Ich schaue mich schon mal drinnen um.« Matthias deutete auf den Eingang.

Sina nickte und meldete sich.

»Guten Morgen, Frau Engel. Hier spricht Lena Olundson von den *Weinheimer Nachrichten.*«

»Guten Morgen.«

»Entschuldigen Sie bitte die Störung, aber ich habe gehört, was passiert ist.«

Sina seufzte. »Ihr Kollege von der *Rhein-Neckar-Zeitung* scheint momentan den besseren Riecher zu haben.«

»Was meinen Sie?« Olundson klang verunsichert, aber Sina war immer noch sauer wegen des Artikels, der gestern erschienen war.

»Heiden hat uns bereits heute Morgen am Tatort aufgelauert.«

»Woher wusste er …«

»Keine Ahnung«, unterbrach Sina sie ungehalten. »Um was geht es denn?«

»Frau Engel, hören Sie. Es tut mir wirklich sehr leid, was gestern passiert ist.« Sie zögerte kurz. »Der verantwortliche Redakteur befindet sich seit gestern bedauerlicherweise im Urlaub. Ich habe ihm mehrfach auf die Mailbox gesprochen, aber er hat sich noch nicht gemeldet. Na ja, er hat frei. Sie wissen ja, wie das ist.« Sina verdrehte genervt die Augen, während die Journalistin weitersprach. »Sobald er sich meldet, kläre ich die Angelegenheit. Können Sie mir vielleicht schon etwas zu dem Mord sagen?«

Sina dachte einen Moment lang nach, bevor sie mit knappen Worten berichtete, was geschehen war.

»Ein paar Worte zum Opfer?«

»Ich möchte, dass Sie sich darüber bedeckt halten. Keinen Namen.«

»Geht in Ordnung, Frau Engel«, sicherte ihr Olundson zu.

»Wir benötigen dringend Zeugen. Leute, die etwas gesehen oder gehört haben. Hauptkommissar Sommer und ich waren gestern Nacht bis kurz nach drei im Schlosspark. Der Mord muss danach passiert sein.«

Sina dachte an die Worte von Markus Wagner und Tina Ruf, die ihnen heute Morgen den gestrigen Abend in aller Ausführlichkeit beschrieben hatten. Laut ihrer Aussage hatten sie sich um kurz nach drei von Marlene Ruf verabschiedet. Sie konnte maximal drei oder vier Minuten von dem großen Spielplatz am Rande des Exotenwalds hoch bis zum Mausoleum benötigt haben. Nach den derzeitigen Erkenntnissen hatte ihr der Mörder knapp unterhalb der Grabstätte aufgelauert. Wegen der seit Wochen herrschenden Trockenheit waren zwar erneut keine Fußspuren festzustellen gewesen, aber niedergedrücktes Moos zwischen den Bäumen zeugte von einer Person, die sich längere Zeit im Unterholz versteckt hatte. Mit großer Wahrscheinlichkeit hatte der Mörder dort auf das passende Opfer gewartet.

»Zwischen drei und vier?«, hakte Lena Olundson nach.

»Ja, in etwa. Wir suchen Personen, die sich um diese Uhrzeit im Park, besser noch in der Nähe des Mausoleums aufgehalten haben. Ein offizieller Aufruf der Kripo.«

»Wird gleich in den Artikel für morgen eingefügt. Vielleicht nutzt es ja etwas.«

Obwohl Sina bezweifelte, dass sie diesmal mehr Glück haben würden als in den letzten Jahren, widersprach sie nicht. »Bitte schreiben Sie auch, dass mehrere Polizeistreifen bis sechs Uhr morgens in der Innenstadt unterwegs waren. Dass die Aussage in Ihrem letzten Artikel ein Versehen seitens der Zeitung war.«

Sie beendete das Gespräch und betrat das Altenheim. Matthias stand am Empfang und sprach mit einer älteren Dame. Als Sina sich ihnen näherte, nickte die Angestellte ihm zu und nahm den Telefonhörer in die Hand.

»Frau Schmieder erwartet Sie. Erste Etage, Zimmer hundertfünf.«

Sina und Matthias nahmen die Treppe ins Obergeschoss und klopften an die Bürotür der Pflegeleitung.

»Ja, bitte.«

Matthias öffnete die Tür. »Guten Morgen, Frau Schmieder.« Er stellte sie vor und zeigte seinen Ausweis.

»Bitte, nehmen Sie Platz.« Die Rothaarige zeigte auf die Stühle vor ihrem Schreibtisch. »Wann ist es denn so weit?« Sie deutete auf Sinas Bauch.

»Ich bin im achten Monat.«

Matthias lehnte sich vor. »Frau Schmieder, es geht um Ihre Angestellte, Frau Ruf.«

»Marlene?« Die Pflegeleiterin runzelte die Stirn. »Ist ihr etwas passiert? Hatte sie einen Unfall? Wir haben uns schon gewundert, warum sie ihren Dienst heute Morgen nicht angetreten hat. Normalerweise ist sie äußerst zuverlässig.«

»Frau Ruf ist tot. Sie wurde gestern Nacht ermordet.«

»Tot? Ermordet? Aber …« Nadja Schmieder versagte die Stimme.

»Es tut uns sehr leid«, fuhr Sina fort, »aber wir müssten Ihnen einige Fragen zu Ihrer Mitarbeiterin stellen.«

Die Leiterin fuhr sich mit der Hand über ihre Wange. »Ich verstehe nicht … sie war doch vorgestern noch …« Fassungslos schüttelte sie den Kopf. »Ermordet! Was ist denn um Himmels willen passiert?«

»Sie werden es morgen ja sowieso in der Zeitung lesen. Im Moment sieht alles danach aus, dass sie das Opfer eines Serienmörders wurde«, erklärte ihr Matthias.

»War es der Kerweschlitzer?« Die Augen der Angestellten weiteten sich angsterfüllt.

»Davon müssen wir im Moment leider ausgehen.« Sina nickte langsam.

»Aber …«

»Frau Schmieder, wie war Ihr Verhältnis zu Marlene Ruf?«

»Was meinen Sie?« Nadja Schmieder schüttelte ihren Kopf.

»Wie gut kannten Sie das Opfer?«, wollte Sina genauer wissen.

»Opfer! Marlene ist … Marlene war meine Mitarbeiterin. Wir pflegen hier einen sehr familiären Umgang untereinander.«

»Wissen Sie, ob Frau Ruf einen Bekannten mit dem Namen Alexander Konrad hatte?« Matthias nickte Sina kurz zu.

Nadja Schmieder verzog ihr Gesicht. »Nein, der Name sagt mir nichts. Ich kenne nur Markus, Marlenes Lebensgefährten.«

»Die beiden wollten heiraten«, entgegnete Sina.

»Heiraten?« Die Pflegeleiterin schien überrascht zu sein. »Davon hat sie mir nichts erzählt.«

»Ihr Freund hat ihr den Antrag erst vorgestern gemacht.«

»Mein Gott«, murmelte die Rothaarige leise. »Wie … Ich kann es einfach nicht glauben.« Sie blickte von Matthias zu Sina. »Das ist furchtbar. Wo ist es denn passiert?«

Matthias informierte sie mit knappen Worten über den Fundort, erwähnte aber nicht den qualvollen Todeskampf des Opfers.

»Ich …«, Schmieder schluckte. »Ich fühle mich schuldig. Marlene hätte eigentlich freigehabt. Aber aufgrund von …« Sie rang sichtlich um ihre Fassung. »Verflucht. Wenn sie nicht hätte arbeiten müssen …«

»Das sollten Sie sich nicht antun«, beschwichtigte Sina sie. »Niemand konnte wissen, dass dieses Schwein ein weiteres Mal zuschlagen würde.« Die Lüge ging ihr leicht über die Lippen. Was nutzte es, sich mit Fragen wie ›Was wäre wenn‹ verrückt zu machen?

Am Ende des Gesprächs baten sie die Pflegerin noch, ihnen den Spind der Toten zu zeigen.

Außer einem Satz Dienstkleidung, einem Lippenstift, zwei Büchern sowie einigen Müsliriegeln befand sich jedoch nichts darin. Sie bedankten sich bei Frau Schmieder und verließen das Heim.

39

Als Matthias nach Weinheim zurückkehrte, war es später Nachmittag. Der Termin bei Gans hatte länger gedauert als gedacht. Der Kriminalrat hatte ihm zehn weitere Beamte der Streife zur Verfügung gestellt, die er in Heidelberg noch hatte einweisen müssen. Matthias teilte Sinas Meinung, dass der zusätzliche Schutz unnötig war. Er war sich sicher, dass der

Täter weder heute noch morgen erneut zuschlagen würde. Doch er wusste, dass die Außenwirkung in den nächsten Tagen ganz entscheidend war. Der Bevölkerung musste dringend das Gefühl vermittelt werden, die Polizei habe die Situation unter Kontrolle.

Unter Kontrolle, dachte Matthias grimmig, während er das Revier betrat. Nichts war unter Kontrolle. Er musste an den Zustand denken, in dem sie die Leiche vorgefunden hatten. In den vielen Jahren seiner Tätigkeit als Kripobeamter war ihm selten ein ähnlich grauenvolles Verbrechen begegnet.

Er grüßte den Polizisten am Empfang und stieg die Treppe ins Obergeschoss hinauf. In dem Großraumbüro saßen die Weinheimer Kripobeamten und diskutierten gerade über den Tatort. Durch die geöffnete Tür erblickte er Sina an ihrem Schreibtisch, die sich konzentriert über eine Akte beugte. Matthias wischte sich den Schweiß von der Stirn und atmete tief durch, bevor er den Raum durchquerte und an den Türrahmen klopfte.

Sina blickte überrascht auf. »Ah, du bist zurück. Komm rein.«

Er betrat das Büro und schloss die Tür hinter sich.

»Setz dich.«

Während Matthias sich den Stuhl zurechtrückte, spürte er ihren Blick auf sich.

»Wie war es?«

Er zuckte mit den Achseln. »Schlimm.«

Sina nickte verständnisvoll. »Wer hat sie identifiziert?«

»Beide. Die Schwester ist, kurz nachdem wir den Raum betreten haben, zusammengebrochen. Ich habe sie nach draußen begleitet, während Wagner noch einige Minuten bei seiner Verlobten geblieben ist.«

Sina wandte den Kopf ab und lehnte sich zurück. »Er wollte Abschied nehmen.«

»Ja.« Matthias streckte seine Beine von sich. »Wir haben zehn weitere Beamte.«

Sina erwiderte nichts.

»Sie kommen um sieben direkt her.« Er blickte auf seine Uhr.

Sie sah ihn wieder an. Schweigend erwiderte Matthias den Blick, doch er konnte ihre Miene nicht deuten. »Wie geht es dir?«

Sie winkte ab und beugte sich erneut über die Akte. »Die Rose ...« Sie räusperte sich. »Es handelt sich um eine *Red Naomi.*«

Er zog seine Augenbrauen hoch.

»Eine gängige langstielige Rosensorte«, erklärte Sina weiter. »Dieselbe Sorte wurde übrigens auch bei den letzten beiden Opfern gefunden.«

»Dass es sich um denselben Täter handelt, hat wohl niemand ernsthaft bezweifelt.«

»Nein.« Sina schüttelte ihren Kopf. »Marlene Ruf ist jetzt auch offiziell das dritte Opfer des Kerwemörders.«

»Die Gerichtsmedizin wird uns ihren Bericht morgen früh zukommen lassen.«

»Gut«, erwiderte Sina, während sie abwesend über ihren Bauch strich.

»Was war hier los?« Matthias musterte ihr müdes Gesicht. Unter ihren Augen lagen dunkle Schatten.

Behutsam strich sie sich eine Haarsträhne hinters Ohr. »Frag nicht. Das *Rhein-Neckar-Fernsehen* wollte ein Interview. Ebenso hat sich der SWR gemeldet. Die planen sogar, eine Sondersendung zu dem Mord zu bringen. Außerdem ist mir Heiden auf den Keks gegangen. Er hat dreimal angerufen und wollte unbedingt nähere Einzelheiten haben.«

»Dann war hier ja einiges los.«

Sie nickte. »Das Telefon stand nicht still.«

»Was ist mit Olundson?«

»Sie hat sich nicht mehr gemeldet. Wahrscheinlich hat sie noch nichts in Erfahrung bringen können.«

»Scheiße.« Matthias dachte nach.

»Ich bin mir sicher, dass er auch zugeschlagen hätte, wenn der Artikel gestern nicht erschienen wäre.«

»Du hast recht. Der Typ ist krank. Das war von langer Hand geplant. Wahrscheinlich schmiedet er genau in diesem Moment bereits Pläne fürs nächste Jahr.«

Sina stimmte ihm zu. »Das ist auch meine Befürchtung. Wir müssen ihn stoppen. Schnellstens.«

»Wir sollten mit deinen Mitarbeitern sprechen«, schlug Matthias vor. »Gans stellt ihnen frei, an der Schicht heute Abend teilzunehmen. Aufgrund der veränderten Situation und der laufenden Ermittlungen will er es der Entscheidung der Beamten überlassen, ob sie eine Doppelschicht besetzen möchten.«

Sina erhob sich umständlich. »Gut, dann reden wir mit ihnen. Wenn wir zehn Kollegen aus Heidelberg bekommen, wäre es kein Problem, wenn sie Feierabend machen wollen. Der Tag war schließlich lang.«

Matthias folgte ihr nach draußen und wartete, während sie ihren Mitarbeitern die Situation erklärte.

»Was ist mit euch?«, wollte Polizeihauptmeister Ihrig wissen und deutete mit dem Kinn in Matthias' Richtung. Sina schaute auf und sah ihn ebenfalls abwartend an.

»Ich hatte eigentlich vor, weiter Patrouille zu laufen, obwohl der Kriminalrat die Kommissarin und mich wegen der aktuellen Entwicklung abgezogen hat. Leider ist mir kurzfristig etwas dazwischengekommen.« Matthias bemühte sich um einen unbeteiligten Gesichtsausdruck. »Ich werde heute Abend nicht unterstützen können.« Er registrierte, wie Sina missbilligend ihre Stirn runzelte. Auch Ihrigs Miene nahm einen skeptischen Ausdruck an.

»Ich schiebe eine Doppelschicht«, erklärte Gerhard Runz in diesem Moment.

Marc Fornack nickte. »Ich bleibe ebenfalls.«

»Ich bin auch dabei«, erklärte Sebastian Ihrig mit verächtlicher Stimme.

Obwohl er die Spannung im Raum spürte, äußerte sich Matthias nicht weiter zu seinen Plänen.

»Ich kann nicht«, informierte Sina ihre Mitarbeiter mit leiser Stimme. »Ich … ich schaffe es einfach nicht.« Sie zeigte auf ihren Bauch. »Ich möchte diesen Fall unbedingt aufklären, bevor ich …« Ihre Stimme zitterte. »Wir haben zwei Wochen. Danach übernimmt Kommissar Sommer die Ermittlungen allein.«

»Wir kriegen ihn«, erwiderte Runz mit grimmiger Stimme.

»Ja, jedes weitere Opfer sagt uns mehr über den Täter«, meinte Fornack zuversichtlich. »Wir kriegen ihn.«

»Ich danke euch.« Sina nickte. »Ich weiß, was eine Doppelschicht bei diesen Temperaturen bedeutet. Sobald der Fall aufgeklärt ist, werde ich bei Gans ein gutes Wort für euch einlegen.«

»Alles klar.« Matthias ergriff wieder das Wort. »Ich schließe mich Kommissarin Engel an und danke Ihnen ebenfalls für Ihren Einsatz. Wir werden mit vereinten Kräften an der Lösung des Falls arbeiten. Die Heidelberger Kollegen werden in Kürze hier eintreffen. Es wäre sinnvoll, wenn Sie die Beamten vor Ort einweisen könnten. Vielleicht übernimmt Kollege Runz die Koordination?«

Sina stimmte zu. »Das ist eine gute Idee. Gerhard, kümmerst du dich um die Aufteilung und weist die Kollegen auf eventuelle Gefahrenpunkte hin?«

Runz nickte und versicherte ihnen, dass er sich der ihm übertragenen Verantwortung gerne stellte.

Als Matthias seinen Bericht beendete, war es kurz nach acht. Die anderen Beamten waren schon vor über einer Stunde losgegangen. Sina saß in ihrem Büro und hatte die Tür vor einiger Zeit geschlossen. Draußen wurde es bereits dunkel. Er stellte sich ans Fenster und blickte auf die gläserne Front des Bahnhofsgebäudes.

Auf dem Vorplatz stand eine Gruppe Jugendlicher, die

sich unterhielten und lachten. Er beobachtete zwei Männer, die, mit Sixpacks bepackt, in Richtung Innenstadt aufbrachen. Als hinter Matthias eine Tür geöffnet wurde, drehte er sich um.

»Du bist ja noch da.« Sina sah ihn überrascht an.

»Warum nicht?«

Sie machte eine unbestimmte Geste. »Ich dachte …« Sie schüttelte ihren Kopf.

»Sollen wir gehen?« Er trat einen Schritt auf sie zu.

»Ich dachte schon, du wärst bereits weg und ich müsste mir ein Taxi nehmen«, entgegnete sie hörbar erleichtert.

»Bist du fertig?« Er nahm die Autoschlüssel aus der Schublade.

»Ja.« Sie nickte müde. »Für heute reicht es.«

Als er zehn Minuten später um die Verkehrsinsel am Multring herumfuhr, blickte er sie kurz an. »Wo kann ich hier parken?«

»Du hast doch noch einen Termin«, erwiderte sie stirnrunzelnd.

»Mit dir.«

»Was?« Ihre Stimme klang angespannt. »Was soll das heißen?«

Er blinkte und fuhr an den Straßenrand. »Hast du vergessen, dass ich unbedingt mit dir reden muss?«

»Matthias, ich bin müde. Können wir das nicht verschieben?« Sie rieb sich über ihr Gesicht.

»Nein«, erwiderte er bestimmt. »Also? Wo kann ich parken?«

Sie zögerte kurz.

»Sina?«

»Fahr da vorne in die Schollstraße.« Sie seufzte und zeigte rechts in eine Einmündung. Ihr Handy klingelte. »Mama?« Sina sah aus dem Beifahrerfenster. Matthias warf ihr einen kurzen Blick zu. »Nein, ich arbeite heute Abend nicht. – Ja, woher wisst ihr es? – Wo trefft ihr euch? – Dann viel Spaß.

Könnte sein, dass nicht allzu viel los ist. Je nachdem, wie schnell sich die Neuigkeit herumgesprochen hat.« Während er geduldig wartete, zwirbelte Sina eine Haarsträhne um ihren Finger. »Ich weiß, dass ich nichts dafür kann. – Furchtbar«, erklärte sie mit belegter Stimme. »Ja, bis morgen, Mama, macht euch einen schönen Abend.«

»Sie wissen es?«

Sina nickte. »Wahrscheinlich weiß es bereits ganz Weinheim.«

Nachdem Matthias den Wagen abgestellt hatte, folgte er Sina zu dem Hochhaus, an dem er sie bisher immer abgesetzt hatte. Er musterte ihre schmale Silhouette, die wohlgeformten Arme, ihre langen schlanken Beine.

An der Haustür drehte sie sich noch mal um. »Matthias, ich weiß nicht …«

Vor seinem inneren Auge tauchte die gestrige Szene im Schlosspark auf. Er sah ihr an, dass auch sie daran dachte. »Sina, bitte. Es ist wirklich wichtig.«

Einen Moment lang starrte sie auf die geflieste Treppenstufe, bevor sie schließlich ihren Schlüssel aus der Tasche holte und aufschloss. »Oberster Stock, aber das weißt du ja schon«, erklärte sie leise, als sie sich im Fahrstuhl gegenüberstanden.

»Sina, du brauchst keine Angst zu haben. Ich habe nicht vor, über dich herzufallen.«

Sie wandte ihren Blick ab und erwiderte nichts.

Als der Aufzug hielt, trat Sina vor Matthias auf den Gang und wandte sich nach rechts. Da sie fast so groß wie er selbst war, verdeckte sie ihm die Sicht, sodass er überrascht gegen sie stieß, als sie abrupt stehen blieb.

»Was ist?« Irritiert trat er neben sie. Im selben Moment fiel sein Blick auf die rote langstielige Rose, die auf der Fußmatte vor ihrer Tür lag. Blitzschnell zog er seine Waffe und schob Sina vorsichtig hinter sich. »Gib mir den Wohnungsschlüssel und warte hier.«

»Ich bin Polizistin«, zischte sie wütend, reichte ihm aber trotzdem den Schlüssel.

»Warte hier«, herrschte er sie erneut an, zog einen Handschuh über und schloss die Tür auf.

»Was soll das?«

»Warte, okay?« Genervt betrat er die Wohnung und sah sich suchend um. Im Flur war alles aufgeräumt und lag ordentlich an seinem Platz. Es machte nicht den Anschein, als ob jemand Fremdes hier gewesen war. Vorsichtshalber durchsuchte Matthias mit gezogener Waffe alle Zimmer, bevor er zu Sina ins Treppenhaus zurückkehrte.

»Was sollte das?« Zornig funkelten ihn ihre hellen Augen an. »Du musst mich nicht beschützen.«

»Du bist schwanger.« Auch er war müde und gereizt. »Willst du etwa das Kind gefährden?«

Sie presste ihre Lippen aufeinander.

Hastig holte Matthias sein Handy hervor und rief die Spurensicherung an. »Wir brauchen hier zwei Beamte.« Mit knappen Worten erklärte er dem Kollegen kurz die Situation. »Lass uns drinnen warten«, forderte er Sina schließlich auf, die immer noch reglos vor der Fußmatte stand und auf die Rose starrte.

»Er weiß, wo ich wohne.« Sie sprach so leise, dass er sie kaum verstand.

»Ja, er weiß, wo du wohnst. Du wirst heute Nacht nicht allein hierbleiben.«

Sie hob ihr Gesicht und sah ihn stumm an.

»Komm, es wird eine Weile dauern, bis die Kollegen hier sind.«

Sie folgte ihm schweigend in ihre Wohnung.

»Wohnst du allein auf der Etage?« Matthias sah sie eindringlich an.

Sina nickte.

»Komm, setz dich.« Behutsam bugsierte Matthias sie zur Couch und machte sich auf den Weg in die Küche. Er öffnete mehrere Schranktüren, bis er zwei Gläser fand. Neben der Spüle standen drei Flaschen Mineralwasser.

Zurück im Wohnzimmer setzte er sich neben Sina und drückte ihr ein Glas Wasser in die Hand. Trotz der Hitze, die in der Wohnung herrschte, fühlte sich ihre Haut eiskalt an.

»Er weiß, wo ich wohne«, wiederholte sie mit zitternder Stimme.

»Er wird dir nichts tun«, erklärte Matthias erneut und lehnte sich erschöpft zurück.

»Wer ist er?«

»Durch sein Handeln hat er sich verraten. Jetzt können wir davon ausgehen, dass es etwas Persönliches ist.«

»Etwas Persönliches?« Sina kniff ihre Augen zusammen. »Du meinst, er kennt mich?«

»Ich weiß nicht, ob er dich persönlich kennt. Aber ihm ist wichtig, dass du ihn wahrnimmst. Er will deine Aufmerksamkeit.« Matthias erhob sich und trat an die Balkontür. Von hier aus konnte man die beiden beleuchteten Burgen und das Schloss erkennen. Daneben blinkte das Riesenrad grün und rot. Was war hier los? Was hatte die Rose zu bedeuten? Befand Sina sich in Gefahr? Matthias' Gedanken überschlugen sich. Mit dieser Aktion hatte der Täter dem Fall eine ganz neue Wendung gegeben, einen neuen Aspekt, der die Morde in einem komplett anderen Licht erscheinen ließ.

»Was denkst du?« Sina war leise hinter ihn getreten.

Matthias drehte sich um. »Ich weiß es nicht«, gab er zu. »Ich weiß es einfach nicht.« Er musterte ihr Gesicht in dem gedämpften Licht. Die hohen Wangenknochen, ihre hellen Augen, der Mund. Sein Blick blieb an ihren Lippen hängen. Sofort fiel ihm wieder ein, wie sie ihn gestern geküsst hatte. Ihre Reaktion auf seine Berührung. Er räusperte sich.

»Ich liebe Carlo«, flüsterte sie.

Matthias nickte. »Ich weiß.«

»Es tut mir leid.«

»Es muss dir nicht leidtun. Ich hätte nicht …« Er suchte

nach den richtigen Worten. »Ich hätte die Situation nicht ausnutzen dürfen.«

»Das hast du nicht«, widersprach sie. »Immerhin war ich es, die dich geküsst hat.« Sie öffnete die Balkontür und schaute ihn wieder an. »Es fühlt sich an, als ob ich ihn betrogen hätte.«

»Sina, es ist nichts passiert.«

Mit skeptischer Miene sah sie ihm in die Augen.

Er erkannte die Frage in ihrem Blick. »Es ist nichts passiert«, wiederholte er mit fester Stimme. Matthias durfte sie jetzt nicht verunsichern, durfte ihr nicht sagen, dass ihr Kuss ihm durchaus etwas bedeutet hatte. Die Frau stand kurz vor einem Nervenzusammenbruch.

»Nein, es ist nichts passiert«, bestätigte Sina nun ebenfalls. Hörte er da so etwas wie Enttäuschung in ihrer Stimme?

»Ich werde heute Nacht hierbleiben. Auf der Couch.« Sein Ton ließ keine Widerrede zu. »Morgen werden wir Gans über die neuen Entwicklungen informieren.«

Sina nickte. »Danke.«

Es klingelte an der Tür.

»Die Spurensicherung«, erklärte Matthias überflüssigerweise, bemüht, die Spannung zu beenden, die sich in den letzten Minuten zwischen ihnen aufgebaut hatte.

Er drehte sich um und durchquerte das Wohnzimmer. Als er die Wohnungstür öffnete, standen zwei Beamte im Hausflur und tüteten die Rose gerade in einen schwarzen Beutel ein. Matthias grüßte die beiden.

»Noch weitere Beweise?«, fragte der Jüngere.

»Nein, aber es wäre gut, wenn Sie die Wohnungstür noch auf Fingerabdrücke untersuchen könnten. Das Schloss war unversehrt. Er scheint die Wohnung nicht betreten zu haben.«

Der Ältere machte sich sofort an der Tür zu schaffen, während der Jüngere den Beweismittelbeutel sorgfältig beschriftete.

Matthias bedankte sich bei ihnen und bat sie, ihm die Ergebnisse morgen früh zukommen zu lassen. Da die Beamten nicht in die Wohnung mussten, ließ er sie ihre Arbeit machen und schloss die Tür wieder hinter sich.

Als er ins Wohnzimmer zurückkehrte, blieb sein Blick an einer grauen Tonskulptur hängen, die auf einer Holzkommode platziert war. Sie zeigte zwei ineinander verschlungene Hände, die ein Herz balancierten. Die Finger waren detailgetreu nachgestaltet. Es war unschwer erkennbar, dass es sich um eine Männer- und eine Frauenhand handelte.

»Wow«, entfuhr es ihm, während er das Werk umrundete. »Woher hast du das?«

Sina stand auf und stellte sich neben ihn. Vorsichtig strich sie mit ihrer Hand über die Oberfläche des Herzes. »Gefällt es dir?«

Er drehte seinen Kopf und sah sie an. »Es ist sehr ... berührend.«

»Das habe ich nach Carlos Tod angefertigt. Mir war einfach danach.« Sina erwiderte seinen Blick. »Am Tag nach seiner Beerdigung.«

»Das ist dein Werk?« Er konnte es nicht glauben.

»Findest du es nicht kitschig?« Sie klang unsicher.

»Nein.« Er sah ihr offen in die Augen. »Nein, ganz und gar nicht. Es ist wunderschön und sehr ...«, wieder suchte er nach dem richtigen Wort, »... sehr eindringlich.«

»Er liebte meine Skulpturen.« Ihre Augen glänzten.

»Zu Recht.« Matthias betrachtete erneut die realistische Darstellung der Gliedmaßen. »Du bist ja eine echte Künstlerin.«

Sie schüttelte heftig ihren Kopf. »Nein, du übertreibst.«

»Doch«, beharrte er.

»Carlo wollte für mich eine Ausstellung organisieren.« Wieder blickte Matthias sie an, während sie sich abwesend durchs Haar fuhr. »Er war fest davon überzeugt, dass meine Arbeiten künstlerisch wertvoll seien.« Sie schob ihren Unterkiefer vor. »Er war so stolz.«

»Er hatte recht, Sina.«

»Die Galerie versucht seit Monaten, mich zu erreichen.«

Fragend zog er seine Augenbrauen hoch.

»Er hatte einer Galerie in Heidelberg einige meiner Werke vorbeigebracht. Erst haben sie es wohl ein paarmal bei ihm auf dem Handy probiert. Aber …« Sie zuckte mit den Schultern. »Seit einigen Wochen rufen sie immer wieder hier an.«

»Woher weißt du das?«

»Sie haben mehrfach auf den Anrufbeantworter gesprochen. Sie wollen mich tatsächlich unterstützen, wollen eine Ausstellung für mich planen.«

»Das ist toll.«

Wieder zuckte sie mit den Achseln. »Es bedeutet mir nichts mehr.«

»Es hat Carlo etwas bedeutet«, entgegnete er voller Überzeugung.

»Ja, das hat es.« Sie nickte schwach. »Aber ohne ihn …«

Matthias wechselte abrupt das Thema, als er sich wieder daran erinnerte, warum er sich überhaupt in ihrer Wohnung befand. »Ich muss dir etwas sagen. Muss dir dringend etwas erklären.«

Sina hob sichtlich verblüfft ihren Kopf.

»Setzen wir uns.« Er deutete mit dem Kinn zu der breiten Couch hinüber.

Nachdem sie neben ihm Platz genommen hatte, schaute sie ihn gespannt an. Matthias zog das kleine schwarze Kästchen hervor, das sich seit Monaten in seinem Besitz befand.

»Was soll das?« Irritiert blickte die Kommissarin auf die Schmuckschatulle in seiner Hand.

Statt einer Erwiderung öffnete Matthias das Kästchen und hielt es ihr so hin, dass sie deutlich den goldenen Ring mit dem kleinen Diamanten darin erkennen konnte.

»Was soll das?« Ihre Stimme klang nun wütend. »Willst du mir einen Antrag machen oder was?«

»Ich nicht, Sina.« Er hielt ihren Blick mit seinen Augen fest. Ihr Schmerz schnürte ihm die Kehle zu.

»Was ist das?«

»Carlo hat den Ring zwei Tage vor seinem ...«, er zögerte, »... er hat ihn am Freitag vor seinem Tod gekauft.«

»Carlo?«, hauchte sie fassungslos. »Aber ...?«

Matthias sah die Fragen in ihrer Miene. »Er wollte dir einen Antrag machen. Sina, er wollte dich heiraten. Er hatte den Ring bestellt und hat ihn an jenem Freitag während unseres Dienstes kurz beim Juwelier abgeholt.«

Sie starrte weiter reglos auf das Kästchen in seiner Hand.

»Da er Angst hatte, du könntest den Ring zufällig entdecken, bat er mich, ihn einige Tage aufzubewahren.«

Sie kaute auf ihrer Unterlippe, während ihr Tränen über die Wangen liefen.

»Er hat dich sehr geliebt, Sina.«

Jetzt blickte sie auf. »Ich liebe ihn auch über alles.«

Matthias nickte. »Er wäre überglücklich, wenn er von eurem Kind wüsste.«

Fahrig fuhr sie mit der Hand über ihren Bauch. »Warum jetzt? Nach dem Kuss?«

»Der Kuss hat nichts damit zu tun«, beteuerte er mit fester Stimme. »Ich habe einfach nicht den richtigen Zeitpunkt dafür gefunden. Direkt nach der Beerdigung hielt ich es für unpassend. Wenig später habe ich von deiner Schwangerschaft erfahren und wollte dich nicht aufregen. In den letzten Monaten sind wir uns nie über den Weg gelaufen und ich wollte dich nicht einfach so überfallen. Gestern ist mir dann endlich klar geworden, dass es einfach keinen richtigen Zeitpunkt gibt, nie geben wird.« Er hielt den Atem an, da er ihre Miene nicht deuten konnte und nicht wusste, ob sie sauer war.

Doch sie saß nur neben ihm und schwieg.

»Sina?«

»Hm?«

»Bist du wütend auf mich?«

»Nein. Du hast wahrscheinlich recht. Es gibt keinen richtigen Zeitpunkt.« Sie fuhr andächtig mit dem Zeigefinger über den Ring.

»Möchtest du ihn anprobieren?«

Als sie ihn anblickte, erkannte er die Trauer in ihren Augen. »Ja«, flüsterte sie mit erstickter Stimme.

Er nahm ihn aus der Halterung und hielt ihn ihr hin. Sie streifte ihn vorsichtig über und strich mit der anderen Hand sanft darüber.

»Passt wie angegossen«, resümierte Matthias leise.

Sina presste ihre Lippen aufeinander. »Hat er …?« Sie zögerte kurz. »Weißt du, was er vorhatte?«

Matthias schwieg einen Moment. »Er wollte dir den Ring auf der Burg Windeck geben. Auf dem Turm. Mit Champagner und allem, was dazugehört.«

»O nein.« Sie schlug die Hand vor ihren Mund. Ein schmerzerfülltes Wimmern entwich ihrer Kehle.

»Sina.« Er fühlte sich so hilflos, wollte ihr beistehen.

»Nein«, wehrte sie ab und erhob sich. »Ich …« Sie trat einige Schritte zurück. »Ich hole dir eine Decke.« Mit diesen Worten verließ sie das Wohnzimmer, um kurz darauf, mit einer Decke und einem Kissen bewaffnet, zurückzukehren. »Das Bad befindet sich hinter der ersten Tür rechts. Wenn du Hunger hast, kannst du dich gern in der Küche bedienen. Ich bin müde. Ich gehe ins Bett. Gute Nacht.«

Sie drehte sich um.

»Sina?«

»Ja?« Sie blieb stehen, wandte ihm aber weiter ihren Rücken zu.

»Schlaf gut. Du weißt, wo du mich findest.«

Sie nickte, erwiderte aber nichts und verließ das Zimmer.

Nachdem er sich ein paar Scheiben Toastbrot geröstet hatte, setzte er sich wieder ins Wohnzimmer und schaltete den Fernseher an. Natürlich kamen nur Wiederholungen. Matthias ließ seinen Kopf gegen die Lehne fallen und dachte nach. Er hatte Lust auf ein Bier. Aber Alkohol in der Wohnung einer Schwangeren?

Hatte er sie mit dem Ring überfordert? Hätte er mit seiner

Offenbarung besser warten sollen, bis das Baby da wäre? Er wusste es nicht. Der Kuss, der Mord, die Rose vor ihrer Wohnung. Es war einfach zu viel. Als Matthias merkte, dass ihm die Augen zufielen, brachte er noch rasch das Geschirr in die Küche zurück und spülte es kurz ab. Seufzend kehrte er ins Wohnzimmer zurück, zog seine Jeans aus und hängte sie über den Sessel. Als er die Decke auf der Couch ausbreitete, vernahm er ein unterdrücktes Schluchzen. Er stand wieder auf und trat in den Flur hinaus.

Das Weinen kam aus Sinas Schlafzimmer. Der unüberhörbare Schmerz ließ seine Eingeweide zusammenzucken. Während Matthias Sinas Trauer lauschte, war er hin- und hergerissen. Sollte er zu ihr gehen? Aber was sollte das bringen? Sie beweinte ihren Verlust und es gab nichts, was er tun, was er sagen konnte, um ihren Schmerz zu lindern. Außerdem konnte er nicht dafür garantieren, dass die Situation nicht außer Kontrolle geraten würde. Nein, ihr Schlafzimmer war tabu.

Er näherte sich ihrer Tür und verharrte dicht davor. Ihr Schluchzen ging in ein ersticktes Wimmern über. Als er hörte, wie sie immer wieder den Namen ihres Geliebten flüsterte, kam er sich wie ein Eindringling vor. Leise drehte er sich um und kehrte ins Wohnzimmer zurück.

40

Er ließ seinen Blick über den Marktplatz schweifen. Obwohl deutlich weniger los war als gestern, drängten sich die Leute zwischen den Buden hindurch. Die Stühle und Tische vor den angrenzenden Cafés waren dicht besetzt. Es roch nach Pommes und Bratwurst. Er spürte Galle in sich hochsteigen.

Ob sie sein Geschenk schon entdeckt hatte? Ein Blick auf die Uhr verriet ihm, dass es halb zwölf war. Sicher war sie bereits zu Hause und erfreute sich an der Rose. Er lächelte. Es war ein Leichtes gewesen, in das Hochhaus hineinzukommen. Er hatte keine fünf Minuten warten müssen, bis eine alte Dame herausgetreten war und ihm höflicherweise die Tür aufgehalten hatte. Die Leute waren einfach zu gutgläubig. Er beobachtete zwei junge Frauen, die miteinander flüsterten und kicherten, während in einiger Entfernung eine Gruppe junger Männer immer wieder unverhohlen zu ihnen herübersah.

Vor seinem inneren Auge stellte er sich vor, wie er die beiden Kickerliesen an das Tor der Stadtkirche band und ihnen voller Wonne ihre Leiber aufschlitzte. Fast konnte er den metallischen Geruch von Blut wahrnehmen. Doch er durfte nicht zu übermütig werden. Das Mausoleum war von seiner Lage her bereits hart an der Grenze gewesen. Der Marktplatz war definitiv zu belebt für seine kommenden Projekte.

Er schabte mit seinem Fuß über das Kopfsteinpflaster, während er Wortfetzen aus den Unterhaltungen um ihn herum aufschnappte. Sie sprachen über ihn. Er hatte gehört, dass sogar eine komplette Sondersendung über seine Kunst ausgestrahlt worden war. Auch wenn es heute keine Tageszeitung gab, Weinheim wusste von seinem erneuten Erscheinen. Er musste innerlich schmunzeln. ›Erneutes Erscheinen‹, das hörte sich ja an, als sei er der Messias persönlich. Obwohl er es nie wirklich mit der Religion hatte – die Schlampe war alles andere als gottesfürchtig gewesen –, konnte man seine Macht doch fast als gottesgleich bezeichnen. Glaubten die Leute nicht, dass ihr allmächtiger Gott die Entscheidungen für sie traf? Dass er es war, der entschied, wer leben durfte und wer sterben musste? In dieser Hinsicht hatte er tatsächlich etwas von einem Gott. Natürlich war er ein Mensch aus Fleisch und Blut, ein real existierendes Wesen, aber machte dieser Unterschied seine Kunstwerke dadurch nicht noch imposanter?

Er blieb stehen und beobachtete die Leute, die an ihm

vorbeigingen. Sie schauten ihn nicht an, registrierten ihn nicht. Unsichtbar, dachte er voller Bitterkeit, er war für sie unsichtbar. Erst morgen, wenn die Zeitungen erneut voll von ihm sein würden, nähme die Bevölkerung wieder Anteil an seinem Schaffen. Heute konnte er in die Anonymität der Massen eintauchen, heute war er ein Mann ohne Namen, ohne Profil. Wie er dieses Gefühl hasste, diese Bedeutungslosigkeit, diese endlose Leere in ihm.

Voller Selbsthass lauschte er den Wortfetzen, die er auffing, den Bezeichnungen, die die Weinheimer Bevölkerung ihm gab, ohne zu wissen, mit welch genialem Geist sie es zu tun hatten. Nein, sie würden es nicht begreifen. Sie würden *ihn* nicht begreifen. Niemals. Die Einzige, die verstehen würde, wäre Kriminalhauptkommissarin Sina Engel. Die Frau, die seine Begierden erst geweckt hatte. Die ihn zu seinen Kunstwerken inspiriert und angetrieben hatte. Sie würde erkennen, mit was sie es zu tun hatte. Nicht mehr lange, Sina, dachte er voller Vorfreude. Dann gehörst du mir. Du und dein elendiger Bastard.

41

Montag, 15. August

Sina wachte vom Klappern des Geschirrs auf. Für den Bruchteil einer Sekunde zuckte sie zusammen, bevor ihr wieder alles einfiel. Die Rose auf ihrer Fußmatte, der Abend mit Matthias, Carlos Ring. Carlos Ring, dachte sie bitter, während sie ihre linke Hand hob und daraufstarrte. Der Diamant glitzerte im grellen Sonnenlicht, das durch das Fenster in den Raum fiel. Sie schluckte. Carlo hatte ihr einen Antrag machen wollen und jetzt trug sie seinen Verlobungsring. Ein Verlobungsring ohne Verlobung, schoss es ihr durch den Kopf. Ein Antrag auf der Burg Windeck, mit Champagner und allem, was dazugehörte. Ihre Augen begannen zu brennen. Nein, nicht schon wieder. Sie war die halbe Nacht in Tränen zerflossen. Hoffentlich hatte Matthias sie nicht gehört. Und jetzt stand er nebenan in ihrer Küche. Machte womöglich sogar Frühstück. Zumindest hörte es sich so an. Am liebsten hätte sich Sina die Bettdecke über den Kopf gezogen. Keine abgeschlachteten Leichen mehr, keine irren Mörder, die es auf sie abgesehen hatten. Kein heißer Kommissar, der sie auf Gedanken brachte, für die sie sich selbst verachtete.

Es wäre so leicht zu vergessen. Sina war sich sicher, dass Matthias sie auf andere Gedanken bringen würde. Dass sie ihre Trauer für einen kurzen Moment verdrängen könnte. Doch im gleichen Augenblick wusste sie, dass sie sich einen solchen Fehltritt nie verzeihen könnte. Sie hatte es gestern ernst gemeint. Sie liebte Carlo über alles. Er war der Mann, mit dem sie ihr Leben hatte verbringen wollen. Matthias Sommer war lediglich … ja, was sah sie in ihm? Er war attraktiv, keine Frage. Welche Frau würde da Nein sagen? Aber später käme das böse Erwachen. Ganz davon abgesehen, dass Sina hochschwanger war, sich fühlte wie ein Walross kurz vorm Platzen und so sexy aussah wie ein Teddy im Zoo. Nein, wahrscheinlich gingen einfach die Hormone mit ihr durch. Es half alles nichts, sie musste sich jetzt auf den Fall konzentrieren, wenn sie ihn noch vor ihrem Mutterschutz lösen wollte. Hatte Matthias recht? Kannte sie den Täter vielleicht persönlich? Bei dem Gedanken wurde ihr mulmig zumute. Sie mussten sich schleunigst an die Arbeit machen.

Seufzend schwang sie ihre Beine aus dem Bett und verharrte einen Moment. Das Baby war wach und strampelte. Die Bewegungen lösten in Sina ein Gefühl der Geborgenheit aus. Zärtlich legte sie ihre Hände auf den Bauch. »Dein Papa wollte uns heiraten«, flüsterte sie leise. »Er hätte dich sehr geliebt.«

Da sie bereits gestern Abend geduscht hatte, zog sie frische Unterwäsche an und schlüpfte in blaue Umstandscapris und eine passende Tunika.

Die Türklinke in der Hand, atmete Sina tief durch, bevor sie in den Flur hinaustrat. Der beruhigende Geruch von Kaffee und frischen Brötchen zog ihr in die Nase. Sie ging in die Küche. »Guten Morgen.«

Matthias stand an der Spüle und holte gerade zwei Becher aus dem Schrank. Als sie hinter ihn trat, drehte er sich um und lächelte. »Guten Morgen. Gut geschlafen?« Sein eindringlicher Blick verharrte auf ihrem Gesicht.

»Es geht.« Sie sah sich suchend um.

»Ich habe auch Tee gemacht. Ich wusste nicht, ob du …« Er deutete auf ihren Bauch.

»Das ist lieb. Ich trinke im Moment tatsächlich keinen Kaffee. Warst du beim Bäcker?«

»Ja, ich habe mir kurz deinen Wohnungsschlüssel ausgeliehen. Ich hoffe, ich habe dich nicht geweckt mit meinem Lärm.«

Sina schüttelte ihren Kopf. »Nein, schon okay. Außerdem müssen wir zum Dienst.«

»Ich muss erst mal nach Hause«, erwiderte er, während er die Bäckertüte auf den Esszimmertisch legte. »Duschen und mich umziehen.«

Sie stellte das Geschirr auf den Tisch und setzte sich.

»Außerdem will ich ein paar Wechselklamotten holen, damit ich morgen früh besser vorbereitet bin.« Er schob sich einen Stuhl zurecht und setzte sich ebenfalls.

»Nein«, widersprach Sina heftiger als beabsichtigt.

»Nein?« Stirnrunzelnd sah Matthias sie an.

»Ich möchte nicht, dass du …« Sie stockte. »Du musst heute nicht hier übernachten.« Sie versuchte, ihre Worte abzumildern. »Es ist sehr nett von dir gewesen, mich gestern nicht allein zu lassen. Wahrscheinlich wäre es doch etwas unheimlich gewesen«, gab sie zu. Sie hob entschuldigend ihre

Schultern. »Aber ich fühle mich irgendwie merkwürdig, wenn ein fremder Mann, wenn du …« Sie brach ab.

Er nickte langsam. »Ich verstehe. Du musst dich nicht rechtfertigen. Aber dir ist schon klar, dass der Mörder deine Adresse kennt?«

Sina atmete tief durch. »Ja, daher wäre ich dir sehr dankbar, wenn du mich nach meinem Dienst nach Hause bringen könntest. Ich verspreche auch, dass ich die Wohnung danach nicht verlassen werde.«

»Mal sehen, was Gans dazu sagt«, entgegnete Matthias mit ruhiger Stimme, während er einen Stapel Zeitungen von dem Stuhl neben sich hob und auf den Tisch legte.

Bevor Sina nachfragen konnte, ob es sich lohne, die Artikel zu lesen, klingelte ihr Handy. »Natascha, guten Morgen.«

»Sina, ich hoffe, ich habe dich nicht geweckt.«

Während sie Matthias' Blick auf sich spürte, schüttelte sie den Kopf. »Nein, ich war schon wach. Ich muss gleich zum Dienst.«

»Wie geht es dir? Ich habe gerade den Artikel in der Zeitung gelesen und musste mich jetzt doch mal melden. Als wir gestern Abend mit Mama und Papa auf der Kerwe waren, hatte es sich schon herumgesprochen. Mama meinte, der SWR habe sogar eine Sondersendung gebracht?«

»Ja, ein Albtraum. Ich hoffe, dass die Spurensicherung oder der Autopsiebericht uns endlich etwas Greifbares liefern können.« Die Rose vor ihrer Tür verschwieg Sina, da sie ihre Schwester nicht beunruhigen wollte.

Matthias verschluckte sich neben ihr an seinem Kaffee und musste husten.

»Hast du Besuch?« Natascha klang überrascht.

»Äh, ja, ein Kollege. Er holt mich zum Dienst ab.« Sina zog eine Grimasse, als Matthias sie angrinste.

»Na, ihr seid aber früh unterwegs.«

»Ja, es liegt einiges an Arbeit vor uns.«

»Kann ich heute Abend bei dir vorbeikommen?«

Sina zögerte. »Ist was mit Jochen?«

»Nein«, erwiderte Natascha gedehnt. »Alles okay. Ich dachte nur, du könntest vielleicht etwas Abwechslung gebrauchen. Ich verspreche dir auch, dass ich dir nicht die Ohren volljammern werde.«

Sie schmunzelte. »Alles klar. Kein Gejammer über Jochen und keine Schimpftiraden auf die Männer im Allgemeinen.«

Matthias zog missbilligend seine Augenbrauen hoch.

Nachdem sie das Gespräch beendet hatte, angelte Sina sich ein Brötchen aus der Tüte und schnitt es auf. Während sie eine Hälfte belegte, sinnierte sie: »Wie fühlt es sich wohl an, wenn man ein Messer in ein lebendiges Stück Fleisch sticht?«

Matthias blickte sie irritiert an. »Tolles Thema für den Frühstückstisch.«

Sina schüttelte abwesend ihren Kopf. »Ach, vergiss es.« Nachdem sie ihr Brötchen geschmiert hatte, zog sie den Zeitungsstapel zu sich heran. »Was Interessantes?«

»Keine neuen Erkenntnisse, wenn du das meinst.«

Sie überflog die Schlagzeilen. *Mord am Mausoleum* titelten die *Weinheimer Nachrichten. Dritter Kerwemord* las sie im *Mannheimer Morgen* und *Der Kerweschlitzer hat wieder zugeschlagen* wusste die *Rhein-Neckar-Zeitung.*

»Scheiße«, fluchte Sina, bevor sie einen Schluck von ihrem Tee nahm.

»Hast du das schon gesehen?«, fragte Matthias und legte ihr die *Bild-Zeitung* vor. *»Dritte Tote für die schöne Kommissarin.«*

Sina tippte sich an die Stirn. »Die spinnen doch.« Entschlossen schob sie die Artikel zur Seite.

»Ich glaube, das wird richtig böse«, vermutete Matthias.

»Die Presse darf nichts von der Rose hier erfahren«, warnte Sina ihn.

»Die Rosen wurden doch bisher sowieso unter Verschluss gehalten«, entgegnete er verständnislos.

»Ja, zum einen, um Trittbretttäter zu vermeiden, zum an

deren, um den Täter wasserdicht bestimmen zu können, wenn wir einen Verdächtigen haben.«

Er nickte. »Wir sollten Konrad noch mal einen Besuch in der Kanzlei abstatten. Heute ist Montag. Sicher muss er arbeiten.«

»Ja, sobald wir auf dem Revier sind, werden wir aber zuerst mit Gans reden. Er muss von der Rose wissen.«

»Das hat die Spurensicherung bestimmt schon getan«, erklärte Matthias, während er sich erhob. »Zumindest habe ich den Kollegen gestern Abend gesagt, sie sollen ihn darüber informieren.«

»Gut.« Sina nickte zufrieden, bevor auch sie aufstand.

»Ich bin in etwa einer halben Stunde wieder da.« Matthias blickte sie prüfend an. »Du bist dir sicher wegen heute Abend?«

»Matthias, es ...« Resigniert kaute sie auf ihrer Unterlippe. »Es ist nicht richtig. Es geht nicht, ich ... Carlo ...«

»Schon gut«, beschwichtigte er sie. »Du musst mir nichts erklären.« Unsicher deutete er auf den Tisch mit dem schmutzigen Geschirr.

»Geh nur, ich kümmere mich um alles.« Mit diesen Worten schob sie ihn zur Eingangstür und wartete, bis er die Wohnung verlassen hatte. Obwohl sie erleichtert war, wieder allein zu sein, verspürte sie einen leichten Stich in der Magengegend.

42

Mord am Mausoleum. Nun, besonders viel Fantasie hatte diese Journalistin ja nicht. Zufrieden lehnte er sich zurück, nachdem er den kompletten Bericht gelesen hatte. Sie hatte den Ablauf im Großen und Ganzen gut wiedergegeben. Sachlich, anschaulich und nicht zu reißerisch. Natürlich hatte sie seinen Part nicht ausreichend gewürdigt. Aber er meinte, zumindest einen Hauch von Respekt zwischen den

Zeilen erkennen zu können. Achtung, weil die Kriminalhauptkommissarin ihn bis heute nicht entlarvt hatte, dachte er höhnisch. Und wenn sie ihn enttarnte, würde es zu spät sein. Für sie und für ihr Balg.

Er blickte auf die Uhr. Es war noch früh. Die Nacht war kurz gewesen und auch heute hatte er viel zu tun. Aber es war der letzte Tag. Während des Volksfestes herrschte immer eine besondere Atmosphäre in Weinheim. Gerade heute würden noch einmal viele Einheimische die Chance nutzen, im nicht mehr ganz so dichten Gedränge dem Kunsthandwerkermarkt im Gerberbachviertel einen Besuch abzustatten, einen Ritt auf der Kerwerutsche zu wagen oder die maritimen Kunstwerke der Kinder zu bewundern, die ihre selbst gebauten Schiffe bei der traditionellen Gerberbach-Regatta starten ließen.

Wehmütig dachte er an seine eigene Kindheit zurück. Die Schlampe hatte sich nie für ihn oder seine Bedürfnisse interessiert. Das Ausmaß ihres Desinteresses an ihm hatte er erst verstanden, als er selbst schon erwachsen war. Die bittere Wahrheit war, dass es in seiner Vergangenheit außer Bestrafungen, Demütigungen und Verletzungen nichts gab, was sich tiefer in sein Gedächtnis eingegraben hätte. Eine Fahrt auf dem Karussell, ein Besuch im Zoo oder ein Nachmittag am Waidsee, das alles waren Dinge, die er lediglich aus den Erzählungen seiner Mitschüler kannte. Seine Kindheit war geprägt von fremden Männern, die ihn misstrauisch beäugten, wenn sie das Schlafzimmer seiner Mutter verließen, von Alkohol, der die Schlampe von morgens bis abends begleitete – und von Einsamkeit. Er hatte keine Freunde, nicht als Kind und auch heute nicht als Erwachsener. Keinen Kumpel, mit dem er ein Bier hätte trinken können. Keine Frau, die auf ihn wartete, wenn er von der Arbeit nach Hause kam. Da war einfach nichts. Leere und Einsamkeit, sein gesamtes Leben lang.

Sein Blick fiel wieder auf den Zeitungsbericht, der immer

noch aufgeschlagen vor ihm lag. Er hatte es ihnen gezeigt. Sie hatten ihn alle unterschätzt. Niemand ahnte, zu was er fähig war. Seine Kunst gab ihnen Rätsel auf.

Der Gedanke an die Qualen seiner Opfer ließ ihn wieder Hoffnung schöpfen. Wenn er wirklich ein Niemand wäre, wie es ihm sein Leben lang vermittelt worden war, wäre er dann überhaupt in der Lage, sein Können derart perfekt unter Beweis zu stellen? Sie täuschten sich. Er war kein Niemand. Er war ein Künstler, Herr über Leben und Tod. Wut packte ihn. Er faltete die Zeitung zusammen und brachte sie zu den anderen Ausgaben der letzten Jahre, in denen sein Schaffen ebenfalls in aller Ausführlichkeit beschrieben wurde.

43

»Was schlagen Sie vor?« Die Stimme des Kriminalrats hörte sich alles andere als zufrieden an.

Sina blickte zu Matthias, der mit den Achseln zuckte. »Ich werde vorsichtig sein«, erwiderte sie.

»Frau Engel, Sie sind schwanger«, entgegnete Gans streng.

»Ich hole die Kollegin morgens ab und begleite sie auch wieder nach Hause.«

»Und den Rest der Zeit?« Der Kriminalrat klang wenig überzeugt. »Wollen Sie sich bei vierzig Grad im Schatten in Ihrer Wohnung einschließen?«

»Es sind nur noch zwei Wochen, bis mein Mutterschutz beginnt«, merkte Sina vorsichtig an.

»Denken Sie, das interessiert diesen Irren?«

»Was schlagen Sie vor?«, konterte sie nun.

»Sie sollten für eine Weile von der Bildfläche verschwinden. Ich könnte etwas für Sie organisieren.«

»Ich bin schwanger, Herr Kriminalrat. Wo soll ich denn hin?«

»Es gibt noch eine weitere Möglichkeit«, warf Matthias

ein. Sina blickte ihn überrascht an. »Wir fassen dieses Dreckschwein endlich.«

»Guter Vorschlag, Kollege Sommer.« Gans klang sarkastisch.

»Wir müssen die Fakten einfach noch mal überprüfen. Und wir sollten den Hinweis, den er uns gestern gegeben hat, nicht außer Acht lassen.«

»Welchen Hinweis?«

Sina kniff ihre Augen zusammen.

»Dass er es auf die Kollegin Engel abgesehen hat.«

»Sie denken, er kennt sie?«

Hallo, ich bin auch da, dachte Sina verärgert. Redet nicht über mich, als sei ich nicht anwesend. Doch sie schwieg, da sie befürchtete, Gans könne seine Drohung wahr machen und sie aus dem Verkehr ziehen.

»Ich denke, ihre Wege haben sich irgendwo schon einmal gekreuzt.« Matthias nickte, während er Sina anblickte.

Sie hörten Gans ins Telefon schnauben. »Gut, Kollege Sommer, Sie kümmern sich darum. Gehen Sie mit ihr sämtliche infrage kommenden Personen durch. Überprüfen Sie jede einzelne von ihnen. Wir müssen wissen, wo sie sich zum Zeitpunkt der Morde aufgehalten haben.«

»Wie stellen Sie sich das vor?«, blaffte Sina aufgebracht in den Hörer.

»Wir werden deine Vergangenheit durchleuchten. Verschmähte Liebhaber, wütende Exfreunde. Jeder Korb, den du in deinem Leben verteilt hast, muss überprüft werden«, erklärte Matthias.

Sina schüttelte ihren Kopf und tippte sich mit dem Zeigefinger an die Stirn. »Und wenn er mich einfach aus der Zeitung kennt?«

»Dann haben wir zumindest alles überprüft und müssen uns später nicht den Vorwurf gefallen lassen, wir hätten nicht jeden Hinweis ernst genommen.« Matthias klang siegessicher, was Sina noch mehr auf die Palme brachte.

Gans räusperte sich am anderen Ende der Leitung. Er schien

die Spannung zwischen ihnen ebenfalls bemerkt zu haben. »Ich halte die Idee des Kommissars durchaus für vernünftig. Wir müssen dem Verdacht nachgehen, dass er Sie persönlich kennt, Frau Engel.« Er machte eine kurze Pause, bevor er fortfuhr: »Da Sie weiter an dem Fall arbeiten möchten, erwarte ich höchste Kooperationsbereitschaft von Ihnen. Ansonsten muss ich die anderen Optionen nochmals überdenken.«

Wütend blickte Sina Matthias an, erwiderte jedoch nichts. Gans drohte ihr. Und sie war sich sicher, dass der Kriminalrat sie freistellen würde, wenn sie sich den Ermittlungen widersetzte.

»Frau Engel, kann ich auf Ihre Mithilfe zählen?«

»Ja, Herr Kriminalrat, ich werde gleich im Anschluss mit Hauptkommissar Sommer meine persönlichen Beziehungen durchgehen.« Vor Zorn konnte sie kaum noch klar denken. Nachdem sie das Gespräch beendet hatten, blickte Sina schweigend aus dem Fenster neben ihrem Schreibtisch.

»Sina.« Matthias stand auf und wollte um den Tisch herumgehen. Sie hob abwehrend ihre Hand. »Sina«, wiederholte er eindringlicher.

»Was?« Wütend schaute sie auf. »Wann hast du dir überlegt, in meiner Vergangenheit zu kramen? Nach Exliebhabern zu fahnden? Wann? Als du vorhin unter der Dusche warst? Oder schon gestern Nacht, als ich dich nicht in mein Bett gelassen habe? Und erzähl mir nicht, dass du nicht mit dem Gedanken gespielt hättest, in mein Schlafzimmer zu kommen!«

Sein Blick verfinsterte sich. Er öffnete den Mund, um etwas zu erwidern, schloss ihn dann aber wortlos.

»Was? Hat es dir die Sprache verschlagen?« Sie fuhr sich mit der Zunge über ihre Zähne.

»Es war nur ein Kuss«, erwiderte er leise.

»Ja, es war nur ein Kuss«, wiederholte sie bitter.

Matthias räusperte sich. »Wir sollten uns auf das Wesentliche konzentrieren.«

»Das Wesentliche.« Sie nickte. »Also gut, sprechen wir

über Exfreunde, abgewiesene Liebhaber und andere Altlasten meiner Vergangenheit.« Sina erhob sich. »Möchtest du die Befragung alleine durchführen?« Ein Gedanke blitzte in ihr auf. »Oder soll ich Gerhard dazu bitten, sobald er aufs Revier kommt?«

Fragend blickte Matthias sie an.

»Wenn wir meine Männerbekanntschaften lückenlos aufarbeiten wollen, sollten wir vielleicht mit Samstagabend anfangen.«

»Sina.«

»Gehen wir. Schließlich haben wir schon genug Zeit vergeudet.« Hoch erhobenen Hauptes steuerte sie auf das Vernehmungszimmer zu.

»Wie wollen wir es anfangen?«

Polizeiobermeister Gerhard Runz blickte Matthias an, der neben ihm saß. Sina hatte den Platz eingenommen, der normalerweise Zeugen oder Verdächtigen vorbehalten war. Durch die Rose, die der Täter vor ihrer Wohnungstür platziert hatte, war sie keine Unbeteiligte mehr, sondern befand sich nun im Fokus der Ermittlungen.

Sina zuckte mit den Achseln und bedachte Matthias mit einem bösen Blick.

»Fangen wir bei Carlo an«, schlug der vor und schrieb etwas auf den Notizblock, der vor ihm lag.

»Carlo?« Sina lachte. »Also, ich denke, Carlo können wir von der Liste der Verdächtigen streichen.«

Matthias ignorierte ihren Sarkasmus. »Wir gehen chronologisch in deine Vergangenheit zurück. Schließlich ist es wahrscheinlich, dass dein Zusammentreffen mit dem Täter vor nicht allzu langer Zeit stattgefunden hat, zumindest, wenn wir in die richtige Richtung denken.«

Gerhard nickte zustimmend. »Sicher kommt kein Jugendfreund nach zwanzig Jahren auf die Idee, sich auf diese Weise in dein Leben einzuschleichen.«

Sina schüttelte den Kopf. »In mein Leben einschleichen? Das hat niemand getan. Übrigens bin ich noch nicht so alt, als dass ich Jugendfreunde von vor zwanzig Jahren hätte.«

Gerhard blickte stirnrunzelnd zu Matthias, der jedoch keine Miene verzog.

Sina war müde. »Das bringt doch nichts. Ich weiß nicht, warum wir uns damit aufhalten.«

»Gans hat es angeordnet«, erinnerte Matthias sie, während er sich durchs Haar fuhr.

»Ja, nachdem du ihn auf die Idee gebracht hast«, erwiderte sie gereizt.

Gerhard blickte überrascht von Sina zu Matthias.

»Na los, fangt an.« Sie hob frustriert ihre Hand, als sie den verwirrten Gesichtsausdruck ihres Mitarbeiters bemerkte.

»Also gut.« Matthias nickte. »Carlo. Was war davor?«

Sina verschränkte die Hände im Nacken und lehnte sich zurück. »Vor Carlo war ich eine Weile allein.«

Matthias musterte sie stoisch.

»Auch wenn das für manche Personen kaum vorstellbar ist, aber ich war zwei Jahre lang Single.«

Seine Augen funkelten sie an. »Irgendwelche Bekanntschaften während dieser Zeit? Wenn du ausgegangen bist? Auf Festen, bei Freunden? Es muss doch Männer gegeben haben, die sich mit dir verabreden wollten.«

Gerhard saß schweigend daneben.

Sina überlegte kurz, bevor sie ihren Kopf schüttelte. »Nein. Natürlich war ich aus, mit Freundinnen, meiner Schwester. Aber da war nichts. Hin und wieder wurde ich mal angesprochen, klar, aber ich weiß nicht einmal mehr, wie die Typen aussahen.«

»Keine Namen?«, hakte Matthias nach.

Sie schüttelte ihren Kopf.

Er atmete tief aus. »Okay, was war davor? Vor diesen zwei Jahren?«

»Davor war ich mit Philipp zusammen.«

»Sina.« Matthias' Stimme klang genervt. »Gibt es dazu auch einen Nachnamen? Wer hat sich getrennt? Warum ging die Beziehung in die Brüche? Und wie lange wart ihr zusammen?«

Sina presste die Kiefer aufeinander. »Ich …« Sie schüttelte ihren Kopf. »Ich finde deine Fragen ziemlich indiskret.«

Matthias seufzte. »Soll einer deiner Mitarbeiter übernehmen? Soll ich gehen?«

Gerhard runzelte die Stirn. »Sina, was wir gerade besprechen, bleibt hier im Raum. Es geht doch lediglich darum zu überprüfen, ob überhaupt jemand aus deinem Bekanntenkreis verdächtig sein könnte.«

Sie verdrehte ihre Augen. »Philipp Hartmann. Ich habe mich von ihm getrennt, weil … ich weiß es gar nicht mehr so genau. Es passte einfach nicht mehr. *Wir* passten nicht mehr zusammen. Wir waren drei Jahre lang ein Paar. Philipp ist mittlerweile verheiratet und hat ein Kind. Wir laufen uns noch ab und zu über den Weg. Er hat ganz sicher nichts mit den Morden zu tun.«

»Das werden wir überprüfen«, erklärte Matthias, während er sich wieder Notizen machte.

Ungläubig starrte Sina ihn an. Stellte er jetzt tatsächlich all ihre Exfreunde unter Generalverdacht? Nicht zu fassen.

»Weiter«, forderte er sie auf.

Sie schloss kurz ihre Augen. »Ich finde, wir sollten uns lediglich auf meine längeren Beziehungen konzentrieren.«

»Sina«, griff nun Gerhard ein. »Jeder Mann, der Interesse an dir bekundet hat, ist erst mal verdächtig.«

»Vor Philipp war ich auch eine Weile solo«, erklärte sie leise. »In der Zeit lernte ich einen jungen Polizisten kennen.«

Matthias blickte sie scharf an.

»Marc«, flüsterte sie kaum hörbar und wandte ihren Kopf ab.

»Unser Marc?« Gerhard blickte sie irritiert an.

»Es war … mein Gott.« Sie fuhr sich mit den Händen über ihr Gesicht. »Wir waren nicht verliebt oder so. Wir lernten uns kennen, als Marc noch nicht hier arbeitete.« Sie schüttelte ihren Kopf. »Es hatte nichts mit unserem Job zu tun. Er hätte gern eine Beziehung mit mir gehabt, aber ich …« Sie zögerte. »Ich habe ihn nicht geliebt.«

»Wie lange?« Matthias sah sie eindringlich an.

»Es war nur eine Art Strohfeuer«, fuhr Sina mit erstickter Stimme fort. »Ich möchte nicht, dass ihr ihn darauf ansprecht.«

»Das wird auch nicht nötig sein«, sicherte Gerhard ihr zu und warf Matthias einen kurzen Blick zu. »Marc ist sicher nicht unser Mann.«

Matthias nickte grimmig. »Weiter.«

»Weiter, weiter«, äffte Sina ihn wütend nach. »Verdammt. Carsten, Carsten Weißmehl. Wir waren zwei Jahre zusammen. Er hat mich betrogen. Wahrscheinlich kann er sich nicht einmal mehr an mich erinnern.«

Matthias schrieb eifrig mit.

»Thorsten Hohlmann, eineinhalb Jahre Beziehung, wir trennten uns, weil er beruflich in die USA ausgewandert ist. Davor gab es noch Sascha Pfrontner. Drei Jahre Beziehung, er hat sich von mir getrennt, weil …« Sie überlegte. »Keine Ahnung. Das ist ewig her.«

»Weiter.« Matthias machte sich erneut Notizen.

»Weiter?« Sinas Stimme klang schrill. »Das war es, es gibt kein Weiter mehr. Ich bin zweiunddreißig Jahre alt. Denkst du etwa, ich hätte mich durch halb Weinheim gev…« Sie winkte ab. »Entschuldigt bitte, aber ich glaube einfach, das bringt überhaupt nichts.« Sie bedeckte ihre Augen mit den Händen. »Dieser Irre wird sich die nächste unschuldige junge Frau suchen und wir können ihn nicht aufhalten.«

»Wir werden ihn aufhalten«, erwiderte Matthias entschlossen.

Gerhard nickte mit Nachdruck. »Das werden wir, Sina.«

»Lass uns zu Konrad fahren.« Matthias erhob sich. »Wollen wir doch mal hören, was der werte Anwalt Samstagnacht gemacht hat.«

44

Zehn Minuten später parkte Matthias den Wagen vor der Kanzlei, in der Alexander Konrad arbeitete. Als Sina keine Anstalten machte auszusteigen, hielt er inne und sah sie an. Sie hatte trotzig ihr Kinn vorgeschoben. »Sina?«

»Na los, frag schon.«

Obwohl er wusste, worauf sie anspielte, schwieg er.

Sie wandte ihren Kopf und funkelte ihn wütend an. »Was ist? Du willst es doch wissen.«

»Es geht mich nichts an, Sina.«

Sie lachte kurz auf. »Es geht dich nichts an? Jetzt, auf einmal, geht es dich nichts an. Nachdem ich mein gesamtes Liebesleben vor euch ausgebreitet habe.«

»Du weißt doch, warum«, versuchte er, sie zu beschwichtigen.

Sina wandte ihm ihren Oberkörper zu und setzte sich so hin, dass sie ihn besser fixieren konnte. »Nein«, widersprach sie. »Ehrlich gesagt, weiß ich nicht, warum ich euch aufzählen musste, mit wem ich wann und aus welchem Grund zusammen war.«

Matthias musterte ihr müdes Gesicht. Mittlerweile stimmte er ihr insgeheim zu, dass bei ihren Nachforschungen wohl nichts herauskommen würde. Die Liste der Exfreunde war überschaubar. Sinas Ausführungen hatten sich nicht so angehört, als ob einer von ihnen ihr noch jahrelang nachgetrauert hätte. Kein schwarzer Fleck in Form eines irren Verehrers schien ihre Vergangenheit zu trüben.

»Da ist nichts«, ereiferte sie sich weiter. »Das waren alles normale Typen. Beziehungen, wie es sie millionenfach gibt. Kein Stalker, kein Wahnsinniger, der nicht von mir loskommt.«

»Dann können wir diese Option wenigstens ausschließen.« Er blieb ruhig.

Genervt ließ sie sich in den Sitz zurückfallen und atmete tief durch. »Es ist nicht so, dass …« Sie blickte aus dem Fenster der Beifahrertür.

»Du musst mir nichts erklären.« Sie tat ihm leid. Er sah ihr an, wie sie sich quälte. Sie wollte unbedingt den Eindruck vermeiden, dass sie mit jedem Kollegen anbandelte. Matthias hatte genug erlebt, um zu wissen, dass Sina Engel keine Frau war, die sich sofort jedem Kerl an den Hals schmiss. Doch ihr war es aus irgendeinem Grund wichtig, kein falsches Bild bei ihm zu erwecken.

»Wir haben uns auf einer Party in Mannheim kennengelernt.« Ihre Stimme zitterte. »Mein Gott, das ist Jahre her. Wir sind ein paar Mal miteinander ausgegangen. Er war süß.« Sie verzog ihr Gesicht. »Er sieht immer noch sehr gut aus.«

Matthias dachte an den dunkelhaarigen Beamten, der nicht viel jünger als er selbst war.

»Es war nichts Ernstes. Er war witzig, nett, charmant.« Wieder zögerte sie. »Aber ich wusste, dass ich ihn nicht liebte. Nach zwei oder drei Wochen sagte ich ihm das auch, weil ich merkte, dass er mehr für mich empfand. Es wäre unfair gewesen, es weiterlaufen zu lassen.«

Er betrachtete Sina, als sie gedankenversunken von ihrer Vergangenheit erzählte. Ihre Augen schimmerten.

»Er war enttäuscht. Ja klar, so ist das, wenn man sich Hoffnungen macht, die nicht erfüllt werden, oder?« Sie sah ihm in die Augen.

Matthias nickte langsam.

»Als er vor vier Jahren hier angefangen hat, sind wir beide aus allen Wolken gefallen.«

»Hat er … Wollte er eure Beziehung wieder aufleben lassen?« Jetzt hatte Matthias sich doch dazu hinreißen lassen nachzufragen.

»Nein, wir haben kurz über damals gesprochen, aber er hat nie eine Andeutung gemacht, dass er noch Interesse an mir hätte. Selbst wenn ich ihm tatsächlich das Herz gebrochen habe, er war darüber hinweg.« Sie erwiderte schweigend seinen Blick, bevor sie fortfuhr. »Ich glaube, er hat mittlerweile eine neue Freundin. Wir haben nie wieder darüber geredet. Es war einfach nicht mehr wichtig.« Sie legte ihren Kopf schief. »Und wenn ich es euch nicht erzählt hätte, wüsstet ihr es auch nicht. Das heißt ja wohl, keiner von uns beiden hat mehr ein Problem damit.«

Matthias musste ihr recht geben. Bisher hatte er zwischen Fornack und ihr keinerlei Spannungen oder merkwürdiges Verhalten festgestellt.

»Du hättest es mir nicht erzählen müssen.«

»Nein«, stimmte sie zu. »Aber ich wollte einfach nicht, dass du denkst, erst Marc, dann Carlo und jetzt …« Sie drehte ihr Handgelenk.

»Und jetzt ich?« Matthias räusperte sich. »Nein, keine Sorge, das denke ich nicht. Du hast mir schließlich deutlich zu verstehen gegeben, dass der Kuss … was da im Schlosspark passiert ist, ein Fehler war.«

Sina wollte etwas erwidern, presste dann aber nur ihre Lippen aufeinander und nickte.

»Lass uns mit Konrad reden«, versuchte er, die bedrückte Stimmung zu heben.

»Ja«, erwiderte sie erleichtert und stieg aus dem Wagen.

Am Empfang saß die rothaarige Angestellte und telefonierte. Matthias baute sich vor ihr auf und wartete.

Als sie ihr Gesicht hob und ihn erblickte, begann sie zu lächeln.

Matthias bemühte sich um einen unbeteiligten Gesichtsausdruck und wandte sich an Sina, die neben ihn trat. Sie hob ihre Augenbrauen und sah ihn verschwörerisch an.

»Hallo«, hauchte die Rothaarige, nachdem sie das Telefonat beendet hatte.

»Erinnern Sie sich noch an uns?« Er zog seinen Ausweis hervor.

»Ja.« Sie nickte eifrig. »Natürlich.«

»Wir müssten noch mal mit Ihrem Chef sprechen.«

»Oh«, entfuhr es ihr. »Ich weiß nicht …«

Wahrscheinlich hatte Konrad seiner Angestellten nach ihrem letzten Besuch entsprechende Instruktionen gegeben.

»Jetzt«, erklärte Matthias mit strenger Stimme. »Wir müssen jetzt mit Herrn Konrad sprechen. Es geht um eine Mordermittlung.«

Die Angestellte zuckte zusammen. »Äh, ja, sicher, einen Moment …« Sie erhob sich hinter ihrem Schreibtisch und verschwand in dem Gang zu Konrads Büro.

»Sie steht auf dich«, bemerkte Sina mit trockener Stimme.

Matthias zuckte mit den Achseln und schwieg.

Drei Minuten später kam ein sichtlich aufgebrachter Alexander Konrad um die Ecke gebogen, seine Angestellte folgte ihm leicht geduckt.

Sicherlich hat er ihr die Hölle heißgemacht, schoss es Matthias durch den Kopf.

»Herr Konrad.« Matthias nickte ihm betont freundlich zu.

»Was wollen Sie, Sommer?«, knurrte der Anwalt ihnen entgegen.

»Können wir irgendwo ungestört reden?«, machte sich jetzt auch Sina bemerkbar.

Konrad seufzte. »Kommen Sie. Aber ich habe nicht viel Zeit«, erklärte er ihnen, während er durch den Flur voranging. »Ich habe gleich einen wichtigen Termin.«

»Der wird wohl warten müssen«, widersprach Matthias seelenruhig.

Der Jurist drehte sich um und warf ihm einen wütenden Blick zu. »Bitte schön.« Er zeigte in sein Büro und schloss hinter ihnen die Tür.

Da er in der Mitte des Raumes stehen blieb und keine Anstalten machte, ihnen einen Stuhl anzubieten, lehnte sich Matthias lässig gegen den Schreibtisch.

»Wo waren Sie Samstagnacht zwischen drei und fünf Uhr?«

»O nein.« Konrad stöhnte genervt auf und verdrehte die

Augen. »Sie denken doch nicht wirklich, dass ich die Kleine am Mausoleum auf dem Gewissen habe?«

»Beantworten Sie bitte seine Frage«, mahnte Sina neben ihm.

»Im Bett, mit meiner Freundin.«

»Name?«

»Jana Vogt.«

»Ihnen ist klar, dass wir das überprüfen werden?«, fuhr Matthias ihn an.

»Was wollen Sie von mir?« Konrad stampfte mit dem Fuß auf. »Ich weiß ja nicht einmal, wer die Tote war. Warum sollte ich eine Wildfremde umbringen wollen?«

»Vielleicht war sie ja nicht wildfremd«, konterte Matthias grimmig.

Konrad kochte, riss sich jedoch sichtlich zusammen. »Sprechen Sie mit Jana, sie wird Ihnen mein Alibi bestätigen. Sie sind ja verrückt! Kommen Sie jetzt jedes Mal zu mir, wenn eine neue Leiche auftaucht?«

»Könnte sein«, erwiderte Matthias vage.

45

Als sie vor dem Revier aus dem Auto stiegen, klingelte Sinas Handy. Sie bedeutete Matthias, schon ohne sie hineinzugehen. Er nickte und verschwand im Inneren des Gebäudes.

Sina erkannte die Nummer von Lena Olundson auf dem Display. »Engel.«

»Olundson hier. Frau Engel, ich konnte endlich das Missverständnis mit dem Artikel vom Samstag klären.«

»Ich höre.« Sie war immer noch wütend.

»Also, mein Chef, Richard Sonntag, der verantwortliche Chefredakteur, hat mich vor einer halben Stunde zurückgerufen.«

Sina verlagerte ungeduldig ihr Gewicht von einem Bein auf das andere.

»Er wurde am Freitagabend noch von einem Kommissar in Ihrem Auftrag angerufen, der ihm mitteilte, Sie hätten es sich anders überlegt. Der Artikel solle doch schon am Samstag veröffentlicht werden.«

Sina meinte, sich verhört zu haben. »Wie bitte?«

»Ja, ich fand das auch merkwürdig. Aber er schwört, dass es die Wahrheit ist. Er hat sich den Artikel daraufhin extra aus meinem Ordner heruntergeladen, da ich ihn ja noch gar nicht für druckreif befunden hatte.«

»Kann er sich an den Namen des Anrufers erinnern?« Sina konnte es nicht fassen.

»Ein Kommissar Winter.«

»Kommissar Winter?« Sina wurde schwindlig. Ihre Gedanken überschlugen sich. Was ging hier vor sich? »Eine Nummer haben Sie nicht zufällig für mich?«

»Ich habe in der Anrufliste des Apparats nachgeschaut, an dem mein Chef das Telefonat angenommen hat. Leider eine unterdrückte Nummer.«

»Das Polizeirevier hat keine unterdrückte Telefonnummer. Und einen Kommissar Winter gibt es bei uns auch nicht.« Sina konnte es nicht glauben. Wer hatte bei den *Weinheimer Nachrichten* angerufen und sich als Polizeibeamter ausgegeben? Und wer hatte überhaupt von dem Interview und dem Artikel gewusst?

»Frau Engel, es tut mir ehrlich leid«, fuhr Olundson fort. »Aber Richard hat sich wirklich nichts dabei gedacht, als er den Artikel freigegeben hat. Wie hätte er denn ahnen können, dass der Anruf fingiert war? Ich soll Ihnen auch von ihm sagen, dass er sich aufrichtig für den Fehler entschuldigen möchte.«

Sina überlegte. »Ich habe niemanden damit beauftragt, bei Ihnen anzurufen.«

Die Journalistin schnaubte ins Telefon. »Natürlich nicht, aber Richard ... er nahm an, dass es sich um einen Ihrer Mitarbeiter handelte.«

Sina schwieg.

»Haben Sie denn einen Verdacht, wer hinter diesem bösen Scherz stecken könnte?«

»Nein«, entgegnete sie nachdenklich. »Ich habe nicht die geringste Ahnung.«

Sina beendete das Gespräch und betrat das Polizeirevier.

Als sie im Obergeschoss ankam, saßen ihre Mitarbeiter an den Schreibtischen und besprachen den gestrigen Kerweabend. Außer einigen Pöbeleien hatte es keine besonderen Vorkommnisse gegeben. Matthias lehnte am Türrahmen ihres Büros und hörte zu.

»Wir treffen uns in fünf Minuten im Besprechungsraum«, ordnete sie an, während sie eilig an ihren Kollegen vorbeihastete.

Als sie ihre Tür schließen wollte, drückte Matthias sie mit der Hand wieder auf. »Alles in Ordnung?«

»Nein«, fauchte Sina. »Nichts ist in Ordnung.«

Während Matthias sie stirnrunzelnd musterte, berichtete sie ihm von dem Telefonat mit der Journalistin.

»Was hat das zu bedeuten? Soll das ein Scherz sein? Winter in Anlehnung an Sommer?« Matthias schüttelte den Kopf.

Sina stützte für einen Moment ihre Stirn in die Hände und schwieg. Als sie wieder aufblickte, hatte er sich nicht von der Stelle bewegt. »Ich weiß nicht mehr, was ich noch denken soll. Eine junge Frau ist auf grauenhafte Weise ums Leben gekommen. Dann legt der Mörder mir eine Rose vor die Wohnung. Und jetzt noch dieser merkwürdige Anruf bei der Zeitung. Außer uns wusste überhaupt niemand von dem Artikel, aber von uns war es doch definitiv niemand. Ich verstehe das alles nicht.«

»Wir fragen deine Mitarbeiter, ob sie irgendjemandem von deinem Treffen mit Olundson erzählt haben. Vielleicht ohne sich etwas dabei zu denken.«

»Und dann? Dann ruft irgendjemand bei der Zeitung an und lässt den Artikel früher veröffentlichen als gewünscht? Und benutzt einen Namen, der offensichtlich eine Anspielung auf deinen ist?« Sie schüttelte den Kopf. »Nein, das ergibt doch alles keinen Sinn.« Wütend erhob sie sich. »Ich befürchte stark, dass ich weiß, wer dort angerufen hat.«

Matthias blickte sie fragend an.

»Woher sollte der Täter von deinem Interview mit dieser Journalistin wissen?« Gerhard sah sie skeptisch an.

»Das ist genau die Frage, die ich mir auch stelle.« Sina ließ den Blick über ihre Mitarbeiter wandern. »Hat einer von euch mit irgendjemandem über diese Ermittlungen gesprochen? Vielleicht beiläufig, ohne böse Absicht? Mit Nachbarn, Freunden, Familie, Bekannten?« Gespannt registrierte sie die Mienen der drei Beamten. Doch diese schüttelten nur den Kopf. »Bitte überlegt noch mal in Ruhe. Ich habe das ungute Gefühl, dass der Täter mit uns spielt. Und dass er uns immer einen Schritt voraus ist.«

»Wir haben bereits damit begonnen, die Namen zu überprüfen, die Gerhard uns mitgeteilt hat«, ergriff Marc das Wort.

»Und?« Sina war müde.

»Nichts. Thorsten Hohlmann lebt in den USA und hält sich momentan auch dort auf. Sascha Pfrontner lebt seit fünf Jahren in Hamburg und hat am Wochenende mehrere Geschäftstermine wahrgenommen. An den anderen Männern sind wir noch dran.«

Sina seufzte und warf Matthias einen wütenden Blick zu.

»Der Autopsiebericht ist da«, fuhr Basti fort. »Dieselbe Tatwaffe wie bei den anderen beiden Opfern. Der Tod trat gegen vier, halb fünf in der Frühe ein.«

»Mein Gott, das bedeutet, dass er sie mindestens eine Stunde lang gequält hat.« Schockiert starrte Sina auf die Tischplatte vor sich. »Bitte kümmert euch morgen um die Tatwaffe.« Sie hob ihre Hände. »Ich weiß, das haben wir schon zweimal getan. Und es ist wieder das gleiche Messer. Aber wir müssen etwas unternehmen. Wir können nicht einfach darauf warten, dass wir zufällig auf irgendwelche Spuren stoßen. Wir müssen mit Nachdruck klären, welche Messer infrage kommen. Seht euch noch mal die Daten der Gerichtsmedizin, Beschaffenheit und Länge der Schneide an. Vielleicht bringt uns das einen Schritt weiter.«

»Messer werden jeden Tag zu Tausenden gekauft«, wandte Basti ein. »Woher sollen wir denn wissen, wo und wann unser Mann die Tatwaffe besorgt hat?«

Sina sah ihn genervt an. »Verdammt, Basti. Wir müssen diesen Schweinehund endlich schnappen. Fällt dir vielleicht etwas Besseres ein? Dann immer her mit den guten Ideen!«

Matthias sah sie warnend an. »Wir stehen alle ziemlich unter Druck. Es bringt nichts, wenn wir uns jetzt gegenseitig anpflaumen.«

Sina legte den Kopf in den Nacken und schloss ihre Augen. Er hatte recht. Und Basti ebenfalls. Jede Spur, der sie nachgingen, würde wieder in einer Sackgasse enden.

Es war zum Heulen. Sie hatten nichts. Ihr rasten unzählige Gedanken durch den Kopf, doch sie wusste einfach nicht mehr weiter. Verärgert spürte Sina, wie ihre Augen feucht wurden.

»Was ist mit Konrad?«, ergriff Gerhard im nächsten Moment das Wort.

Matthias erzählte ihnen von ihrem Besuch bei dem Anwalt.

Als Sinas Handy klingelte, erhob sie sich erleichtert und verließ den Besprechungsraum. Im Flur rieb sie sich kurz über das Gesicht. Sie kannte die Nummer auf dem Display nicht. »Engel.«

»Bin ich mit Kriminalhauptkommissarin Sina Engel verbunden?«

Ihr kam die Frauenstimme nicht bekannt vor. »Am Apparat. Was kann ich für Sie tun?«

»Mein Name ist Sonja Meister. Ich …« Die Stimme brach ab. »Ich rufe an wegen des Artikels.«

»Welcher Artikel?«, fragte Sina alarmiert nach.

»In den *Weinheimer Nachrichten* stand heute ein Artikel über den Mord. Diese Sache am Mausoleum. Die junge Frau.«

»Ja«, bestätigte Sina gedehnt.

»Ich … ich war Samstagnacht auch dort oben.«

»Sie haben etwas gesehen?« Sinas Puls beschleunigte sich.

»Ich … ich weiß nicht genau.« Die Frau hörte sich verunsichert an. »Vielleicht.«

»Frau Meister, hören Sie: Jeder noch so kleine Hinweis kann für uns nützlich sein.«

»Ja, ich weiß. Ich habe Ihren Aufruf gelesen. Erst wollte ich gar nichts sagen. Aber dann habe ich es Stefan erzählt und er meinte, ich solle mit Ihnen sprechen.«

»Stefan ist Ihr Mann?«

»Mein Lebensgefährte«, berichtigte die Anruferin.

»Wäre es möglich, dass Sie zu uns aufs Revier kommen?«

»Ich wohne in Weinheim. Ich könnte in einer halben Stunde bei Ihnen sein.«

»Ich wäre Ihnen sehr dankbar, wenn Sie das tun würden, Frau Meister. Dann können wir uns in Ruhe über Ihre Beobachtung unterhalten.«

Sina beendete das Gespräch und blickte einen Moment lang gedankenversunken auf das Telefon in ihrer Hand. War es möglich, dass sie endlich eine Zeugin gefunden hatten? Sie wollte sich nicht zu viele Hoffnungen machen, doch sie konnte nicht verhindern, dass sie sich von dem Gespräch neue Erkenntnisse erwartete. Angespannt kehrte sie in den Besprechungsraum zurück.

»Die Rose vor Sinas Wohnung ist dieselbe Sorte wie die Rose am Mausoleum«, erklärte Basti gerade.

Als sie den Raum betrat, sah Matthias sie fragend an. Sie schüttelte unmerklich den Kopf.

»Die blaue Faser könnte vom Täter stammen«, fuhr Basti fort, während er auf den Bericht vor sich schaute. »Die Spurensicherung meinte, wir sollten Rufs Lebensgefährten nach blauen Kleidungsstücken fragen, beziehungsweise danach, ob er oder die Schwester am Samstagabend etwas Dunkelblaues trugen. Denn eventuell könnte die Faser auch von einem der beiden stammen.«

»Gerhard, kümmerst du dich morgen früh bitte darum?«, wandte sich Sina an ihren dienstältesten Mitarbeiter.

Er nickte und schrieb etwas in sein Notizbuch.

»Möchtet ihr heute noch mal auf der Kerwe Kontrolle laufen?« Sina sah in die Runde. Alle drei nickten. »Die Streifenbeamten haben bereits gemeldet, dass wesentlich weniger los wäre als am Samstag. Gestern sind wohl auch schon einige Leute zu Hause geblieben. Aber der Artikel heute Morgen hat noch weitere potenzielle Besucher abgeschreckt.«

Marc bestätigte, dass sich bereits gestern Abend die Geschehnisse der vorigen Nacht herumgesprochen und viele Menschen dazu veranlasst hatten, ihren Kerwebesuch abzublasen.

»Ich stoße zu Ihnen dazu, sobald ich Frau Engel nach Hause gefahren habe«, erklärte Matthias, während er Sinas Blick suchte.

Sie nickte. »Gut, dann war es das für heute. Ich danke euch für euren Einsatz. Ich denke, es ist ausreichend, wenn ihr bis Mitternacht unterwegs seid. Montags ist erfahrungsgemäß nicht mehr viel los zu später Stunde. Die Regatta fand bereits heute Nachmittag statt. Viele Familien haben den arbeitsfreien halben Tag genutzt, um mit ihren Sprösslingen noch mal einen Bummel über das Fest zu machen.« Sie zögerte. »Und ich denke, wir sind uns alle darin einig, dass der Mörder seine perverse Neigung am Samstag ausreichend befriedigt hat. Die nächsten drei Tage kann jeder von euch einen Tag freinehmen, als Ausgleich für die Doppelschichten. Sprecht euch ab, wer wann zu Hause bleiben will.«

46

Als Sonja Meister das Großraumbüro der Kriminalpolizei betrat, waren Marc, Basti und Gerhard bereits mit den Heidelberger Kollegen in Richtung Innenstadt aufgebrochen. Matthias stand am Fenster in Sinas Büro und beobachtete eine Familie, die, schwer bepackt, das Bahnhofsgebäude betrat. Der Vater wirkte gestresst, zog einen Koffer hinter sich her, während eines der beiden Kinder an seinem Hemd zerrte. Die Mutter schimpfte mit dem anderen Kind, das wütend mit seinen Armen herumfuchtelte. Sina saß auf ihrem Stuhl und massierte sich den Nacken.

»Ein langer Tag.«

»Ja, früher hat mir das nichts ausgemacht, aber die Schwangerschaft …« Sina unterbrach sich, als es an ihrem Türrahmen klopfte. »Ja?«

Eine attraktive Frau Mitte dreißig trat ins Büro ein.

»Hallo, mein Name ist Sonja Meister. Haben wir vorhin telefoniert?« Fragend blickte die schlanke Blondine Sina an.

Sie erhob sich und streckte der Besucherin ihre Hand hin. »Sina Engel. Hallo, Frau Meister. Schön, dass Sie es so schnell einrichten konnten.« Sie wandte sich an Matthias. »Das ist mein Kollege, Kommissar Sommer.«

Auch Matthias begrüßte die Frau, bevor sie mit ihr in das Nebenzimmer gingen, in dem Sina heute Morgen noch ihr Liebesleben erörtert hatte. »Bitte, nehmen Sie doch Platz.« Sina zeigte auf den freien Stuhl ihnen gegenüber.

»Möchten Sie etwas trinken?«

Sonja Meister sah zu Matthias und schüttelte den Kopf. »Nein, danke, ich …« Sie umklammerte ihre Handtasche.

»Frau Meister, Sie wollten uns erzählen, was Ihnen Samstagnacht aufgefallen ist.« Sina sprach mit beruhigender Stimme, da die Frau einen aufgewühlten Eindruck machte.

»Ja.« Die Blondine nickte erleichtert. »Ja, ich glaube, ich …«
Matthias warf Sina einen kurzen Blick zu.

»Ich glaube, ich habe den Mörder gesehen.« Die Blondine atmete tief aus.

Sinas Gedanken rasten. War das etwa der lang ersehnte Durchbruch? Sie registrierte, wie sich Matthias neben ihr ebenfalls verkrampfte. »Sie haben den Mord beobachtet?«

Die Frau schüttelte hastig den Kopf. »Nein, Gott bewahre.« Sie blickte kurz zur Tür. »Nein. Ich …« Nervös fuhr sie sich mit der Hand durch ihr Haar.

»Frau Meister.« Sina versuchte erneut, die Frau zu beschwichtigen. »Wir haben Zeit. Erzählen Sie uns doch einfach von Beginn an, was passiert ist.«

Die Zeugin nickte. »Ja, also: Ich habe auf der Kerwe gekellnert. Am Hutplatz. Das mache ich schon seit Jahren. Ich habe eine Hundepension auf der Ofling.«

»Ofling?«, hakte Matthias nach.

»Ein Stadtteil von Weinheim, direkt hinter dem Waidsee«, erklärte Sina ungehalten.

»Nun, ich gebe auch Kurse, Hundeerziehung, solche Sachen. Aber als Jugendliche habe ich schon damit begonnen, auf der Kerwe zu kellnern. Der Gastronom ist ein Bekannter meiner Eltern. So bin ich zu dem Job gekommen.« Sie nickte. »Und kellnere bis heute.«

»Sie haben auch am Samstag gearbeitet?«, folgerte Sina.

»Ja, von nachmittags an bis zwei Uhr in der Nacht.«

»Zwei Uhr?« Matthias runzelte die Stirn.

»Ja, Stefan, also mein Freund, hat mich nach Feierabend abgeholt. Eigentlich wollten wir direkt nach Hause gehen. Meine Füße brannten, ich konnte kaum noch laufen. Stefan hatte den Wagen am Schlosspark abgestellt, in der Nähe des Altenheims.«

Sina beugte sich vor.

»Am Marktplatz haben wir zufällig ein paar Bekannte getroffen, mit denen wir uns dann noch total verquatscht haben.«

Sie grinste schief. »Ich war so müde, meine Güte. Es war fast drei Uhr, als wir endlich weiterkamen. Wir haben die Abkürzung durch den Schlosspark genommen, sind an der Wiese vorbeigelaufen, Richtung Spielplatz.« Sie errötete leicht. »Auf einmal kam Stefan auf die Idee, mir einen Blumenstrauß aus Gänseblümchen pflücken zu wollen. Stellen Sie sich das mal vor. Nachts um drei.« Sie verdrehte ihre Augen, während ihr Gesicht einen liebevollen Ausdruck annahm. »Aber das ist seine Art, manchmal etwas verrückt. Ich war so kaputt, dass ich schon vorangegangen bin. Ich habe ihm gesagt, dass ich im Auto auf ihn warte. Ich konnte wirklich nicht mehr stehen. Das stundenlange Servieren …« Sie verzog ihr Gesicht.

»Welchen Weg haben Sie genommen?« Sina legte eine Karte des Parks auf den Tisch.

»Hier entlang.« Sonja Meister deutete auf einen Punkt. »Vor dem Spielplatz haben wir uns getrennt. Ich bin dann diesen steilen Stich hochgestiegen, Richtung Mausoleum. Durch das kleine Tor«, wieder deutete sie auf den Plan, »haben wir den Park verlassen.«

»Und was ist Ihnen dabei aufgefallen?« Auch Matthias wirkte angespannt.

»Als ich in dieser Kurve hier war …«, Sonja Meister schaute erneut auf den Plan, »… hier, sehen Sie? Der Weg macht eine scharfe Biegung nach links. Als ich mich dort befand, kam mir plötzlich ein Mann entgegen.«

»Ein Mann?« Sina hielt den Atem an.

»Ja.« Sie nickte. »Er war plötzlich da. Ich habe ihn gar nicht kommen hören. Im Nachhinein vermute ich sogar, dass er dort zwischen den Bäumen gestanden haben muss.«

Wie gebannt folgte Sina der Bewegung von Sonja Meisters Hand, die auf die Stelle deutete, wo die Beamten am Sonntag das niedergetrampelte Moos entdeckt hatten.

»Was geschah dann?«

Sie zuckte mit den Achseln. »Nicht viel, ehrlich gesagt. Während er mir entgegenkam, hatte ich plötzlich ein furchtbar ungutes Gefühl. Mir fiel sofort der Kerweschlitzer ein. Als er an mir vorbeiging, befanden wir uns im Schein einer Straßenlaterne. Als ich ihn in dem Licht deutlich erkennen konnte, kam mir meine Angst auf einmal total lächerlich vor. Erst als er an mir vorbei war, überfiel mich erneut diese Panik. Ich hatte das Gefühl, als ob …« Sie suchte nach Worten. »Als ob er mich gleich von hinten angreifen würde.«

Sina biss sich auf die Lippe.

»Im gleichen Moment habe ich Stefans Stimme gehört. Er hat mich gerufen. Als ich stehen blieb und mich umdrehte, hatte sich der Mann schon ein Stück von mir entfernt.« Sonja Meister zuckte mit den Achseln. »Vielleicht war es auch nichts. Aber da Sie nach Personen suchten, die sich um diese Uhrzeit im Schlosspark aufhielten …«

»Wann genau war das?«, wollte Matthias wissen.

»Die Uhr am Auto zeigte drei Uhr zehn an, als wir einstiegen.«

Sina blickte alarmiert zu Matthias. Wenn der Mann nicht der Mörder war, müsste es sich bei ihm um einen weiteren Zeugen handeln. Marlene Ruf war genau um diese Uhrzeit überfallen worden, denn Markus Wagner hatte sich kurz nach drei von seiner Verlobten verabschiedet. Der Weg vom Spielplatz zum Mausoleum betrug maximal vier Minuten.

»Sie konnten den Mann gut erkennen?« Sina musterte Sonja Meister.

»Ja, wie gesagt, wir befanden uns beide unter einer Laterne. Er war … unauffällig. Sein Haar war nicht blond, nicht braun.« Sie hob ihre Hand. »›Straßenköterblond‹ würde Stefan sagen.«

»Können Sie seine Kleidung beschreiben?«

»Jeans und ein dunkles T-Shirt, schwarz oder dunkelblau.« Sie nickte. »Unscheinbar. Normale Größe, normale Statur.«

»Sie sagten, als Sie ihn deutlich erkennen konnten, sei Ihnen Ihre Angst lächerlich vorgekommen. Warum?« Sina blickte von ihrem Notizblock hoch.

»Na ja, er wirkte harmlos. Nicht gefährlich.« Sie zögerte einen Moment. »Außerdem hatte ich das Gefühl, ich hätte ihn früher am Abend schon einmal gesehen.«

Matthias veränderte seine Sitzposition. Auch Sina war nun hochkonzentriert. »Sie meinen, Sie haben ihn im Laufe Ihrer Schicht bedient?«

»Ich weiß nicht«, druckste die Zeugin herum. »Er kam mir irgendwie bekannt vor. Das Gesicht, die Haltung.« Sie zog ihre Nase kraus. »Ich habe mir schon den Kopf darüber zermartert, aber es fällt mir nicht ein, in welchem Zusammenhang ich ihm begegnet sein könnte.« Sie zuckte mit den Achseln. »Vielleicht irre ich mich auch. Normalerweise habe ich allerdings ein sehr gutes Personengedächtnis.«

»Wir müssen ein Phantombild des Mannes anfertigen lassen«, erklärte Matthias bestimmt. »Würden Sie uns dabei helfen?«

»Natürlich. Ich versuche es zumindest.« Sonja Meister nickte zustimmend.

»Am Mittwoch kommt der Polizeizeichner immer nach Heidelberg. Ich würde gern mit Ihnen zu ihm fahren. Können Sie das einrichten?«

»Ja, natürlich. Schließlich bin ich meine eigene Chefin.«

»Sollte Ihnen vorher noch einfallen, wo Sie dem Mann schon einmal begegnet sind, rufen Sie mich bitte an. Jederzeit.« Matthias reichte ihr eine Visitenkarte.

»Meinen Sie, der Mann könnte der Täter sein?« Sonja Meister sah von Sina zu Matthias.

»Wir wissen es nicht. Aber wir werden es überprüfen.«

47

»Was hältst du von der Sache?« Sina sah Matthias von der Seite an, während er den Wagen startete.

»Könnte was dran sein.«

Sina nickte. »Mit dem Phantombild können wir zumindest nach ihm fahnden. Vielleicht erkennt ihn jemand.«

»Oder er meldet sich selbst.«

»Dann ist er aber nicht unser Mann.«

»Fahr doch«, fluchte Matthias, als der rote BMW vor ihm bremste, obwohl die Ampel grün war.

»Warum machst du nicht auch Feierabend?« Sina musterte sein müdes Gesicht. »Die letzte Nacht auf der Couch war sicherlich nicht allzu bequem.«

»Es war okay«, murmelte er undeutlich. Und nach einigen Sekunden des Schweigens setzte er nach: »Ich habe dich gestern gehört.«

Sina erstarrte. Er hatte sie weinen hören. Natürlich, schließlich wusste sie aus eigener Erfahrung, wie hellhörig das Hochhaus aus den Achtzigerjahren war.

»Ich wusste nicht, ob ich …«, fuhr er nun fort.

Sie wandte ihren Blick ab. Auch sie war sich nicht sicher, ob sie sich gewünscht hätte, dass er zu ihr gekommen wäre. »Ich bin schwanger«, erwiderte sie leise.

Matthias seufzte. »Für einen kurzen Moment dachte ich einfach, ich sollte …« Er brach ab. »Eine blöde Idee, ich weiß.«

»Carlo fehlt mir so. Der Ring, seine Idee für den Antrag. Das war einfach alles zu viel.«

»Ich musste es dir sagen.« Er setzte den Blinker und bog auf den Multring ab.

»Und dafür bin ich dir auch dankbar. Ich wünschte nur, sie würden endlich seinen Mörder finden. Vielleicht könnte ich dann endlich mit seinem Tod abschließen. So …« Sie suchte nach den richtigen Worten. »Ich komme einfach nicht zur Ruhe. Es fühlt sich an, als ob … das letzte Puzzleteil fehle.«

Matthias nickte. »Ich verstehe, was du meinst.«

»Ah, Mist. Natascha habe ich ja ganz vergessen«, erinnerte sich Sina, als sie vor der Eingangstür des Hochhauses ihre Schwester erblickte.

»Natascha?«

»Meine Schwester. Wir sind verabredet.«

»Dann bist du zumindest nicht allein.« Er parkte den Wagen am Straßenrand und stieg aus. Sina öffnete ebenfalls die Beifahrertür und winkte ihrer Schwester kurz zu. Matthias blieb dicht vor ihr stehen und sah sie eindringlich an. »Ich wüsste gern, ob es gestern Abend die richtige Entscheidung war.«

Sie erwiderte seinen Blick, ohne etwas zu sagen.

Als sie stumm blieb, nickte er kurz und verabschiedete sich: »Denk darüber nach. Dass du schwanger bist, weiß ich übrigens. Pass bitte auf dich auf. Ich komme morgen etwas später bei dir vorbei, weil ich noch kurz einen Kollegen im Krankenhaus besuchen möchte. »

»Einen schönen Abend auf der Kerwe.«

Mit pochendem Herzen drehte sie sich um und ging zu Natascha, die noch immer am Eingang stand und wartete. Matthias' Worte hallten in ihr nach. »Hallo, Süße. Fast hätte ich unsere Verabredung vergessen.«

»Das habe ich gesehen«, erwiderte ihre Schwester ironisch. »Wer war denn der heiße Feger?«

Sina drehte sich um und sah dem Wagen hinterher, der sich gerade auf der linken Spur Richtung Stadtmitte einfädelte.

»Das ist Kommissar Sommer, mein Kollege. Carlos ehemaliger Partner.«

»Der ist ja schärfer, als die Polizei erlaubt.« Natascha lachte. »Er scheint auf dich zu stehen.«

Sina zog ihre Augenbrauen hoch, während sie Natascha zum Aufzug folgte. »Der Mann hat seinen Ruf als Weiberheld weg.«

»Bei dem Aussehen kein Wunder.«

»Natascha, du bist verheiratet.« Sina schüttelte amüsiert ihren Kopf.

»Na und? Denkst du, Jochen würde die Augen zumachen, wenn Angelina Jolie vorbeikäme?«

»Na ja, mit Angelina Jolie würde ich Matthias nicht unbedingt vergleichen.«

»Nein, nicht wirklich«, stimmte Natascha grinsend zu. »Ist er Deutscher? Diese Haare und die dunklen Augen …«

»Seinem Namen nach schon, oder nicht? Aber ich glaube, er hat eine französische Mutter.« Carlo hatte erwähnt, dass er jeden Sommer in Frankreich Familie besuchte.

»Oh, là, là! Ein heißblütiger Franzose.«

»Themawechsel.« Sina schloss die Wohnungstür auf und ließ ihre Schwester eintreten.

Obwohl es langsam dunkel wurde, waren es noch über dreißig Grad. Sina holte Getränke aus der Küche und trat auf die Terrasse hinaus.

Ihre Schwester lehnte sich an die Brüstung und schaute Richtung Riesenrad. »Es riecht nach Popcorn und gebrannten Mandeln.«

»Ja, je nachdem wie der Wind steht, kann man die Kerwe bis hierher riechen.«

»Wie geht es dir? Mal abgesehen davon, dass bei solchen Kollegen die Arbeit doch echt Spaß machen muss.«

Sina verzog ihr Gesicht und hob die Hand.

»Wow!« Natascha griff nach dem Ring und drehte ihn von rechts nach links. »Wo hast du den denn her?«

Sina zögerte kurz, doch dann erzählte sie ihr die ganze Geschichte. Erst von der Rose vor ihrer Wohnung, dann von Carlos Ring und schließlich von Matthias' Übernachtung auf ihrer Couch.

»Sina.« Natascha zog ihre Schwester an sich und strich ihr behutsam über den Rücken. »Es tut mir so verdammt leid. Bekommst du jetzt Personenschutz?«

»Nein, schließlich bin ich Polizistin. Dass wir in den Fokus der Täter geraten, kann leider immer passieren.«

»Bitte sei vorsichtig. Wenn ich mir nur vorstelle, was er mit diesen Frauen gemacht hat …«

Dass die Wirklichkeit noch viel grausamer war, als ihre Schwester sich vorstellen konnte, ließ Sina unerwähnt. Erschöpft lehnte sie ihren Kopf an Nataschas Schulter. »Ich kann nicht mehr. Momentan habe ich das Gefühl, dass ich überhaupt keine Zeit mehr für das Baby habe. Das hört sich vielleicht blöd an, aber …«

»Das hört sich überhaupt nicht blöd an«, widersprach Natascha heftig, während sie Sina ein Stück von sich wegschob, um sie ansehen zu können. »Du bist schwanger. Das Baby ist ab sofort der Mittelpunkt deines Lebens.«

»Ja, ich weiß. Aber ich muss erst diesen Irren fassen.« Sie berichtete von dem Gespräch mit Sonja Meister.

»Das hört sich doch gut an«, entgegnete Natascha triumphierend. »Vielleicht war das endlich sein entscheidender Fehler. Er wollte diese Zeugin abmurksen, wurde von ihrem Mann gestört und hat sich dann ein anderes Opfer gekrallt.« Natascha formte ihre Hand zur Faust. »Und jetzt gibt es jemanden, der ihn identifizieren kann.«

Sina nickte. »Ich hoffe, dass du recht hast. Wenn ich diesen Fall noch lösen könnte …«

»Und wenn nicht, kümmert sich dein Franzose darum.«

»Er ist nicht ›mein Franzose‹.« Sina setzte sich und starrte in die Dunkelheit.

»Ach Sina. Sobald die Kleine da ist, sollten wir beide mal wieder etwas zusammen unternehmen. Mama und Papa können babysitten und wir ziehen um die Häuser. Was hältst du davon?« Sie setzte sich Sina gegenüber und trank einen Schluck.

»Ganz ehrlich? Im Moment wäre ich nicht mal mehr imstande, diese Wohnung zu verlassen und überhaupt einen Fuß vor den anderen zu setzen.«

»Du bist schwanger. Hochschwanger. Während meiner Schwangerschaften hätte ich von morgens bis abends nur schlafen können, so fertig war ich. Aber das vergeht. Glaub mir.«

Sina nickte und hob ihr Glas. »Dann trinken wir auf müde Schwangere und bessere Zeiten.«

»Auf müde Schwangere, bessere Zeiten und scharfe Kommissare.« Natascha grinste sie über den Tisch hinweg an.

Sina schüttelte missbilligend ihren Kopf.

48

Der Geruch von Frittierfett kroch ihm in die Nase, als er am oberen Marktplatz entlangging. Sein Blick wanderte ein letztes Mal über die Buden, die vor den Cafés und Restaurants aufgebaut waren. Das war es also. Das größte Volksfest an der Bergstraße ging zu Ende. Und er hatte wieder einmal für den Höhepunkt der Feierlichkeiten gesorgt. Er, dessen Name niemand kannte, dessen Schaffen aber in aller Munde war. Dem es gelang, in den Zeitungen seitenweise für Schlagzeilen zu sorgen, dessen Gesicht aber ein unbeschriebenes Blatt war.

Seine Lippen verzogen sich zu einem hasserfüllten Grinsen. Morgen. Morgen stand die vorläufig größte Herausforderung auf seinem Programm. Kriminalhauptkommissarin Sina Engel. Die Rose schien sie in keiner Weise zu beunruhigen. Ihr Leichtsinn konnte für ihn nur von Vorteil sein. Sie würde bezahlen. Sie und diese Missgeburt, die in ihrem riesigen Bauch heranwuchs. O ja, sie würde bezahlen.

Er freute sich schon auf ihren Gesichtsausdruck, wenn sie endlich die Zusammenhänge begriff. Wenn sie erkannte, wie ichbezogen, wie unglaublich selbstverliebt sie all die Monate gewesen war. Und sie würde es verstehen, dafür würde er sorgen.

Der Platz, den er für sie auserkoren hatte, brachte sämtliche Vorzüge mit, die er bei seiner Arbeit zu schätzen wusste. Geschichtsträchtig, sehr stimmungsvoll und doch so abgelegen, dass sie ungestört sein würden. Nur er und die Frau Hauptkommissarin.

Die letzten Minuten ihres Lebens würde sie mit ihm allein verbringen. Vielleicht würde sie betteln, vielleicht flehen. Er konnte ihre Reaktion schlecht einschätzen. Aber war das nicht auch das Schöne an seiner Kunst? Diese Ungewissheit, wie unterschiedlich sein Schaffen von den Frauen aufgenommen wurde.

Die Schlampe hatte irgendwann resigniert. Sie schien geahnt zu haben, zu was er fähig war. Was ihre jahrelangen Demütigungen und Erniedrigungen in ihm ausgelöst hatten. Sie war einfach gestorben, ohne Bitten. Ohne zu hoffen, er könne in letzter Sekunde von seinem Plan abrücken. In jenem Moment hatte sie stillschweigend akzeptiert, was das Schicksal für sie bereithielt.

Ob Sina Engel ebenfalls etwas ahnte? Nein, diese Frau war viel zu narzisstisch, als dass sie mitbekommen würde, was um sie herum passierte. Sie würde aus allen Wolken fallen. Seine Überraschung wäre perfekt.

Er trat an die Bude und bestellte sich eine Portion Kartoffelpuffer mit Apfelmus.

49

Dienstag, 15. August

»Matthias! Schön, dich zu sehen.« Gunther saß aufrecht in seinem Krankenbett und sah Matthias entgegen.

»Guten Morgen, Gunther. Es scheint dir besser zu gehen«, erwiderte Matthias, als er an das Bett des Polizisten trat.

Sein Kollege nickte. »Ja, aber raus lassen sie mich erst nächste Woche.« Er klatschte mit der flachen Hand auf den Stuhl neben dem Bett.

Matthias setzte sich. »Du solltest es auch nicht gleich übertreiben. Denk an deine Lunge.«

»Ja, ja.« Gunther winkte ab und grinste. »Unkraut vergeht nicht.«

Matthias schüttelte seinen Kopf. »Genieß doch den Rundumservice hier und ruh dich einfach aus.«

»›Rundumservice‹? Dass ich nicht lache.« Der Polizeihauptmeister verzog sein Gesicht. »Die Schwestern rennen den ganzen Tag um dich herum, morgens um sechs ist die Nacht zu Ende und das Essen …« Er verdrehte seine Augen.

Matthias lachte. »Es scheint dir tatsächlich besser zu gehen.«

»Sag ich doch. Aber erzähl mir lieber von dir. Ich habe es in der Zeitung gelesen. Was für eine verfluchte Scheiße!«

»Das kannst du laut sagen. So eine Sauerei. Das Opfer …« Er brach ab und schwieg einen Moment. Noch immer bescherte ihm die Erinnerung an den Anblick der Leiche eine Gänsehaut. »Der Typ muss komplett ausgetickt sein.«

Gunther nickte gemächlich. »Was macht ihr jetzt?«

Matthias erzählte ihm vom Stand der Ermittlungen. »Wenn wir Glück haben, hilft uns das Phantombild weiter.«

»Wie schlägt sich die Kommissarin?« Sein Kollege veränderte seine Position.

Matthias zuckte mit den Achseln und schwieg.

»Na was jetzt?«

»Es geht ihr nicht gut.« Er erzählte Gunther von dem Ring und der Rose vor Sinas Wohnungstür.

»Das gibt's doch nicht. Und du meinst wirklich, der Typ hat es auf sie abgesehen?«

»Ich weiß es nicht. Aber ich habe kein gutes Gefühl bei der Sache. Gans wollte sie sicher unterbringen. Aber Sina …« Er zog seine Augenbrauen hoch.

»›Sina‹?« Gunther sah ihn prüfend an. »Kann sie dich jetzt etwa besser leiden?«

»Keine Ahnung.« Matthias schüttelte seinen Kopf.

»Sie ist schwanger. Warum gibt sie den Fall nicht einfach ab? Sie ist doch eh nicht mehr lang da, oder?«

»Nein, bis Ende nächster Woche. Aber sie hat sich in den Kopf gesetzt, den Fall vorher noch zu lösen.«

»Das ist doch Wahnsinn. Wenn dieser Irre sie tatsächlich ins Visier genommen hat … Meine Güte.«

»Ich habe Angst um sie, Gunther. Carlo ist nicht mehr da.

Er wäre alles andere als begeistert darüber, dass sie sich so unvernünftig verhält.«

»Sie ist alt genug.« Der Polizeihauptmeister kratzte sich am Kinn. »Du kannst ihr nichts vorschreiben.«

»Ich weiß.« Matthias nickte resigniert. »Du hättest mal sehen sollen, wie sie sich während der Abendschichten gequält hat. Ich dachte, sie kippt mir gleich um.«

»Frauen«, knurrte Gunther ungehalten. »Merken einfach nicht, wenn ihr Sturkopf vollkommen fehl am Platz ist.«

»Es tut mir übrigens sehr leid, was bei den Özcals passiert ist.« Matthias deutete auf den Verband an Gunthers Oberkörper.

»Vergiss es einfach. Der Typ gehört hinter Gitter und basta. Du konntest nichts dafür, das habe ich dir doch schon gesagt.«

»Danke«, entgegnete Matthias leise und stand auf. Einen Moment lang verharrte er am Fenster und sah auf die Grünfläche, die sich vor dem Klinikum erstreckte.

»Es soll Gewitter geben«, bemerkte sein Kollege hinter ihm.

»Ja, heute Abend schon. Aber das wird auch Zeit. Diese Schwüle ist kaum noch auszuhalten. Etwas Abkühlung wird uns allen guttun.« Matthias dachte kurz an Sina, an ihr Schluchzen vorletzte Nacht.

»Sag ihr einen Gruß von mir.«

Überrascht drehte er sich um und runzelte seine Stirn.

»Na, komm. Lass ihr etwas Zeit. Sie ist nämlich ein echt feiner Kerl.«

»Was meinst du?«

Gunther lachte. »Schon gut. Ist schließlich deine Sache.«

50

»Sind Sie Jana Vogt?« Sina musterte das Gesicht der schwarzhaarigen jungen Frau, die am Eingang des *Miramars* hinter der Kasse saß.

Als sie an der Wohnung von Alexander Konrads Freundin geklingelt hatten, war glücklicherweise gerade ein Nachbar aus seiner Haustür getreten und hatte sie über den Nebenjob der Studentin informiert.

Die Frau zuckte kurz zusammen und nickte. »Ja, um was geht es denn?«

Sina zog ihren Ausweis hervor und stellte sich und Matthias vor. »Sicher hat Ihnen Ihr Lebensgefährte, Herr Konrad, bereits erzählt, dass wir gestern bei ihm waren.«

Sie nickte. »Wir sind noch nicht so lang zusammen. ›Lebensgefährte‹ ist vielleicht nicht ganz der passende Ausdruck.«

»Frau Vogt, wir möchten lediglich von Ihnen wissen, ob Sie bestätigen können, dass Herr Konrad in der Nacht von Samstag auf Sonntag bei Ihnen war.« Matthias trat einen Schritt vor.

Jana Vogt schaute nervös auf die Schlange, die sich hinter den beiden Polizisten bildete. »Im Prinzip ja.«

Sina wurde hellhörig. »Was soll das heißen?«

»Alex … Herr Konrad meinte, es ging um die Zeit zwischen drei und fünf Uhr früh.« Sie klang zögerlich.

»Ja«, bestätigte Sina gedehnt. »Gibt es da ein Problem?«

»Nein.« Die Studentin schüttelte ihren Kopf. »Es ist nur … wir sind gegen zwei Uhr ins Bett gegangen. Vorher waren wir auf der Kerwe. Und ich kann nicht mit Sicherheit bezeugen, dass er die ganze Nacht neben mir geschlafen hat. Ich bin erst gegen halb neun aufgewacht, weil ich auf die Toilette musste.«

»Es wäre also rein theoretisch möglich, dass er Ihre Wohnung verlassen hat, ohne dass Sie es bemerkten?« Matthias runzelte die Stirn.

Jana Vogt zuckte mit den Achseln. »Rein theoretisch schon.« Sie verzog ihren Mund. »Denke ich.«

»Sie wissen aber, um was es geht?« Sina warf ihr einen scharfen Blick zu.

Jana Vogt nickte.

»Trauen Sie ihm denn zu, dass er ...?«

»Nein«, erwiderte die Studentin heftig. »Nein, natürlich nicht. Auf gar keinen Fall.« Ihre Augen weiteten sich. »Ich möchte einfach ...« Sie biss sich auf die Unterlippe. »Ich möchte einfach nichts Falsches sagen.«

»Wir verstehen. Sie können nicht hundertprozentig bezeugen, dass Konrad die ganze Nacht neben Ihnen gelegen hat.«

Die junge Frau nickte erleichtert. »Genau.«

»Das war es schon. Vielen Dank für Ihre Ehrlichkeit«, entgegnete Sina, bevor sie sich zum Gehen wandten.

Im Auto ergriff sie erneut das Wort: »Ich glaube nicht, dass es Konrad war.«

»Warum nicht?«

»Die Beschreibung der Zeugin: andere Haarfarbe, unauffälliger Typ. Das passt nicht. Konrad ist zwar ein arrogantes Arschloch, aber als unauffällig würde ihn wohl keine Frau bezeichnen.«

Matthias grinste. »Aha. Er gefällt dir also.«

Sina verzog ihr Gesicht. »Nein, danke. Trotzdem. Aber wir werden es ja sehen, sobald das Phantombild erstellt ist.«

»Du hast recht. Spätestens morgen wissen wir, ob Konrad Samstagnacht neben seiner Freundin gelegen oder Marlene Ruf abgeschlachtet hat.«

Als sie auf dem Revier eintrafen, saß ein älteres Ehepaar im Wartebereich des Großraumbüros. Die Frau sah ihnen aus verquollenen Augen entgegen, während der Mann neben ihr keine Miene verzog.

Marc kam auf sie zu und raunte leise: »Das sind Marlene

Rufs Eltern. Sie warten seit einer knappen Stunde auf euch.«

Sina zog ihre Augenbrauen hoch. »Danke, Marc. Wir kümmern uns gleich um sie.« Sie ging kurz in ihr Büro und holte den Obduktionsbericht.

»Frau Ruf, Herr Ruf.« Sina streckte ihnen die Hand entgegen und stellte sich und Matthias vor.

Die beiden erhoben sich und erwiderten die Begrüßung.

»Bitte, kommen Sie.« Sina ging voran und führte das Ehepaar in das Besprechungszimmer.

Nachdem sie sich gesetzt hatten, räusperte sich Matthias. »Es tut uns sehr leid, was mit Ihrer Tochter passiert ist. Und es ist uns durchaus klar, dass nichts, was wir hier unternehmen, Ihre Tochter wieder lebendig macht.«

Der Vater des Opfers nickte. »Ich danke Ihnen. Wir …« Ihm versagte die Stimme. »Wir können das alles immer noch nicht begreifen.«

Seine Frau unterdrückte ein Schluchzen.

Sina umfasste ihre Hand mit der eigenen. »Frau Ruf, wir werden alles tun, um denjenigen zu finden, der Ihrer Tochter das angetan hat.«

»Was ist mit … Wir würden Marlene gern beerdigen.«

Sina nickte verständnisvoll. »Der Obduktionsbericht liegt vor. Ich werde mich gleich nach unserem Gespräch darum kümmern, dass Sie Ihre Tochter bestatten können.«

»Sie sind aus Bochum?«, hakte Matthias nach.

»Ja«, erwiderte Frau Ruf. »Ihre Kollegen waren gerade bei uns, als Tina anrief.« Wieder gingen ihre Worte in Schluchzen über.

»Ist Ihre Tochter noch in Weinheim?«

»Ja«, entgegnete der Vater. »Eigentlich hätte sie schon Montag wieder arbeiten müssen, aber als dann …«

»Ich verstehe.« Sina nickte.

»Musste sie …«, seine Frau suchte nach Worten, »… Ihre Kollegen haben uns schon mitgeteilt, was er mit Marlene …« Sie knetete ihre Finger. »Gibt es neue Erkenntnisse?«

»Nein.« Sina bemühte sich um eine ruhige Stimme. »Sie starb durch mehrere Stichverletzungen. Vergewaltigt hat er sie nicht.«

»Dieses Arschloch.« Die Stimme von Herrn Ruf klang schmerzerfüllt.

»Wir werden ihn fassen«, erklärte Matthias.

»Sie war sein drittes Opfer?« Frau Ruf klang schrill.

Sina nickte schweigend.

»Was wissen Sie über ihn? Oder dürfen Sie uns dazu nichts sagen?« Flehend sah die Mutter des Opfers von Matthias zu Sina.

»Leider ist das momentan nicht möglich«, erklärte Sina nachdenklich. »Sobald wir neue Hinweise haben, werden wir uns bei Ihnen melden.«

»Wir wissen noch nicht, wo wir Marlene beerdigen werden.« Herr Ruf schüttelte seinen Kopf. »Markus möchte, dass sie hier beerdigt wird. Aber die gesamte Familie wohnt in Bochum ...« Verzweifelt schlug er die Hand vor seinen Mund. »Er wollte sie heiraten.«

»Wir wussten nichts davon. Sie hatte es uns noch nicht erzählt.« Frau Ruf umfasste den Unterarm ihres Mannes.

Sina nickte bedrückt. Sie fühlte mit den Eltern. Wie grauenvoll musste es sein, sein eigenes Kind zu beerdigen? Unwillkürlich strich sie über ihren Bauch.

Die Mutter des Opfers folgte der Bewegung mit ihrem Blick. »Passen Sie gut auf Ihr Baby auf.«

Sina nickte. »Wahrscheinlich kann ich nicht einmal annähernd nachvollziehen, wie furchtbar Sie sich fühlen.«

»Ist es Ihr Erstes?«

»Ja, sein Vater ist tot. Er hatte leider keine Ahnung von dem Baby, als er starb.« Sina wusste nicht, warum sie ihnen das erzählte. Matthias sah sie von der Seite an.

»Oh, das tut mir sehr leid.« Die Mutter schien ehrlich bestürzt über Sinas Offenbarung. Auch ihr Mann schaute betreten auf die Tischplatte.

»Ja, manchmal ist das Leben ungerecht. Wenn Sie noch Fragen haben, können Sie uns jederzeit kontaktieren. Ich gebe Ihnen Bescheid, sobald ich weiß, wann Sie Ihre Tochter bestatten können.«

Zurück in Sinas Büro gingen sie noch einmal den Obduktionsbericht durch, als Matthias' Handy klingelte.

»Sommer?«

Als Sina aufsah, erhob er sich und stellte sich ans Fenster.

»Du, es ist im Moment schlecht.«

Sie konzentrierte sich wieder auf die Unterlagen vor sich.

»Nein, das habe ich dir doch schon gesagt.« Matthias sprach leise, trotzdem verstand sie jedes Wort.

»Ja, okay. Bis später.« Genervt legte er auf.

Sina räusperte sich. »Probleme?«

Er winkte nur ab, als es an der Tür klopfte.

»Ja.«

Marc trat ein und blickte von Matthias zu Sina. »Habt ihr einen Moment?«

Sina nickte.

»Heute Vormittag haben drei Zeugen angerufen, die sich aufgrund des Artikels gemeldet haben.«

»Drei?« Sina runzelte überrascht die Stirn.

»Ich habe ihnen gesagt, sie sollen heute Nachmittag vorbeikommen.« Er schaute auf den Zettel in seiner Hand. »Karl Nieder, Hannah Süß«, er lächelte, »sie heißt wirklich so. Und Patrick Schwarzmann.«

»Sag uns Bescheid, sobald sie da sind.«

»Haben Sie die restlichen Namen überprüft, die wir Ihnen gegeben haben?« Matthias entfernte sich vom Fenster und ging auf Marc zu.

Sina bemerkte seinen prüfenden Blick. Gott sei Dank wusste Marc nicht, dass sie Matthias von ihnen erzählt hatte. Am liebsten wäre sie im Erdboden versunken.

Marc zuckte mit den Achseln. »Ja, aber dabei kam nichts

heraus. Philipp Hartmann lebt mit seiner Familie in der Weststadt. Laut den Nachbarn sind sie seit einer Woche im Urlaub auf Lanzarote. Und Carsten Weißmehl ...« Er bedachte Sina mit einem merkwürdigen Blick. »Weißmehl ist tot. Gerhard hat mit der Mutter telefoniert. Er starb vor fünf Jahren an Leberkrebs.«

Sina durchlief ein Schauder.

Auch Matthias drehte sich jetzt zu ihr um und sah sie an. »Alles okay?«

Sie zuckte mit den Achseln. »Ich habe ihn ewig nicht gesehen.« Trotzdem fühlte sie sich seltsam leer. »Sobald man sich trennt, verliert man sich eben aus den Augen.« Abwesend strich sie mit dem Zeigefinger über die Obduktionsakte.

»Tut mir leid, Sina. Ehrlich.« Marc sah sie mitfühlend an. »Aber immerhin wissen wir jetzt, dass keiner dieser Männer etwas mit den Morden zu tun hat.«

Sie nickte. »Die Beschreibung der Zeugin würde auch auf keinen von ihnen passen.«

»Welche Beschreibung? Von welcher Zeugin sprichst du?«

Sina fiel ein, dass ihre Mitarbeiter gestern bereits das Revier verlassen hatten, als Sonja Meister eingetroffen war. Sie berichtete kurz von den Ausführungen der Zeugin und bat Marc, auch Gerhard und Basti darüber zu informieren.

Er grinste. »Auf das Bild bin ich ehrlich gespannt. Wäre ja zu schön, wenn wir endlich eine erste Spur hätten.«

Sina seufzte. »Ich glaube es auch erst, wenn der Kerl vor mir steht.«

»Gut, dann lasse ich euch mal weiterarbeiten, bis die drei Anrufer kommen. Eventuell bringen die Befragungen ja neue Erkenntnisse.«

Als Marc den Raum verlassen hatte, wandte Matthias sich ebenfalls zur Tür.

»Matthias?«

Er drehte sich um. »Hm?«

Nachdenklich blickte Sina ihn einen Moment an. »Ich habe

noch eine Flasche Schriesheimer Spätburgunder Weißherbst im Keller. Wie wär's?«

Er erwiderte ihren Blick schweigend.

»Ich halte mich natürlich an Wasser.« Sie verzog leicht den Mund, während sie auf ihren Bauch deutete.

»Ich will dich nicht bedrängen, Sina.«

»Eine Flasche Weißherbst.« Sie zog ihre Augenbrauen hoch. »Und wenn du magst, zeige ich dir noch ein paar meiner Skulpturen.«

»Wein und Kunst«, fasste er zusammen, während er sie weiter mit seinen dunklen Augen fixierte. »Da kann ich wohl nicht Nein sagen.«

»Schön.« Sie nickte.

Matthias drehte sich erneut zur Tür um.

»Bitte lass mir Zeit«, merkte sie leise an, während er ihr den Rücken zukehrte.

Einen Augenblick lang hielt er inne, bevor er langsam nickte und das Büro verließ.

51

Im Laufe des Nachmittags unterhielten sich Sina und Matthias nacheinander mit den drei Anrufern, die sich aufgrund des Zeitungsartikels bei Marc gemeldet hatten.

Karl Nieder hatte in der besagten Nacht um Viertel vor drei eine Frau in der Nähe des Schlossparkteiches um Hilfe schreien hören.

Vor dem Hintergrund der Gewalttat hatte er nun die Befürchtung, er könne wegen unterlassener Hilfeleistung Probleme bekommen.

»Warum haben Sie nicht nachgesehen, als Sie die Frau gehört haben? Oder haben direkt Hilfe geholt?« Matthias blickte den älteren Mann fragend an.

»Ich …« Er stockte. »Ich hatte Angst. Außerdem war ich

müde. Es waren ja noch mehr Leute unterwegs. Irgendjemand wird schon helfen, dachte ich.«

Es war immer das gleiche Lied. Sollten doch die anderen einspringen. Bloß nicht über den eigenen Tellerrand schauen. Da die Kommissare wussten, dass Marlene Ruf nachweislich erst kurz nach drei überfallen worden sein konnte, entließen sie Nieder nach einer knappen Befragung, da seine Aussage nutzlos war. Wen auch immer der ältere Mann gehört hatte, es hatte sich nicht um Marlene Ruf gehandelt.

Hannah Süß sah genauso aus, wie Sina sich jemanden mit dem Namen vorstellte. Blond, kurzhaarig und einer Stupsnase in dem süßen Gesicht. Die Fünfundzwanzigjährige war in der Nacht auf Sonntag gegen halb drei von zwei nach ihrer Aussage ›zwielichtigen Typen‹ belästigt worden. Da der Vorfall in der Nähe des Mausoleums stattgefunden hatte, war ihr beim Lesen des Zeitungsartikels sofort der Verdacht gekommen, es könne sich um die gleichen Täter handeln, die das Opfer am Mausoleum ermordet hatten.

Der Ordnung halber nahm Matthias die Täterbeschreibung der jungen Frau auf, doch sowohl Sina als auch er waren der Ansicht, dass auch dieser Vorfall nichts mit dem Tod von Marlene Ruf zu tun hatte. Hannah Süß beschrieb die Täter als jung, noch keine zwanzig, und stark alkoholisiert. Wer auch immer die drei Frauen abgeschlachtet hatte, war sicherlich nicht alkoholisiert gewesen. Die drei Morde waren die Taten einer kaltblütigen und berechnenden Person, nicht das Werk pubertierender Halbstarker.

Enttäuscht befragten Sina und Matthias noch Patrick Schwarzmann, den dritten Anrufer. Der behauptete steif und fest, sein Kollege sei der gesuchte Täter. Schwarzmann arbeitete in einer Schreinerei in Hemsbach, einem kleinen Ort nur wenige Kilometer von Weinheim entfernt. Seit Jahren sei es Tradition, dass die Kollegen, fünf an der Zahl, samstags gemeinsam auf die Weinheimer Kerwe gingen. Nur besagter Kollege weigere sich jedes Mal vehement, bringe fadenscheinige Ausreden, warum er nicht mitgehen könne, und schotte sich komplett vom Team ab.

»Wie kommen Sie darauf, dass der Mann etwas mit den Morden zu tun haben könnte?« Sina war fassungslos.

»Befragen Sie ihn bitte«, beharrte Schwarzmann. »Er ist fünfundvierzig Jahre alt und lebt noch mit seiner Mutter und seiner Schwester zusammen.« Er zog mit dem Finger einen Kreis vor seiner Schläfe. »Der tickt nicht ganz richtig. Hatte wahrscheinlich eine traumatische Kindheit. Ein echter Psychopath.«

»Sie haben keine stichhaltigen Beweise?« Auch Matthias hörte sich gereizt an.

»Beweise?«, brauste Schwarzmann auf. »Dafür sind Sie doch zuständig, oder etwa nicht?« Sein Gesicht lief rot an. »Sie baten doch um Hinweise aus der Bevölkerung! Und ich gebe Ihnen einen Tipp. Den Rest müssen Sie schon selbst erledigen.«

Sina warf Matthias einen warnenden Blick zu. »Herr Schwarzmann, wir danken Ihnen für Ihre Unterstützung. Wir werden Ihrem Hinweis nachgehen.«

»Erfahre ich, was bei Ihren Ermittlungen herauskommt?«

»Wenn es sich bei Ihrem Kollegen um den Dreifachmörder handelt, werden Sie ihn wohl zukünftig auf der Arbeit entbehren müssen«, entgegnete Matthias kühl, bevor er den vermeintlichen Zeugen aus dem Befragungsraum herauskatapultierte.

»Der hat doch einen an der Klatsche.« Er tippte mit dem Finger an seine Stirn, nachdem der Mann gegangen war.

Sina grinste.

»Feierabend?« Matthias steckte seinen Kopf in Sinas Büro.

Sie schaute auf die Uhr. Es war kurz nach sechs. Müde nickte sie. »Klingt gut. Da wir heute später angefangen haben, können wir auch früher Feierabend machen.«

Matthias hatte sie heute Vormittag erst gegen zwölf abgeholt. Sina war dankbar gewesen, dass sie ein wenig Schlaf hatte nachholen können. Was hatte Natascha gesagt? Sie hätte während ihrer Schwangerschaften Tag und Nacht durchschlafen können. Ein verlockender Gedanke.

Matthias lachte. »Ja, das passt doch. Soll ich dich nach Hause bringen?«

Sina zögerte. »Nein, danke. Ich muss noch ein paar Dinge in der Innenstadt besorgen. Ich fahre dann mit dem Bus heim. Eigentlich ist es nicht weit bis zu mir. Aber bei der Hitze bremsen mich die zusätzlichen Kilos komplett aus.«

»Ich muss auch noch etwas erledigen. Könnte sein, dass es neun wird, bis ich bei dir bin.« Mit fragender Miene sah er sie an.

Sie schüttelte ihren Kopf. »Kein Problem. Der Weißherbst wartet auf dich.«

»Ich hoffe, nicht nur der.«

»Nein, nicht nur der.« Sie lächelte leicht.

»Okay, bis später dann.« Matthias wandte sich zum Gehen, drehte sich aber noch mal um. »Ich freue mich.« Seine Augen funkelten.

Nachdem er gegangen war, stand Sina auf und räumte die Unterlagen auf ihrem Schreibtisch zusammen. War es ein Fehler gewesen, Matthias einzuladen? Aber was hatte sie schon zu verlieren? Ihr war heute Abend nicht danach, allein in der Bude zu hocken. Ein wenig Gesellschaft würde ihr guttun.

Als sie die Bahnhofstraße entlangging, lief ihr der Schweiß über die Stirn. Die Hitze flimmerte über dem Asphalt. Sina bekam das Gefühl, als schnüre ihr jemand die Luft ab.

Der Himmel trübte sich bereits ein. Die angesagten Gewitter standen kurz bevor. So sehr Sina die Region und ihre Heimatstadt liebte, auf diese Schwüle, die im Sommer so typisch war, könnte sie gut verzichten. Ein kleiner Windhauch, dachte sie, während ihr Blick über die Schaufenster wanderte, nur ein kleiner Windhauch. Aber ihr Wunsch blieb ungehört.

Am Dürreplatz angekommen, der am Anfang der Fußgängerzone lag, holte Sina sich ein Eis, bevor sie in der Galerie, einem erst wenige Jahre alten Shoppingcenter, mit ihrem kleinen Einkaufsbummel begann.

Jetzt bist du endlich dran, dachte sie versonnen, während das Baby in ihrem Bauch wie verrückt strampelte. Die letzten Tage hatte sie viel zu wenig Zeit gehabt, um sich mit ihrer Tochter auseinanderzusetzen. In einem der Bekleidungsgeschäfte im Erdgeschoss steuerte sie zielstrebig die Abteilung für Babyklamotten an. Sie verharrte an einem Ständer mit kleinen Pullovern und schaute neugierig das ausliegende Sortiment durch. Grinsend zog sie einen gelben Pulli hervor, auf dem ein Igel in Polizeiuniform abgebildet war, der auf einem Roller fuhr. Die richtige Kleidung für ein waschechtes Polizistenkind. Nachdem sie noch zwei Ministrampler, drei Strumpfhosen und eine kleine rosa Winterjacke entdeckt hatte, nahm sie ihre gesamten Errungenschaften und ging zur Kasse.

Anschließend holte sie sich in der Drogerie gegenüber eine neue Packung ihres Hautöls, das langsam zur Neige ging, und verließ das Einkaufszentrum. Ihr Rücken schmerzte. Sie überlegte kurz, durch den Schlosspark nach Hause zu laufen, doch sie spürte kaum noch ihre Füße, daher ging sie direkt zur Bushaltestelle.

52

Langsam ließ er das Messer über seine Handfläche gleiten. Endlich war es so weit. Der Tag, dem er seit zwei Jahren entgegenfieberte. Nachdem er seine Kunst erst bei Frauen verfeinert hatte, die ihm nichts bedeuteten, würde jetzt Kriminalhauptkommissarin Sina Engel in den Genuss seines Schaffens kommen. Er frohlockte. Den ganzen Tag schon hatte er sich gedanklich auf den großen Moment vorbereitet.

Mit der Kommissarin musste es unvergleichlich werden. Nach drei Versuchen war er seiner Vorstellung von absoluter Perfektion endlich nah genug gekommen, um sein großes Ziel umzusetzen.

Sein Blick wanderte über die Wand im Keller, die er für die Kommissarin eingerichtet hatte. Sina Engel in allen Facetten. Unzählige Zeitungsausschnitte wechselten sich mit selbst geschossenen Fotos ab. Ja, die Frau war bekannt. Er lachte. Morgen wäre sie auch noch berühmt. Wahrscheinlich schaffte sie es aber erst am Donnerstag auf die Titelseite.

Er schaute auf die weiße Stelle in der Mitte der Wand. Das Herzstück seiner Sammlung. Dort bekämen der Bericht über ihren Tod sowie die Todesanzeigen, die zweifelsfrei geschaltet werden würden, einen Ehrenplatz. Praktisch in Vertretung für die Schlampe, der niemand hinterhergetrauert hatte. Er war ein Genie. Fünf Morde und niemand dachte auch nur im Entferntesten an ihn. Falsch, berichtigte er sich sofort, sechs, mit heute Abend.

Er stieg die Treppe wieder hinauf und legte das Messer auf den Esszimmertisch. Dann holte er die Rose aus der Vase. Bedächtig roch er an den Blättern, die sich voller Eleganz und Anmut umeinanderwanden. Nur die schönste für die Frau Kommissarin.

Als er aus dem Fenster schaute, klatschten die ersten dicken Regentropfen gegen die Scheibe. Ja, das perfekte Wetter für seinen Showdown. Er liebte die Dramatik, die ein hübsches Sommergewitter mit sich brachte. Die aufleuchtenden Blitze, das Donnergrollen. Noch war es zwar nicht so weit, doch die Stimmung war bereits aufgeheizt. Er sah auf die Uhr. Kurz vor acht. Draußen war es fast schon dunkel. Er ließ seinen Blick ein letztes Mal durch das Zimmer wandern, bevor er das Messer und die Rose nahm und das Haus verließ. Das Seil lag bereits an Ort und Stelle und wartete auf seine Verwendung. Es konnte losgehen. Sein Blut begann zu kochen.

53

Vorsichtig strich Sina über ihre Haut und verteilte das Öl. Im Moment bewegte sich die Bauchdecke nicht, die Kleine verhielt sich ruhig. Als sie fertig war, ging sie in ihr Schlafzimmer und öffnete den Kleiderschrank. Was sollte sie anziehen? Sie blickte kurz an sich hinab.

Kunst und Wein, das hatte sie Matthias angekündigt. Zu mehr war sie nicht bereit. Sie überlegte nicht länger, sondern entschied sich für eine weiße kurzärmlige Tunika und eine dunkelblaue Umstandscapri. Ein Blick auf die Uhr sagte ihr, dass es schon kurz nach acht war. Im Raum war es bereits dunkel.

Sie ging in die Küche und holte sich ein Glas Wasser. Der Wein stand im Kühlschrank bereit. Außerdem hatte sie Bruschetta vorbereitet. Als ihr Handy klingelte, befürchtete sie schon, es wäre Matthias, der absagen wollte. Schließlich hatte sie heute Nachmittag sein kurzes Telefonat mitangehört, das er in ihrem Büro geführt hatte. Sie war sich sicher, dass er mit einer Frau, wahrscheinlich mit seiner aktuellen Flamme, telefoniert hatte. Und Sina wusste ja bereits aus Carlos Erzählungen, dass der Kommissar kein Mann für eine einzige Frau war.

»Engel.«

»Hi, ich bin's. Sina, ich muss dich unbedingt sehen.«

Es war nicht Matthias. »Was? Jetzt?« Sie schüttelte ihren Kopf.

»Ich habe …« Er zögerte. »Ich habe da etwas entdeckt, was ich dir unbedingt zeigen muss.«

Sina seufzte. »Hat das nicht Zeit bis morgen?«

»Es geht um Carlos Tod.«

»Was?« Ihr Puls beschleunigte sich. »Was ist denn passiert?«

»Nichts«, erklärte er in beschwichtigendem Tonfall. »Aber

ich … es gibt da etwas. Ich glaube, Carlos Tod hängt mit den Kerwemorden zusammen.«

»Wie kommst du darauf?« Sina konnte kaum glauben, was er da sagte.

»Du musst es dir ansehen, Sina.«

Sie überlegte kurz und blickte erneut auf ihre Uhr. »Okay, wo wollen wir uns treffen?«

»Auf dem alten Friedhof.«

»Auf dem alten Friedhof?« Sina blickte aus dem Fenster. »Es regnet und es donnert auch schon. Da rollt ein riesiges Unwetter auf uns zu.«

»Es geht ganz schnell. Bitte, Sina, du wirst es sonst nicht glauben.«

Jetzt war ihre Neugier endgültig geweckt. Was hatte er entdeckt? Ihre Gedanken überschlugen sich.

»Du hattest doch nichts vor heute Abend, oder?«

Sie dachte kurz nach. Warum sollte sie ihm ihre Verabredung mit Matthias auf die Nase binden? Bis neun wäre sie auf jeden Fall wieder zu Hause.

»Nein«, beeilte sie sich zu sagen. »Nein, ich fahre sofort los. In zehn Minuten bin ich da.«

»Gut, bis gleich. Ich warte oben auf dich.«

Bevor sie fragen konnte, was er mit ›oben‹ meinte, hatte er schon aufgelegt. Noch immer klopfte ihr Herz wie wild. Was wollte er ihr zeigen?

Sina nahm Schlüssel und Handy von der Kommode und wollte die Wohnung verlassen. Doch in der Tür hielt sie noch einmal inne und wählte Matthias' Nummer. Nur zur Sicherheit, falls es doch länger dauerte, sagte sie sich. Er ging nicht ran. Sie überlegte einen Moment, bevor sie ihm eine kurze Notiz schrieb und den Zettel an die Wohnungstür klebte. So bekäme er ihre Nachricht auf jeden Fall, da sie nicht wusste, ob er auf sein Handy schauen würde. Er konnte kurz warten oder sie anrufen, wenn sie noch nicht wieder zurück wäre.

Aufgewühlt fuhr sie mit dem Aufzug in die Tiefgarage und

ging zu ihrem Wagen. Seit Tagen war sie nicht gefahren, da Matthias sie immer zum Dienst mitgenommen hatte. Vorsichtig quetschte sie sich hinters Steuer und stellte den Sitz neu ein. Erneut brach ihr der Schweiß aus. Als sie aus der Garage kam, ließ sie das Fenster herunter und fädelte sich auf der linken Spur Richtung Stadtzentrum ein.

Der alte Friedhof lag am Rande der Innenstadt, Richtung Birkenauer Tal. Seit knapp hundert Jahren hatten auf dem Gelände aber keine Beerdigungen mehr stattgefunden. Sina war erst einmal dort gewesen, doch das war Jahre her. Was konnte er bloß entdeckt haben? Sie konnte keinen Zusammenhang erkennen. Und was hatte der Ort mit Carlos Ermordung zu tun? Er war ihr einige Erklärungen schuldig.

Der Regen klatschte laut aufs Autodach. Vor ihr zuckten in einiger Entfernung Blitze durch die Dunkelheit. Vielleicht hätten sie doch bis morgen früh warten sollen. Matthias wäre sicher nicht erfreut, dass sie allein ermittelte. Allerdings war der Mord an Carlo nicht sein Fall. Und sie hatte jedes Recht der Welt, auch der kleinsten Spur nachzugehen, die zu der Aufklärung seines Todes beitragen konnte.

Zum Glück war kaum Verkehr auf den Straßen. Kein Wunder, bei dem Wetter. Sie fuhr vor der Peterskirche rechts ab, um nach einem Parkplatz zu suchen. Natürlich waren alle Buchten besetzt. Nach Feierabend war es fast unmöglich, selbst am Rande der Innenstadt eine Parkmöglichkeit zu finden. Sina fuhr weiter Richtung Gorxheimertal und hatte Glück. Vor der Filiale eines Lebensmittelladens fuhr gerade ein grauer VW aus einer Parklücke. Sina blinkte und lenkte ihren Wagen auf den freien Platz.

Sie musste einige Hundert Meter zurücklaufen, bis sie das Eingangstor des Friedhofs erreichte. Zum Glück hatte sie immer einen Schirm im Auto. Sonst wäre sie jetzt schon klitschnass. Der Regen wurde immer schlimmer. Sina konnte kaum noch etwas erkennen.

Auf dem an dem Eisentor angebrachten Schild stand, dass

der Friedhof um zwanzig Uhr abgeschlossen wurde. Da das Tor aber seitlich nicht direkt befriedet wurde, sondern nur durch zwei Pfosten gehalten wurde, schlüpfte sie durch die Lücke zwischen den Eisenstangen und dem Zaun und betrat das Gelände.

Die parkähnliche Anlage erstreckte sich über den gesamten Hügel bis zur Wachenbergstraße hinauf, die sie am oberen Ende begrenzte. Vor Sina teilte sich der Weg. Sie blickte in die Dunkelheit. Er war nirgends zu sehen. Ihre Augen wanderten über die verwitterten Grabsteine, die sich neben den Pfaden befanden. Er hatte ihr gesagt, er warte oben. Vielleicht meinte er den oberen Teil des Friedhofs. Sina sah fluchend auf ihre Füße. Die Sandalen waren schon völlig durchweicht. Die Luft war merklich abgekühlt. Sie fröstelte, bevor sie sich für den rechten Weg entschied. Eine große steinerne Grabstätte erhob sich neben ihr. *Familie Freudenberg,* las sie, als ein Blitz die Umgebung für einen kurzen Moment erleuchtete. Eine alteingesessene Weinheimer Industriellenfamilie. Zügig lief sie weiter und quälte sich mühsam den Berg hinauf. Zwischen den Rundwegen befand sich eine weitläufige Wiese, auf der eine einsame hochgewachsene Tanne stand.

Oben angekommen, verharrte sie einen Moment und sah zum Eingang hinunter. Durch das dichte Laub der Bäume am Rand des Friedhofs konnte sie nur undeutlich die Umrisse der Wohnhäuser erkennen, die sich außerhalb der Friedhofsmauern befanden. In einigen Fenstern brannte Licht, was jedoch kaum zu ihr durchdrang.

Sina wischte sich den Regen aus dem Gesicht. Der Schirm schützte sie fast nicht mehr. Genervt drehte sie sich um die eigene Achse und suchte das Gelände ab. Wo war er, verdammt? Schließlich war es seine Idee gewesen, sich bei diesem Wetter hier zu treffen. Sina rief laut seinen Namen, doch das nächste Donnergrollen verschluckte die Laute. Ärger stieg in ihr hoch. Was für eine Schnapsidee! Sie würde ihn anrufen und ihm sagen, dass sie wieder nach Hause …

Im gleichen Moment durchfuhr sie ein stechender Schmerz, den sie nicht mehr lokalisieren konnte. Ihre Knie knickten ein und die Welt um sie herum wurde schwarz.

54

Matthias sah auf die Uhr. Scheiße, fast neun. Sina hatte zwar gesagt, es sei kein Problem, wenn er später käme, doch es ärgerte ihn trotzdem, dass Katja ihn so lang aufgehalten hatte. Das Kapitel war für ihn eigentlich längst abgehakt gewesen. Doch sie hatte sich einfach nicht damit abfinden können, dass er keine Beziehung mit ihr wollte. Sie war nett, attraktiv. Auch witzig und charmant. Aber eine Beziehung, nein, das Thema war für Matthias schon seit sieben Jahren abgeschlossen. Damals hatte er sich geschworen, keine Frau mehr näher an sich heranzulassen als nötig.

Matthias suchte einen Parkplatz und stellte den Motor ab. Sein Blick fiel auf den Strauß Sonnenblumen, der neben ihm auf dem Beifahrersitz lag. Sie passten zu Sina. Rosen wären zu aufdringlich gewesen. Sonnenblumen dagegen wirkten fröhlich und unverfänglich. Sein Handy lag darunter auf dem Sitz. Ein Blick aufs Display zeigte ihm, dass Sina vor einer knappen Stunde angerufen hatte. Er hatte das Telefon im Auto vergessen, als er bei Katja gewesen war. Hoffentlich war ihr nichts dazwischengekommen, sonst hätte er sich den Weg von Schriesheim hierher sparen können.

Eilig stieg Matthias aus und steuerte im strömenden Regen auf das Hochhaus zu. Als nach mehrmaligem Klingeln niemand öffnete, drehte er sich fluchend um und wollte sich schon wieder auf den Weg zum Auto machen, als eine Frau aus der Haustür trat, die ihm irgendwie bekannt vorkam.

»Ach, sind Sie nicht Sinas Kollege?« Die Frau trat näher und grinste, während sie den Blumenstrauß in seiner Hand musterte.

»Und Sie sind …?« Matthias betrachtete sie.

»Natascha.« Sie streckte ihm die Hand hin. »Ich bin Sinas Schwester.«

»Ah.« Er erwiderte ihren Händedruck. »Matthias Sommer.«

Sie nickte. »Dann ist die Nachricht, die oben an der Tür hängt, wohl für Sie.«

»Welche Nachricht?« Er runzelte die Stirn.

»Ich komme gerade vom Sport und wollte kurz noch nach Sina schauen. Wegen der Rose.« Sie legte ihren Kopf schief. »Ich mache mir, ehrlich gesagt, ziemliche Sorgen um sie. Die Schwangerschaft, Carlos Tod. Und wenn jetzt noch ein Irrer da draußen rumläuft, der es auf Sina abgesehen hat …«

Matthias nickte.

»Jedenfalls war die Haustür hier unten nur angelehnt, als ich kam. Daher bin ich hoch zu ihrer Wohnung gefahren und wollte kurz bei ihr vorbeisehen.«

»Und?«

Sinas Schwester verzog ihr Gesicht. »Sie hat Ihnen eine Nachricht hinterlassen, dass sie noch mal wegmusste, um etwas zu überprüfen.«

»Etwas überprüfen? Bei dem Wetter?« Das Donnergrollen kam immer näher. »Wie kommt sie darauf?«

»Einer ihrer Mitarbeiter hat sie angerufen, schreibt sie.« Sinas Schwester biss sich auf die Unterlippe.

»Okay«, erklärte Matthias gedehnt, obwohl er immer noch nicht verstand, wieso Sina ihm nicht Bescheid gesagt hatte. Der Anruf, fiel ihm wieder ein. Sie hatte versucht, ihn zu erreichen.

In dem Moment klingelte sein Handy erneut.

»Das ist sie sicher«, rief Sinas Schwester sichtlich erleichtert.

Er sah aufs Display, erkannte die Nummer aber nicht. »Sommer.«

»Herr Sommer, guten Abend. Hier spricht Sonja Meister, ich bin die …«

»Ich weiß, wer Sie sind, Frau Meister«, unterbrach er sie,

während er Natascha im Auge behielt. »Gibt es ein Problem wegen morgen?«

»Ja, äh, nein.« Sie schwieg einen Moment. »Ich … entschuldigen Sie bitte die späte Störung.«

»Kein Problem. Wie kann ich Ihnen helfen?«

»Ich weiß gar nicht, wie ich anfangen soll.« Wieder zögerte sie.

Als Matthias eine Grimasse schnitt, lachte Natascha leise.

»Ich habe noch mal mit meiner Freundin gesprochen, die mit mir am Samstag auf der Kerwe bedient hat.«

»Ja?« Alarmiert hielt Matthias inne.

»Ich hatte Ihnen doch gesagt, der Mann am Mausoleum sei mir irgendwie bekannt vorgekommen. Ich habe mir den ganzen Tag den Kopf darüber zerbrochen.«

»Ist es Ihnen wieder eingefallen?« Matthias hatte keine Geduld mehr.

»Es war einer der Polizisten.«

»Was?« Sein Tonfall ließ Sinas Schwester aufhorchen. Mit zusammengekniffenen Augen blickte sie ihn misstrauisch an.

»Ja, ich bin mir ganz sicher. Wir hatten Samstagabend eine … na ja, eine Pöbelei, eher eine Schlägerei, ich weiß nicht, wie ich es nennen soll.«

Matthias erinnerte sich an den Vorfall. Ihrig hatte Sina angerufen und ihr mitgeteilt, dass es am Hutplatz Probleme gäbe und er Verstärkung brauche. Sicher meinte Sonja Meister diese Auseinandersetzung.

»Frau Meister, sind Sie sich sicher? Niemand von unseren Leuten hatte zur Mordzeit noch am Mausoleum zu tun.« Zumindest hatte keiner von ihnen etwas davon gesagt, dass er sich zu besagter Zeit in der Nähe des Tatorts aufgehalten hatte. Die Heidelberger Kollegen waren nach eigener Aussage nicht direkt am Mausoleum vorbeigelaufen, hatten nur im vorderen Bereich patrouilliert.

»Doch«, behauptete Meister nun mit heftiger Stimme. »Ich sagte Ihnen bereits, dass ich ein gutes Gedächtnis für

Gesichter habe. Es war einer der Polizisten. Er hat meine Freundin wegen dieser Schlägerei befragt.«

»Und Sie?«

»Mit mir hat ein anderer gesprochen. Ein etwas älterer.«

Wahrscheinlich Runz, dachte Matthias, während er fieberhaft überlegte. Was hatte einer von ihren Leuten da oben gemacht? Und warum hatte derjenige nicht gesagt, dass er sich um die Uhrzeit dort aufgehalten hatte? Er hätte Marlene Ruf fast über den Weg laufen müssen. Auf wen passte die Beschreibung der Zeugin?

»Den Namen wissen Sie natürlich nicht«, merkte Matthias resigniert an, während er darüber nachdachte, was hinter dieser Erkenntnis stecken konnte. War die Beobachtung überhaupt relevant?

»Doch, natürlich«, erwiderte Sonja Meister hörbar empört. »Deshalb rufe ich doch an. Ich habe extra noch mal meine Freundin gefragt. Der Beamte hat ihr nämlich seine Visitenkarte gegeben.«

»Ja, und?« Matthias musste jetzt unbedingt einen klaren Kopf bewahren. Blitze durchschlugen die Nacht vor ihm.

Sonja Meister nannte ihm den Namen.

Matthias überlegte angestrengt. Das passte nicht! Es waren die Heidelberger, die dort Streife gelaufen waren.

»Einen Moment bitte.« Er wandte sich an Natascha, die ihn mit weit aufgerissenen Augen ansah. »Wer hat Sina angerufen? Hat sie das in der Nachricht erwähnt?«

Natascha nickte und wiederholte den Namen, den die Zeugin ihm bereits genannt hatte. Matthias erstarrte. Nein, das konnte nicht sein. Das war unmöglich. Es musste eine andere Erklärung geben. Vielleicht hatte all das überhaupt nichts zu bedeuten. Doch ihm fiel kein anderer Grund ein. Aufgekratzt dankte er Sonja Meister und beendete hastig das Telefonat.

»Was? Was ist passiert?« Natascha kreischte fast. »Ich sehe Ihnen doch an, dass irgendetwas nicht stimmt.«

Matthias' Gedanken rasten. Wenn er recht hatte … Wenn sein Verdacht stimmte … Nein, er konnte es einfach nicht glauben. Seine Vermutung war so ungeheuerlich. Doch keine andere Erklärung machte Sinn.

Ein schrecklicher Verdacht keimte in ihm auf. Konnte das sein? War es tatsächlich möglich, dass sie so lange blind gewesen waren? Dass keiner gesehen hatte, was sich direkt vor ihrer Nase abspielte? Dass sie die Spur, die so offensichtlich vor ihnen lag, so falsch hatten deuten können?

»Reden Sie mit mir«, blaffte Natascha ihn an. »Was ist passiert? Was ist mit Sina?«

»Es könnte sein, dass sie sich in großer Gefahr befindet«, antwortete Matthias tonlos. Für einen Moment hatte er die Welt um sich herum ausgeblendet. »Hat sie geschrieben, wo sie hinwollte?«

Natascha schüttelte stumm den Kopf.

Er überlegte kurz, bevor er eine Entscheidung traf und eine Nummer wählte. »Ich brauche eine Handyortung. Nicht morgen oder in einer Woche, sondern jetzt sofort. Ich muss wissen, wo sich zwei Kollegen aufhalten. Einer der beiden könnte sich in unmittelbarer Gefahr befinden. Ich warte.«

»Haben Sie eine Genehmigung dafür? Bei Kollegen …«

»Hören Sie, ich kenne die Vorschriften«, unterbrach Matthias den Beamten wütend. »Ich brauche diese Ortung. Jetzt sofort. Ansonsten mache ich Sie dafür verantwortlich, wenn wir zu spät kommen.« Er nannte ihm die beiden Namen und wartete. Wenn er falschlag, würde sein Handeln unschöne Konsequenzen nach sich ziehen. Das war ihm bewusst. Aber es war ihm im Moment egal. Denn wenn sein Verdacht stimmte, befand sich Sina in allergrößter Gefahr, wenn es nicht schon zu spät war.

In der Leitung knackte es, und Matthias befürchtete schon, der Beamte habe aufgelegt, als er sich im nächsten Moment zurückmeldete. »Sie sind in Weinheim.«

Matthias kochte. »Geht es etwas genauer?«

»Am alten Friedhof in der Grundelbachstraße.«

»Danke.« Matthias beendete das Gespräch.

»Und?« Sinas Schwester sah ihn verängstigt an.

»Sie sind am alten Friedhof.«

»Am alten Friedhof? Was will sie denn da? Bei dem Wetter?«

»Ich befürchte stark, es handelt sich um eine Falle. Er hat sie hingelockt, um … Wissen Sie, wo sich der Friedhof befindet?« Matthias durfte den Gedanken jetzt nicht weiterdenken.

»Kommen Sie, ich zeige Ihnen den Weg«, stieß Natascha hervor. Gemeinsam rannten sie zu seinem Wagen.

55

Als Sina zu sich kam, fehlte ihr jede Orientierung. Sie fror, ihr Körper schien nur noch aus Schmerzen zu bestehen und sie konnte sich nicht bewegen. Als sie Regen auf ihrer Haut spürte, stellte sie fest, dass sie nur noch ihre Unterwäsche trug. Das Haar klebte feucht an ihrem Kopf, während dicke Tropfen in ihre Augen liefen. Der Stofffetzen in ihrem Mund verursachte ihr Übelkeit. Sinas Magen rebellierte. Sie konnte ihre Arme nicht bewegen. Vorsichtig drehte sie ihren Kopf und erkannte, dass beide Handgelenke gefesselt waren. Die Turmuhr der Peterskirche läutete neunmal. Sina war also nur kurze Zeit ohne Bewusstsein gewesen. Sie wollte aufschreien, doch der Knebel war so fest zwischen ihre Kiefer gepresst, dass sie ihre Lippen nicht bewegen konnte. Ihr war schwindlig. Das Baby in ihrem Bauch strampelte. Sie konnte sich kaum auf den Beinen halten. Was war nur passiert? Ihr Kopf dröhnte. Fieberhaft versuchte sie, sich zu konzentrieren. Die raue Rinde des Baums, an den sie gefesselt war, scheuerte die Haut auf ihrem Rücken auf.

»Sina, da bist du ja«, raunte es aus der Dunkelheit.

Verzweifelt schloss sie ihre Augen, als sie die Stimme erkannte. Nein, das konnte nicht sein. Sie musste sich irren. Ihre Härchen stellten sich auf. Sie wollte schreien, ihn anbrüllen, aber die einzigen Laute, die ihrem Mund entwichen, hörten sich wie das Wimmern eines gequälten Tieres an.

»Sina.« Er schüttelte seinen Kopf, während er näher trat und sich so dicht vor sie stellte, dass sie seinen warmen Atem auf der Haut spürte.

Angsterfüllt riss sie ihre Augen auf und schüttelte hektisch den Kopf.

»Ts, ts, Sina«, flüsterte er mit tadelnder Stimme. »Heb dir deine Energie auf, du wirst sie noch brauchen.«

Wieder zerrte sie an ihren Fesseln, doch die Seile waren so stramm gezogen, dass sie sich keinen Zentimeter bewegen konnte. Sina versuchte, ihn zu treten. Doch er sprang mit einer schnellen Bewegung zur Seite, sodass ihr Fuß abrutschte und sie das Gleichgewicht verlor. Die Seile drückten sie zurück gegen den Baumstamm.

»Was soll das?« Er lächelte schwach. »Wir haben die ganze Nacht Zeit.«

Sein T-Shirt war völlig durchnässt, sein Haar hing ihm in wirren Strähnen in die Stirn. Unauffällig, schoss es Sina durch den Kopf. Sonja Meister hatte ihn mit einem Wort treffend charakterisiert. So unauffällig, dass er drei Frauen umbringen konnte, ohne dass ihm jemand auf die Schliche gekommen war.

Sina bemühte sich, nicht in Panik zu verfallen. Sie hatte Matthias nicht mitgeteilt, wo sie war. Er würde denken, dass ihre Ermittlungen länger dauerten, und irgendwann nach Hause fahren. Niemand fand sie hier. Der Friedhof war abgeschlossen. Das Laub der hohen Bäume verdeckte die Sicht auf die gespenstische Szene.

Sina musste daran denken, wie sie Matthias demonstriert hatte, wie sie die Opfer vorgefunden hatten. Das hier fühlte sich anders an. Gefährlich, todbringend. Sina wusste, dass sie keine Chance hatte. Er würde sie genauso aufschlitzen wie die anderen drei Opfer. Und sie konnte nichts dagegen tun. Ihr Baby. Er würde ihr Baby umbringen. Die Verzweiflung schnürte ihr die Kehle zu. Wie hatte sie nur so dumm sein können?

»Sina.« Er beugte sich vor, sodass sich sein Gesicht nur wenige Zentimeter vor ihrem befand. »Wollen wir anfangen?«

Hektisch schüttelte sie wieder ihren Kopf und riss wie wild an den Fesseln. Nein, nein, nicht. Vor lauter Angst konnte sie nicht mehr klar denken.

Er ging in die Hocke. Sie spürte die kalte Klinge des Messers an der Innenseite ihres Oberschenkels. In einem kurzen Moment der Klarheit versuchte sie stillzuhalten. Wenn sie zappelte und er eine Hauptschlagader erwischte, wäre sie schneller tot, als ihr lieb sein konnte.

Die Zeit war jetzt alles, worauf sie hoffen durfte. Vielleicht kam doch noch ein einsamer Spaziergänger mit seinem Hund vorbei. Irgendjemand, den sie auf sich aufmerksam machen könnte. Sina musste durchhalten. Es war die einzige Möglichkeit, die ihr blieb.

Obwohl sie wusste, was er vorhatte, kam der Schmerz plötzlich und unerwartet. Ihr Bein fing an, wie Feuer zu brennen, als er ihren Oberschenkel aufschlitzte. Sina ließ den Kopf in den Nacken fallen und blickte nach oben in das Geäst der Tanne, an die er sie gebunden hatte. Sie spürte, wie das Blut an ihrem Bein hinunterlief, und hatte Angst, die Schmerzen nicht auszuhalten. Das Bewusstsein zu verlieren, ihren Körper nicht mehr unter Kontrolle halten zu können.

Tränen traten Sina in die Augen und vermischten sich mit dem Regen, der unablässig auf sie herabtropfte. Donner grollte ganz in der Nähe. Vielleicht schlug der Blitz hier ein, fiel ihr plötzlich hoffnungsvoll ein. Er würde ihrem Leiden ein schnelles Ende machen. Oder sollte sie doch versuchen zu überleben?

»Jetzt verstehst du, Sina«, hauchte er dicht neben ihr. »Jetzt verstehst du alles, nicht wahr?«

Sina schüttelte ihren Kopf. Nein, sie verstand nicht. Sie wusste nicht, warum er sie so hasste.

»Erinnerst du dich noch, wie wir uns vor drei Jahren kennengelernt haben?«

Wieder versuchte sie, sich zu konzentrieren. Auf was wollte er hinaus?

»Als ich dich zu einem Drink einladen wollte, hast du mir erzählt, das ginge nicht unter Kollegen. Du wolltest Beruf und Privatleben nicht vermischen. Weißt du noch, Sina, hm?«

Seine Augen sahen sie kalt an. Mein Gott, er war verrückt. Sie erinnerte sich dunkel daran, dass er sie einmal gefragt hatte, ob sie nach Feierabend etwas zusammen trinken gehen wollten. Es war eine beiläufige Bemerkung gewesen, nichts, was von Bedeutung schien.

»Ja, und plötzlich erfahre ich, dass du den Oberbullen aus Heidelberg fickst.«

Sina schloss ihre Augen voller Entsetzen. Er war verrückt, jetzt war sie sich sicher. Als sie seine Finger an ihrem Bauch spürte, öffnete sie die Augen wieder.

»Und diesen Bastard, dieses Teufelsbalg, das schneide ich dir aus dem Leib.«

Sina fing an zu zittern. Ihr Körper zuckte und rebellierte, sie konnte sich nicht dagegen wehren. Die Angst ließ ihr kaum noch Luft zum Atmen.

»Ja, hätte er mal seine dreckigen Finger von dir gelassen.«

Was sagte er da? Wollte er etwa andeuten, dass er …? Ihr wurde schwindlig.

Er nickte. Sein Gesicht verzog sich zu einer hasserfüllten Fratze. »Ja, Sina, jetzt verstehst du endlich.«

SI, schoss es ihr durch den Kopf. Carlo hatte versucht, ihnen mitzuteilen, wer ihn umgebracht hatte. Mit letzter Kraft hatte er die Initialen seines Mörders an die Haustür geschrieben. Mit seinem eigenen Blut. Dem Blut, das unaufhörlich aus seinem Körper geflossen war und seine Lebenskräfte mitgenommen hatte. War es ihm ähnlich gegangen wie ihr jetzt? Hatte auch er den Tod vor sich gesehen und gewusst, dass er nichts mehr daran ändern konnte?

SI. Sie blöde Kuh hatte gedacht, es sei eine letzte Liebeserklärung an sie gewesen. *SI* – Sebastian Ihrig. Ihr langjähriger Mitarbeiter. Er hatte ihren Lebensgefährten umgebracht. Genauso wie er jetzt sie und ihre Tochter umbringen würde. Die Erkenntnis raubte Sina die letzte Hoffnung. Sebastian würde sie umbringen. Gnadenlos. Er würde sie leiden lassen, würde sie quälen, bis sie ihren letzten Atemstoß tat. Dieser Kampf war längst entschieden.

56

Es blitzte und donnerte direkt über ihnen. Natascha trieb Matthias an, schneller zu fahren.

»Hören Sie«, blaffte er jetzt zurück. »Wenn ich den Wagen in den Graben setze, nutzt uns das nichts. Ich habe der Zentrale gesagt, dass sie eine Streife an den Friedhof schicken soll. Wir sind gleich da. Also, bitte beruhigen Sie sich.«

»Beruhigen?«, schrie Natascha hysterisch neben ihm. »Dieses Arschloch will meine Schwester abschlachten. Wie kann ich mich da beruhigen?«

Matthias musste ihr insgeheim zustimmen. Auch ihn ergriff eine kalte Angst, wenn er daran dachte, was Ihrig in diesem Moment mit Sina anstellte. Doch er war Polizist. Und er musste unbedingt einen klaren Kopf bewahren.

Noch hatte er sich nicht überlegt, wie er vorgehen sollte. Er hoffte inständig, dass die Kollegen der Nachtschicht bereits vor Ort waren. Er wusste, dass jede Sekunde zählte. Sina hatte ihn gegen acht angerufen. Er blickte auf die Uhr am Autoradio. Es war kurz nach neun. Hoffentlich kamen sie nicht zu spät.

»Da vorne.« Natascha deutete auf die Kirche, die rechts an der Straße auftauchte. »Dahinter befindet sich der Friedhof.«

Matthias presste seine Kiefer aufeinander. »Gut, ich stelle den Wagen hier hinter der Brücke ab. Sie bleiben sitzen, haben Sie verstanden?«

»Sind Sie verrückt geworden? Meine Schwester befindet sich in der Gewalt eines Mörders. Ich kann hier nicht rumsitzen und warten.«

»Sie bleiben hier«, wiederholte er mit strenger Stimme. »Ihrig ist sicher bewaffnet. Wenn er uns hört …« Er führte seinen Satz nicht weiter aus. »Es geht hier um etwas Persönliches. Der Mann hat nichts mehr zu verlieren. Wir müssen verhindern, dass er sich zu einer Kurzschlusshandlung verleiten lässt.«

Natascha kaute nervös auf ihrer Unterlippe.

»Bitte, ich muss mich darauf verlassen können. Ich suche jetzt die Kollegen, die eigentlich schon hier sein sollten, und verschaffe mir einen Überblick. Einverstanden?« Er sah sie eindringlich an.

Sie nickte schwach. »Bringen Sie mir meine Schwester zurück. Bitte.«

Matthias drückte kurz ihre Hand, bevor er hastig den Wagen verließ. Der Regen prasselte auf ihn nieder. Innerhalb von Sekunden klebte seine Kleidung an ihm. Fluchend strich er sich das Haar aus der Stirn, als er den Streifenwagen entdeckte. Er rannte zu dem Fahrzeug, das auf der anderen Straßenseite parkte, und klopfte an die Scheibe. Der Fahrer öffnete sofort das Fenster.

»Sind Sie Kommissar Sommer?«

Matthias nickte. »Haben Sie schon etwas Ungewöhnliches feststellen können?«

Der Beamte schüttelte den Kopf und deutete gen Himmel. »Bei dem Wetter, keine Chance. Keine merkwürdigen Geräusche, keine Hilferufe. Die Zentrale wies uns an, das Gelände noch nicht zu betreten, sondern auf Sie zu warten.«

Matthias nickte erneut. »Ich habe keine Ahnung, was uns erwartet. Kommen Sie bitte mit.«

Die beiden Beamten stiegen aus und zeigten Matthias den Eingang zum Friedhof.

»Wir müssen sehr vorsichtig sein. Der Kollege könnte äußerst gefährlich sein, wenn sich mein Verdacht bestätigt.«

Einer der Beamten schüttelte seinen Kopf. »Einer von uns! Ich kann einfach nicht glauben, dass einer von uns zu so etwas in der Lage sein soll.«

»Bleiben Sie erst mal hier am Eingang. Ich schaue mich um. Sobald ich mir einen Überblick verschafft habe, rufe ich Sie. Falls er einen von uns entdeckt, weiß ich nicht, was er mit ihr macht.«

»Dieses Arschloch! Kommissarin Engel ist schwanger«, merkte nun der andere an.

Matthias nickte grimmig. »Rufen Sie vorsichtshalber einen Krankenwagen. Aber um Gottes willen ohne Blaulicht. Ich gehe jetzt.«

Sie wünschten ihm viel Glück. Matthias hörte noch, wie einer der beiden den Krankentransport bestellte.

Nachdem er sich einige Meter vom Eingang entfernt hatte, blieb er kurz stehen und lauschte in die Dunkelheit. Seine Kollegen hatten recht. Der plätschernde Regen und das Donnergrollen verschluckten alle anderen Geräusche. Er konnte nichts hören außer dem Unwetter, das mit immer wieder sich aufbäumender Kraft die Stadt fest im Griff hatte. Matthias entschied sich für den rechten Weg. Mittlerweile waren seine Schuhe völlig durchnässt. Immer wieder rutschte er auf dem unebenen Boden aus. Er fluchte leise, während er hastig den Pfad hinaufeilte, immer darauf bedacht, sich im Schatten der Bäume zu bewegen. Sein Blick wanderte über die Wiese. Es war niemand zu sehen. Wo steckten sie bloß? Sein Magen krampfte sich voller Wut zusammen.

Auf dem Hügel angekommen, suchte Matthias das Gelände ab, das sich flach abfallend unter ihm erstreckte. Doch er konnte keine Bewegung ausmachen, nichts, was in irgendeiner Weise auf Sina oder Ihrig hindeutete.

Er atmete tief durch und dachte nach. Er kannte die Anlage nicht, konnte nicht abschätzen, wo die beiden sich befanden. Als der Donner für einen Moment verstummte, meinte er, in der Nähe auf gleicher Höhe das Knacken eines Astes vernommen zu haben. Oder war das nur der Wind gewesen? Wieder lauschte er in die Nacht hinein, aber er hörte nichts mehr.

Langsam tastete Matthias sich voran. Der Baumbewuchs wurde dichter. Er musste aufpassen, nicht gegen die herunterhängenden Äste zu stoßen. Als er in die nächste Kurve einbiegen wollte, sah er sie plötzlich. Für den Bruchteil einer Sekunde blieb sein Herz stehen.

Sina war an den dicken Stamm einer Tanne gefesselt, nur mit Slip und BH bekleidet. Ihrig stand dicht vor ihr und schien auf sie einzureden. Matthias konnte auf die Entfernung jedoch nichts hören. Sinas Lippen waren unnatürlich geöffnet, der Polizist schien ihr etwas in den Mund gestopft zu haben. Matthias zog die Waffe aus dem Holster und näherte sich den beiden leise von hinten. Da Ihrig direkt vor Sina stand, konnte er nicht schießen. Wenn der Polizist einen Schritt zur Seite machte, bekäme Sina die Kugel ab. Viel zu riskant. Als Matthias sich nur noch wenige Meter entfernt befand, blieb er stehen und überlegte erneut. Ihm blieb keine Zeit mehr. An Sinas rechtem Bein floss Blut hinunter. Ihrig fuchtelte mit einem Messer gefährlich dicht vor ihrem Gesicht herum.

»Ihrig«, rief er, so laut er konnte. »Lass das Messer fallen.«

Der Polizist wirbelte erschrocken herum. Sina riss ihre Augen auf, als sie Matthias erkannte.

»Der strahlende Held im Anmarsch.« Ihrig grinste, während er das Messer an Sinas Hals ansetzte.

Matthias trat einige Schritte vor und befand sich jetzt nur noch fünf Meter von ihnen entfernt. Sina streckte ihren Hals nach hinten, als ob sie der Klinge ausweichen wolle.

»Und jetzt? Was machen wir jetzt, Sommer?« Ihrig zog höhnisch seine Augenbrauen hoch.

»Es ist aus. Mach es nicht noch schlimmer, als es ist. Lass sie gehen.« Matthias ließ ihn keine Sekunde aus den Augen.

»Damit sie für dich die Beine breit machen kann? Nein.« Ihrig lachte auf. »Die Hauptkommissarin vermischt nicht gern Privates und Berufliches. Pech gehabt.« Er bewegte das Messer so, dass Sina ihren Kopf weiter zur Seite neigen musste, um sich nicht an der Klinge zu schneiden.

»Leg das Messer weg«, befahl Matthias erneut.

»Was, wenn nicht?« Wieder lachte der junge Polizist. »Erschießt du mich dann? Vorher schneide ich ihr aber noch die Kehle durch.«

Im gleichen Augenblick kam ein armdicker Ast auf Ihrig zugeflogen, der sich daraufhin erschrocken zur Seite duckte. Matthias zielte und schoss. Der Polizist jaulte schmerzerfüllt auf, stürzte nach hinten und hielt sich brüllend die rechte Hand. Matthias steckte die Waffe weg und rannte zu Sina hinüber. Im Unterholz knackte es, bevor Natascha hervortrat.

Matthias blickte sie überrascht an. »Was machen Sie denn hier? Ich habe Ihnen doch gesagt …«

»Binden Sie meine Schwester los«, unterbrach sie ihn wütend, während sie sich suchend umsah, bis sie den Ast fand, den sie auf den Polizisten geworfen hatte. Entschlossen nahm sie das Holzstück hoch und schmetterte es ohne Vorwarnung auf den angeschossenen Arm des Verletzten, der noch immer auf dem Boden lag. Ihrig jaulte.

»Hören Sie auf«, herrschte Matthias sie an, während er Sinas Handgelenke befreite. Er zog sein nasses T-Shirt aus und hängte es ihr über die Schultern.

»Ja, jetzt höre ich auf«, entgegnete Natascha grimmig, während sich Ihrig schreiend vor Schmerzen auf dem Boden wälzte. Sie eilte zu ihrer Schwester und umarmte sie liebevoll. »O Gott, Sina.«

Behutsam löste Matthias Nataschas Arme von Sinas Oberkörper und befreite die Kommissarin von dem Stofffetzen, den Ihrig ihr in den Mund gestopft hatte.

Sina schnappte gierig nach Luft. Dann keuchte sie: »Ich dachte ...«

»Pst.« Ihre Schwester umarmte sie ein weiteres Mal. »Es ist alles gut.«

»Mein Bein.« Sina deutete an sich hinab.

»Der Krankenwagen ist auf dem Weg«, beruhigte Matthias sie. »Alles wird gut. Ihrig kann dir nichts mehr tun.«

»Er hat ...« Wieder rang sie nach Luft. »Er hat Carlo umgebracht.« Weinend schlug sie ihre Hände vors Gesicht. »Er hat ihn umgebracht, weil er mit mir ...« Ihre Stimme versagte.

»Kümmern Sie sich um sie«, wies Matthias Natascha an. »Ich hole Verstärkung und sehe nach, wo der Krankenwagen bleibt.«

Er musste sich dringend beruhigen. Wenn er nur fünf Minuten später gekommen wäre ... Sein Körper war randvoll mit Adrenalin. Doch es war alles gut gegangen. Sina lebte. Sie war verletzt, aber es schien, als ob sie mit einem blauen Auge davongekommen wäre.

57

Donnerstag, 18. August

Sina lag auf dem Bett und starrte aus dem Fenster, als Matthias das Krankenzimmer betrat.

Als sie ihren Kopf wandte und ihn erblickte, hellte sich ihr Gesichtsausdruck merklich auf.

»Hi.« Ihre blauen Augen strahlten ihn eindringlich an.

»Hallo.« Befangen näherte er sich dem Bett, während er ihr rechtes Bein musterte. Sina lag auf der Decke und trug ein weißes T-Shirt und eine rote Shorts. Das verletzte Bein war bis zum Knöchel mit einem weißen Verband bedeckt. Am Dienstagabend hatte ihm der herbeigerufene Notarzt mitgeteilt, dass sich der Schnitt über die gesamte Länge erstreckte.

Als sie seinen Blick bemerkte, winkelte sie ihr linkes Bein an und schob sich etwas höher.

»Ich habe dir ein paar Blumen mitgebracht.« Matthias hob den Strauß und grinste.

»Danke. Sie sind sehr schön. Da drüben auf der Kommode steht eine leere Vase.«

Matthias füllte Wasser in das Glasgefäß und stellte die Blumen neben Sinas Bett.

»Setz dich«, forderte sie ihn auf, während sie auf einen Stuhl wies.

»Ich möchte nicht lange stören«, entgegnete er leise.

Auch sie wirkte unsicher. »Du störst nicht.« Sie lächelte. »Du kannst dir gar nicht vorstellen, wie lange ein Tag sein kann. Bisher ging es mir eher umgekehrt. Zu viele Termine, zu wenige Stunden. Hier drinnen jedoch hat man verdammt viel Zeit.« Sina verstummte und schlug ihre Augen nieder.

»Wie geht es dir?« Matthias stellte den Stuhl neben sie und setzte sich.

Sie schluckte. Ihr Gesicht wirkte blass. »Ganz gut.« Nervös zog sie ihre Unterlippe zwischen die Zähne. »Wirklich. Es geht mir gut. Ich habe hier viel Ruhe.« Sie machte eine unbestimmte Geste.

»Was ist mit der Kleinen?« Matthias deutete mit dem Kinn auf ihren Bauch.

»Alles okay, Gott sei Dank.« Sie sah ihn wieder an. »Dienstagnacht, als ich eingeliefert wurde, waren die Herztöne sehr unregelmäßig. Kurz dachten die Ärzte, sie müssten sie holen. Aber wenig später hatte sich alles wieder normalisiert. War wahrscheinlich nur die Aufregung.«

Er nickte. »Das ist gut. Wirklich gut.«

Beide schwiegen. Keiner wollte das Thema ansprechen, das sie seit zwei Tagen beschäftigte.

»Runz und Fornack wollten dich gestern Abend noch besuchen.«

Sie blickte auf. »Ja, sie waren da.«

Fragend zog Matthias seine Augenbrauen hoch.

»Sie haben nicht viel gesagt.« Sie zuckte mit den Achseln. »Nur dass …« Sinas Stimme brach. Ihre Lippen zitterten.

»Sie haben dir von seinem Keller erzählt.«

Sie nickte stumm.

Im Keller des Wohnhauses von Sebastian Ihrig hatten sie einen Raum entdeckt, in dem er eine komplette Wand mit Zeitungsausschnitten und Fotos von Sina beklebt hatte. Die Sammlung hatte fast wie eine Art Schrein gewirkt. Sina in allen Variationen.

Als Matthias gestern davorgestanden hatte, war ihm noch einmal bewusst geworden, in welcher Gefahr sich die Hauptkommissarin befunden hatte. Ihrig musste in den letzten Jahren eine wahre Hassliebe für seine Chefin entwickelt haben.

Während der Hausdurchsuchung waren sie auf weitere Fotos gestoßen, die bis in Ihrigs Kindheit reichten. Auf den meisten war das Gesicht seiner Mutter herausgeschnitten gewesen. Geschockt hatte Matthias jedoch eine ganz andere Entdeckung. Auf den wenigen intakten Bildern, die von Ihrigs Mutter existierten, war deutlich zu erkennen, dass Sina eine frappierende Ähnlichkeit mit ihr hatte. Die kinnlangen hellblonden Haare, die hellen Augen und die hohen Wangenknochen. Auch Ihrigs Mutter wirkte auf den Bildern groß und schlaksig.

»Er war besessen von dir.«

»Weil ich ihn an seine Mutter erinnert habe.« Sie sprach ohne jede Emotion.

»Wir haben sie gefunden.« Matthias zögerte. »Höchstwahrscheinlich gefunden«, verbesserte er sich dann.

»Und? Was sagt sie?«

Sie hatten gestern Nacht das gesamte Gelände um Ihrigs Haus herum aufgegraben, nachdem sie in den Unterlagen entdeckt hatten, dass Maria Ihrig vor Jahren nach Spanien umgesiedelt war, ohne erkennbare Spuren zu hinterlassen.

Es gab zwar eine Abmeldung des Weinheimer Einwohnermeldeamts, aber die hatte Ihrig selbst mit einer schriftlichen Vollmacht seiner Mutter veranlasst. Sie hatten nichts gefunden, was auf den aktuellen Wohnsitz der Mutter hindeutete. Es schien, als ob sie einfach aufgehört hätte zu existieren.

Was sie wohl auch hatte, dachte Matthias nun bitter. Auf den furchtbaren Verdacht hin, dass Ihrig seine Mutter ermordet haben könnte, hatte Gans ihm die Genehmigung erteilt, das Grundstück absuchen zu lassen. Schon nach kurzer Zeit waren sie fündig geworden.

»Nichts«, erwiderte er jetzt auf Sinas Frage. »Wir haben in Ihrigs Garten eine weibliche Leiche gefunden.«

Sinas Augen weiteten sich voller Schreck. »Was?«

Matthias nickte bedächtig. »Wir wissen noch nicht, was passiert ist. Vielleicht handelte es sich auch um einen Unfall. Wir müssen den Bericht der Gerichtsmedizin abwarten. Aber ich wette, es ist seine Mutter.«

»Ein Unfall? Dann hätte er sie nicht im Garten vergraben.« Ungläubig schüttelte sie ihren Kopf.

»Nein«, stimmte er ihr zu. »Das glaube ich auch nicht. Aber ohne Beweise ...«

»Er ist verrückt«, murmelte Sina, während sie abwesend über den Verband strich.

»Hat ganz den Anschein.«

»Aber warum ...?«

»Wir wissen es noch nicht, Sina. Er behauptet, du hättest ihm einen Korb gegeben, bevor du dich auf Carlo eingelassen hast.«

»Einen Korb?« Ihre Stimme wurde lauter. »Er wollte mit mir etwas trinken gehen. Mehr nicht.« Sie presste ihre Lippen aufeinander. »Ich hatte kein Interesse. Fertig.«

Matthias versuchte, sie zu beschwichtigen. Er beugte sich vor und legte seine Hand auf ihren Oberarm. »Bitte reg dich nicht auf. Denk an das Kind.«

Sina nickte.

»Er ist krank. Jeder normale Mann hätte dein Nein akzeptiert und das Leben wäre weitergegangen.«

»Er hat Carlo ermordet«, stieß sie gepresst hervor. »Hat ihm die Kehle durchgeschnitten, weil er mit mir zusammen war.«

»Er hat ihm die Kehle durchgeschnitten, weil er nicht ganz richtig tickt.« Matthias sah sie eindringlich an. »Carlos Tod ist nicht deine Schuld.«

Sie wandte ihren Blick ab. »Ich dachte, Carlos letzte Nachricht, sein Versuch, mir etwas mitzuteilen, sei …« Wieder versagte ihre Stimme.

»Wir dachten alle, die beiden Buchstaben hätten sich auf dich bezogen. Niemand von uns hat auch nur ansatzweise in Erwägung gezogen, dass Carlo in seinen letzten Minuten versucht haben könnte, uns einen Hinweis auf seinen Mörder zu liefern.«

»Aber das hat er getan.«

»Ja, das hat er.« Matthias nickte und berührte Sina vorsichtig am Kinn. Langsam drehte er ihr Gesicht in seine Richtung. »Das hat er, weil er ein guter Polizist war. Einer der besten, die ich je kannte.«

Sie sah ihn einige Sekunden lang schweigend an. »Danke.«

»Für was?«

»Du hast mir das Leben gerettet.« Ihre Stimme bebte.

»Sina, ich …«

»Du hast mir das Leben gerettet, mir und meiner Tochter. Dafür werde ich ewig in deiner Schuld stehen.«

»Nein.« Matthias schüttelte seinen Kopf. »Das war mein Job. Das ist unser Job.«

»Wenn du den Zusammenhang nicht erkannt hättest, läge ich jetzt nicht hier.« Sina fixierte seinen Blick mit ihrem. »Ich weiß das. Und du weißt es auch.«

»Ich bin sehr froh, dass ich ihn erkannt habe.« Matthias legte seine Hand auf ihre Wange.

Für einen Moment schloss sie die Augen, bevor sie ihn

wieder ansah. »Er hätte mich, ohne mit der Wimper zu zucken, abgeschlachtet. Er wollte mir mein Baby aus dem Bauch schneiden.« Ihre Augen füllten sich mit Tränen.

»Nicht, Sina.« Er schüttelte den Kopf, während er mit seinen Fingern über ihr Gesicht strich. »Er kann dir nichts mehr tun. Und deiner«, er stockte, »eurer Tochter geht es gut. Hab noch etwas Geduld.«

Sie nickte, während sie weiter gegen die Tränen ankämpfte. »Es tut mir leid, dass ich dich falsch eingeschätzt habe.«

Matthias sah sie fragend an.

»Deine … Carlo hat mir erzählt, dass du … na ja …« Sie begann zu stammeln. »Deine Frauengeschichten.« Sie sah ihn an. »Du machst eigentlich nicht den Eindruck, als ob …«

»Sina«, unterbrach er sie sanft. »Ich weiß zwar nicht, was Carlo dir über mich erzählt hat, aber …«, er fuhr sich mit der Hand über sein Gesicht, »… ich habe in den letzten Jahren einige Fehler gemacht.«

Als sie nichts erwiderte, fuhr er fort: »Auch in meiner Vergangenheit gibt es eine Geschichte, die traurig endet. Ich würde sie dir sehr gern irgendwann erzählen.«

Sina schüttelte den Kopf. »Du musst mir nichts erklären.«

»Ich weiß«, erwiderte er sanft. »Aber ich würde gern.«

Sie nickte und lächelte schwach. »Der geläuterte Frauenheld …«

Matthias zog seine Augenbrauen hoch. »Wenn du es so nennen möchtest. Vielleicht ist für mich jetzt auch einfach der Zeitpunkt gekommen, meinem Leben noch mal eine andere Richtung zu geben. Wer weiß?«

Unter seinem eindringlichen Blick sah Sina zur Seite. »Die Ärzte lassen mich bis zur Geburt nicht mehr gehen.« Sie klang frustriert.

»Das ist gut. Hier kannst du dich ausruhen«, erwiderte er erleichtert. »Ich kümmere mich auf dem Revier um alles.« Er hob seine Hände. »Keine Sorge, die Lorbeeren stehen dir zu. Dir und Carlo.« Er erinnerte sich an ihre Worte, als sie ihm die Tatorte gezeigt und ihm vorgeworfen hatte, er wolle sie übertrumpfen.

Sina schüttelte heftig ihren Kopf. »Ich will keine Lorbeeren. Du warst es, der Ihrig dingfest gemacht hat.«

»Das ist jetzt nicht wichtig, Sina.« Wieder betrachtete Matthias ihr Gesicht. Ihre Augen wirkten traurig.

»Nein«, stimmte sie ihm zu. »Das ist jetzt nicht wichtig.«

Epilog

Dienstag, 20. September

»Ich kann mich nicht erinnern, dass Jonas und Nele auch so klein waren«, erklärte Natascha verzückt, während sie ihre Nichte auf dem Arm hin und her wiegte.

Sina lachte. »Na, also so lang ist das nun wirklich noch nicht her.«

»Glaub mir, die Zeit fliegt. Und du vergisst so vieles. Leider.«

Sina betrachtete Clara, die selig auf dem Arm ihrer Tante schlief. Heute war sie vier Tage alt. Da sie durch einen Kaiserschnitt auf die Welt gekommen war, musste Sina noch einige Tage zur Nachkontrolle im Krankenhaus bleiben. Sie gähnte.

Natascha blickte sie an. »Lass uns in dein Zimmer zurückgehen. Solange Clara schläft, kannst du dich auch noch ein wenig ausruhen.«

Sina nickte. Langsam schob sie das Kinderbett über den Gang, während Natascha ihr mit dem Baby folgte. »Mama und Papa wollen gegen Abend noch mal vorbeikommen.«

»Solange Papa nicht das zwanzigste Stofftier anschleppt.«

Natascha lachte. »Er war von Anfang an in Clara vernarrt.«

Im Zimmer angekommen, nahm Sina ihrer Schwester die Kleine ab und legte sie behutsam in das Bettchen.

»Ich komme morgen früh wieder. Brauchst du irgendwas?«

»Schokolade«, bat Sina grinsend.

»Energie, verstehe. Ich fand das Stillen auch furchtbar anstrengend.« Natascha kramte in ihrer Tasche. »Ich bringe dir eine Wagenladung mit.«

Während sich Sina auf ihr Bett setzte, klopfte es an der Tür. »Ja?« Fragend sah sie Natascha an, die ihre Jacke anzog.

Als sich die Tür öffnete, erblickte sie Matthias.

»Hallo.« Unsicher sah er von Sina zu Natascha. »Ich wollte nicht stören.«

»Du störst nicht«, meinte diese grinsend, während sie unverhohlen die Blumen in seiner Hand musterte. »Ich wollte eh gerade gehen.«

In den Wochen nach Ihrigs Verhaftung hatten Natascha und Matthias mehrmals gemeinsam angeben müssen, was sich an jenem Augustabend zugetragen hatte, als sie Sina in letzter Sekunde retteten. Im Zuge der Ermittlungen waren sie sich mehrfach über den Weg gelaufen und mittlerweile beim Du angekommen.

Natascha zwinkerte Sina zu, bevor sie Matthias zunickte. »Macht's gut, ihr beiden. Bis morgen, Schwesterherz.« Sie hauchte Sina einen flüchtigen Kuss auf die Wange und verließ das Zimmer.

»Hallo«, begrüßte Sina Matthias jetzt. »Setz dich doch.«

Er nickte, während er an das Kinderbett herantrat, das vor ihr stand. Fasziniert blickte er auf das Baby, dessen kleine Hände im Schlaf immer wieder zuckten.

»Wow«, entfuhr es ihm. »Sie ist wirklich … sehr klein.«

Sina lächelte. »Ja, das ist sie.«

»Wie geht es dir?« Er sah sie an.

»Gut.« Sie nickte. »Übermorgen dürfen wir nach Hause.«

»Ich habe es vorher leider nicht geschafft.« Er hob entschuldigend seine Achseln.

»Kein Problem.« Sie winkte ab, obwohl sie sich mehr über seinen Besuch freute, als sie sich eingestehen wollte.

Er zeigte auf die Blumen: »Ich habe dir auch etwas mitgebracht.«

»Danke.«

Nachdem er den Strauß in eine Vase gestellt hatte, kramte er in seiner Jackentasche herum, bevor er sich setzte. »Das ist für Clara. Herzlichen Glückwunsch.« Er streckte Sina eine kleine schwarze Schachtel hin. Sie erinnerte Sina an das Schmuckkästchen, in dem er ihr den Ring von Carlo überreicht hatte.

Neugierig öffnete sie den kleinen Kasten. Auf schwarzem Samt lag eine silberne Kette, in deren Mitte der Schriftzug *Clara* in Schreibschrift eingefasst war.

»Wie hübsch.« Sina war gerührt.

»Ich hoffe, es wäre in Carlos Sinne.«

Sie nickte. »Danke.«

»Er wäre stolz auf dich ...«, fuhr Matthias fort, während er Sina eindringlich musterte, »... auf euch.«

Wehmütig dachte Sina daran, dass Clara Carlo niemals kennenlernen würde. »Er wäre ein guter Vater gewesen.«

»Ja, das wäre er«, bestätigte Matthias.

Sie räusperte sich. »Gibt es Neuigkeiten?«

»Er hat endlich gestanden. Gestern«, entgegnete Matthias mit grimmigem Gesichtsausdruck. »Ein echter Albtraum. Ihrig ist der festen Überzeugung, seine Taten seien ›große Kunst‹. Er sieht sich als gottesgleicher Schöpfer, als Herr über Leben und Tod. Der Mann tickt nicht richtig. Schlitzt Frauen auf und lässt sie grausam ausbluten. Kein normaler Mensch würde ein solches Verhalten als Kunst bezeichnen. Außerdem hat er zugegeben, dass er vor acht Jahren seine Mutter umgebracht hat. Den Zeitpunkt hatte ja bereits der Autopsiebericht ergeben. Er scheint in seiner Kindheit über mehrere Jahre von ihr misshandelt worden zu sein. Ein Psychologe hat bereits bestätigt, dass Ihrig unter einer sehr schweren psychischen Störung leidet. Abschließende Untersuchungen stehen aber noch aus. Deine Abfuhr scheint bei ihm einen Hebel umgelegt zu haben. Und dann hast du ihn auch noch an seine Mutter erinnert. Der Arzt ist der festen

Überzeugung, dass die Begegnung mit dir der Auslöser dafür war, dass er seinen Hass und seine Aggressivität nicht mehr länger kompensieren konnte.« Er hob seine Hand. »Wenn er dir nicht begegnet wäre, hätte er einen anderen Anlass gefunden. Der Mann war eine tickende Zeitbombe.«

»Drei Frauen mussten sterben«, murmelte Sina leise. »Die Schmerzen, die sie erlitten …«

»Er wird niemanden mehr verletzen«, unterbrach er sie. »Wir haben endlich das Messer gefunden, mit dem er Carlo … Dumm war dieser Hurensohn nicht, er hat zwei verschiedene Tatwaffen benutzt.«

Sie schwieg und blickte zu Clara, die noch immer friedlich schlief.

»Ich war bei Konrad und habe mich entschuldigt.«

Sina zog eine Grimasse. »Und?«

»Er ist noch das gleiche Arschloch wie bei unseren anderen Besuchen.« Matthias zuckte mit den Achseln.

»Aber er ist kein Mörder.«

»Nein, das ist er nicht. Außerdem konnte die Faser, die wir bei Marlene Ruf sichergestellt haben, eindeutig einem T-Shirt aus Ihrigs Kleiderschrank zugeordnet werden. Die Beweise reichen allemal für seine Verurteilung aus.«

Sina blickte ihn an.

»Ich soll dich von Gans grüßen und dir, euch, alles Gute wünschen. Er wird sich noch melden.«

»Ja.« Sie seufzte. »Gerhard hat auch schon angerufen.«

»Ohne dich geht es eben nicht«, erwiderte Matthias und lächelte.

Sina zog ihre Augenbrauen hoch.

»Übrigens ist mir heute Morgen wieder eingefallen, dass du mir vor einiger Zeit einen Abend unter dem Motto ›Kunst und Wein‹ versprochen hast.«

Sie blickte ihn schweigend an.

»Wenn du es dir allerdings anders überlegt hast …«, fuhr er zögernd fort.

Sina schüttelte den Kopf. »Ich erinnere mich dunkel, dass mir bei unserer letzten Verabredung ein Irrer in die Quere gekommen ist und ich dadurch leider verhindert war.«

Matthias runzelte die Stirn.

»Aber sobald wir unseren Frauenhaushalt geordnet haben, sollte einer erweiterten Neuauflage nichts im Wege stehen.«

»Einer erweiterten Neuauflage?« Matthias sah sie fragend an.

»Einer erweiterten Neuauflage«, wiederholte Sina lächelnd und zwinkerte ihm verschwörerisch zu. »Inklusive Lebensretterbonus.«

Danksagung

Die Geschichte um Sina Engel entstand zwar erst in meinem Kopf, dann an meinem Laptop, trotzdem gibt es eine Menge weiterer Personen, die dazu beigetragen haben, dass aus einer Idee dieses Buch wurde.

Und diesen Menschen möchte ich von ganzem Herzen danken. Für ihre Unterstützung, ihren Zuspruch, ihren Rat und ihr Verständnis.

Meinem Mann Christian, der mich während der intensivsten Schreibphase immer wieder in meine Parallelwelt hat gehen lassen. Der sich um unsere Kinder gekümmert hat, wenn ich einmal mehr den unbeschreiblich bereichernden Drang verspürt habe, die Geschichte voranzutreiben. Der wieder einmal als erster Testleser und Kritiker zur Verfügung stand.

Meinen Kindern, deren Interesse an meinen Büchern ungebrochen ist, obwohl sie noch kein einziges lesen durften. Die es immer wieder schaffen, mich mit ihrer unvoreingenommenen Sicht auf die Dinge zu verblüffen und zu faszinieren. Die mein Leben bereichern wie sonst nichts auf dieser Welt. Meiner Tochter für ihre unendliche Fantasie, der auch der Name des Kriminalrats entsprungen ist.

Meiner Familie, die mich in jeder Lebenslage unterstützt und mir Freiräume schafft, ohne die ein so zeitaufwendiges Hobby wie das Schreiben nicht möglich wäre.

Meiner lieben Testleserin Claudia Hugo, die ein weiteres Mal geduldig meine Fragen beantwortet und mir eine erste Einschätzung der Geschichte gegeben hat.

Meinem wundervollen Verlag: Ulrike Rodi, der besten Verlegerin, die man sich als Autorin wünschen kann. Meiner lieben Lektorin Aletta Wieczorek, die mir nichts durchgehen lässt und mich wieder einmal zu Höchstleistung angespornt hat. Die Zusammenarbeit war ein weiteres Mal grandios. Alex

Knobbe und Gudrun Stegemann, die mich ebenfalls unterstützen, wo sie nur können. Ihr seid ein klasse Team! Bleibt so, wie Ihr seid. Ich bin unendlich dankbar, ein kleiner Teil dieses tollen Verlags sein zu dürfen.

Aber was ist ein Autor ohne Leser? Ich danke Ihnen, liebe Leserinnen und Leser, für Ihr Interesse an diesem Buch und hoffe, es hat Ihnen ein paar schöne Stunden beschert. Im besten Fall hat es Ihnen genauso viel Freude bereitet wie mir beim Schreiben. Vielleicht hat es Sie sogar dazu animiert, sich etwas näher mit Weinheim zu beschäftigen, einer wunderschönen Stadt an der Bergstraße, die sehr viel Sehenswertes zu bieten hat. Vielleicht haben Sie sogar einen Kurzbesuch an der Kerwe eingeplant? Lassen Sie sich bitte eins gesagt sein: Die Weinheimer Kerwe ist sicher. Und wer weiß, vielleicht begegnen wir uns dort sogar. Man kann nie wissen. Wenn ich eins durch mein Schreiben gelernt habe, dann das: Alles ist möglich.

Ihre Silke Ziegler

Sina-Engel-Krimis von Silke Ziegler

Die Nacht der tausend Lichter

Der erste Fall für Sina Engel
ISBN 978-3-89425-488-9
Auch als E-Book erhältlich

Einmal im Jahr gibt es ein Fest, einmal im Jahr gibt es einen grausamen Mord

Ein ermordeter Verlobter, sie selbst hochschwanger – in Sina Engels Leben passt gerade nichts zusammen. Doch als in Weinheim an der Bergstraße das größte Sommerfest der Region näher rückt, muss das Privatleben der Kommissarin zurückstehen. Denn seit zwei Jahren treibt ein Serienmörder auf der Kerwe sein Unwesen. Die Polizei arbeitet mit Hochdruck, um ein weiteres Opfer zu verhindern.

Da wird Sina ausgerechnet der ehemalige Kollege ihres Verlobten zur Seite gestellt. Matthias Sommer ist charmant und intelligent, doch Sina ist alles andere als gut auf ihn zu sprechen. Können die beiden sich zusammenraufen, um den Mörder rechtzeitig zu stoppen?

Stille Sünden

Der zweite Fall für Sina Engel
ISBN 978-3-89425-588-6
Auch als E-Book erhältlich

Ein verschwundenes Kind, ein Mord und ein Ermittlerduo im Gefühlschaos

Dieser Fall geht der alleinerziehenden Hauptkommissarin Sina Engel unter die Haut. Der elfjährige Fabian ist von zu Hause weggelaufen. Die eisigen Temperaturen erhöhen den Druck, ihn zu finden: Lange kann ein Kind auf der Straße nicht überleben. Dann wird ein Flüchtling vor seiner Unterkunft erschossen, der Mörder entkommt unerkannt. Auch hier drängt die Zeit.

Unterstützung erhält Sina von Matthias Sommer, mit dem sie ein kurzer Flirt verbindet. Zwischen den beiden knistert es noch immer. Können sie das Gefühlschaos hinter sich lassen und die Fälle aufklären?

Südfrankreich-Krimis von Silke Ziegler

Im Schatten des Sommers

ISBN 978-3-89425-481-0, auch als E-Book erhältlich

Sophias Eltern und ihr kleiner Bruder sind vor vierundzwanzig Jahren verschwunden. Als jetzt bei einem Autounfall ein Mann schwer verletzt wird, ergibt sich eine neue Spur. Denn der Unbekannte trägt ein Foto der Familie bei sich. Sophia bricht ins idyllische Argelès-sur-Mer an der südfranzösischen Küste auf – sehr zum Missfallen des ermittelnden Polizisten Nicolas Rousseau. Dabei verbindet die beiden mehr, als sie am Anfang ahnen …

»Superspannend! Superemotional! Garantiert genialer Lesespaß!«
Ute Spangenmacher, www.bookola.de

Im Angesicht der Wahrheit

ISBN 978-3-89425-491-9, auch als E-Book erhältlich

Nach einem traumatischen Erlebnis hat die Französin Estelle Miroux ihrer Heimat den Rücken gekehrt und ein neues Leben in Deutschland begonnen. Als sie eine kleine Auberge erbt, kehrt sie nach Argelès-sur-Mer zurück. Kurz darauf beginnt eine Mordserie und die junge Frau gerät unter Tatverdacht. Denn den Opfern wurde ein Datum in die Stirn geritzt – das Datum der schlimmsten Nacht in Estelles Leben.

»Selbst an einem regnerischen Herbsttag wärmt dieser Krimi das Herz.« Miriam Semrau, www.krimimimi.com

Im Licht der Erinnerung

ISBN 978-3-89425-580-0, auch als E-Book erhältlich

Eine Frau wird verdächtigt, zwei Jugendliche niedergeschossen zu haben, aber sie leidet an einer Amnesie. Um ihrem Gedächtnis auf die Sprünge zu helfen, erklärt sich Polizist Cédric Douchet widerwillig bereit, bei einem waghalsigen Spiel mitzuspielen. Schon bald muss er feststellen, dass ihn die schöne Unbekannte alles andere als kaltlässt – und ganz eigene Pläne verfolgt …

»Starke Protagonisten, zwei logisch aufgebaute Handlungen – ein spannender Südfrankreichkrimi, der auf keinen Fall Langeweile aufkommen lässt.« Eva Fritz, ekz-Bibliotheksdienst